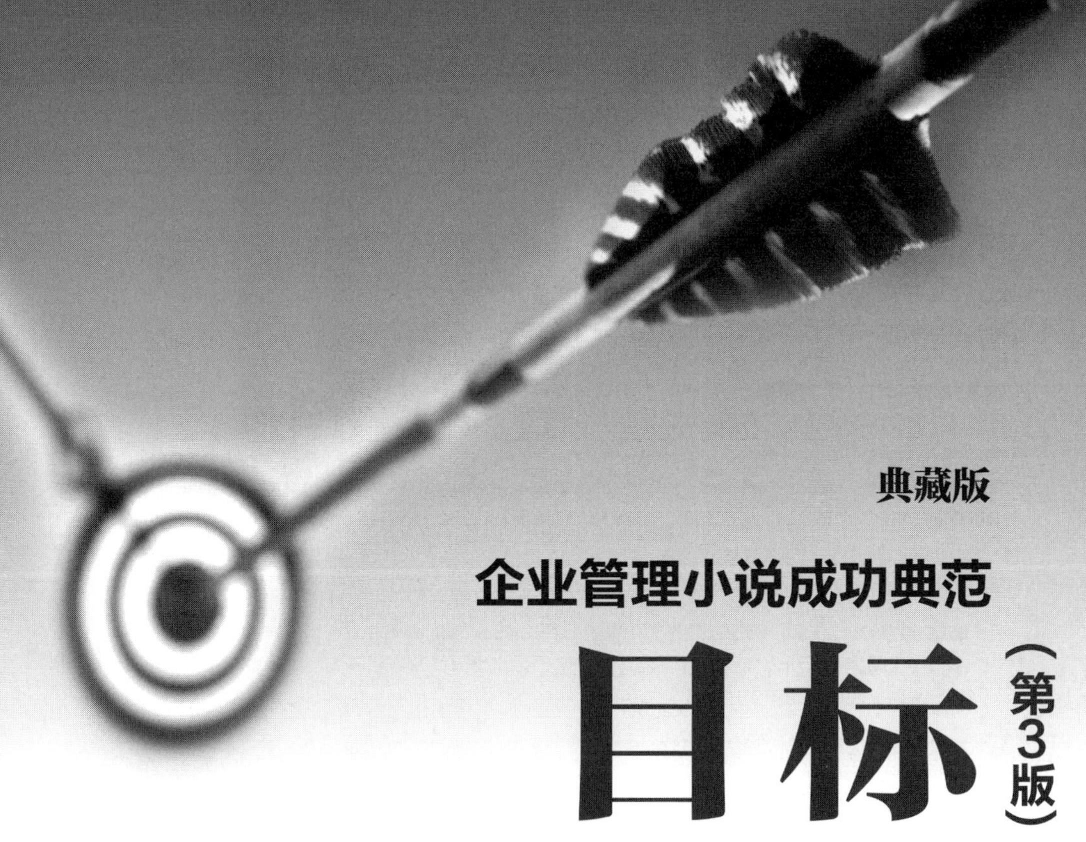

典藏版

企业管理小说成功典范

目标（第3版）

The Goal 3e

[以] 艾利·高德拉特（Eliyahu M. Goldratt）
[美] 杰夫·科克斯（Jeff Cox） 著
齐若兰 译 罗镇坤 审校

電子工業出版社
Publishing House of Electronics Industry
北京·BEIJING

In memory of the author, the late Eliyahu M. Goldratt. Words cannot describe our esteem and respect for his lifeworks.
怀念已逝去的作者艾利·高德拉特，我们对他毕生著作及贡献的崇敬，非笔墨所能形容
ISBN: 0-88427-178-1

图书在版编目（CIP）数据

目标：第 3 版：典藏版 /（以）艾利·高德拉特（Eliyahu M. Goldratt），（美）杰夫·科克斯（Jeff Cox）著；齐若兰译. —北京：电子工业出版社，2019.4

书名原文：The Goal,3e

ISBN 978-7-121-36215-6

Ⅰ. ①目…　Ⅱ. ①艾…　②杰…　③齐…　Ⅲ. ①企业管理－生产管理　Ⅳ. ①F273

中国版本图书馆 CIP 数据核字(2019)第 059637 号

策划编辑：晋　晶
责任编辑：袁桂春
印　　刷：三河市鑫金马印装有限公司
装　　订：三河市鑫金马印装有限公司
出版发行：电子工业出版社
　　　　　北京市海淀区万寿路 173 信箱　邮编 100036
开　　本：720×1000　1/16　印张：27.25　字数：479 千字
版　　次：2019 年 4 月第 1 版
印　　次：2025 年 8 月第 26 次印刷
定　　价：98.00 元

凡所购买电子工业出版社图书有缺损问题，请向购买书店调换。若书店售缺，请与本社发行部联系，联系及邮购电话：（010）88254888，88258888。

质量投诉请发邮件至 zlts@phei.com.cn，盗版侵权举报请发邮件至 dbqq@phei.com.cn。

本书咨询联系方式：（010）88254199，sjb@phei.com.cn。

作者简介

艾利·高德拉特（Eliyahu M. Goldratt）

高德拉特博士是以色列物理学家、企管大师、哲学家、教育家、高德拉特全球团队的创立人。他曾被《财富》（*Fortune*）杂志称为“工业界大师”，《商业周刊》（*Business Week*）形容他为天才。他发明的TOC制约法（Theory of Constraints）为无数大小企业带来营运业绩上的大幅改善，包括国际商业机器（IBM）、通用汽车（GM）、宝洁（Procter & Gamble）、AT&T、飞利浦（Philips）、ABB、波音（Boeing）等。

高德拉特博士被业界尊称为“手刃圣牛的武士”（Slayer of Sacred Cows），勇于挑战企业管理的旧思维，打破“金科玉律”，以崭新的角度看问题。

高德拉特博士所著的第一本书《目标》（*The Goal*）被众多企业视为至宝。《目标》大胆地借用小说的手法，以一家工厂作为背景，说明如何以近乎常识的逻辑推演，解决复杂的管理问题，结果一炮而红。《目标》迄今已被翻译成32种文字，全球热卖突破700万册，被英国《经济学人》杂志誉为最成功的一本企管小说。经高德拉特博士多年的努力，TOC现已涵盖的领域包括：生产、供应链及配销、项目管理、财务及衡量、营销、销售、团队管理、企业战略战术。

他所创立的高德拉特全球团队在各个国家和地区推动“可行愿景”（Viable Vision）项目，将TOC在企业界的全面实践提升至新的高度，“可行愿景”的战略战术可以大幅提升企业的盈利及所有部门的协同互动能力。

高德拉特博士创立了非营利机构TOCFE（TOC for Education），将TOC带入教育界，让儿童及青少年学习TOC，提高思维能力。

高德拉特博士的著作，以出版的先后为序列示如下，从中可见他发明的TOC涵盖面的广度。

- 《目标》本书阐述了TOC在生产中的运用。故事以工厂为背景，描述TOC如何带领一家工厂从危机四伏到逐步化险为夷，进而否极泰来的历程，讲述了许多突破性的管理新思维，引导企业持续改善经营业绩。
- *The Race* 本书以大量图解剖视了《目标》一书所引发的生产管理突破性新概念，著名的“鼓—缓冲—绳子”（Drum-Buffer-Rope）生产管理

方法在书中也有详细论述。

- 《大海捞针》（*The Haystack Syndrome*）本书从电脑资讯系统的角度看TOC生产，如何找寻及建立真正对企业有用的资料，即推行TOC时所需要的极重要资料。分析TOC生产排程、衡量、“成本世界”和“有效产出世界”等，对著名的TOC练习“P&Q”小测验也有深入分析。
- *Theory of Constraints* 本书解释了如何寻找瓶颈和管理瓶颈，著名的TOC聚焦于五步骤如何令企业持续改善，以及TOC思维方法的要义。
- 《目标Ⅱ——绝不是靠运气》（*It's Not Luck*）本书是《目标》的续篇，讲述了营销、销售、配销及TOC思维方法。书中三家企业的故事，都是高德拉特博士的亲身经历，运用TOC达致突破性的解决方案。作者强调，企业的成败并不归结于运气。
- 《关键链》（*Critical Chain*）本书讲述了如何运用TOC解决项目管理的三大难题（延误、超支、交货内容不符要求），所描述的“关键链”项目管理方式比传统的“关键路线”（Critical Path）更有效，是项目管理技术上的一大突破。小说描述了一群来自不同行业的管理人员怎样在项目中一步步地寻求新出路，趣味性很强，实用性也很强。
- 《仍然不足够》（*Necessary But Not Sufficient*）本书讲述了高科技的有效运用，如电子商务、ERP、MRP等，这些高新科技都被认为能解决企业的大难题，但都十分复杂，投入了大量金钱和时间，却往往收效甚微。作者指出，高新资讯科技对企业来说是需要的，但仍然不足够，还需要有一些极重要的因素配合，才能令科技真正提高企业的运作效益。本书内容的时代感很强。
- *Production the TOC way* 本书附有光盘，内载5个著名的“TOC生产”模拟器310、312、350、360和390，模拟各种形态的工厂如何有效运用TOC达致营运上的大突破。这批模拟器都由高德拉特博士设计，书中有详细的使用说明及逻辑分析，这是学习TOC生产的最生动的方式。
- 《抉择》（*The Choice*）本书风格独特，以高德拉特博士跟他的女儿对话的方式，来揭示TOC的深层次内涵，包括逻辑思维、双赢、冲突的化解、所有系统固有的简单性、如何以科学家的思维为企业的难题找出解决方案、人与人之间的关系等。作者指出，我们是否有完美人生，纯粹是我们自己的决定、自己的抉择。由于本书内容形式为充满智慧的对话，这使本书的可读性很高，可大大提升及扩展读者在TOC轨道上的思维能力。
- 《醒悟》（*Isn't It Obvious?*）业界认为，这本小说比脍炙人口的《目标》更具启发性及震撼力。本书讲述了TOC在供应链上的应用，特别是零售业，也涉及零售和生产的互动，是TOC的一大突破。

译者简介

齐若兰

美国北卡罗来纳大学教堂山分校新闻硕士，曾任职于好时年出版社、天下杂志社、健康杂志社。译作有《实现创业的梦想》《复杂》《团队出击》《第五项修炼II——实践篇》《数位革命》等。

审校者简介

罗镇坤

罗镇坤是高德拉特学会总裁，负责在中国大陆、香港、澳门、台湾地区推广本书作者高德拉特博士所发明的TOC制约法。

罗镇坤曾在美国、以色列及英国接受严格的TOC高阶培训，获得了“钟纳的钟纳”（Jonah's Jonah）称号。他具有二十多年TOC实战经验，建立了分布于全国的TOC团队，以提供企业界所需的TOC顾问服务，帮助客户实施TOC，显著提升企业的运作及盈利表现。参加过罗镇坤在各地举行的TOC公开及内训课程的学员数以千计，通过网上群组，他跟广大TOC粉丝紧密联系，向大家提供TOC的最新信息。

罗镇坤毕业于美国纽约州立大学，是一位特许工程师（Chartered Engineer），香港工程师学会及英国计算机学会资深会员、欧洲工业工程师学会会员、英国管理服务学会会员、美国电机及电子工程师学会（IEEE）会员、香港管理专业协会会员。

在投身TOC之前，他已有二十多年的管理经验，曾在许多大机构中担任高级管理职位，包括香港国际货柜码头、中华煤气、森那美、中华电力。他曾为各专业及工商团体作TOC专题演讲。

罗镇坤于1995年成立力天香港有限公司，负责在TOC发明人高德拉特博士的授权下制作及出版其著作的中文版。他是TOC系列图书《目标》、《目标Ⅱ——绝不是靠运气》、《关键链》和《仍然不足够》的审校者，《抉择》、《醒悟》和《大海捞针》的译者。

目　录

英文修订版作者序

科学与教育的探索　高德拉特

《目标》这本书谈的是科学与教育。我相信长久以来，“科学”“教育”这两个名词都被过度滥用，被推至崇高的地位和神秘的迷雾中，以至于尽失原意。对我和许多受人尊敬的科学家而言，科学谈的不是大自然的奥秘甚至真理，科学只不过是我们用来尝试推敲出基本假设的方式，透过直截了当的逻辑推演，这些假设能解释许多自然现象为何存在。

物理学的能量守恒定律不是真理，只不过是能用来解释许多自然现象的假设。我们永远无法证明这样的假设，因为即使我们能用这个假设来解释无数自然现象，我们还是无法证明它是放之四海而皆准的。另外，只要有一个现象是这个定律无法解释的，这个假设就立刻被推翻了。推翻这个假设不一定代表假设已无效，只不过显示我们需要找出另一个更有效的假设而已。能量守恒定律这个假设所遇到的情形正是如此，它被爱因斯坦的更全面、更有效的能量与质量守恒定律取代了，但这并不代表爱因斯坦的假设就是真理，之前的就不是真理。

我们往往把科学的含义局限于极其有限的几种自然现象中。当我们研究物理、化学或生物学时，我们就说这是科学。我们应该明白，还有许许多多的自然现象没有归纳于这几门科学中，如我们在组织（尤其是工业组织）中所看到的各种现象就是。假如这些现象不是自然现象，那么又是什么呢？难道我们要把在组织中看到的种种现象视为虚幻的东西而不是现实吗？

常识其实并不平常

这本书尝试显示，我们可以用少数假设做推论，来解释极其广泛的产业现象。读者可以自行判断，本书种种假设及推论是否足以把我们每天在工厂中看到的现象解释得天衣无缝，以至于能称为“常识”。常识其实并非那么平常，常识是我们给予以逻辑推演出来的结论的最高礼赞。假如你也认为是常识，那么，基本上你已经将科学从学术的象牙塔抽离，把它放在科学原本归属的地方，让我们每个人

都能接触到，并在我们周围所见的事物上发挥作用。

我希望在本书中证明，我们不需要花费额外的脑力来构建新的科学，或者扩大现有科学的领域；我们只需要有足够的勇气来面对矛盾，同时不要以“一向的方式就是如此”作为借口来逃避它们。我大胆地在本书中插入家庭中的争执，是因为我假定，所有陷在忙碌工作中的经理人对这个情景应该都不陌生。我加入这个情景不是为了让本书更受欢迎，而是为了凸显一个事实：我们往往倾向于把许多自然现象说成跟科学毫不相干。

多用问号

我也希望借着本书探讨教育的意义。我诚心诚意地相信，唯有通过推论的过程，我们才能真正地学习；直接把最后的结论摆在我们眼前，并不是我们的最佳学习方式，充其量这只不过是培训方式罢了。因此，我试图用苏格拉底的方式来呈现本书想表达的信息。尽管钟纳早已知道答案，他仍然不断以“问号”而不是“惊叹号”，来刺激罗哥自行找出答案。我相信运用这种方式，读者可以抢在罗哥之前就推断出答案。假如你觉得这本书很有趣，那么或许你会同意，好的教育方式也应该如此，而且我们应该运用苏格拉底的方式来编撰教科书。教科书不应该提供一堆最后的答案，而应该引导读者自己经历整个推论的过程。假如借着这本书，我能成功地改变你对科学和教育的观念，那么，对我而言，这是撰写这本书真正的回报。

前　言

勇敢地挑战基本假设

高德拉特

这本书谈的是有关“制造”的普遍法则，谈的是一群人如何试图了解世界运转的窍门，并且因此改善了周遭的一切。他们不断运用逻辑来思考问题，找出行动与结果之间的因果关系。在这个过程中，他们也归纳出一些能挽救工厂、成功经营企业的基本原则。

在我眼中，科学其实就代表了我们对于这个世界如何运作，以及为何如此运作的理解。无论在什么时候，科学知识所代表的都只不过是我们目前所知的。我不相信世界上有绝对的真理，我恐怕相信绝对的真理反而会阻碍我们追求更深入的理解。每当我们自以为已经掌握了最后的答案时，所有的进步、科学发展和深一层的理解也就戛然而止。然而，我们不是单单为了理解这个世界而去理解这个世界。我相信，我们之所以孜孜不倦地追求知识，是为了改进世界——充实我们的生活。

有几个原因促使我选择以小说的形式来说明我对“制造”这个行业的理解——它实际上是怎样运作的，以及为什么这样运作。首先，我希望令相关原则更容易明白，以及展示它们如何为工厂中常见的混乱带来秩序。其次，我希望展示新的理解的威力，以及它能带来的好处。所取得的成果已不是神话，在不少真正的工厂中已做到了。西方世界不一定会沦为二三流的制造业国家，只要我们了解并运用正确的原则，就能够跟任何人竞争。我也希望读者能够看到，无论你把这些原则用在银行、医院、保险公司及家庭等各种不同的组织中，都依然不改其有效性和价值。或许每个组织中都隐藏了相同的成长和改进的潜力。

最后，同时也最重要的是，我想显示，我们每个人都可以成为杰出的科学家，

成为优秀科学家的秘诀不在于我们的脑力，我们都有足够的脑力。我们只需要正视现实，并很有逻辑地及精确地思考我们眼前的现实。关键在于，要有勇气面对我们看到的种种矛盾，以及推论问题是怎样引发的。挑战基本假设，对达到突破非常重要。几乎每个曾经在工厂里工作过的人，对采用成本会计所鼓吹的效率来驱动我们的行动，都感到有点儿不安，然而敢于直接挑战这些金科玉律的人却寥寥无几。周遭世界究竟是怎样的？为何是这样的？假如你想要进一步了解，就必须挑战基本假设。假如我们能更了解我们的世界，以及规范这个世界的原则，我想，我们的生活一定会变得更美好。

在追寻这些原则及对《目标》的理解的道路上，祝你好运。

导　读

以简单常识处理复杂问题

高德拉特机构区域总裁 罗镇坤

本书作者高德拉特博士是以色列物理学家、“制约法”（Theory of Constraints，TOC）的发明者。他的以下作品风行全球，都以 TOC 为经纬，展示 TOC 在各个主要管理领域的应用：《目标 II——绝不是靠运气》是以营销、配销管理及如何破解冲突等问题为主线；《关键链》主要谈项目管理；《仍然不足够》是关于科技的有效运用；《抉择》是 TOC 最高层次思维的演绎；《醒悟》以零售业为主线，而《目标》则以生产管理为主线。

请让我在这里提供《目标》的一些背景资料，令大家阅读时获益更多。

两雄相遇

高德拉特博士是举世知名的企管大师。当人们谈及生产，也会自然而然地想起另一位大师——发明“精益生产”（Lean Production）的大野耐一，这项发明令丰田汽车公司成为日本最成功、最大、最赚钱的龙头企业，闻名寰宇。这两位大师都已先后作古，他们生前曾有历史性会晤，都非常敬重和欣赏对方，两人的理念有不少交集点。

高德拉特博士在 2008 年写了一篇文章，题为“站在巨人的肩膀上”（Standing on the Shoulders of Giants），详细分析了精益生产的高明之处在哪里、所取得的重大突破来自彻底推翻哪些旧思维。

在文章中，高德拉特博士也客观地分析了为什么精益生产在很多企业不成功，包括不少曾不惜为精益生产的实施付出巨大人力物力的著名企业（在中国，真正依靠丰田的模式而取得成功的企业也极少），高德拉特博士指出了精益生产的局限性在哪里及如何克服。

我很高兴获得授权在这本《目标》修订版加上这篇极重要的文章，对生产感兴趣的朋友们不妨详细看看，听听博士亲自表述这本书所介绍的 TOC 和精益生产之间的异同，以及为什么说TOC比精益生产更适合绝大多数企业的生产环境。而如果有些企业想各取所长，将精益生产和TOC一并运用，两者互相配合，可以吗？博士在文中也提及了这点。

科学家看企业问题

与生产有关的理论（包括精益生产），一般都把注意力放在企业每个环节、每个步骤、每个工序的改善上，认为只要所有环节都能各自做到最好，那么企业整体必然会有最大的改进。

高德拉特博士却主张把企业的整体视为一个系统，首先必须准确掌握这个系统内各个环节间的互动关系，然后从进攻最关键的环节入手，整个系统才能产生最大的效益。否则，仅仅个别地改进每个环节，往往事与愿违，达不到整体的最佳效果。

所以，TOC最重要的贡献在于指导企业如何集中利用有限的资源，以达到最大的效益。

高德拉特博士是一位物理学家，以一个科学家的眼光来看待企业的运作问题，为我们带来了崭新的视野。

为探索大自然，科学家不断试图在世间万象中寻找其背后的规律、法则和秩序，并且反过来以这些发现解释各种复杂的自然现象，在这不断地推敲、假设、求证的过程中，找出可以造福人类的机会和方法。

在现代社会中，我们其实也可以把企业视作有生命的有机体，在它的诞生、成长、壮大或衰落的过程中，企业每天都面对无数的问题，包括经常性的、突发的、内部的、外来的，令许多企业管理人员废寝忘食、疲于奔命，甚至没有时间停下来想一想，这些问题背后到底是受什么东西支配着？有没有什么规律、法则和秩序可循？

有人认为不必如此辛苦地找寻答案，因为各种历史悠久、众所周知的管理学说已提供了一切必需的答案和指导方法，如用成本会计的原则衡量新产品是否有利可图，以设备的使用率衡量一个部门的生产力和效益等，他们把这些做法奉为金科玉律。

但是，为什么很多忠实奉行这些金科玉律的机构仍然会陷入困境呢？难道一切困难都可以归咎于外来的、不可控的因素吗？

高德拉特博士认为，不能盲目地死抱这些“金科玉律”，必须以崭新、科学的态度来看待企业的现象，寻找它们背后的规律、法则和秩序。

而“TOC制约法”就是他的研究成果，以物理学上的法则应用于管理学上，这是一大创举，也是他以科学家的身份对企业界的贡献。

高德拉特博士常说：“复杂的解决办法是行不通的，问题越复杂，解决办法越要简单。”

如果深入分析 TOC 的精髓，你看见的正是一整套简单、容易明白和接受的法则，简单到甚至接近“常识”（Common Sense）的地步。这正是 TOC 最大的特点和威力所在。

打破复杂的旧框框

常识是否代表一些粗浅、没有价值的东西？恰恰相反。如果企业管理层事事都能以常识来判断及处理，很多困扰就会马上消失。本书中载有无数实例，令你看到打破复杂的旧框框，用常识处理问题，区别会有多大。

因此，读者不用担心研读本书需要硬吞一套艰深复杂的理论或方程式，恰好相反，运用常识，正是 TOC 之所以能在全世界被广泛接受的原因。

高德拉特博士以一个崭新和大胆的形式——小说，作为这本书的表达方法，这在财经企管类别的书中十分罕见。而此书在全球的销量一直强劲，看来，这个策略是极为成功的。

这是一本真真正正的小说，脉络分明，有危机，有高潮，有冲突，有矛盾，有悬疑，有令人意想不到的峰回路转，同时也妙趣横生。

但是最令广大读者惊叹的是它的真实感和亲切感。很多读者说，他们可以很容易地将书中的人和事，套入他们自己的企业单位中，小说的情节和他们日常遇到的问题太相似了，因此产生了高度共鸣。很多读者花两三个通宵一口气看完这本小说后，才肯把它放下；有的人一看再看，每次都有新的领会和感受；也有些主管买了好几箱的书，派给下属看，大家再讨论各自的心得，以及如何在企业内实行 TOC 等。包括哈佛商学院在内，全球很多大学也都把这本小说列为财经企管系学生的必读书。

读者大概都读过很多财经企管大师的著作和各种管理文章，读一读《目标》这本小说，你会有一种十分清新的感觉。

苏格拉底的指导方法

很多人都晓得，古希腊哲人苏格拉底的著名指导方法是：只问问题，不提供答案，要学生自己思考、摸索、假设，以行动印证，最后找出答案。

本书就是用这个方式写成的，书中两个主要人物罗哥（厂长）及钟纳（罗哥大学时代的物理学教授）对企业的很多问题，看法都不同，最后通常都是由钟纳向罗哥提出一个看似简单但其实不容易解答的问题，接下来，小说描写罗哥找寻答案的心路历程及其中的种种曲折、挣扎、实践、求证……

当然，所有这些苏格拉底式的问题，本书最后都给出了答案，但最引人入胜的是：读者一直陪伴着罗哥，看这位受过专业技术及管理训练的厂长如何陷入困境，再如何从谷底一步步爬出来，每解答一个钟纳的问题，他要克服多少困难，化解多少压力，挑战和推翻多少条被奉为圭臬却十分有害的管理概念。在这个过程中，读者深刻体会到TOC的每个观念是如何产生的，以及它所针对的是什么问题等。

苏格拉底的思考方式真是最有趣和有效的学习方法。

读者不妨和主角罗哥来个比赛，试试你能不能比他更快、更直接地回答钟纳的问题，然后比较答案，你一定获益匪浅。

还必须再三强调的是，本书是为了各类型企业而写的，而不只是为了制造业，否则制造业以外的朋友会与本书失之交臂。

尽管这本小说是以工厂作为故事背景的，但故事引发出来的TOC法则能适用于所有的组织，包括所有营利性和非营利性机构，如医院、学校等。全球数以千计实行TOC的机构，各行各业都有，制造业只是其中一个部分。

不断探索、实践和学习

TOC系列作品的读者主要是企业管理人员，一般都很忙，为方便他们抓紧时间阅读，我特别在书的最后加上书中人物的“角色关系表”，因此就算没有时间一口气读完，每次翻开小说，在这张表的协助下，仍然可以很快地重新投入小说中的情节。这个功能是否真的带来好处，希望读者告诉我。

想牢牢掌握及运用好TOC，要不断探索、不断学习。高德拉特博士创立的全球性“高德拉特机构”提供各种TOC服务及学习渠道，也开展TOC实施项目，帮助企业全面推行TOC。

作为高德拉特机构区域总裁，我深感任重而道远，希望借着《目标》、TOC系列书籍和活动，结合对TOC有兴趣的企业和人士，形成一个网络，共同探索、学习和实践TOC（请参阅书后的读者调查表）。在TOC的道路上，我们起步虽然比欧美国家晚，但已渐渐积累了一些实践经验，TOC也为越来越多的人认识和了解。我拟将自己应用TOC的经验整理成书，与大家共同分享。我深信，只要各方共同努力，TOC一定可以为更多的企业带来骄人的成绩。

1

晴天霹雳

The Goal

大清早七点半，我就开着车驶进停车场，老远可以看到对面已经停了一辆鲜红色的奔驰轿车。那辆奔驰轿车就停在工厂旁边，紧挨着我的办公室，而且稳稳地停在我的车位上。除了皮区，还有谁会这么做？他完全不管当时整个停车场都空荡荡的，也不管停车场上还有很多标示了“访客”的车位。不，皮区非要把车停在标示了我的头衔的车位上不可，他最喜欢利用这种微妙的暗示了。好吧，他是事业部副总裁，而我只不过是区区一名厂长罢了。他爱把那辆该死的奔驰轿车停在哪儿都成。

我把别克轿车停在奔驰轿车旁边（停在标示了财务总监的位子上）。下车后，我瞄了一眼车牌号码，更确定这一定是皮区的车子，因为车牌上写着：“一号。”我们都晓得，这是皮区向来竭力追求的目标，他希望能当上最高主管。我也想啊，只是现在机会可能变得渺茫了。

无论如何，我朝着办公室大门走去。我的肾上腺激素已经开始加速分泌，不晓得皮区究竟在这里干什么，看来今天早上别奢望能完成任何工作了。我通常都很早来上班，以便理一理白天抽不出空来处理的事情。通常在会议尚未开始，电话铃声尚未响起，以及还没有蹦出任何紧急情况之前，我确实可以完成很多工作。但是，今天看来就要泡汤了。

“罗哥先生！”我听到有人大喊。

我停下脚步，有四人从工厂侧门冲了出来，分别是班次督导员丹普西、工会干事马天赐、一名工人，还有个叫吕伊的领班。丹普西告诉我出问题了，马天赐嚷嚷着快要发生罢工事件了，那名工人嘟哝着有人骚扰他，而吕伊则大叫：“我们没有办法完成某件东西，因为缺了一个零件。”他们全都看着我，而我甚至连杯咖啡都还没来得及享用。

我终于让大家都冷静下来，问清楚究竟发生了什么事。原来皮区在一小时以前就到了，他直接走进我的工厂，命令他们报告第 41427 号订单目前的执行状况。

这下可糟了，说巧不巧，刚好没有人知道第 41427 号订单的状况。于是皮区逼着每个人四处追查到底发生了什么事，查出来的结果是，那是笔很大的订单，同时也是笔延迟交货的订单。这有什么稀奇呢！工厂里几乎每笔订单都延迟了。根据我的观察，这个工厂的订单可以区分为四种优先次序的级别：“紧急”“非常紧急”“紧急得不得了”，以及“立刻完成”。总之，我们就是没有办法依进度完成订单。

皮区一发现第 41427 号订单距离出货还遥遥无期，就开始扮演催货员的角色。他到处咆哮，对着丹普西发号施令。最后，他们发现几乎所有必需的零件都已经齐备，成堆地在旁待命，却没办法展开装配作业，原因是某个组件中的某个零件还没有经过加工处理，因此目前缺货。假如工人拿不到这个零件，就没有办法进行装配；假如他们没有办法装配，当然就没办法出货。

他们还发现做这个零件的物料就躺在其中一个数控机床旁边，静候处理，但是机械工并没有在为这个零件进行转换（Setup），而是忙着为另一件别人逼他们立刻完成的东西赶工。

皮区才不管这件立刻要完成的东西是什么，他只关心第 41427 号订单能不能及时出货。所以他叫丹普西告诉领班，别管另外那件超级紧急的玩意儿了，指挥机械工立刻准备处理第 41427 号订单缺少的零件。那名机械工看看吕伊，又看看丹普西，再看看皮区，然后把螺旋扳手一丢，告诉他们，他们全疯了。他和助手只要再花一个半小时，就可以让很多人都抢着要的零件上线了，现在却得前功尽弃，重新为另一个零件准备生产线！去他的！

于是，我们的伟大外交官皮区先生，越过我属下的主任和领班，直接告诉这名机械工，假如他不照着吩咐去做，就得卷铺盖走人。他们又吵了一会儿，机械工威胁要罢工，工会干事出现了，每个人都疯掉了，没有人在工作。于是现在，在这个明亮的清晨，四个大男人在停顿的工厂前面迎接我。

“那么，皮区现在在哪里？”我问。

“在你的办公室里。”丹普西说。

“好吧，请你告诉他我马上就过去和他谈话。”我说。

丹普西如获大赦般地朝着办公室跑去。我转向马天赐和那名工人，这才发现原来他就是那名机械工。我告诉他们，我不会炒任何人鱿鱼，也不会对任何人施加停职处分，这件事情只不过是一场误会。马天赐起先对我的说法并不满意，而机械工的意思似乎是要皮区向他道歉。我可不想卷入这个麻烦。我恰好晓得单单马天赐一个人，还没有足够的权威来号召一场罢工，因此我说，假如工会要提出申诉，没有问题，我很乐意今天就找个时间和工会会长奥当奴谈一谈，我们会依照正当的程序来处理这件事情。马天赐心知肚明，在他和奥当奴商量好之前，反正也做不了什么事，因此终于接受了我的提议，和工人一起走回工厂。

“好，现在让大家回去工作。”我告诉吕伊。

“当然，不过，呃，我们应该先做什么呢？先完成我们原本打算要做的东西，还是先为皮区赶工？”吕伊问。

“先赶皮区要的东西。”我告诉他。

“好吧，那么我们原先就白做了。”吕伊说。

“白做就白做吧！”我告诉他，“我甚至还不晓得究竟发生了什么事。不过一定出了什么紧急状况，皮区才会亲自跑来这里。你不觉得我说得很有道理吗？”

“是啊，当然。嘿，我只不过想知道该怎么办。”吕伊说。

“好，好，我知道你也只不过是半途卷入这场混乱之中的。”我试图安慰他，“我们就尽快把生产线准备好，开始处理那个零件吧。”

“对！”他说。

这时候，丹普西正好走过我身边，准备回工厂工作。他刚从我的办公室走出来，看起来仿佛迫不及待地要逃离那个地方。他对我摇摇头。

“祝你好运！”他嘴角挤出这几个字。

我的办公室大门敞开，我走了进去，他就在那儿。皮区大咧咧地端坐在我的办公桌后面，他长得矮胖结实，满头浓密的银发与冷峻的双眼正好匹配。我一放下公事包，他的眼睛就直直地瞪着我，仿佛在说：“小心你的脑袋瓜子。”

“皮区，究竟发生了什么事？”我问。

他说：“我们有很多事情需要讨论，你先坐下。”

我说：“我很想坐下，不过你正好坐在我的椅子上。”

我可能说了不该说的话。

他说：“你想知道我为什么跑来吗？我来这里，是为了拯救你们这些差劲的家伙。”

我告诉他：“从刚刚欢迎我的场面来看，你是特地跑来破坏我的劳工关系的。”

他直直地瞪着我，然后说：“假如你没有办法在这里推动工作，那么以后根本不会再有任何工人需要你来操心了。事实上，你可能连饭碗都保不住，罗哥。”

“好，好，别那么紧张。”我说，“咱们先好好谈谈，这笔订单究竟出了什么问题？”

皮区告诉我，首先，昨天晚上 10 点左右，他在家里接到一个电话，打电话的人是我们的大客户柏恩赛先生，老好人一个。柏恩赛似乎是因为他的订单（第 41427 号订单）已经延迟了 7 个星期交货而勃然大怒。他跟皮区翻来覆去抱怨了 1 小时。显然当初所有的人都叫他把这笔生意交给我们的竞争对手，而柏恩赛力排众议，大胆地把订单交给我们。打电话来之前，他刚好和几个客户一起吃晚饭，他们全都因为交货太慢的问题向他大发牢骚，而罪魁祸首显然就是我们。因此昨天晚上，柏恩赛简直要发狂了（或许带着一点酒意）。皮区答应要亲自处理这件事情，而且保证不管有天大的困难，今天下班前一定出货，柏恩赛的怒气才稍稍平息。

我试图告诉皮区，没错，延误订单是我们的不对，我会亲自监督后续的处理，但是他非得今天一大早跑来这里，把整个工厂弄得鸡飞狗跳吗？

他随即问我昨天晚上到底跑到哪里去了？他打电话到我家，却一直找不到我。在这种情况下，我没有办法告诉他，我有我的私生活。我没有办法告诉他，头两次电话铃响的时候，我正好在和太太吵架；可笑的是，我们之所以会吵架，正是因为我太太觉得我对她不够关心；而电话铃声第三次响起的时候，我也没有接电话，因为当时我们正在讲和。

我于是告诉皮区，我昨天很晚才到家。他没有继续追问，反而问我，我怎么会不晓得工厂里的状况，他已经厌倦了不断听客户抱怨延迟交货。为什么我总是没办法准时交货呢？

我告诉他：“我很确定的是，在你三个月前逼我们进行第二次裁员和减薪 20% 以后，我们居然还有办法生产出一些东西，已经是万幸了。”

他静静地说：“你只管把东西制造出来就好了，听到了吗？”

“那么，你就得给我需要的人手！”我说。

“你已经有足够的人手了！看在老天的份儿上，看看你们的效率！你还有很多改进的空间。”他说，“先证明给我看你可以有效运用现有的人力，否则就别哭诉人手不够！”

我正想回嘴，皮区却伸出手来制止我。他站起来，把门关上。哦，可恶，我心里想。

他转过身来，对我说："你坐下。"

我一直都还站着，我从办公桌前拖了张椅子过来，坐在平常访客坐的位置。皮区从办公桌后面转过身来。

"你瞧，我们为这件事争辩不休，完全是浪费时间。你上一次的营运报告就已经说明一切了。"皮区说。

我说："你说得没错。重点是，要想办法完成柏恩赛的订单。"

皮区大发雷霆："该死，问题不在柏恩赛的订单！柏恩赛的订单只不过是问题的症状而已。你想我会从大老远跑来这里，只是为了加快一笔延迟的订单吗？你以为我事情还不够多吗？我特地跑来，是为了提醒你们，这不只是客户服务的问题，你的工厂正在不断亏损。"

他停顿了一下，仿佛要让我仔细咀嚼他的话。然后"砰"的一声，他的拳头猛敲了一下桌子，用手指着我。

"假如你今天没办法出货，那么我会教你该怎么做。假如你还是办不到，那么无论是你，或者这座工厂，对我来说，都没有什么用处了。"

"等一下，皮区……"

"该死，我连一下都没办法等了！"他咆哮，"我再也没有时间听你的借口了，我也不需要任何解释，我需要的是实际的表现，我需要的是出货，我需要的是效益！"

"我知道，皮区。"

"你不知道的是，我的这个事业部正面临有史以来最严重的亏损。这个破洞太大了，我们可能永远都无法脱身，而你的工厂正是把我们拖进这个大黑洞的那个锚。"

才一大早，我已经疲惫不堪。我疲倦地问他："好吧，那么你希望我怎么办呢？我已经来这里半年了，我承认情况没有好转，反而变得更糟，但是我已经尽了最大的努力了。"

"假如你想知道底线在哪里，我现在就告诉你：你只剩三个月来让这个工厂转亏为盈。"皮区说。

"假如我没有办法及时达到目标呢？"我问。

"那么我就要在主管委员会上建议关掉这个工厂。"他说。

我坐在那里，说不出话来。我完全没有预料会在今天早上听到这么糟糕的消息。然而，这番话对我而言，也不全然是意外。我从窗口望出去，停车场停满了早班工人的车子。我回过头来，皮区已经站起身，绕过办公桌，坐在我身旁的椅子上，倾着身子。现在，他要开始安抚我了。

“我知道从你一接手，情况就不怎么妙。我指派你这个任务，正是因为我认为你可以把这个工厂从亏损扭转为……至少变成一个小小的赢家。我现在还是这么想。再说，假如你想要在公司里继续往上爬，你一定要有所表现。”

“但是，我需要时间。”我无助地说。

“抱歉，只有三个月。而且假如情况持续恶化，我甚至连三个月都没有办法给你。”

皮区看看手表，站起身来，而我还坐在那里。讨论结束了。

他说：“假如我现在离开，那么我今天就只错过了第一个会议。”

我站起来，他走到门边，把手放在门把上，转过身来，微笑着说：“我已经帮你踢踢这些家伙的屁股了，柏恩赛的订单今天出货，应该不会再有什么问题了吧？”

“我们会及时出货，皮区。”我说。

“很好。”他一面开门，一面说，还对我眨了眨眼睛。

一分钟之后，我从窗口看到他爬进奔驰轿车中，朝着停车场大门驶去。

“三个月。”我的脑中只有这几个字。

我不记得什么时候转过身来，也不知道时间过了多久，突然之间，我意识到自己坐在办公桌旁，茫然地发呆。我决定最好还是亲自去工厂看看现在的情况。我从门边架子上拿起安全帽和护目镜，穿过秘书身旁，向外走去。

“芙露兰，我要去工厂看看。”我告诉她。

芙露兰正在打一封信，她抬起头来微笑着说：“好。顺便问一下，今天早上停在你车位上的是皮区的车吗？”

“没错。”

“真是辆好车！”她说，然后笑了起来，“起先我还以为是你的车。”

轮到我大笑。她转过身来。

“那样一辆车究竟要花多少钱啊？”她问。

“我不知道确切的数字，不过我想价钱应该在 3 万美元左右。”我告诉她。

芙露兰倒吸了一大口气。“你骗我！有那么贵吗？我一点都不晓得买一辆车子居然也会花掉那么多钱。哇！我想换一辆像他那样的车子，还有得等了。”她笑完，又回过头去继续打字。芙露兰的个性十分爽快。她年纪有多大？40 来岁吧，有两个小孩靠她抚养。她的前夫是个酒鬼，他们很久以前就离婚了，从此，她就不想再和男人有任何瓜葛，或者几乎没有任何瓜葛。我来上班的第二天，芙露兰就自动向我倾吐这一切。我喜欢她，也欣赏她的工作表现。我们给她的薪水还不错……至少就目前而言。无论如何，她还有三个月的时间可以挣这份薪水。

每回一走进工厂，我就觉得好像进入了魔鬼和天使携手创造出来的灰色魔幻世界。我一向都有这样的感觉，周围的一切既世俗又神奇，工厂真是个奇妙的地方，即使纯粹从视觉上而言，都是如此。但是，大多数人的感觉都和我大相径庭。

穿过了分隔工厂和办公室的双重大门之后，就进入了另一个世界。屋顶悬挂着一盏盏卤素灯，散发出温暖的、橘色的光芒。从地面到屋顶，层层架子上堆着一个个装满了零件和材料的柜子和纸箱。架子与架子之间的狭长走道中，工人驾着起重机，沿着天花板的轨道穿梭在架子之间。生产线上，一大捆闪闪发亮的条状钢片正向一部机器徐徐转动，钢片通过机器时，每隔几秒就发出“咔嚓”的声音。

到处都是机器。工厂其实只不过是一个大大的房间，在占地几英亩的空间里，摆满了机器。这些机器分区放置，区和区之间又以走道相隔。大部分的机器都漆上了艳丽的狂欢节颜色——橘色、紫色、黄色、蓝色。新机器的数字显示器上闪动着鲜红的数字，机器手臂则随着设定好的程序跳舞。

穿过工厂时，冒出一个个几乎隐藏在机器中间的工人。当我走过的时候，他们都抬起头来，有的人对我挥挥手，我也对他们挥挥手。一辆电动车呼啸而过，驾驶员是个大胖子。一群女工围着长桌处理成卷的电线。有个身着邋遢工作服的家伙调整了一下面罩，然后点燃了焊枪。玻璃窗后面，丰满的红发女工正对着蓝色的显示器敲打着计算机键盘。

忙乱的景象中混杂着噪声，风扇和马达嗡嗡的转动声、空气进出抽风机的轰隆声，形成了不绝于耳的大合唱，仿佛工厂永不止息的呼吸声。偶尔会出现莫名的“砰”一声巨响。我身后响起了警铃声，高大的起重机正沿着轨道隆隆地前进。

即使周围有这么多噪声，我还是听到了口哨声。我转过身去，看见唐纳凡那不可能被误认的身影远远地出现在走廊上。唐纳凡庞大的身躯就好像一座山，他有 6 英尺 4 英寸高（1 英尺=12 英寸=0.3048 米），体重大约 250 磅（1 磅=0.4536 千克），其中啤酒肚大概就占了大半。他不是举世无双的美男子，从他的发型来看，我猜想他的理发师大概是海军陆战队出身的。他说话从来不会不着边际，他似乎也颇引以为傲。除了在某些问题上面特别爱抬杠，唐纳凡是个好人。他在这里担任生产经理已经 9 年了。假如你想要推动什么事情，你只需要和唐纳凡谈一谈，就万事大吉，根本不需要再盯什么进度。

我们花了一分钟时间才真正碰头。距离近一点之后，我就看出来，唐纳凡今天不怎么开心，我想我们是彼此彼此。

“早安！”唐纳凡说。

“今天早上可真是不平安。”我说，“有没有人告诉你今天早上的访客是谁？”

“全工厂都晓得这件事了。”他说。

“那么我想你已经知道第 41427 号订单情况有多么紧急了？”我问他。

他的脸色开始涨红。“这正是我想和你讨论的事情。”

“怎么了？”我问。

“我不知道有没有人告诉你，皮区对着咆哮的那名机械师傅东尼，刚刚辞职不干了。”

“哦，该死。”我嘟哝着。

“我想我不必告诉你，像他那样手艺的师傅可不是随便就能找到一打的。想找到人来接替他的工作，将会非常困难。”唐纳凡说。

“能不能劝他回心转意？”

“嗯，我们不见得要他回来上班。”唐纳凡说，“他辞职前，的确照命令准备好了机床，而且把机床设定在自动运转上。问题是，他没有把其中两个螺帽拧紧，因此机床上的小零件现在撒得满地都是。”

“报废的加工零件有多少？”

“不多，机器只开动了一会儿。”

“我们有足够的零件材料来完成订单吗？”我问。

“我得查一查才晓得。”他说，“但是，你瞧，问题是现在机床不动了，而且可能一时也好不起来。”

“你说的是哪部机床呀？”我问。

“NCX-10。”他说。

我闭上眼睛，觉得好像有一只冰冷的手伸到我的身体里，紧箍住我的胃。全工厂只有一部那样的机床。我问唐纳凡损坏有多严重，他说：“我不知道，那部机床就瘫在那儿，我们正在用电话联系原制造商。”

我开始快步走，想亲自看看情况。上帝，我们真的碰上麻烦了吗？我望了唐纳凡一眼，他紧追着我的脚步。“你认为这是故意破坏吗？”我问。

唐纳凡看起来很诧异。“呃，我不知道。我想那个家伙只不过是心情太坏了，脑子里一片混乱，所以就把事情弄得一团糟。”

我觉得我的脸越来越热，胃却已经不再痉挛。我对皮区已经恼怒到了极点，开始想象自己打电话给他，在他的耳边大喊大叫。这一切全都是他的错！我可以在脑海中看到他坐在我的位子上，听到他告诉我要教我怎么完成订单。没错，皮区，关于如何完成这件工作，你可真树立了好榜样！

2

把我买下来

The Goal

真是奇怪，当你觉得自己的世界快要塌下来的时候，身边最亲密的人却还稳如泰山！你简直没办法明白，他们怎么可能丝毫不受这些事情干扰！

晚上六点半左右，我从工厂溜回家，打算草草吃点晚餐。进门的时候，茱莉从电视机前抬起头来。“嘿！喜欢我的发型吗？”她说。

她转过头来，她那头浓密、棕色的直发现在变成满头蓬乱的卷发，发色也变得不一样，有些地方颜色比较淡。

“喜欢，看起来很棒。”我脱口而出。

“做头发的人说，这种发型更可以衬托出我的眼睛。”她说，对着我闪了闪她的长睫毛。她有双大大的、美丽的蓝眼睛，对我而言，她的眼睛其实根本不必再靠什么东西来衬托！

“很好。”我说。

“你看起来不怎么带劲。”她说。

“抱歉，我今天碰到很多麻烦。”

“啊，可怜的宝贝。”她说，“我有个很棒的提议！我们出去吃顿大餐，把这一切都抛在脑后。”

我摇摇头。“不行，我得很快吃点东西，就赶回工厂去。”

她站起来，把手叉在腰上，我注意到她换上了一身新衣服。“但是，孩子都安排好了。”

“茱莉，我正在处理一个危机。工厂最贵的机器今天早上坏了，而且我需要紧急处理一个零件，来完成一笔订单。我必须把这件事处理妥当。”我告诉她。

“好吧，家里没有东西可以吃，因为我以为要出去吃晚饭。你昨天晚上说我们今天出去吃大餐的。”她说。

这时候我才想起来，她说得没错，这是昨天晚上我们讲和时，我一口答应的事情。

“真对不起。也许我们只能花一个钟头出去吃饭。”我告诉她。

“在你心目中，这样就表示到城里度过一个晚上吗？”她说，“算了吧！”

我告诉她：“听我说，皮区今天早上莫名其妙地出现了，他谈到要关掉这个工厂。”

她的脸色变了，“关掉这个工厂……真的吗？”

“对呀，最近情况很糟。”

“你们有没有谈到你下一个职务会是什么？”她问。

有一秒的时间，我觉得难以置信，我说：“没有，我没有问他我下一个职务会是什么。我的工作就在这里——在这个镇里，在这个工厂里。”

她说：“假如他们要关掉工厂，难道你对于以后要搬到哪里去住，一点儿都不感兴趣吗？我可是感兴趣得很。”

“他只是说说罢了。”

“哦。”她说。

我瞪着她，问：“你真是迫不及待想离开这里，对不对？”

“这里不是我的家乡，我不像你对这里有这么深的感情。”她说。

“我们在这里只不过待了六个月而已。”我说。

“真的吗？才六个月而已吗？可是，我在这里没有一个朋友，除了你。没有人可以和我谈谈话，而你又老是不在家。你的家人很好，但是只要和你妈妈相处一小时，我就快发疯了。所以对我而言，好像不止待了六个月而已。”

“你想要我怎么办呢？又不是我自己请调到这里来的，是公司派我来这里工作的，这全是运气罢了。”我说。

“你的运气还真好。”

“茱莉，我没有时间和你吵架。”我告诉她。

她哭了起来。“好吧！你尽管走吧！把我一个人孤零零地留在这里，就好像过去每个晚上一样。”

“哎！茱莉。”

我终于走过去，伸出手臂拥着她。我们静静地站了几分钟，当她止住了哭泣以后，她退后几步，抬头望着我。“对不起。如果你必须回工厂，那么你最好赶快回去。”

“明天晚上再出去，怎么样？”我提议。

她摊开双手。“好……随便。”

我转过身去，然后又回过头来。“你没事吗？”

“当然没事，我会从冰箱冷冻库里找点东西出来吃。”她说。

我早就把晚餐忘得一干二净了。我说：“好，或许我就在回工厂的路上买点东

西吃好了。回头见。”

我一钻进车子里，就感觉我已经一点胃口都没有了。

自从我们搬到白灵顿镇之后，茱莉的日子就一直过得很不愉快。她每次谈到这个小镇的时候，总是不停地抱怨，而我总是不停地辩解。

没错，白灵顿是我出生和成长的地方，因此在这里，我确实有回到家的感觉。我熟悉所有的街道，我知道到哪儿购物最好，哪里有好酒吧和好玩的地方。我有一种拥有这个小镇的感觉，我对这个小镇的感情，要比我对高速公路旁其他村镇的感情都要深厚得多。毕竟在我成年以前的 18 年中，这里一直是我的家。

但是，我不认为我对这里抱有太多的幻想。白灵顿是个工厂小镇。任何人经过这个小镇的时候，可能都看不出什么特别的地方。我驾着车，环顾四周，感觉也差不了多少。我家附近也就像典型美国市郊一样，房子都蛮新的，附近有一些小型购物中心和速食店，州际公路旁则有一座大型购物商场。这里和我们过去待过的任何市郊，实在没有太大的差别。

驶进小镇中心时，就有一点令人沮丧了。街道两旁都是乌黑老旧、摇摇欲坠的砖房。寥寥几家商店的店面不是空无一物，就是用三合板钉死了。很多地方都可以见到铁轨，但是没有几列火车经过。梅因大道和林肯路交会路口，矗立着白灵顿独一无二的高层办公大厦。10 年前，这座足有 14 层高的大厦落成时，可是小镇上的头等大事。消防队以这栋大厦为借口，采购了全新的消防车，因为这样一来，他们才有足够长的云梯，可以直通到大厦顶端救人。（大概从此以后，他们都私下盼望大厦顶楼来次火灾，好让他们的新云梯有大显身手的机会。）地方人士立刻声称这栋新大厦象征了白灵顿的生命力，是旧工业城重获新生的表征。

但是几年前，大厦的管理阶层在屋顶上竖立了一个巨大的招牌，上面以鲜红的大字写着：“把我买下来！”下面是一行电话号码。从州际公路往下望，仿佛整个小镇都待价而沽，而事实也差不多是这样。

每天在上班的途中，我都会经过另一个工厂。工厂外面围着一圈生锈的铁栏杆，上面还缠绕着有刺的铁丝网。工厂正前方铺设了一个大停车场，足足五亩的混凝土地面上，从裂缝中冒出了一丛丛褐色杂草。这里已经有很多年不曾停过一辆车子。墙上的油漆逐渐褪色，看起来灰扑扑的。工厂正面的高墙上头还依稀可以辨认出这家公司的名称，因为原本悬挂工厂名称和标志的地方油漆的颜色都比较深。

原本拥有这个工厂的公司南迁了，在北卡罗来纳州另建了一个新厂。据说公司因为和工会闹僵而逃离了这个地方，也听说只要再过五年，北卡的工会组织可能就会迎头赶上，让他们面临同样的劳资纠纷，但是，他们已经为自己买到了五年的时间，在这段时间内，他们可以付较低的工资，同时也少了很多劳资间的冲突。就今天的企业营运计划而言，五年几乎已经好像永恒那么久了。所以，白灵顿的郊区就出现了又一座工业恐龙遗骸，另外还有 2000 名失业人员流落街头。

六个月前，我刚好有机会走进这个工厂的内部。当时我们只不过想在附近找个便宜的仓库，所以一起来看看这个地方。（我刚来这个小镇的时候，真会做白日梦，我以为将来我们也许会需要很多扩充的空间。现在回想起来，真是个大笑话。）工厂中的寂静令我感触颇深，周围的一切都如此沉寂，只有脚步声传来的阵阵回音回荡在空气中，感觉好怪异。所有的机器都拆除一空，只剩下一个巨大的空厂房。

现在，再开车经过这个地方，我禁不住想到，三个月后厄运就轮到我们了。这个想法令我不禁戚然。

我很不愿意看到这种情况发生。从 20 世纪 70 年代中期开始，这个小镇平均每年都会流失一家大雇主——不是关门大吉，就是从小镇撤资，搬到其他地方设厂。这个循环似乎永无止境，而现在可能就要轮到我们了。

当我回乡管理这个工厂的时候，白灵顿《先锋报》曾经登了一篇报道。我知道，这是小镇的大事，有一段时间，我因此还小有名气。其实只不过因为我是本地出生，才让这件事显得非比寻常，这就好像高中时代的梦想成真一样。我极不愿意想象，下次我的名字出现在报纸上的时候，刊登出的却是我们关厂的消息。我开始觉得好像背叛了镇上每个人。

回到工厂的时候，唐纳凡的样子就像一只紧张兮兮的大猩猩。今天这样跑上跑下的，他可能瘦了五磅。我向 NCX-10 机器走去的时候，看见他换了一下站立的姿势，踱了几步，又停住。突然，他冲到走道对面，和另一个人谈话，接着又跑去检查另一样东西。我把两根手指放进嘴里，对着他发出一声尖锐的口哨，但是他没有听到。我只好追着他穿越两个部门，直到他又回到 NCX-10 机器旁边，才终于追上他。他看到我：脸上露出惊讶的表情。

“完得成吗？”我问。

“我们正在赶。”他说。

“好，但是会成功吗？”

“我们正在尽最大的努力。”他说。

“唐纳凡，到底我们今天晚上能不能出货？”

“也许可以。”

我转过身去，看着 NCX-10，这部机器还真可观，这个庞然大物是我们最昂贵的数控机床，身上披着光亮、独特的淡紫色外衣（别问我为什么），旁边有个满布着红色、绿色和琥珀色灯泡的控制板，闪闪发光的开关，漆黑的键盘，磁带机和一部计算机显示器。这是部外表性感的机器，焦点全集中在它中央的金属加工上，一把钳子夹着铁片，裁剪机刨下片片铁屑，青绿的润滑油不停地冲洗着铁片，带走碎屑。

还好，至少这该死的东西又开始运转了。今天真幸运，损坏不像我们想象得那么严重，但是技术服务人员几乎到下午四点半才把机器修理完毕，而这时候，工厂已经轮第二班了。

我们要求装配部所有的人都留下来加班，尽管这样做违反了目前的规定。我不知道该怎么注销这笔额外的花费，但是今天晚上非完成这笔订单不可。今天仅仅营销经理强斯那儿就来了四次电话。无论皮区还是他自己的业务员或客户，都在他耳边唠叨不停。今晚非要把这批货运出去不可！

因此，希望不要再出什么差错了。现在，每个零件只要一完成，就会被一车车推去进行装配作业，然后领班再把每个次装配线上的产出送到最后装配线上。你想谈谈效率问题吗？我们现在是以人力来回运送零件，我们的员工平均产出的零件数目一定低得可笑。真是疯狂。事实上，我很好奇，唐纳凡是打哪儿找来这么多人手的？

我慢慢地环顾四周，这个部门几乎每个人都在为第 41427 号订单赶工，唐纳凡把他所能逮到的每个人都抓来赶这个订单，这不是我们平常的作业方式。

这批货终于运出去了。我看看表，刚刚过了晚上 11 点，我们站在发货仓中，货柜车的后门正“砰”地关上，司机爬上他的座位，发动引擎，放松刹车，慢慢驶入夜色之中。

我转身望着唐纳凡，他也转头看我。“恭喜！”我说。

“谢谢，但是别问我是怎么办到的。”他说。

“好，我不问。我们去吃点晚餐如何？”

今天一整天，唐纳凡到这时候才第一次露出笑容。远处传来货柜车换挡前进的声音。

我们坐上了唐纳凡的车子，因为他的车离我们比较近。我们进了两家餐厅，遗憾的是，都打烊了，因此我告诉唐纳凡，只管听我的指示开车。我们在第十六街过河，沿着白森墨街，驶入南滩，最后到达了面粉厂。然后我们蛇行穿越巷道，那里的房子都一栋紧挨着一栋，没有院子，没有草坪，也没有树。街道都十分狭窄，而且路旁还停满了车，因此要通过那里，还真颇费周折。但是我们终于把车停在山尼克酒吧及烧烤店的门口。

唐纳凡看看这个地方，问：“你确定这是我们想找的餐厅吗？”

“对，对，走吧，他们的汉堡是本地最美味的汉堡。”我告诉他。

我们在后面找到了座位。美馨认出我来，走过来鬼扯一番。我们聊了一会儿，然后我和唐纳凡各点了一些汉堡、薯条和啤酒。唐纳凡环顾四周，问我：“你怎么会晓得这个地方呀？”

我说：“我平生第一次喝啤酒，就是在这家酒吧，我想我当时坐的位子就是左边数来第三张凳子，不过那是很久以前的事了。”

唐纳凡问：“你年纪很大才开始喝酒吗，还是你本来就在这里长大？”

“我的老家离这里只有两条街，家父开了家杂货店，现在杂货店由我哥哥经营。”

“我不知道你是白灵顿人。”唐纳凡说。

“经过 15 年的时间，公司才终于把我调回这里工作。”我说。

啤酒送来了。美馨说：“这两杯由山尼克请客。”

她指了指站在吧台后面的山尼克，我和唐纳凡向他挥手道谢。

唐纳凡举起玻璃杯说："庆祝第 41427 号订单终于出货。"

"我会为这件事喝一杯。"我说，和他碰了碰杯子。

几口黄汤下肚后，唐纳凡看起来放松多了，但是我仍然想着今天晚上的经历。"你知道吗？我们为这批货付出了惨痛的代价。我们损失了一名优秀的机械师傅，还有一大笔 NCX-10 的修理账单等着付，再加上加班费。"

"还要加上 NCX-10 没修好以前，我们损失的时间。"唐纳凡补充。然后他说："但是你必须承认，一旦我们开始赶工，就真的动起来了。我真希望我们每天都能这样做。"

我笑了。"我可是敬谢不敏，我可不想重复今天这样的经历。"

"我不是说每天都需要皮区闯进工厂来颐指气使，但是我们的确把货发出去了。"唐纳凡说。

"我非常赞赏今天出货的工作，唐纳凡，但不是采用今天晚上这种方式。"我告诉他。

"但是，我们成功出货了，不是吗？"

"没错，但是我们不能容许这种出货方式。"

"我的眼中只看到必须完成的工作，以及怎么让每个人都为这项工作卖命，管他什么规定。"他说。

"假如我们每天都像这样管理工厂，你知道我们的效率会有多低吗？"我问，"我们不能每次都要整个工厂只专注在一笔订单上，这样一来，经济规模就消失不见了，我们的成本会比现在还要糟糕。我们不能只靠直觉来经营工厂。"

唐纳凡沉默了下来。最后，他说："也许我在当催货员的年代学到太多错误的东西。"

"听我说，你今天的表现简直太棒了，这是我的真心话，但是我们不会无缘无故地制定政策，你也应该了解这点。我告诉你，既然皮区单单为了逼我们赶出一批货，就惹出这么大的麻烦，那么如果我们不能有效率地管理这个工厂，他定会回过头来敲我们的脑袋。"

他慢慢地点点头，接着就问："那么下一次再发生这种事情，我们该怎么办？"

我微笑着说："也许还是如法炮制。"然后转过头去，大喊："美馨，再给我们两杯啤酒。不，省得你费事，干脆给我们一大壶好了。"

于是，我们渡过了今天的危机，我们赢了，但是赢得很险。现在唐纳凡已经回家了，而酒精的效应也慢慢消退，我看不出有什么好庆祝的。我们只不过想办法运了一批延迟许久的货出去而已。

真正的问题在于，整个工厂处境危急，皮区只给我们三个月活命的时间，然后他就要拔掉插头。也就是说，我只有利用剩下的两三次月报来说服他改变主意。然后，他就要到管理阶层那儿报告数字，围坐在会议桌旁的每个人都会注视着格兰毕，格兰毕会问几个问题，再看数字一眼，然后点点头。就这么决定了，一旦最高层做出决定，就不可能翻案了。

他们会给我们一点时间处理积压的订单。然后就会有 600 名员工列在失业名单上，加入他们的朋友和旧同事（也就是我们早先裁掉的那 600 人）的行列。

于是，这个事业部就会再退出一个我们无法竞争的市场，也就是说，这个世界再也买不到我们制造的好产品了，因为我们的产品可能不够便宜，或者生产得不够快，或者不够好，或者还有其他缺点。总而言之，我们打不过日本人或其他竞争对手，我们会成为优尼公司旗下又一个失败的事业部，在总公司的大老板们和其他的商家达成了兼并的协议后，我们将被迫投靠到另一家公司（天晓得是什么公司）。这些日子，这种做法似乎已经成为企业策略计划的精髓所在。

我们到底是怎么了？

每隔半年，公司里似乎总会有人提出新计划，作为解决一切问题的万灵丹。有些计划似乎一时奏效，但是没有一个计划带来真正的好处。我们月复一月地蹒跚前行，情况从来不曾好转，大多数的时候，情况甚至日渐恶化。

好了，罗哥，埋怨够了，该试着冷静下来，理智地想一想。现在周围一个人都没有，夜已深了，终于只剩下我自己一个人了……坐在这个备受垂涎的办公室里，我的王国宝座上，没有任何人会来打扰，电话铃声也不再响起，所以，我们就好好来分析一下整个形势吧。为什么我们不能击败对手，以低成本，稳定而准时地产出高质量的产品呢？

一定有什么地方不对劲，我不知道问题出在哪里，但是一定有什么地方出了严重的根本问题，我一定有什么疏忽之处。

我所经营的应该是一个很好的工厂。该死，这绝对是个好工厂。我们有技术，我们采购了我们所能买到的最好的数控机床，我们拥有机器人，还拥有一套除了

煮咖啡应该无所不能的计算机系统。

我们也找到了一批好员工，他们大部分都很不错。当然，我们在几个方面确实比较弱，但是在大多数的领域，我们的人都表现优异，虽然我很确定他们的潜力还没有充分发挥。我和工会也相处得不错，虽然他们有时候会找麻烦，但是竞争对手也有工会，而且上次谈判的时候，我们的工人还让步了，尽管让步的幅度不像我们所期望的那样大，但是目前的协议还算可以接受。

我有机器，也有人手，我需要的物料全都不成问题，我知道市场的确也需要我们的产品，因为竞争对手的产品卖得很好。那么，到底出了什么问题呢？

问题全出在该死的竞争上，激烈的竞争把我们害惨了。自从日本人跨入了我们的市场以后，竞争就变得激烈得不得了。三年前，他们在质量和产品设计上胜过我们，就在我们即将迎头赶上的时候，他们又在价格和出货速度上拔得头筹。我真希望能找出他们制胜的秘密。

我究竟该怎么做，才能提高竞争力？

我已经降低了成本，这个事业部没有一个主管像我一样，把成本缩减到这个程度，已经没有地方可以再减了。此外，尽管被皮区狠狠批评了一番，我们的效率其实很高。他管辖下的另一个工厂效率更差，我很清楚这点，但是其他人不像我们面临这么强劲的竞争。也许我可以把生产效率再提高一点，但是……我不确定这是好办法。这就好像拼命鞭打一匹已经尽全力奔驰的马一样，只是徒劳无功。

我们必须对交货延迟的订单想想办法，工厂每笔订单都非得到了被逼赶工的地步，才出得了大门。工厂里堆满了库存，我们如期发放生产物料，但是到了交货期限，生产线的另一端没有生产出任何东西。

这并非罕见，几乎我所知道的每个工厂都雇用催货员。你走过美国每个像我们这样大小的工厂，就会发现在制品库存（Work-in-Process）都和我们不相上下。我不知道这是怎么回事。另外，这个工厂并不比其他我所见过的工厂差，事实上，还比许多工厂的情况好得多，可是，我们偏偏一直亏损。

假如我们可以将积压的订单处理完就好了。有时候，真好像有个小鬼存心捣蛋，每当我们开始上轨道的时候，他就躲在一旁，趁换班的空隙，没有人注意的时候，偷偷改掉一些东西，搞得鸡飞狗跳。我敢打赌一定有鬼怪作祟。

或许，问题出在我才疏学浅。但是，该死，我不但有工程学士学位，还拿了个企管硕士学位。假如皮区认为我不够格，他根本不会让我坐上这把交椅。所以，问题不可能出在我身上！

天哪，想当年我还是工业工程系里无所不知的聪明小子呢！那是多久以前的事了，14 年，还是 15 年前？从那时候到现在，我已经度过了多漫长的日子？

过去，我总以为只要我努力，就没有什么办不到的事情。我从 12 岁就开始打工，每天放学后，都到老爹的杂货店帮忙。中学时代，我仍然半工半读。年纪稍长后，每年暑假，我都到附近的面粉厂工作。从小我得到的教诲就是，努力终会得到好报。说得很对，不是吗？看看我哥哥吧，由于身为长子，他走了一条最轻松的路，现在他在小镇上一个不怎么样的区域拥有一家杂货店。再看看我，一直努力工作，凭自己的汗水念完工程学校，还在大公司里拼得一席之地。我忙得和自己的太太、小孩形同陌路，任劳任怨地为公司卖命，而且还说："还不够，请给我更多的重任！"天哪，我真高兴我如此卖命！看看今天的我，才 38 岁，已经当上厂长了！不是很棒吗？我现在真是乐在其中。

我该离开这个鬼地方了，今天可真是受够了。

3

人 人 自 危

The Goal

醒来的时候，茱莉正压在我身上。可惜的是，她不过是想伸手到床头柜去，而不是想和我亲热。我们的数字闹钟显示着“6:03 A.M.”，闹钟已经足足响了 3 分钟。茱莉拍打按钮，闹钟随之噤声。她叹口气，滚开身去，没一会儿，她的呼吸声就恢复了稳定的节奏，再度进入酣睡状态。

崭新的一天又开始了。45 分钟后，我已经坐上了车，准备倒车到车库外面。外面仍是一片漆黑，但是几英里外的天边，已经微露曙光。车子行至半途，旭日已经东升。我原本忙着想事情，根本浑然不觉，后来无意中往窗外一瞥，才看到朝阳正从树丛中冉冉升起。我有时候最生气的正是这点，我总是拼命赶路，结果和许多人一样错过了周围的奇景。就像现在，我没有放任自己沉醉于早晨的美景，而是注视着前方道路，为了皮区而忧心忡忡。皮区要我们这群直接向他报告的下属（基本上包括他的幕僚和工厂厂长）一起到总公司去开会，他说会议将在早上 8 点准时召开。令人费解的是，皮区并没有预告这个会议要讨论什么事情，仿佛这是个天大的秘密——你知道，嘘！就好像可能会爆发一场大战之类的事情。他只叫我们 8 点整准时出席，还要带着报告和其他数据，以便能对整个事业部的营运做个完整的评估。

当然，所有的人都已经晓得会议中要谈什么了，至少已经稍微有点儿概念。传说皮区将在会议中发布消息，让我们晓得事业部第一季的营运绩效有多差，然后，他会强烈要求我们发动新的生产力提升运动，为每个工厂设定目标、许下承诺等。我想这是他下令要我们带着数据，在 8 点整准时出席的原因，皮区一定认为这样才能表示纪律的重要和开会的急迫性。

具有讽刺意味的是，为了一大早出席会议，半数的与会者都必须在前一天晚上飞到当地，也就是说，公司要额外负担一笔食宿费用。因此，为了向我们宣布营运状况有多糟，皮区得额外付出几千美元。假如他晚一两小时开会，就可以省下这一大笔钱了。

我想皮区可能开始失控了，我不是怀疑他即将精神崩溃，而是最近他对许多事情都反应过度。他就好像一个将军，明知即将打败仗，但是在拼命想赢的挣扎中忘了自己原本的策略是什么。

几年前，他和现在完全两样。当时的他充满自信，勇于授权。只要你能获取可观的利润，他就让你拥有自己的一片天。他尝试做个开通的主管，希望接纳各

种新观念。假如有一位顾问走进来说："为了提高员工的生产力，你必须让他们工作愉快。"那么，皮区会虚心受教。但是，当时我们的销售成绩比现在好多了，预算也十分充裕。

他现在会怎么说呢？

他会说："我才不管他们感觉愉不愉快，假如要额外花掉一毛钱，我们都绝不答应。"

当时有位厂长想要说服他设立员工健身中心，理由是健康的员工会比较快乐，因此工作表现也会比较好，结果皮区回答他的就是上面这段话，而那名厂长几乎被他丢出办公室。

而现在，他走进我的工厂，以改善客户服务之名制造了一场大浩劫。这已经不是我和皮区第一次争执了，尽管以往的争执都不像昨天那么严重，但我们已经吵过好几次架了。真正困扰我的问题是，过去我和皮区真是水乳交融。当我还担任他的幕僚时，有时我们会在一天工作快结束的时候，一起坐在办公室里，闲聊几小时。偶尔，我们也会一起出去小饮一番。许多人都认为我在拍他马屁，但是我认为他之所以喜欢我，正是因为我不是马屁精，我只不过是为他把事情办好而已。我们彼此投缘。

有一次，在亚特兰大举行的年度业务大会中一个疯狂的夜晚，皮区和我及营销部门的几个怪胎，从旅馆酒吧中把钢琴偷偷搬走，然后在电梯里大合唱。当电梯门开的时候，其他等电梯的旅馆客人见到的景象是，我们这群人挤在电梯里高唱爱尔兰饮酒歌，而皮区就坐在那儿敲打着琴键（他弹得一手好钢琴）。一小时后，旅馆经理终于逮到了我们。这时候，电梯里的人已经多得挤不下了，因此我们爬到屋顶上，对着整个城市引吭高歌。旅馆经理找了两个保镖来终结我们的派对，我好不容易才把皮区拖离这场打斗。那真是疯狂的一夜啊！最后在破晓时分，我和皮区在亚特兰大另一端的一家简陋的餐厅中，以柳橙汁举杯互祝。

皮区让我明白，我在公司里继续做下去会大有可为；当我还是个项目工程师，只知道埋头苦干的时候，为我描绘出远景的人正是皮区；靠着他的提拔，我才能进入总公司工作；也因为他的安排，我才能回学校拿到企管硕士的学位。

我简直不敢相信，我们现在竟然面对面彼此大声斥责。

上午 7 点 50 分以前，我已经把车停在优尼公司办公大厦楼下的停车场。皮区和他的幕僚占据这栋大厦的 3 楼。我下了车，从行李箱拿出公事包，今天的公事包大概有 10 磅重，因为里面放满了报告和计算机报表。我并不期望能度过美好的一天。我皱着眉头，走向电梯。

“罗哥！”有人在后面招呼我。

我转过身来，萨尔温朝着我走过来。我等着他。

“你好吗？”他问。

“还好，很高兴又碰面了。”我说，我们并肩走着，“恭喜你，我看到通告，你被任命为皮区的幕僚。”

“谢谢！”他说，“当然，以目前的情况而言，我不知道这是不是最好的去处。”

“怎么会呢？皮区会要你每天晚上加班吗？”

“不是，不是这么回事。”他说，然后他顿了一下，看看我，“难道你还没有听到消息吗？”

“什么消息？”

他突然停下脚步，环顾四周。除了我们，周围一个人都没有。

他压低嗓门说：“关于这个事业部的消息。”

我耸耸肩，不知道他在说什么。

“整个事业部都要被拍卖掉。”他说，“15 楼那儿每个人都紧张得不得了。一个星期以前格兰毕亲口告诉皮区，假如他到年底以前还不能提高营运绩效的话，整个事业部就会被卖掉。我不知道传言正不正确，不过据说格兰毕特别警告皮区，假如事业部卖掉的话，皮区也要跟着走人。”

“你确定吗？”

萨尔温点点头，补充一句：“显然这件事已经酝酿好一阵子了。”

我们又开始向前走。

起初我的反应是，难怪皮区最近表现得好像疯子一样，他努力的一切目标现在都饱受威胁。假如其他公司买了这个事业部，皮区可能连饭碗都保不住。新老板会来一次大清仓，而且一定从高级主管开始下手。

我的前途又如何呢？我保得住饭碗吗？好问题，罗哥。听到这个消息之前，我还假设如果工厂关闭，皮区或许会为我另外安排出路，通常都是如此。当然，或许新职位不见得尽如人意，我知道优尼公司目前没有一个工厂缺厂长，但是我以为皮区或许会让我重新做以前的幕僚工作——尽管我知道已经有人填补了我的位子，而且皮区对那个家伙很满意。我想起来了，昨天他确实威胁过我，说我可能会被炒鱿鱼。

狗屎，三个月后，我可能就要流落街头了！

"听着，罗哥，假如有人问起，你可千万别说是我说的。"萨尔温说。

然后他就走了。我发现自己独自站在 15 楼的走廊上，我甚至都不记得在什么时候进了电梯，但是我已经站在这里了。我模模糊糊地记得萨尔温在电梯中说了些每个人现在都忙着寄出履历表之类的话。

我呆呆地看看四周，不知道该往哪里去，然后才记起这个会议。我朝着大厅走去，因为其他人正陆续走进会议室中。

我走进去，找个座位坐了下来。皮区站在桌子的另一端，前面放着一台投影仪。他开始讲话，墙上的挂钟正好指着八点。

我环顾四周，会议室里大约有 20 人，大多数人都注视着皮区。其中一个人——史麦斯，正盯着我。他也是个工厂厂长，我从来都不太喜欢他。一个原因是，我讨厌他的作风，他老是不停地宣传他正在进行的新计划，而实际上，他所做的事情和其他人根本没什么两样。他现在正瞧着我，仿佛在探测什么，是因为我看起来有一点疲惫吗？我怀疑他晓得什么。我对着他瞪回去，直到他转过头去，看着皮区。

当我终于能够专心聆听报告人的讲话时，我发现讲话的人已经换成事业部财务总监费鲁士了。他是个瘦削、满脸皱纹的老头，只要化一点妆，就如同阎王再世。

今天早上听到的消息十分准确，第一季刚刚结束，大家的表现都很糟糕，整个事业部现在面临现金周转不足的危机，大家都必须勒紧裤带。

费鲁士报告完之后，皮区站起来，开始发表一段严厉的讲话，说明我们该如何应对当前的挑战。我努力想听，但是他讲了开头几句话以后，我的思绪就不知飘到何处，只断断续续听到几个字……

"……当务之急是降低风险……""……对我们目前的市场形势而言，可以……""……不必削减策略性花费""……必须牺牲……""……每个地方都要提升生产力……"

银幕上开始闪现一张张投影片上的图表，皮区等人不停地的列举各种数据，我努力尝试，但就是没办法集中注意力。

“……第一季的业绩比去年同期下降了 22%……”“……原材料成本总计增加了……”“……现在看看我们的生产时数和标准时数的比例，我们的效率落后了 12%……”

我不断告诉自己，我必须静下心来，注意听。我伸手到口袋里，想找支笔来做笔记。

“答案很明显，”皮区说，“事业部的前途完全要看我们有没有能力提高生产力。”

但是我找不到笔，于是我又伸手到另一个口袋，掏出雪茄。我瞪着这支雪茄，我已经戒烟了，有几秒，我想不起来这支雪茄究竟是从哪里来的。

然后，我想起来了……

4

机器人真的提高了生产力吗

The Goal

两个月前，我正好也穿着身上这件外套。当时工厂情况还不错，我觉得一切问题都可以迎刃而解。出差途中，我在芝加哥的欧海尔机场等候换机。时间还不急，因此我走到一家航空公司的休息室里，里面挤满了像我一样的出差旅客。我想找个位子坐下来，因此夹在一个个西装笔挺的男士和衣着光鲜的女士中间，四处张望，我的目光停留在一个穿毛衣的男人身上。他坐在灯旁看书，一只手拿着书，另一只手拿着雪茄。他身边恰好有一个空位子，我挤过去准备坐下。就在我将要坐下来的时候，我觉得好像认识这个人。

在全世界最繁忙的商务旅行机场碰到熟人，令我大吃一惊。起初，我不太确定这个人真的是他，但是他长得实在太像我认识的物理学家钟纳。当我坐下来的时候，他抬起头来看了我一眼，脸上浮现同样的疑惑：我认得你吗？

“钟纳？”我问他。

“是呀！”

“我是罗哥，记得我吗？”

他的表情显示他不太记得。

“我们是很久以前认识的，当时我还是个学生，得到了一笔奖学金，可以到你那儿研读你当时研究的数学模型。记得了吗？当时我留着胡子。”

他的脸上终于闪过一丝恍然大悟的神情。“当然，当然，我记得。罗哥，对不对？”

“没错。”

服务生问我要不要喝点东西，我点了一杯威士忌加苏打，并且邀钟纳和我共饮。他婉言谢绝了，因为他的班机很快就要起飞了。

“近来好吗？”我问。

“很忙。”他说，“非常忙。你呢？”

“和你一样。我在等候去休斯敦的班机，你呢？”

“纽约。”他说。

他似乎觉得这种闲扯有点无聊，露出想结束谈话的表情。大家沉默了几秒。碰到谈话中断的时候，我很习惯开口讲话，打破冷场（而且往往控制不住自己）。

“真有趣，当时我处心积虑想进入学术界做研究，结果却进了工商界。”我说，“我现在是优尼公司的厂长。”

钟纳点点头，似乎提起一点兴趣了，他喷了一口烟，而我继续讲话，要让我继续讲话毫不困难。

“我现在要去休斯敦，是因为我们加入了一个制造商公会，而公会邀请优尼公司在年度大会的座谈会上谈谈机器人。优尼公司要我代表公司去座谈，因为我的工厂对于应用机器人最有经验。”

钟纳说：“原来如此，那么这是一场技术性的讨论了？”

“商业成分更重一点。”我说，然后我想起来，可以拿一样东西给他看，“等一下……”我打开腿上的公事包，拿出公会寄给我的议程。

“就是这份东西。”我说，然后念给他听，“《机器人：20 世纪 80 年代美国生产力危机的解决方案》……由使用者和专家共同讨论工业用机器人对美国制造业带来的影响。”

但是，当我转头望着他的时候，他没有什么特别的反应。我以为他是个学者，根本不了解商业世界。

他问：“你说你的工厂使用机器人？”

“对，有几个部门使用。”我说。

“机器人真的提高了你们的生产力吗？”

“当然啦。”我说，“我们有呃……”我望着天花板，想着正确的数字。“我们有个部门的生产力提升了 36%。”

“真的，36%？”钟纳问，“那么你的工厂因为装设了几部机器人就多赚了 36% 的钱？真是不可思议。”

我禁不住露出一丝微笑。

“呃……不是。”我说，“真这么顺利就好了！但是，事情没有这么简单。你瞧，只有一个部门的生产力提高了 36%。”

钟纳看着他的雪茄，然后在烟灰缸里把雪茄弄熄了。

“那么，生产力并没有真的提高。”他说。

我感觉我的笑容僵住了。“我不太明白你的意思。”我说。

钟纳故意倾过身来，神秘地说：“我问你，在你装了机器人之后，你的工厂每天能多完成一个产品吗？放心，我不会告诉别人。”

我喃喃地说：“呃，我得查一下数字……”

“你开除了任何人吗？”他问。

我往后靠，看着他，他到底是什么意思啊？

“你是指我们有没有裁员吗？因为装了机器人的缘故。”我说，“不，我们和工会之间有个谅解，就是我们不会因为生产力改善而裁掉任何人，我们把员工调去做其他工作。当然，生意不好的时候，我们会裁员。”

“但是机器人本身并没有减少你们的人力成本。”他说。

“没错。”我承认。

“那么，请问你们的库存降低了吗？”钟纳问。

我轻笑几声。“嘿，钟纳，你在干吗？”我问他。

“只要告诉我就好。”他说，“库存下降了吗？”

“单凭印象的话，我必须说我想没有下降，但是我真的得查一查数字才会晓得。”

钟纳说：“假如你喜欢的话，就去查查数字，但是如果库存没有下降……而你的人力成本也没有降低……再加上假如公司也没有多卖出一些产品——显然没有，因为你们每天并没有多运一些产品出去，那么你就不能说，机器人提高了工厂的生产力。”

我觉得自己好像置身于电梯之中，而钢缆突然断裂，我的胃中一阵翻滚。

“是啊，我有一点儿明白你的意思了。”我说，“但是我的效率提高了，成本也下降了。”

“这样吗？”钟纳问，他合起书本。

“当然啦。事实上我们的生产效率平均超过 90%，每个零件的平均成本也大幅下降。现在这个年头，想要保持竞争力，你就必须尽一切的努力提升效率，削减成本。”

我的酒来了，服务生把酒放在我旁边的桌子上，我给了她五美元，等着她找钱。

“既然效率这么高，你一定经常使用机器人了。”钟纳说。

“当然啦。我们必须如此，否则产品的单位成本就会上升，效率再度下降。不只是机器人如此，对我们其他的生产资源而言，情况也一样。我们必须保持高效率的生产，并且维护我们的成本优势。”

“真的吗？”他说。

“当然，不过这并不表示我们没有问题。”

“原来如此。”他说，然后他露出微笑，“好了吧！说实话，你的库存直线上升，对不对？”

我瞪着他，他是怎么晓得的？

“假如你是指我们的在制品……”

“我是指所有的库存。”他说。

“呃，这要看情形而定，没错，有些地方库存是很多。”

“而且每件事都落后进度了。”钟纳说，“你没有办法准时出货。”

我告诉他：“我承认，我们在如期交货这件事情上碰到很多问题。近来，这变成了我们和客户之间的严重问题。”

钟纳点点头，仿佛他早就料到了。

“且慢……你怎么会知道这么多呢？”我问他。

他的脸上又露出微笑。“只不过是我的预感罢了，而且我在很多工厂里面都看到过类似的症状，你们不是唯一有问题的工厂。”

我说：“但是，你是个物理学家，不是吗？”

“我是个科学家。”他说，“也可以说，目前我正在研究组织的科学，尤其是制造业的组织。”

“我不晓得还有这样一门科学。”

他说：“现在就有了。”

“无论你正在研究什么，你刚刚点出了我们最严重的几个问题，我必须承认这点，你怎么会……”

我说了一半，就停下来，因为钟纳以希伯来语发出了几声感叹，然后从裤袋中掏出一个旧表。

“抱歉，罗哥，假如我不快点的话，就要赶不上飞机了。”他说。

他站起来，准备拿外套。

我说：“真可惜，我对你说的事情很感兴趣。”

钟纳停了一下。“嗯，假如你开始思考我们刚刚讨论的事情，或许你可以让工厂摆脱目前的困境。”

“嘿，或许你给我的印象错误，我们的确碰到几个问题，但是我可不是说工厂目前陷入困境了。”我告诉他。

他直直地盯着我的眼睛，我心里想，他完全明白状况。

我听到自己在说：“我还有一点时间，干脆我陪你走到登机门好了，不知道你介不介意？”

“没关系，没关系。但是，我们得赶快。”他说。

我站起来，抓起外套和公事包，我的酒还几乎没喝。我很快地啜了一口，然后就把它丢下不管了。钟纳已经侧身朝着门口挤过去，他停下来等我跟上去。然后，我们一起走入机场长廊，大家都行色匆匆，钟纳也开始快步向前走，我好不容易才跟上他的脚步。

我告诉他：“我很好奇的是，你为什么会怀疑我的工厂有问题呢？”

“你自己告诉我的。”他说。

“我没有哇！”

“罗哥！”他说，“从你的话中清楚透露出来的是，工厂的营运绩效并不如你以为的那么好。恰好相反，你所经营的是一个很没有效率的工厂。”

“但是，数字上显示出来的情况不是如此。难道你是想告诉我，我的下属报告我的信息都错了吗……他们对我撒谎，还是怎么样？”我问。

“不是。”他说，“他们不太可能对你撒谎，但是你的数据绝对说了谎话。”

“好吧，有时候，我们会把数字修饰一下，但是每个人都玩这种把戏。”

“这不是重点。”他说，“你以为你在经营一个很有效率的工厂……但是你错了。”

“我这样想有什么不对？我的想法和大多数其他的厂长没有两样。”

“完全正确。”钟纳说。

“这又是什么意思？”我问，开始有一点受辱的感觉。

“罗哥，如果你和世界上其他人几乎没什么两样，你毫不质疑地就接受了很多事情，表示你没有真正地思考。”钟纳说。

我告诉他：“钟纳，我每天都不断地思考，这是我的工作的一部分。”

他摇摇头。“罗哥，再告诉我一次，为什么你认为机器人带来了很大的改善？”

“因为它们提高了生产力。”我说。

“那么，生产力究竟是什么？”

我沉吟片刻，努力回想，然后告诉他：“根据我们公司的定义，有一个公式可以算出生产力，大致是以每个员工所产生的附加价值……”

钟纳再度摇头。“不要管你们公司怎么定义，那不是生产力的真正意义所在。暂且忘掉那些公式和定义，根据你自己的经验，用你自己的话告诉我，怎么样才算有生产力？”

我们匆匆走过一个转角。我看到前面就是金属探测器和警卫，我想要停下脚步，向他道别，但是钟纳没有慢下来。

“只要告诉我，怎么样才算有生产力？”他一边走过金属探测器，一边再问了一次，然后从另一端回过身来说，“对你个人而言，生产力的意义究竟是什么？”

我把公事包放在输送带上，跟着他走过去。我很好奇，他究竟想听到什么答案？

我在另一端告诉他：“我猜生产力代表我在工作上有所成就。”

“完全正确！”他说，“但是你根据什么来说你有所成就？”

“根据目标。”我说。

“对了！”他伸手到衬衫口袋里，掏出一支雪茄递给我。

“恭喜！生产力高的时候，就表示你根据目标完成了一些事情，对不对？”他问。

“对！”我一边说，一边拿起公事包。

我们快步走过一个又一个登机门，我努力跟上钟纳的步伐。

他说：“罗哥，我的结论是，生产力是把一家公司带向目标的行动。每个能让公司更接近目标的行动都是有生产力的行动。每个不能让公司更接近目标的行动都没有生产力。你明白我的意思吗？”

“对，但是……钟纳，这只是普通常识。”我对他说。

“道理就是这么简单。”他说。

我们停下脚步。我看着他把机票交给柜台服务人员。

“但是，你把一切都简单化了，你什么都没告诉我。我的意思是，假如我朝着目标迈进，那么我就有生产力，假如我没有朝着目标迈进，那么我就没有生产力——这又怎么样呢？”

“我想要告诉你的是，除非你知道目标是什么，否则生产力就毫无意义可言。”他说。

他拿回机票，开始朝着登机门走去。

我说：“好吧，那么你可以从这个角度来看，我们公司的目标之一是提高效率，因此，只要我提高效率，我就有生产力。这很合逻辑。”

钟纳停住不动，转过身来。

他问我：“你知道你的问题出在什么地方吗？”

“当然啦，我需要提高效率。”我说。

“不，你的问题不是这个。”他说，“你的问题是，你根本不晓得目标是什么。顺便提一句，无论什么公司，目标都只有一个。”

他的话令我如坠入五里云雾。钟纳又开始朝着登机门走去，似乎其他人都已经登机了，只剩下我们两人留在候机室中。我仍然跟着他。

“等一等！你刚刚讲的话是什么意思啊？我不知道目标是什么？我当然知道我的目标是什么。”我告诉他。

我们已经走到机门了，钟纳转过身来，机舱中的空中小姐看着我们。

“真的吗？那么就告诉我，你们工厂的目标是什么？”

“我们的目标是生产出产品。”我告诉他。

“错误。”钟纳说，“不对，你们真正的目标是什么？”

我茫然地瞪着他。

空中小姐倾过身子来。“你们两位要搭这班飞机吗？”

钟纳对她说：“请稍等一下。”然后回过头来，对我说：“别这样，罗哥！快点！告诉我，你真正的目标是什么，假如你真的晓得的话。”

“权力？”我提议。

他惊讶地看着我。“呃，……不算太差，但是你不会只因为制造东西就获得权力。”

空中小姐生气了。“先生，假如不登机的话，你必须回机场去。”她冷冷地说。

钟纳置若罔闻。“罗哥，除非你知道目标是什么，否则你就无法了解生产力的真正意义。在你了解生产力真正的意义之前，你只不过是在玩一堆数字游戏和文字游戏罢了。”

“好吧，那么目标是市场占有率。”我说。

“是吗？”他问。

他走向机舱。

“嘿！你不能告诉我吗？”我大喊。

“想一想吧，罗哥。你可以自己找出答案。”他说。

他把机票交给空中小姐，看着我，然后挥手道别。我举起手来，向他挥别，才发现手上还拿着他给我的雪茄。我把雪茄放在外套口袋中。当我再度抬头向上看的时候，他已经进了机舱。一个不耐烦的服务员走出来，面无表情地告诉我，她要关掉登机门了。

5

目标是什么

The Goal

这是支好雪茄。

在烟草鉴赏家眼中，这支在我的外套中放了几个星期的雪茄，或许太干了一点，但是，在皮区召开的大会中，我仍然愉快地一边抽着雪茄，一边回想和钟纳那次奇怪的会面。

那次会面真的比这个会议更奇怪吗？皮区站在我们前面，用一根长长的木制教鞭，指着图形中央。投影仪射出的光线中，阵阵烟雾缭绕。坐在我对面的家伙疯狂地敲打着手中的计算机。除了我，每个人都在专心听讲，或者记笔记，或者做评论。

“……一致的参数……营收的根本……优势矩阵……营运指标……”

我完全不晓得现在在讨论什么，他们的话听起来仿佛是外语——也不完全像外语，而是好像一种我过去懂得的语言，但是现在只剩下模模糊糊的一点印象。这些名词听起来都很熟悉，现在我却不明白它们真正的意义是什么，只不过是一堆文字罢了。

你只不过是在玩一堆数字游戏和文字游戏罢了。

在欧海尔机场里，我的确尝试了几分钟，认真思考钟纳所说的话。对我而言，他的话的确有几分道理，有些观点很不错，但是，结果就好像和另一个世界来的人谈话一样，实在不知所云。我只好把他的话抛在脑后，我必须去休斯敦讨论机器人的问题，该去赶飞机了。

现在，我很好奇：钟纳的想法是不是比我当初的想法更接近事实。因为当我看着会议室中一张张脸孔时，我的直觉是，我们之中没有一个人真正晓得自己在干什么，就好像巫医并不真懂得行医一样。我们这个族群已经快灭绝了，而我们还在巫教仪式的烟雾中手舞足蹈，想要驱逐让我们病入膏肓的邪魔。

我们真正的目标是什么？这里没有一个人提出任何根本问题。皮区高喊着如何削减成本和提高“生产力”指标等口号，史麦斯则随声附和。这里有哪个人真的知道我们在干什么？

10点的时候，皮区宣布休息。除了我，每个人都出去上洗手间，或者喝杯咖啡。我坐着不动，直到人都走光。

我到底在这里干什么？我很怀疑，坐在房间里开会究竟能带给我（或我们中间任何一个人）什么好处。这个计划要开一整天的会，能让我的工厂更有竞争力，能挽救我的工作，或者帮助了任何人吗？

我受不了了，我甚至连生产力到底是什么都不知道，所以，在这里开会岂不是浪费时间吗？想到这里，我开始把文件塞进公事包里，拎起公事包，然后静静地起身走出去。

起初我很走运，一直走到电梯口，还没有人对我说什么，但是等电梯的时候，史麦斯大步走过来。“你不是要逃掉这个会吧，罗哥？”他问。

起先，我考虑根本不理睬他，但是后来我怕史麦斯会故意向皮区打小报告。

因此我说：“我非得离开不可，工厂里有点事情要我亲自回去处理。”

“怎么了？发生紧急状况了吗？”

“可以这么说。”

电梯门恰好开了，我走进去。史麦斯走开时，脸上还带着奇怪的表情。电梯门关起。

我脑中闪过一个念头，皮区可能会因为我在开会半途离开而炒我鱿鱼。但是当我走向停车场去拿车的时候，我的心态是，就算被炒鱿鱼，也不过是把原先可能要持续三个月的焦虑缩短罢了，最后我可能仍然要卷铺盖走人。

我没有立即回工厂，而是开车闲逛了一会儿。我开车沿着一条路走下去，直到我感到厌烦了，才转到另一条路去。几个钟头过去了，我不在乎自己身在何处，我只想待在外面。偷来的自由令我雀跃不已，直到最后我开始觉得无聊。

开车的时候，我尽量不去想工作上的问题。我想清理一下脑子。今天天气很好，晴空万里，暖暖的阳光照在身上。尽管依然春寒料峭，大地还呈现着一片黄褐色，却是个逃会的好日子。

快回到工厂的时候，我看了一下手表，发现已经下午一点多了。就在我把车子慢下来，准备转弯驶进停车场大门的时候，我突然觉得不对（我不知道该怎么形容）。我看看工厂，把脚踩上油门，又继续直行了。我肚子饿了，也许应该先吃点东西。

其实真正的理由是，我还不想被其他人找到。我需要思考，但是假如我现在就回办公室，我绝对没有办法好好思考。

一英里之外，就有一家小小的比萨店。我看到他们还在营业，就停了车，走进去。我有点饿了，点了个中号比萨，加上了双层乳酪、意大利肉肠、美式

腊肠、蘑菇、青椒、橄榄、洋葱，还有……嗯，撒上鳀鱼粉。在等待比萨送来的时候，我受不了收银机旁架子上那堆零食的诱惑，又吩咐经营小店的西西里人给我装了几个纸袋的下酒花生米、玉米片，后来又点了一些硬饼干。痛苦反而令我食欲大增。

但是，出现了一个问题，没办法以汽水送花生米下肚，必须有啤酒才对味。你猜我在冷藏柜里看到什么东西，当然平常我是不在白天喝酒的……但是我看着那冰凉的啤酒罐在灯光的照射下闪闪发亮……

“管他呢！”我拿了半打啤酒。

花了十四块六毛四后，我带着午餐走出餐厅。

就在工厂对面，公路的另一边，有一条石子路，直通到小山坡上，然后可以通往半英里外的一个小车站。我一时冲动，来个急转弯，别克车跳着驶离了公路，开上石子路，还好我手脚够快，才没有让比萨掉下来。我一路上山，一路尘土飞扬。

我停下车子，解开衬衫纽扣，脱掉领带和外套，打开我的午餐。

往下一望，在公路对面不远处，就是我的工厂，矗立在田野中一座没有窗户的大铁盒子。我知道，里面有大约 400 名值日班的工人正在工作，他们的车子就停在停车场上。我看着一辆卡车倒车停在卸货仓前。这些卡车运来了工人和机器制造产品所需要的物料。在另外一边，更多的卡车载满着他们所生产的产品，准备运出去。用最简单的话说，这就是工厂里每天不断发生的事情，而我的责任就是管理这些事情。

我开了一罐啤酒，开始向比萨进攻。

工厂看起来仿佛一个地标，就好像从过去到现在，它都一直矗立在那儿，将来也会一直矗立在那儿。我知道这个工厂其实刚建好 14 年，而且很可能没有办法再活那么久。

那么，我的目标是什么呢？

我们该做哪些事情呢？

究竟是什么令这个工厂一直运转呢？

钟纳说，目标只有一个。我不明白，怎么可能呢？在我们的日常营运流程中，要做许许多多的事情，每件事情都很重要。不管怎么样，至少大多数的事情都很重要，否则我们当初就不会做这些事情了。这些事情应该全都可能是我们的目标。

我的意思是，举例来说吧，制造业中有一件非做不可的事，就是购买原料。

我们必须有这些原料才能生产，而且我们必须以最低的成本取得原料，因此在采购上达到成本效益，对我们来说，非常重要。

顺带提一句，这比萨真是美味透顶。我正在享受第二片比萨时，脑中响起一个声音：但是，这是你的目标吗？在采购上发挥成本效益，是这个工厂存在的理由吗？

我忍不住笑起来，差一点呛着。

对呀，采购部门那些聪明的白痴一定把这个当成目标，他们租了一堆仓库来存放以低成本买来的所有零件。我们现在存了什么东西呢？32 个月存量的铜线，7 个月存量的不锈钢钢板，应有尽有。他们把数以百万计的资金套牢在这批以绝佳的价格买来的原料上。

不，从这个角度看来，合乎经济效益的采购绝对不是这个工厂的目标。

我们还做了哪些事情呢？我们雇用员工，工厂里雇了几百名员工，整个优尼公司则有几万名员工。我们这群员工应该是优尼公司“最宝贵的资产”，公关人员曾经在公司年报中如此形容。撇开这些空话不谈，假如没有各方面的优秀人才，公司的确没有办法运作。

就我个人而言，我很高兴工厂提供了就业机会，能够稳定地支付薪水，这是一件很有意义的事情，但是向人们提供就业机会当然不会是工厂生存的理由。因为到目前为止，我们也裁掉了不少人。

而且，即使优尼公司和日本公司一样，采取终身雇佣制，我仍然不敢说公司的目标是提供就业机会。很多人似乎喜欢把这个当成目标（政客和只热衷扩大自己势力范围的部门经理就是这种人），但是我们盖工厂不只是为了付薪水，以及让人们有事可做。

好吧，那么首先，我们为什么要盖工厂呢？

我们盖工厂是为了生产产品。为什么这不是我们的目标呢？钟纳说不是。但是我不明白为什么不是。我们是家制造公司，也就是说，我们必须制造产品，不是吗？重点不就在这里吗——生产产品？为什么我们还有别的目标呢？

我又想了想最近听到的时髦名词。会不会是质量呢？

也许正是质量。假如你不能制造出高质量的产品，结果就只是获得了一次昂贵的错误经验。你必须制造出高质量的产品，以符合客户的要求，否则不用多久，你就会被淘汰。这是在优尼公司学到的教训。

但是我们已经得到教训了。我们大力提升品位，为什么工厂的前途还是岌岌可危呢？假如目标真的是质量，为什么像劳斯莱斯（Rolls Royce）这样的公司却濒临破产呢？

单单质量，不可能成为我们的目标。质量很重要，但质量不是目标。为什么呢？因为成本吗？

假如低成本的生产很重要，那么效率似乎应该是答案。好吧，或许应该两者兼顾：质量和效率，两者携手并进。这样，我们所犯的错误越少，修修补补的工作就越少，成本也就会降低，以此类推。或许钟纳就是这个意思。

“有效率地产出高质量的产品”，这一定就是我们的目标，听起来很棒。“质量”和“效率”这两个名词都很响亮而且合乎潮流。

我坐回车子上，打开另一罐啤酒。比萨已经全部下肚，变成了美好的回忆。有片刻的时间，我觉得很满足。

但是，还是有点不对劲，不是午餐不消化的问题。有效率地产出高质量的产品，听起来似乎是个好目标，但是这个目标能够让工厂一直经营下去吗？

脑中想到的几个例子，令我十分不安。假如目标是有效率地产出高质量的产品，那么为什么大众汽车公司（Volkswagen）不再制造金龟车呢？那是个以低成本生产出来的高质量产品。再回顾过去，为什么道格拉斯公司（Douglas）不再制造 DC-3 型客机？就我所知，DC-3 型是很好的飞机。我敢打赌，假如他们继续制造 DC-3 型，今天的生产效率会更高。

因此，以有效率的方式来产出高质量的产品还不够，一定还有其他目标。

但是，是什么呢？

我一边喝着啤酒，一边注视着我手上的铝制啤酒罐光滑的表面。大批量生产的技术真了不起。想想看，不久以前，这个啤酒罐还是地底下的矿石，由于我们研究出一些技术和工具，于是就把矿石变成重量轻、可处理的金属，让你能一次又一次地重复使用。真是惊人。

且慢！我还在想，我似乎想通了！

真正的答案就在技术，我们必须在技术上保持领先，这对我们公司很重要。假如我们不能赶上技术发展的速度，我们就完了。所以，这才是我们的目标。

但是，再仔细一想，又不对了。假如技术是制造业真正的目标，那么为什么企业中大多数的重要职务都不是由研发部门的人担任？为什么在我看过的每一份公司组织图上，研发部门总是屈居一旁？假设我们真的拥有了所有最先进的机器，我们就因此得救了吗？不，不会。所以，技术很重要，但是技术不是目标。

或许，目标是效率、质量和技术三者相加。但是，这不就等于重复了那句老话——“我们有很多重要的目标”吗？这不但有违钟纳的说法，而且等于什么都没说。

我百思不得其解。

我往下望，在工厂的大铁盒子前面，有一个玻璃和混凝土合成的小盒子，也就是办公室所在地。我的办公室就在左前方，我几乎可以瞥见我的秘书那里肯定有成叠的电话留言。

好吧，我举起啤酒，狠狠地喝了一大口。当我再低头望的时候，我看到了在工厂后面，另外有两栋狭长的建筑，那是我们的仓库，装满了备用零件及我们还没卖出的产品。我们有价值 2 000 万美元的成品库存，全都是以最新的技术、高效率生产出来的高质量产品，现在全都躺在纸盒子里，连同保证卡一起被密封住，还带着一种工厂的原始气味——等着有人把它买走。

原来如此，优尼公司开办这个工厂，显然不仅仅是为了把仓库填满，“销售”才是我们的目标。

但是，假如目标是销售，为什么钟纳说市场占有率不是目标呢？就目标而言，市场占有率甚至比销售还要重要。假如你们的市场占有率拔得头筹，你们就有了同业中最辉煌的销售业绩，只要掌握市场，就万事大吉，不是吗？

或许不然。我还记得一句老台词：“我们虽然亏钱，但是我们会以量取胜。”有些公司为了出清库存，而做赔本生意，或是只赚一点点钱，优尼公司就经常如此。你可以占有广大的市场，但是假如不赚钱，谁睬你呢？

钱。当然，钱很重要。皮区要我们关门大吉，就是因为我们花了公司太多钱了，所以，我必须想办法减少公司的亏损……

且慢，假设我做了一件聪明绝顶的事，因而停止亏损，平衡收支，这样就能挽救工厂吗？长期而言，还是无济于事。我们盖这个工厂，不只是为了平衡收支，优尼公司不单单是因为能平衡收支而在业界立足。公司的存在是为了赚钱。

现在我明白了。制造业的目标应该是赚钱。

还会有什么原因使得老格兰毕在 1881 年创办这家公司，推出经过改良的煤炭炉呢？是因为对器具的热爱吗？是为百万人带来温暖与舒适的慈悲胸怀吗？不是。老格兰毕所以这么做，纯粹是为了赚钱。他成功了，因为这种炉子在当时算很稀奇的产品。后来，投资人给了他更多的资金，希望能从中分杯羹，而老格兰毕也借此机会，又赚了更多的钱。

但是，赚钱是唯一的目标吗？所有这些我一直担心的事情，又怎么说呢？

我伸手到公事包中，拿出黄色记事本，再从外套口袋中掏出一支笔。然后，我列出所有人们认为是目标的项目：采购发挥成本效益、雇用好的人才、高科技、生产高质量的产品、销售高质量的产品、提高市场占有率。我甚至还加上其他项目，如良好的沟通和顾客满意度等。

所有这些都是事业经营成功的根本要素，有了这些要素，公司才能赚钱。但是，这些条件本身不是目标，它们只是达到目标的方法而已。

我怎么能这么肯定呢？

我不见得很肯定，但是把“赚钱”当作制造业的目标似乎是个不错的假设。因为，假如公司不赚钱，那么单子上任何一个项目都变得一文不值了。

假如公司不赚钱，会发生什么情况呢？假如公司没有办法制造和销售产品，履行合约，出售资产，或者靠其他方法赚钱，那么这家公司就完了，没有办法继续运作。赚钱一定就是我们的目标了，没有其他事情能取代它的地位。无论如何，我必须推出这个假设。

假如目标是赚钱，那么以钟纳的话来说，也就是能让我们朝着赚钱的方向迈进的行动就是有生产力的行动，不能让我们赚钱的行动就没有生产力。过去几年，我们的工厂都一直远离赚钱这个目标，因此如果要挽救工厂，我必须让它更有生产力，我必须让这个工厂为优尼公司赚钱。对于目前的状况而言，这是个过于简单的叙述，却是正确的说法。至少，我开始抓到一点逻辑了。

挡风玻璃外的世界明亮而清冷。阳光似乎越来越强了，我环顾四周，仿佛刚刚才从漫长的昏睡中清醒过来。周围的一切都那么熟悉，但是对我而言，此刻又好像出现了全新的面貌。我吞下最后一口啤酒，突然觉得该回去了。

6

工厂到底赚不赚钱

The Goal

当我把别克轿车停在工厂停车场的时候，手表指针正指着四点半。我今天很有效地逃离了办公室。我伸手拿公事包，然后下车。办公室大楼似乎一片死寂，仿佛突袭之前的宁静。我知道他们都在里面等着我，准备随时扑过来。我决定让每个人都大失所望，先绕到工厂去，我只是想以崭新的眼光，看看周围的一切。

我走向通往工厂的大门，然后走进去。我从公事包中拿起我一向随身携带的护目镜，墙边的桌子上放着一堆安全帽，我偷了一顶，自己戴上，然后走进去。

当我转个弯，走进其中一个作业区的时候，三个正坐在长凳上看报纸闲聊的家伙吓了一大跳。其中一个人看到我，用肘部推了推其他人。他们立刻把报纸折起来收好，动作干净利落，就好像一条蛇神不知鬼不觉地从草丛中溜走一般。三人顿时正经走转，镇定地分头朝着三个不同的方向走回去工作。

要是过去我可能会放过他们，但是今天这可把我惹火了。该死，这些工人明明知道工厂现在景况不佳（我们已经裁掉这么多人了，他们不可能不知道），我以为人人会因此更拼命工作来挽救这个工厂，但是这里偏偏有三个每小时领 12 美元工资的家伙坐在那儿偷懒。我跑去找他们的领班。

我告诉他有三个工人坐在那儿，什么也不干，他给了我一些借口，说他们大致能跟上进度，只是坐在那里等零件送来。

于是我告诉他："假如你没有办法让他们认真工作，我会把他们调到其他部门去。现在赶快找点事情让他们做。假如你不能好好用人，你就会失掉这些人，听懂了没有？"

我离开后，回头看见领班吩咐这三个家伙把一些物料从走道的一头搬到另一头，我知道他可能只不过找点事来让他们做做，但是管他呢，至少这三个家伙现在忙着工作。假如我不吭声，谁知道他们会在那儿坐多久。

我猛然想到：这三个家伙现在有事做了，但是这会帮助我们赚钱吗？他们可能在工作，但是他们现在有生产力吗？

我真想回去告诉领班，想办法让这几个家伙真的生产出一些东西。但是，也许他们目前真的无事可做，而且，即使我能把这几个家伙调到能让他们发挥生产力的部门，我又怎么知道这样做能帮我们赚钱呢？

真是奇怪的想法。

我能够假设要求人们工作和让公司赚钱是同一件事吗？我们过去都抱着这种

想法。我们的基本原则是，让所有的人员和设备都不断地工作，不停地想办法催赶产品出门；无事可做的时候，就寻找一些工作出来；当我们实在找不出工作的时候，就调动人员；而当我们把人员调来调去，但他们还是无事可做的时候，我们就裁员。

我环顾四周，大多数的人都在工作，游手好闲的人是少数的例外，几乎每个人每时每刻都在工作，但是我们不赚钱。

有个阶梯弯弯曲曲地沿着墙壁向上延伸到一部起重机。我爬上去，站在平台上俯瞰整个工厂。

每时每刻，这里都发生许许多多的事情，几乎我所看见的每一件事情都是一个变数。假如你细想起来，这个工厂（或任何一个工厂）的复杂度实在会令人脑筋错乱。现场的情势不断改变，我怎么可能控制得了工厂里发生的所有事情呢？我怎么可能知道工厂所采取的任何措施对于我们赚钱的目标而言，究竟是有生产力，还是没有生产力呢？

答案应该就在我手上沉甸甸的公事包里。公事包里装满了刘梧为今早的会议准备的各种报告和报表。

我们的确有各种衡量指标，我们也假设这些数据能告诉我们究竟我们有没有生产力，结果数据告诉我们的却是像某个人是否依照我们付他的工资，做满他的“工作”时数；数据也告诉我们每小时的产出是否符合我们为这个工作所设定的标准；数据还告诉我们“产品成本”“直接劳动成本差异”等诸如此类的事情。但是，现在我怎么样才弄得清楚这里所发生的一切是真的能为我们赚钱，还是我们不过是在玩会计游戏而已？这中间一定有一些关联，但是我该如何找出它们之间的关系呢？

我走下楼梯。也许我只是需要赶快贴张公告，斥责在上班时间内看报的行为就好了。但是这样就能让我们转亏为盈吗？

当我终于踏入办公室的时候，已经过了下午 5 点，原本可能在等候我的人大半都离开了。芙露兰可能是最早下班的几个人之一，但是她留了一堆字条给我，几乎把电话筒都盖住了。大半的留言似乎都来自皮区，我想他知道我逃会了。

我心不甘情不愿地拿起电话筒，拨了他的号码。老天爷大发慈悲，电话铃响了两分钟，都没有人接电话。我静静地吁了一口气，挂断电话。

回到椅子上，望着窗外的落日余晖，我继续思考衡量指标的问题，以及我们用来评估绩效的所有方式，例如，工作是否跟上进度、交货是否准时、库存的变化、总销售额、总支出等。想要晓得我们赚不赚钱，有没有更简单的方法？

门外轻轻地响起敲门声。

我打开门，是刘梧。

我先前提到过的，刘梧是工厂的财务总监。他是个大腹便便的长者，还有两年就要退休了。他依着会计师的传统，戴着一副胶边老花眼镜，即使身着昂贵的西装，他的样子多少还是有一点古板。早在 20 年前，他就从总公司调来这里工作，如今头发已经花白了。我想他每天最盼望的就是去参加会计师大会，然后好好地放松一下。他大多时候都温文有礼，但是假如有人捉弄他，他就会完全变成另一个人。

“嘿！”他站在门口和我打招呼。我招手让他进来。

他说：“我只是来告诉你，皮区下午来过电话。你不是应该和他一起开会吗？”

“皮区想要干什么？”我问，不回答他的问题。

“他需要更新的数字。”他说，“好像因为你不在那儿，他有点儿恼怒。”

“你把他需要的数字给他了吗？”我问。

“对，大部分的数字。”刘梧说，“我把数字送出去了，他应该明天一早就会收到。大部分的数字都和我给你的差不多。”

“其他数字呢？”

“我还需要再整理一下，明天应该弄得出来。”他说。

“送出去以前，先给我看看，好吗？让我知道一下。”

“没问题。”刘梧说。

“嘿！你现在有空吗？”

“有，什么事？”他问，或许期待我会告诉他我和皮区之间到底发生了什么事。

“坐下。”我告诉他。刘梧拉了张椅子坐下来。

我沉吟片刻，想要找到恰当的字眼。刘梧期待地等着。

“我只是要问你一个简单而基本的问题。”我说。

刘梧微笑着说：“我喜欢这样的问题。”

“你觉得我们公司的目标是赚钱吗？”

他猛然大笑。“你在和我开玩笑吗？”他问，“你故意设计这个问题来捉弄我吗？”

“不是，只要回答我就好。”

“我们的目标当然是赚钱!”他说。

我重复了一次：“那么，公司的目标是赚钱，对不对？”

“对。”他说，“我们也必须生产产品。”

“等一等。”我告诉他，“生产产品只是达到目标的手段。”

我对他分析了我的基本推论，他专心聆听。刘梧是个聪明的家伙，你不需要解释每个细节，他就已经明白了。最后，他同意我的看法。“那么，你想说的是什么？”

“我们怎么知道工厂有没有赚钱呢？”

“有很多方法。”他说。

他花了几分钟的时间，和我大谈销售总额、市场占有率、获利率和股利等。最后，我抬起手来制止他。

我说：“这样说好了，假设你必须重写教科书，假设你手上没有这些名词，你必须一边写一边自己编造出这些名词，那么为了晓得我们有没有赚钱，你最少需要几个衡量指标？”

刘梧以一根手指支着头，低头沉思。

“呃，你得找到几个绝对指标，这些指标能以美元、日元或任何货币告诉你，到底你赚了多少钱。”他说。

“就好像净利润这样的指标，对不对？”我问。

“对，净利润。”他说，“但是这个指标还不够，因为绝对指标不会告诉你太多的事情。”

“哦，这样吗？”我说，“假如我已经知道我赚了多少钱，我为什么还需要知道其他事情呢？你明白我的意思吗？我把所有收入加起来，然后减掉开支，就得到净利润，我还需要知道什么呢？假设我已经赚了 1 000 万美元或 2 000 万美元。”

在那一刹那间，刘梧的目光中闪过一丝什么，仿佛在说我真蠢。

他回答：“好吧，假设你全算好了，得出 1 000 万美元的净利润，一个绝对的衡量指标。随便一看，好像真的是一大笔钱，仿佛你真赚了那么多，但是你一开始的时候，投下了多少钱呢？”他顿了一下，“明白了吧？你要花多少成本，才能赚到那 1 000 万美元？你只花了 100 万美元吗？那么你赚的钱就是你投下去的钱的 10 倍。这样算非常好的成绩。但是，假设你最初投下了 10 亿美元，而你只不过赚了 1 000 万美元，那就实在太差劲了。”

“好，好，我问这个问题，只不过想更确定一点。”我说。

“因此，你需要一个相对指标。”刘梧继续说，“就是像投资回报率……也就是 ROI(Return on Investment)这样的指标，拿你所赚的钱和你投下的资金来做个比较。”

“好，有了这两个指标，我们应该就很清楚公司整体营运状况了，对不对？”我问。

刘梧几乎要点头了，接着他的思绪不知飘到哪里去了。“这个……”他说。

我也在想这个问题。

“你知道吗？有可能公司的净利润和投资回报率都很不错，但是仍然破产了。”他说。

“你的意思是说现金周转不灵了。”我问。

“完全正确。”他说，“现金流不够是令许多企业垮台的幕后杀手。”

“所以，你必须把现金流当成第三个指标？”

他点点头。

“对啊，但是假设你全年中每个月都有充裕的现金进来，足以应付开支，假如你的现金很充裕，那么现金流就不成问题。”我告诉他。

“但是，假如现金不够，那么其他的一切都不重要了。”刘梧说，“现金流是企业生存的指标：保持一定的现金，你就没事；低于那条界线，你就死定了。”

我们相互凝视。

“这正好就发生在我们身上，对不对？”刘梧问。

我点点头。刘梧看着别处，静默不语。

然后，他说：“我就知道迟早会发生这种事情。”

他顿了一下，又回过来看着我。“我们的情形如何？皮区说了什么吗？”他问。

“他们在考虑关掉这个工厂。”

“我们会被兼并吗？”他问。

他想知道的其实是他保不保得住饭碗。

“老实说，我不晓得。”我告诉他，“我想有些人可能会被调去其他工厂或其他事业部，但是我们真的没有谈到细节问题。”

刘梧从衬衫口袋里抽出一根烟，我看着他反复地用手上那根烟敲打着椅子的把手。

“只剩两年就退休了。”他嘴里嘟哝着。

我试着让他不要那么绝望。“嘿，刘梧，或许最糟的情况也不过是让你提早退休罢了。”

“该死！”他说，“我不想提早退休。”

我们同时静了下来，刘梧把香烟点燃，两个人都呆呆坐着。

最后我说：“你瞧，我还没放弃呢。”

“罗哥，假如皮区说我们已经完了……”

“他没这么说，我们还有时间。”

“多少时间？”他问。

“三个月。”我说。

他禁不住笑了起来。“算了吧，罗哥，我们绝对办不到。”

“我说过我不会放弃。”

足足有一分钟，他没有说任何话。我坐在那儿，不确定我真的说了实话。目前我所能做到的，只是搞清楚我们必须让工厂赚钱。好了，罗哥，现在要怎么样才办得到呢？我听到刘梧重重地吐了一口烟。

他认命地说：“好吧，我会尽量帮你，但是……”他没有把话说完，只把手一挥。

“我很需要你帮忙，刘梧。”我告诉他，“首先，请你暂时不要跟任何人谈这件事。话一传出去，大家就会撒手不管了。”

“好，但是你知道不可能保密太久。”他说。

我知道他说得没错。

“那么，你打算怎样挽救这个工厂呢？”他问。

“第一件事，就是要弄清楚我们该做哪些事情才能继续生存下去。”我说。

“哦，这就是你刚刚一直在问指标的原因？”他说，“听着，罗哥，别浪费时间在这上面了，系统就是系统，你想要知道哪里出了问题吗？我会告诉你哪里出了问题。”

他花了一小时解释给我听。他说的事情，我以前大半都听过了，几乎每个人都听过这些说法：一切都是工会的错，假如每个人都能更卖力工作就好了。这里没有人在乎质量，看看那些日本人吧，他们知道该如何工作，我们已经忘了工作到底是怎么一回事了等。他甚至告诉我，我们该如何自我鞭策。大多时候，他只是在发泄，因此我让他一直讲。

但是，我坐在那儿想，刘梧事实上是个聪明的家伙，我们大家都很聪明，优尼公司请了一大堆聪明、高学历的人才。而我坐在这儿，聆听刘梧大发高论，他的意见听起来都很不错，我不知道为什么我们却一分钟一分钟地走向灰飞烟灭，假如我们真的是那么聪明的话！

太阳下山一段时间后，刘梧决定回家去，我则继续留在办公室里。刘梧离开之后，我坐在办公桌后面，前面摊开一本笔记簿。我在纸上写下刘梧和我一致认为能帮助我们了解公司是否赚钱的三个重要指标：净利润、投资回报率和现金流。

我想看看其中是否有哪个指标能因牺牲其他两个指标而得利，因此帮助我达到目标。根据我过去的经验，高层主管可以玩的把戏很多。他们可以让公司今年的获利情况较佳，却损害了明年的利润（例如，不投资在研究和开发上，或者此类的事情）。他们可以做一堆没有风险的决策，使得其中一个指标的账面数字很漂亮，其他指标却表现得一团糟。除此之外，三个指标之间的相对重要性可能也需要根据每家企业的需求而变动。

但是，回头一想，假如我是格兰毕三世，高踞公司金字塔的顶端，我一定不想玩这些把戏。我不要其中一个指标的数据上升，而其他两个指标却受到忽视，我要净利润、投资回报率和现金流都同时增加，而且我要这三个指标的数字都一直往上升。

想想看吧，假如我们能让这三个指标都同时且不断上升，那么可真是有钱赚了。

所以，这就是目标。我们要靠提升净利润来赚钱，同时也要增加投资回报率和现金流。

我把这点记在笔记本上。

我感觉自己已经上路了，我已经把片段拼凑起来找到了一个清楚的目标。我

找到了三个相关的指标来评估达到目标的进度，而且得出一个结论，我们应该努力的方向是同时提升三个指标。就今天而言，这个成果还不错，我想钟纳也会为我感到骄傲。

我问自己，那么，现在我要如何让这三个指标和工厂的实际状况产生直接关联呢？假如我能在我们的日常营运和公司整体绩效之间找到一些逻辑关系，那么我就有办法知道哪些事情有生产力，哪些事情没有生产力……我们究竟是迈向目标，还是背离目标。

我走到窗边，凝视着窗外的一片漆黑。

半个小时后，我的脑子就像窗外的夜色一般昏暗。我满脑子都充斥着毛利、资本投资和直接劳动成本这些概念，这些都是传统观念，100 年来，每个人都对这套思想奉行不悖。假如我也跟着这套观念走，我得到的结论和其他人不会有什么两样，也就是说，我对于现状的了解不会比现在好多少。

我就这样卡住了。

我从窗边走开。在我办公桌后面有个书架，我抽出一本教科书，很快地翻阅，把它放回去，又抽出另一本书，翻了一下，又放回去。

最后，我决定放弃了，时间已经不早了。

我看看表，吓了一大跳，已经晚上 10 点多了。突然之间，我想起来，我一直都没有打电话告诉茱莉我不回家吃晚饭。这回她真的会对我大发雷霆，每次我忘了打电话时，她都如此。

我拿起电话，拨了家里的号码，茱莉接起电话。

“嘿！”我说，“你猜今天谁过得糟透了。”

“哦？还有其他新鲜事吗？碰巧，我今天也好不了多少。”她说。

“好吧，我们两人今天都很倒霉。”我告诉她，“对不起，我没有先打电话回家，有点事情把我缠住了。”

电话里一片沉寂。“反正我也没法找到人来帮忙看小孩。”她说。

这时候，我才想起来，原本我们把晚餐约会延到今天晚上。

“真对不起，茱莉，真的很抱歉，我完全忘了这件事。”我告诉她。

她说：“我做了晚饭，我们等了你两小时，你都不见踪影，我们就先吃了。假如你想吃的话，我们把你的那份留在微波炉里了。”

“谢谢。”

“还记得你的女儿吧，那个很爱你的小女孩？”茱莉问。

“你讲话不必带刺。”

“她整个晚上都站在窗边等你，直到我逼她上床睡觉。”

我闭上眼睛。“为什么？”我问。

“她想要给你一个惊喜。”茱莉说。

我说：“听着，我一小时之内就会到家。”

“不用急了。”茱莉说。

我还来不及说再见，她就挂断电话。

的确，事情既然已经到了这个地步，赶回家也无济于事。我拿起安全帽和护目镜，走进工厂去找艾迪，看看情况如何。艾迪是第二班的领班。

我到那里的时候，艾迪不在办公室中，他到生产线上去处理事情了。我请他们呼叫他。最后，我看到他从工厂的另一端走过来。我一路注视着他，5 分钟后，他才走到我面前。

艾迪有些地方总是令我很不舒服。他是个能干的领班，虽不算出类拔萃，但是还可以。使我困扰的不是他的工作表现，而是其他事情。

我看着艾迪迈着稳定的步伐，每一步都十分有规律。

然后我突然想通了，我不喜欢的就是这点：他走路的方式。呃，其实还不止这个，艾迪的走路方式正象征了他的为人。他走路的时候，有一点内八字，就好像亦步亦趋地沿着一条挺直而狭长的线走路一样。他的手拘谨地摆动着，仿佛指着他的脚。他的一举一动给人的感觉是，他好像在哪本手册上学到该这样走路。

他走过来的时候，我正在想，艾迪这么多年可能从来没有做过任何不得体的事情——除非别人要他这么做。你可以称呼他“规律先生”。

我们讨论了一下目前正在处理的几笔订单。正如往常一样，每件事都乱了脚步。艾迪当然不明白这一点，对他而言，每件事都很正常，而且假如一切正常，那么就铁定没错。

他巨细无遗地告诉我今晚的工作内容。纯粹为了好玩，我想叫艾迪从净利的角度描述他今晚的工作。

我想问他：“艾迪，过去这个小时，我们的努力对投资回报率有什么影响？顺便问一下，你们今晚的工作有没有改善了我们的现金流？我们有钱赚吗？”

艾迪不是没有听过这些名词，问题是，这些问题根本不属于他的世界，他的世界是根据每小时产出的零件、每小时工作人数及完成的订单数等来衡量的。他明白劳工标准，他明白损耗率，他明白作业时间，他明白出货日期。净利润、投资回报率、现金流对艾迪而言，这些全是总公司的词汇。想要以这三个指标来评估艾迪的世界，是件很荒谬的事。对艾迪而言，他值班的时候生产线发生的事情和公司赚了多少钱只有很模糊的关联。即使我能打开艾迪的心胸，让他了解到更广阔的世界，要在生产线的价值观和总公司的价值观之间找到明确的关联，仍然是件非常困难的事。这两个世界似乎毫不相干。

艾迪讲到一半，似乎发现我看着他的表情很滑稽。

他问：“有什么不对吗？”

7

决心放手一搏

The Goal

我进家的时候，屋子里只亮着一盏灯。我小心翼翼地不发出任何声响。正如茱莉所说，微波炉里留了一些晚饭。当我打开微波炉，想看看里面是什么美味时（似乎是各种神秘的肉类混起来的东西），听到后面有窸窸窣窣的声音。我转过身去，我的小女儿莎朗站在厨房门口。

“哇！这不是小甜甜吗？”我惊呼，“近来怎么样啊？”

她微笑：“哦，……还不错。”

“这么晚了，你还爬起来干吗？”我问。

她手上拿了个信封套，走过来。我坐在餐桌旁，把她抱起来，放在我腿上。她把信封交给我，要我打开。“这是我的成绩单。”她说。

“真的啊？”

“你一定要看看这份成绩单。”她告诉我。

我打开成绩单。“每一科都是‘优’！”我说。

我紧紧抱住她，狠狠地亲了她一下。

“太棒了！”我告诉她，“你的表现太好了，莎朗，我真为你感到骄傲。我想你是班上功课最好的小朋友。”

她点点头，然后开始说个不停。我让她一直讲，直到半小时后，她的眼睛几乎睁不开了，才把她抱到床上。

但是，尽管疲倦得很，我却睡不着。已经过了午夜，我坐在厨房里，对着晚餐沉思。我上小学二年级的孩子得了全“优”的好成绩，而我却快要一败涂地。

或许我应该放弃，利用剩下的时间另谋出路。根据萨尔温的说法，总公司里每个人都忙着这件事。为什么我要与众不同呢？

有一阵子，我试图说服自己，打电话给猎头公司才是明智之举，但是最后，我还是做不到。另找一份工作能让我和茱莉离开这个小镇，运气好的话，还可能坐到比现在更高的位置。（尽管我很怀疑这个可能性，我当厂长的资历并不真那么耀眼。）我之所以不愿意另谋出路，主要是因为这样一来，我会觉得自己当了逃兵，我就是办不到。

我并不觉得我对这个工厂，或者这个小镇、这家公司有所亏欠，但是我的确觉得我该负点责任。除此之外，我已经投注了大把光阴在优尼公司，我希望我的投资能得到回报。有三个月的最后机会，总比什么都没有要好。

我的决定是，在未来三个月中，我要尽一切努力来挽救工厂。

一旦下了决心，最重要的问题就浮现了：我能怎么办呢？我已经殚精竭虑，尽了最大的努力，继续这样下去，不会带来任何好处。

困难的是，我可没有一年的时间回学校去，重温一大堆管理理论，我甚至连阅读办公室中堆积如山的杂志、报纸和报告的时间都没有。我没有时间，也没有预算来和顾问周旋，做各种研究等。而且，即使我有时间，也有钱，我还是不确定哪些方法能带给我更多的帮助。

我的感觉是，我可能有什么地方疏忽了。假如我想要把大家拉出泥沼，就不能视一切为理所当然，我必须周密地观察及审慎地思考目前的状况……按部就班地进行改善。

我逐渐意识到，我仅有的东西就是我的眼睛、我的耳朵、我的双手、我的声音和我的脑子，尽管它们加起来的力量仍然十分有限。就是这样了，我只有靠自己了，然而我不停地在想：不知道这样是不是就可以了。

当我终于上床的时候，茱莉在被单下蜷缩成一团，就和 21 小时之前我离开她时的睡姿一模一样。她睡得正沉，我躺在她身旁，瞪着昏暗的天花板，久久不能入睡。

这时候，我决定要试试看能不能找到钟纳。

8

有效产出、库存与营运费用

The Goal

清晨，刚下床没走两步，我就动都不想动了。但是洗澡的时候，我想起了目前的困境：当只有三个月的时间可以想办法的时候，你连感到疲倦的时间都没有。我快步冲过茱莉和孩子身旁，赶去工厂上班。茱莉根本不想和我说话，而孩子似乎感觉到有什么不对劲。

一路上，我只顾盘算怎样才可以找到钟纳。这是关键所在，向他求助以前，我得先找到他。到了办公室以后，第一件事就是要芙露兰挡驾，不要让外面那群人冲进来。我刚准备坐下，芙露兰就通知我，皮区打电话来了。

"太好了！"我嘀咕着，拿起话筒。

"什么事，皮区？"

"你以后绝对不可以再从我的会议中溜出去。"皮区大声咆哮，"听清楚了吗？"

"是，皮区。"

"现在，就因为你昨天不恰当的缺席，我们必须再查证一些资料。"他说。

几分钟后，我把刘梧找进办公室，协助我回答皮区的问题。然后，皮区也把费鲁士拉进来，和我们进行四方通话。一整天我都没有机会再想到钟纳。应付完皮区之后，六七个人走进我的办公室，我们开了个已经延误了一周的会议。

等到我有机会向外张望时，窗外已经是一片漆黑。太阳早就下山了，而我还在进行今天的第六个会议。每个人都离开之后，我批了一些公文。当我跳进车子准备回家的时候，已经过了晚上 7 点。

当我停在十字路口，等红灯转绿灯时，我终于想到今天早上我打算做什么了，我想起了钟纳。车开过两条街后，我记起我的旧通讯录。

我把车子停在加油站前，打公共电话回家。

"喂——"茱莉拿起电话。

"嘿！是我。"我说，"听着，我必须到妈妈家办点事情，我不能预料会花多少时间，所以你们要不就先吃饭，不要等我。"

"下一次你想吃晚饭的话——"

"不要发脾气，茱莉，这件事情很重要。"

她沉默片刻，然后挂断电话。

每次回到老家附近，我都有一种奇怪的感觉，举目所见的每一件事物都会勾起我尘封已久的回忆。转个弯，就是以前我和科伯斯基打架的角落；我正驶过的这条街，是每年夏天我们打球的地方；我也看到了我第一次和安吉莉娜亲热的巷子；还经过了那根电线杆，也就是我把老爸的汽车挡泥板给撞坏的地方。（结果，我只好在杂货店中无偿打工两个月，以抵消修车的费用。）诸如此类的往事历历在目。越接近旧家，越多的回忆源源不断地涌出，我就越感到温暖和不安。

茱莉最痛恨来这里。我们刚搬来小镇的时候，每个周末都来探望妈妈和哥哥、嫂嫂。但是，后来一定是因为这些探访引起了太多争执，我们就不再回老家了。

我把车子停在妈妈门前的篱笆旁。这是栋狭小的砖房，和街上其他的房子没什么两样。转角就是老爹的杂货店，也就是我哥哥接手经营的小店。现在小店的灯已灭，丹尼尔 6 点就打烊了。我下了车，觉得这身西装革履的打扮似乎有点太显眼了。

妈妈打开门。“啊，我的天！”她大呼，双手紧紧按着前胸，“什么人死了？”

“没有人过世，妈妈。”我说。

“茱莉出事了，是不是？”她说，“她离开你了吗？”

“还没有。”我说。

“哦。”她说，“我想想看……今天不是母亲节。”

“妈妈，我只是来这里找一点东西。”

“找东西，找什么东西？”她问，转开身，让我过去，“进来，进来，冷空气都跑进屋子里了。天哪，你刚刚真把我吓坏了。你就住在镇上，可是却再也不来看我了。到底是怎么回事啊？你现在是大人物了，看不起老妈妈了吗？”

“不是，当然不是，妈。只不过是工厂的事情实在太忙了。”我说。

“忙，忙，忙。”她说，一面带头走向厨房，“饿不饿啊？”

“不饿，妈，听好，我不想让你太麻烦。”我说。

她说：“哦，一点也不麻烦。我煮了一点面，可以加热来吃。你也想吃一点沙拉吧？”

“不用了，给我咖啡就成了。我只想找一找旧通讯录。”我告诉她，“就是我念大学的时候那本通讯录。你记得放在哪里吗？”

我们踏进厨房。

“你的旧通讯录……”她一面倒着咖啡，一面思索，“要不要吃一点蛋糕？丹尼尔昨天从店里带了一点蛋糕过来。”

“不用了，谢谢妈，这样就好。”我说，“可能和我的旧笔记本，还有其他从学校带回来的东西放在一起。”

她把咖啡递给我。“笔记本……”

“是啊，你知道这些东西可能放在哪里吗？”

她眨了眨眼睛，努力回想。“呃……不知道。但是，我把那些东西全放在阁楼上了。”

“好，我到那里找找看。”我说。

我端着咖啡，往二楼走去，然后爬上阁楼。

“哦，也有可能全部都放在地下室。”她说。

三小时后，我翻遍了小学一年级的涂鸦、我的飞机模型、哥哥当年梦想着当摇滚歌星时玩的乐器、我的年鉴、装满了老爹各种发票的汽船、旧情书、旧照片、旧报纸，还有其他各式各样的旧东西，但通讯录仍然毫无踪影。我们放弃了阁楼。妈妈终于说服我吃了一点面，然后我们就继续到地下室碰运气。

“哦，你看!”妈妈说。

“你找到了吗？”我问。

“没有，但是这里有一张你保罗叔叔的照片，是他因为盗用公款被捕以前拍的，我有没有和你说过那个故事？”

一小时后，我们翻遍了所有的东西，我也重新温习了一遍保罗叔叔的生平事迹。“通讯录到底会在哪里呢？”我问。

“我不晓得。”妈妈说，“除非是放在你以前的房间里。”

我们上楼，走进我和丹尼尔以前合住的房间，角落里摆着我少年时候温习功课的书桌。我打开抽屉，果然没错，通讯录好端端地躺在那里。

“妈，我要借用一下你的电话。”

妈妈的电话放在楼梯间的平台上，还是 1936 年爸爸店里的生意渐有起色，负担得起电话以后装的那部电话。我坐在楼梯上，腿上放着记事本，公事包放在脚边。我拿起电话筒，这个电话筒重得足以把小偷打得束手就擒。我拨了手上许多号码中的第一个电话号码。

已经凌晨一点了，但是这次电话是打去以色列，而以色列恰好在地球的另一面，也就是说，他们的白天就是我们的夜晚，我们的傍晚也就是他们的早上，因此，凌晨一点打电话过去，其实算不错的时间。

没有多久，我就找到一位大学时代的朋友，他晓得钟纳后来去了哪里。他给了我另一个可以询问的电话号码。两点，我在记事本上写满了电话号码，而且我正在和钟纳的同事谈话。我说服了其中一个人给我一个可以联系上他的电话号码。将近三点，我找到他了，他在伦敦。我的电话在某家公司里转接了好几次之后，有人告诉我，他一进来就会打电话给我。我虽然半信半疑，还是坐在电话机旁，边打瞌睡，边等电话。45 分钟后，电话铃声响了。

“罗哥吗？”是他的声音。

“是，钟纳。”

“有人留话告诉我，你打过电话找我。”

“对。”我说，“还记得我们在欧海尔机场碰面的事吗？”

“当然记得。”他说，“你现在大概有一些话想告诉我吧！”

有片刻的时间，我僵在那里，然后才明白他指的是他的问题：目标是什么？

“对。”我说。

“说吧！”

我反而犹豫起来，我的答案似乎简单得可笑，我突然很害怕这个答案可能错误，惹他嘲笑，但是我已经脱口而出了：“制造业的目标就是要赚钱。我们所做的其他事情都是为了达到这个目标。”

但是，钟纳并没有笑。“很好，非常好。”他静静地说。

“谢谢。”我告诉他，“但是你看，我打电话给你，是要问你一个和我们先前的讨论相关的问题。”

“什么问题？”他问。

“为了知道工厂究竟有没有帮公司赚钱，我必须有一些衡量指标。对不对？”我说。

“没错。”他说。

“我知道总公司有一些像净利润、投资回报率和现金流等衡量指标，他们用这些指标来评估整个组织迈向目标的进度。”

“对，继续说。”钟纳说。

“但是，对我们在工厂里做事的人来说，这些衡量指标没有什么意义。我们在工厂里采用的指标……呃，我不是百分之百确定，但是我不认为这些指标真的能反映出所有的状况。”我说。

“对，我完全明白你的意思。”钟纳说。

“所以，我怎么知道工厂里所发生的一切究竟有没有生产力呢？”我问。

电话的另一端沉默了一会儿，然后我听到他向另一个人说：“告诉他，我一讲完电话就会进去。”

然后他对我说：“罗哥，你提到一件很重要的事情。我只能再和你谈几分钟，但是或许我可以给你几个建议。你瞧，要表达目标的方法不止一种，明白吗？目标还是不变，但是我们可以用不同的方式来叙述，而这些叙述都和‘赚钱’这两个字意思相同。”

“好。”我回答，“那么，我可以说，目标就是增加净利润，同时也提高投资回报率和现金流，这和我们说目标是赚钱没有两样。”

“完全正确。”他说，“两种说法意思完全一样，但是正如你所发现的，对工厂的日常营运而言，用来表达目标的传统指标似乎派不上用场。事实上，这正是我要开发出一套不同的衡量指标的原因。”

我问：“什么样的衡量指标呢？”

“这套衡量指标一方面能充分表现出赚钱这个目标，另一方面也能让你从中开发出工厂的基本营运规则。”他说，“这套方法共有三个衡量指标，就是有效产出（Throughput）、库存（Inventory）和营运费用（Operating Expense）。”

“听起来很熟悉。”我说。

“对，但是定义不一样。你可能要把它记下来。”

我拿起笔，撕了一张空白的纸，然后请他继续说。

他说：“有效产出就是整个系统通过销售而获得金钱的速度。”

我一个字一个字地记下来。接着我问：“但是，生产这部分怎么办？假如我们说……”

“不对。”他说，“是通过销售，而不是生产。假如你生产某样东西，但是卖不出去，这就不是有效产出。懂了吗？”

“对。我以为或许因为我是个厂长，我可以用生产代替……”

钟纳打断我的话。

“罗哥，听我说，这些定义听起来虽然很简单，却十分精确，而且应该如此，定义模糊的衡量指标不仅没用，还会产生不好的影响。所以，我建议你好好思考这套指标，记住，假如你想改变其中任何一个指标，你可能至少必须修改另一个指标。”

“好。”我毕恭毕敬地说。

“第二个衡量指标是库存，也就是整个系统投资在采购上的金钱，而采购的是我们打算卖出去的东西。”

我写下来，但是同时十分怀疑，因为这和传统的库存定义截然不同。

“最后一个衡量指标呢？”我问。

“营运费用，就是系统为了把库存转化为有效产出而花的钱。”

我边写边问：“好吧，但是我们投资在库存的劳动力又怎么算呢？按你说来好像工资也是营运费用的一部分？”

“你要根据我的定义来判断。”他说。

“但是，经由直接劳动而产生的产品附加价值应该算库存的一部分吧，不是吗？”

“或许如此，但是也不一定如此。”他说。

“你为什么这么说呢？”

“很简单，我决定给它下这个定义，是因为我认为还是不要把附加价值计算在内比较好，这样一来，就不会搞不清楚到底花掉的钱是投资，还是花费。这是我给库存和营运费用下了这样的定义的原因。”

“哦，好吧，但是我怎么把这些指标和工厂扯上关系呢？”

“你在工厂中管理的所有事情全都包括在这套指标中。”他说。

“每件事情吗？”我仍然存疑，“但是回到我们最初的谈话，我怎么用这些指标来衡量生产力呢？”

“显然你必须用这些指标来表达你的目标。”他说，接着又加了一句，“等一等。”

然后我听到他对旁边的人说，“我一分钟以后就到。”

“那么，我该怎么表达我的目标呢？”我问，急于想继续这段对话。

“罗哥，我真的得走了，我知道你很聪明，一定能自己想出办法。你需要的只是想一想我说的话罢了。”他说，“只要记住，我们一定要把眼光放在整个组织上，而不是只谈制造部门，或是一个工厂，或是工厂里的一个部门。我们不着眼于局部效益。”

“局部效益？”我把他的话重复一遍。

钟纳叹口气。“我得另外再找个时间向你解释。”

“但是，钟纳，这样还不够。”我说，“即使我能用这套指标来理清我的目标，我怎么样才能找出相应的工厂基本营运规则呢？”

“把你的联系电话给我。”他说。

我给了他办公室的号码。

“好了，罗哥，我真的得走了。”他说。

我说：“好，谢谢你……”还没说完，就听到远处传来咔嗒一声，电话挂断了，“……的指点。”

我呆坐在楼梯上，瞪着这三个指标。隔了一会儿，我闭上眼睛。当我睁开眼睛时，已经有一线阳光投射在起居室的地毯上。我拖着疲惫的身体上楼，走进我少年时代的卧室，倒头就睡。一个上午，我都昏昏地睡着，凹凸不平的床垫令我睡得很不安稳。

五个钟头以后，我醒过来，感觉整个人就像一团松饼一样。

9

三个基本问题

The Goal

我醒来的时候，已经11点了。我吓了一大跳，连忙跳下床，冲到电话机旁打电话给芙露兰，好让她告诉其他人，我没有不告而别。

“罗哥先生办公室。”芙露兰接了电话。

“嘿，是我。”我说。

“哇，哈罗，陌生人。”她说，“我们正打算去查查看你有没有躺在哪家医院里。你今天有可能来上班吗？”

“呃，可以，只不过是我妈妈这边出了一些意外状况，突发的紧急事故。”我说。

“哦，现在一切都还好吗？”

“是啊，嗯，现在大致处理妥当了。办公室里有没有什么我需要知道的事情？”

“嗯，让我看看。”她一面说，一面检查我的留言条，“G走道有两部测试机器坏了，唐纳凡想晓得我们可不可以不经过测试就把产品运出去。”

“告诉他，绝对不可以。”我说。

“好。营销部门有个人打电话来，想讨论一笔延迟交货的订单。”

我的眼珠转了一转。

“昨天晚上第二班发生了一场打斗……刘梧还需要和你谈谈要交给皮区的数据……今天早上有个记者打电话来，想知道工厂什么时候会关闭，我告诉他，只有你才能回答这个问题……总公司文宣部门有个女人打电话来，提到要在这里拍个录像带，内容是关于生产力的，还要拍摄格兰毕先生和机器人站在一起的画面。”芙露兰说。

“和格兰毕站在一起？”

“她是这么说的。”芙露兰说。

“把她的名字和电话号码给我。”

她念给我听。

“好，谢了，待会儿见！”我告诉芙露兰。

我立刻打电话给总公司那个女人，很难相信董事长要驾临这个工厂，这中间一定有什么误会。我的意思是说，在格兰毕先生的豪华轿车驶进工厂大门以前，这个工厂可能早就关门大吉了。

但是，那个女人证实了这件事，他们想要在下个月中旬，来拍摄格兰毕先生站

在工厂里的画面。“我们需要一个机器人作为格兰毕先生发表谈话的背景。”她说。

“为什么挑中白灵顿工厂呢？”我问她。

“导演看到你们的一张幻灯片，他很喜欢你们工厂的色调，他觉得格兰毕先生站在那儿会显得很好看。”她说。

“哦，我明白了。”我问她，“你有没有和皮区谈过这件事？”

“没有，我不觉得需要问他。怎么？有什么问题吗？”她问。

“最好还是让皮区知道一下，他说不定会有其他建议，但是这完全由你决定。你只需要告诉我你们到底哪一天要来拍，我才可以事先通知工会，并且要他们清理一下拍摄现场。”

“好，我会通知你。”她说。

我挂断电话，坐在楼梯上嘀咕着：“所以……只不过因为导演喜欢那个色调。”

“你刚刚在电话上谈些什么啊？”我妈妈问。我们一起坐在餐桌旁，她强迫我在离开以前吃一点东西。

我告诉她格兰毕要来的事情。

“听起来应该是件很光荣的事情，大老板要来——他叫什么名字来着？”

“格兰毕。”

“他大老远跑到工厂来看你，真是光荣。”她说。

“是啊，从某个角度说来，是很光荣。”我告诉她，“但是，事实上他来这里，只不过是要拍摄和机器人在一起的画面。”

我妈妈眨了眨眼。“机器人？就好像太空来的那种吗？”她问。

“不是，这些机器人是工业用机器人，就像你在电视上看到的那种。”

“哦！”然后她的眼睛又亮了起来，“它们有没有脸孔？”

“没有，还没有，它们大多数都有手臂……它们用手臂来做一些像焊接、堆高、喷漆之类的事情，我们通过计算机来控制机器人，你可以设计计算机程序，让机器人做不同的工作。”我解释给她听。

妈妈点点头，仿佛试图想象机器人可能的模样。

“那么，为什么这个叫格兰毕的家伙要和一堆没有脸孔的机器人一起拍照呢？”她问。

“我料想因为机器人是新发明，他想要让公司里每个人都知道，我们应该运用更多的机器人，才可以——”我停了一会儿，好像看见钟纳坐在那儿，抽着雪茄烟。

“才可以怎么样？”妈妈问。

“呃……才可以提高生产力。”我喃喃地说，把手一挥。

然后，钟纳开口了，“机器人真的为你的工厂提高了生产力吗？”“当然啦，我说，我们有个部门提高了——多少啊？——36%的生产力。”钟纳独自吞云吐雾。

“有什么不对吗？”妈妈问。

“我只是记起了一些事情，没什么。”

“什么事？是不好的事吗？”

“不是，是昨天和我通电话的那个人以前和我说的话。”我说。

妈妈把手放在我的肩膀上。

“到底有什么不对劲？”她问，“说吧，告诉我无妨，我知道一定有什么不对。你突然出现在门口，又在深更半夜里到处打电话找人。到底是怎么回事啊？”

“妈，工厂的情况不是很好……而且，呃，……我们根本不赚钱。”

妈妈的脸色一暗。“那么大一个工厂没有赚到任何钱？”她问，“但是你刚刚才告诉我，这个叫格兰毕的头头要来你们这里，还有这些机器人，但是你们根本不赚钱？”

“我的确是这么说的，妈。”

“这些机器人不做事吗？”

“妈——”

“假如它们不做事，也许你们可以把它退回店里去。”

“妈，你可不可以忘掉机器人这档子事！”

她耸耸肩。“我只是想帮你。”

我伸手过去，拍拍她的手。“我知道，谢了。真的，谢谢你为我做的一切，我得走了，真的有一大堆事情要做。”

我站起来，走去拿我的公事包，妈妈跟在后面。问我吃得饱不饱啊，问我要不要带一点下午吃的点心啊。接着，她抓住我的领子，拥抱我。

“听我说，或许你碰到了一些问题，我知道你碰到麻烦了，但是像这样跑来跑去，通宵熬夜，对你不好。你不可以这么操心，操心对你一点好处也没有，看看你爸爸，他就是因为太操心，结果怎么样？”她说，“操心把他给害死了。”

“但是，妈，爸爸是被一辆公交车撞死的。”

“假如他不是一天到晚忧心忡忡，他过马路以前，就会先抬头看看有没有车子。”

我叹口气。“好吧，妈，你的话也许有一点道理，但是事情比你想象的复杂多了。”

“我是说真的！不要操心！”她说，“还有这个叫格兰毕的家伙，假如他找你麻烦的话，告诉我，我会打电话给他，让他知道你工作得多辛苦，还有谁比你妈妈更清楚呢？让我和他打交道，我会把他摆平。”

我笑了，双手环抱着她。“我知道你会，妈。”

“你知道我做得到，对不对？”

我告诉妈妈，电话账单一到，就打电话通知我，我会过来付电话费。我抱住她亲了一下，向她道别，然后离开老家，走到了户外的艳阳下，钻进车里。起先，我考虑是不是直接回办公室，但是看到西装上的皱褶和下巴冒出来的短胡须，我决定先回家好好梳洗一番。

一旦上了路，我仿佛就听到钟纳一直在说：“那么，你的公司只因为安装了机器人就多赚了36%的钱？真让人难以置信！”我还记得，当时我还面带微笑，以为他根本不了解制造业的实际情况。现在，我觉得自己像个呆子一样。

对，目标就是赚钱，现在明白了。而且，没错，钟纳，你说对了，我们并没有因为安装了机器人就提高了36%的生产力。我甚至怀疑，生产力到底有没有真的提高？我们到底有没有因为有了机器人而多赚了一点点钱？老实说，我不晓得，我摇摇头。

但是，我很奇怪钟纳又是怎么晓得的？他似乎早就知道生产力根本没有提高，所以才会问那些问题。

我还记得，他问的其中一个问题是，我们有没有因为装了机器人而多卖出任何产品；另一个问题是，我们有没有减少雇用的员工人数；他还想晓得的是，库存有没有下降，这是第三个基本问题。

当我到家的时候，没有看到茱莉的车子，她出去了，这样也好。她可能在生我的气，而我现在实在没有时间来做任何解释。

进屋子以后，我打开公事包，把这些问题记下来，然后我看到钟纳昨晚给我的衡量指标。我一看到我写下的定义，事情就豁然开朗，这些问题正好与这几个衡量指标一一搭配。

这是钟纳明白一切的原因，他把衡量指标用几个简单的问题来表示，因此他就会晓得他对于机器人的直觉看法是否正确：我们有没有多卖出任何产品（也就是说，我们的有效产出有没有增加）；我们有没有裁员（我们的营运费用有没有下降）。而最后，他问的是“我们的库存有没有下降。”

根据这个心得，就不难推论出以钟纳的衡量指标来表达目标的方法。尽管他下定义的方式还是令我有些困惑，但是除此之外，显然每家公司都希望提高有效产出，每家公司也会希望达到其他两个指标：假如可能的话，让库存和营运费用都下降。当然，三者同时发生的话，更是再好不过了，这就好像刘梧和我找到那三个指标的情形一模一样。

所以，表达目标的方式是，增加有效产出，但同时减少库存和营运费用。

也就是说，假如机器人提高了有效产出，并且降低了另外两个指标的数据，那么，机器人就为整个系统赚了钱。但是，从机器人开始作业以后，真实的情况又是如何呢?

我不知道机器人对有效产出带来了什么效益，但是我很清楚在过去六七个月中，库存上升了，尽管我不敢咬定机器人就是罪魁祸首。由于机器人是新设备，我们的折旧成本确实因此增加了，但是同时机器人又没有抢掉工厂里工人的饭碗，我们只不过把多出来的人员调来调去，也就是说，机器人必然增加了营运费用。

好吧，但是效率确实因为机器人而提高了，或许也因此挽救了工厂，因为当效率提升的时候，零件分摊的单位成本必然下降。

但是，我们的成本真的下降了吗？怎么可能一方面零件单位成本下降，而另一方面营运费用又持续上升呢?

我回到工厂的时候，已经下午一点多了，而我还没有找到令人满意的答案。我一边穿过办公室大门，一边还在思考这个问题。因此，我做的第一件事就是走进刘梧的办公室。

“你能抽出几分钟时间吗？”我问。

他说："你在开玩笑吗？我整个上午都在找你。"

他从办公桌上拿起了一大沓文件，我知道那一定是他要送交事业部的报告。

"不，我现在不想谈这件事，我在思考的是另一件更重要的事。"我告诉他。

他挑了挑眉头。"比给皮区的报告还重要吗？"

我告诉他："绝对比那份报告还重要。"

刘梧一边摇头，一边靠回椅子上，并且招呼我坐下。"有什么我可以效劳的地方吗？"

"在机器人上了生产线，而且我们矫正了大部分的毛病以后，我们的销售状况如何？"

刘梧的眉毛重新垂了下来，他倾身向前，透过镜片瞟我一眼。

"这算什么问题啊？"他问。

"我希望这是个聪明的问题，"我说，"我必须知道机器人对我们的业绩有没有影响，尤其是从机器人上线之后，业绩有没有上升。"

"上升？但是从去年开始，我们所有的业绩不是持平，就是下降。"他说。

我有一点生气。"你可不可以查一查呀？"

他举手投降。"当然可以，我时间多得很。"

刘梧打开抽屉，翻阅了一些档案以后，抽出几份报告和图表。然后，我们一起逐页查看，结果却发现，安装了机器人的每条生产线所制造的零件装配成的产品，业绩全部没有上升，曲线上没有一点波动的痕迹。我们也检查了工厂的出货状况。事实上，唯一增加的只有延迟出货的产品，延误的产品在过去九个月中急剧上升。

刘梧抬起头来看我。"罗哥，我不知道你想证明什么，不过假如你想要大肆宣扬机器人如何拯救工厂，显然根本找不到证据，数据显示的情形恰好相反。"

"我正是害怕这点。"我说。

"你是什么意思？"

我告诉他："我待会儿再解释。咱们再看看库存，我想知道机器人生产的零件有多少还存放在仓库里？"

刘梧投降了。"这方面我帮不上忙。我这里没有任何数据是关于个别零件的库存的。"

“好，咱们把史黛西找来。”

史黛西掌管工厂里的库存控制。刘梧打电话给她，把她从会议中叫了出来。

史黛西是个四十开外的女人，长得又高又瘦，总是神采奕奕。她的一头黑发中夹杂着一撮灰发，脸上戴了一副又大又圆的眼镜。她总是穿着夹克和裙子，我从来没有看她穿过任何有花边、缎带或皱褶的上衣。我对她的私生活也几乎一无所知，她手上戴了个戒指，不过她从来不提她的先生，也从来不提她在工厂之外的生活。但是，我知道她工作很卖力。

史黛西走进来时，我问她通过机器人生产线的那些零件处理状况如何。

“你想要确切的数字吗？”她问。

“不必，我们只需要了解趋势就行了。”我说。

“我只能凭印象告诉你，那些零件的库存增加了。”她说。

“最近才发生的吗？”

“不，自从去年夏天，大概第三季快结束的时候，就发生了。”她说，“虽然每个人都把错推到我头上，你却不能怪我，因为我一向都不赞成这么做。”

“你这话是什么意思？”

“你还记得吧？或许当时你不在这里，但是当报告出来以后，我们发现负责焊接的机器人效率只有30%，其他机器人也好不了多少。没有人能忍受这种情况。”

我看看刘梧。他解释：“当时我们必须采取行动，假如我一声都不吭，费鲁士会砍掉我的头。这些机器人全都是新的，而且非常昂贵，假如我们只让它们发挥30%的效率，我们永远也没有办法按照预订的时间得到回收。”

“好，先等一等。”我告诉他，然后转过头去问史黛西：“当时，你怎么办？”

她说：“我还能怎么办？我不得不发放更多物料给各条生产线来喂饱这些机器人，让机器人能有更多产出，以提高效率。但是从那时候开始，我们每个月都有零件剩下来。”

刘梧说：“但重要的是，效率确实提高了，没有人能因为这个决定而挑我们毛病。”他试图强调正面效应。

“关于这点，我现在一点儿都不确定。”我说，“史黛西，我们为什么会有这么多剩余零件呢？为什么我们没有办法消耗这些零件？”

“目前我们没有任何订单需要这些零件。”她说，“而即使在某些情况下，我们的确拿到订单，我们需要的其他零件似乎也总是不够。”

“怎么会呢？”

“关于这个，你就得问问唐纳凡了。”史黛西说。

“刘梧，叫他们呼叫唐纳凡。”我说。

唐纳凡走进办公室，裹在啤酒肚上的白衬衫上可以见到一抹油污，他一直滔滔不绝地谈着自动测试设备发生的损坏状况。

“唐纳凡，暂时别管那部机器。”我说。

“其他地方也出了问题吗？”他问。

“对，我们正在谈咱们这儿的名流——机器人。”我说。

唐纳凡一一注视我们每个人，我想他对我们刚刚说了什么很好奇。

他问：“你为它们操什么心啊？这些机器人现在作业状况很不错。”

“我们不太确定真的是如此。”我说，“史黛西告诉我，机器人制造的零件现在积存了很多，但是在有些情况下，其他零件不够，以致我们无法完成装配。”

唐纳凡说：“问题不是我们没有足够的零件，而是当我们需要的时候，我们似乎总是拿不到这些零件，即使机器人制造的零件都常出现这种状况。举例来说吧，我们有成堆的CD-50零件空等在那儿几个月，因为控制器还没有做好。接着，我们拿到控制器了，但是其他零件又缺货。最后，我们拿到那些零件，把东西做好，运送出去。接下来你也晓得，你到处找CD-50，但是找不到。我们有上吨的CD-45和CD-80，但是CD-50又缺货了。所以，我们只好等，在我们拿到CD-50以前，所有的控制器又用完了。”

“以此类推，以此类推，以此类推。”史黛西说。

“但是史黛西，你刚刚说机器人制造了一堆我们根本没有拿到订单的零件，也就是说，我们生产的是我们不需要的零件。”我问。

“每个人都告诉我，我们早晚会用得上这些零件。”她说，接着又补充，“你瞧，每个人都在玩同样的把戏。每当生产效率下降的时候，每个人都无视原本对未来的预估，拼命让生产线保持忙碌，于是我们制造了大量库存，假如未来市场不如我们想象中那么好，就要付出很大的代价。现在的情况就是如此，我们用了一年中大部分时间预先制造库存，但结果是市场和我们唱反调。”

“我明白，史黛西，我明白。我不是在怪你，或者责怪任何人，我只是希望找出答案。”我告诉她。

我还不松懈，站起身来，踱着步子。我说：“那么实际的状况是，为了给机器人更多事做，我们发放了更多的物料。”

史黛西说：“结果就增加了库存。”

我补了一句：“也提高了成本。”

“但是，这些零件的单位成本下降了。”刘梧说。

我问：“真的下降了吗？额外增加的仓库营运成本负担又怎么说呢？这是营运费用。假如费用增加了，零件成本怎么可能真的下降呢？”

“这完全要看数量而定。”刘梧说。

“没错。”我说，“销售数量……真正重要的是这件事。当我们有一大堆我们没办法装配成产品并销售出去的零件，而原因却是因为其他零件缺货，或者因为我们拿不到订单时，那么我们的成本就增加了。”

我又坐了下来。“我们没有根据目标来管理工厂。”我喃喃地说。

刘梧瞥了我一眼。“目标？你是说我们这个月的计划吗？”

我看看他们。“我想我需要解释一下。”

10

都包含“金钱”两个字

The Goal

一个半小时后，我已经把前因后果全部向他们解释了一遍。我提议在会议室讨论，因为那里有黑板。我在黑板上画了个目标的图解，而现在，我正在写下衡量指标的定义。

他们全都默默地听着。最后，刘梧开口了，他说：“你到底是从哪里搞来这些定义的呀？”

“我以前的物理老师给我的。”

“谁？”唐纳凡问。

“你的物理老师？”刘梧也追问。

“对啊！怎么样？”

“他叫什么名字？”唐纳凡问。

“或‘她’叫什么名字？”史黛西说。

“他叫钟纳，是以色列人。”

唐纳凡说：“我想知道的是，谈到有效产出的时候，他为什么指的是‘销售’？我们是管生产的，我们的工作和销售毫无关系，那是营销部门的事。”

我耸耸肩。毕竟，我在电话上也问过同样的问题。钟纳说这个定义很精确，但我还是不知道该如何回答唐纳凡。我望着窗外，接着就想到了我早该记得的事情。

“过这边来。”我对唐纳凡说。

他重重地踏着大步走过来。我把手放在他肩上，指着窗外。

“那些建筑物是干什么的？”我问他。

“仓库。”他说。

“仓库是做什么用的？”

“放成品。”

“假如我们努力了半天，只制造出一堆成品来填满仓库，你想公司还能生存吗？”

“好吧，好吧！”唐纳凡乖乖地说，开始明白我的意思了，“那么，我们必须把东西卖掉，才能赚钱。”

刘梧还继续瞪着黑板。“很有趣，这些定义里面全都包含了‘金钱’两个字。”他说，“有效产出是我们收进来的钱，库存是目前积压在系统中的钱，而营运费用则是为了让有效产出能够发生，我们必须付出去的钱。一个指标用来衡量收进来

的钱，一个指标衡量内部积压的资金，另一个指标则衡量付出去的钱。”

“假如你思考一下等在生产线上的那堆物料所代表的投资，你就会很清楚库存也是钱，但令我困惑的是，通过直接劳动而产生的物料附加价值要摆在什么地方呢？”史黛西问。

“我也问过同样的问题，我只能把他的答案告诉你。”我说。

“答案是什么？”

“他认为假如我们不把附加价值计算在内，反而比较好。他说因此就可以避免为了区分什么是投资和什么是花费而带来的混淆。”

整个会议室又静了下来，大家都在咀嚼这段话的意义。

然后史黛西说：“也许钟纳觉得直接劳动成本不应归库存，原因是我们真正销售的并不是员工的工作时间，我们向员工‘买’时间，但是我们不会把这些时间卖给客户，除非我们谈的是服务性的工作。”

“嘿，且慢。”唐纳凡说，“现在听我说，假如我们销售产品，我们岂不是同时也在销售投资在产品上的时间吗？”

“好，但是闲置的时间又怎么说呢？”我问。

刘梧插嘴：“假如我了解的没错的话，所有这些都是会计的不同方式。根据钟纳的说法，所有的员工时间，无论直接或间接，闲置或忙碌，都算营运费用。你仍然要把它计算在内，只不过他的方式比较简单，你不必玩一大堆数字游戏。”

唐纳凡挺起胸膛：“游戏？我们在工厂干活的人个个诚实苦干，我们没有时间搞什么把戏。”

“对啊，你们忙着大笔一挥，就把闲置的时间改为操作时间。”刘梧说。

“或者把操作时间转化为更多的库存。”史黛西说。

他们你一言、我一语地争论着。同时，我却在一旁思考，或许钟纳的用意不只是把情况简单化而已。钟纳提到了投资和花费之间的混淆，我们现在是不是正因为搞不清状况，所以做了一些不该做的事情？然后我听到史黛西说的话。

“但是我们怎么知道产品的价值是多少呢？”

“首先，市场会决定产品的价格。”刘梧说，“为了让公司有钱赚，产品的价值及我们定的价格都必须高于我们在库存上的投资和我们销售的每单位产品的总营运费用加起来的总和。”

我看到唐纳凡脸上露出怀疑的表情。我问他在想什么。

“嘿，这太疯狂了。”他喃喃地抱怨。

“为什么？”刘梧问。

“这样行不通的！”唐纳凡说，“你怎么能够用三个差劲的衡量指标考虑整个系统里面的每样东西呢？”

刘梧望着黑板沉思。“那么，你举出一样不包括在这三个指标里面的东西。”

“工具、机器……”唐纳凡扳着手指一个个数着，“这栋大楼、整个厂房。”

“这些都包括在三个指标里面。”刘梧说。

“怎么说？”唐纳凡问。

刘梧转过身去，对着他。“你瞧，这些东西中有一部分属于这里，有一部分属于那里。假如你有一部机器，机器的折旧要算营运费用，机器中仍然保有的价值也就是可以变卖的部分，要算库存。”

“库存？我以为库存是指产品、零件等。”唐纳凡说，“你知道，就是我们卖到市场上的那些东西。”

刘梧笑了。“唐纳凡，这整个工厂都是我们可以变卖的投资——只要在适当的情况下，又碰到好价钱的话。”

我心里想，或许很快就会发生了。

史黛西说：“所以投资和库存没什么两样。”

“机器的润滑油又算什么呢？”唐纳凡问。

我告诉他：“要算营运费用。我们不会把润滑油卖给客户。”

“废料呢？”他问。

“也算营运费用。”

“是吗？我们卖给废料处理商的那些废料，又怎么说呢？”

“好，那么这个情形就和机器一样。任何我们花掉的钱都是营运费用，任何我们可以借销售而回收的投资都算库存。”

“那么，库存所引发的仓库营运成本就要算营运费用了，是不是？”史黛西说。

刘梧和我同时点头。

接着，我想到企业经营中的“软件”，如知识——从顾问那儿得来的知识，从我们的研究和开发中获得的知识，又算什么呢？我把问题提出来，看看他们认为该如何归类。

这个问题把我们给绊住了好一会儿，后来我们决定，很简单，这完全要看知识的用途而定。假如是关于新生产流程的知识，也就是能够帮助我们把库存转为有效产出的知识，那么，就应该被归为营运费用。假如我们想要贩卖知识，如贩卖专利或技术使用权，那么这种知识就应该被归为库存。但是假如知识属于优尼公司本身将制造的产品，那么知识就好像机器一样，是企业为了赚钱所做的投资，会随着时间的流逝而贬值。同样的，我们能卖出去的投资就是库存，折旧或贬值的金额就变成营运费用。

唐纳凡说："我想到一个例子，可以让你伤伤脑筋，就是格兰毕的司机，你把他摆在哪儿都不对。"

"什么？"

"你知道，就是那个穿着黑西装，为格兰毕驾驶大轿车的家伙。"

刘梧说："他应该算营运费用。"

"他算营运费用才怪呢！请你告诉我，格兰毕的司机怎么样把库存变成有效产出？"唐纳凡说，他环顾四周，露出一副"这下可把你们考倒了"的表情，"我敢说这个司机根本不晓得有库存和有效产出这回事。"

"遗憾的是，我们有几个秘书也好不到哪里去。"史黛西说。

我说："你不一定要亲手制造出产品，才能把库存转为有效产出。唐纳凡，你每天都在那儿忙于把库存转化为有效产出，但是在生产线工人眼中，可能你只是在那儿走来走去，找每个人的麻烦。"

"对呀，没有人知道感激。"唐纳凡噘着嘴说，"但是，你还是没有告诉我，司机该算什么。"

"或许当格兰毕到处奔波的时候，司机帮格兰毕空出更多的时间来思考及和客户打交道等。"我说。

"唐纳凡，下次你和格兰毕一起吃中饭的时候，何不干脆问问他呢？"史黛西说。

"这件事没有那么好笑，我今天早上才听说，格兰毕要来这里拍摄和机器人一起的录像带画面。"我说。

"格兰毕要来这里？"唐纳凡问。

“假如格兰毕要来，那么我打赌皮区和其他人也会跟着来。”史黛西说。

“真是屋漏偏逢连夜雨。”刘梧喃喃地抱怨。

史黛西对唐纳凡说：“你现在明白了，这是罗哥问了一堆关于机器人的事情的原因。我们必须在格兰毕面前表现得好一点。”

“我们看起来还不错呀！”刘梧说，“机器人的效率还不错，格兰毕和机器人一起出现在录像带上，绝不会丢脸。”

但是我说：“去他的，我才不在乎格兰毕和他的录像带呢！事实上，我敢打赌他们根本不会来这里拍摄录像带，但这不是重点。问题是，每个人（包括我自己在内）都以为机器人大大地提高了我们的生产力，而我们直到刚刚才明白，如果从目标的角度来看，机器人根本没有生产力可言。我们运用机器人的方式根本就是降低生产力。”

每个人都默不吭声。

最后，史黛西鼓起勇气说：“好吧，所以我们必须让机器人根据目标来发挥生产力。”

我说：“我们需要做的还不止这些。”我转过头去，对唐纳凡和史黛西说：“听好，我已经告诉刘梧了，我想现在也是告诉你们的好时机。反正你们迟早也会听说这件事。”

“听说什么事啊？”唐纳凡问。

“皮区给我们下了最后通牒，假如我们在三个月内还不能转亏为盈，他就要永远关闭这个工厂。”我说。

他们两人呆了半晌，然后连珠炮似的问了我一串问题。我花了几分钟向他们解释我所知道的状况，我略去事业部的情况不谈，因为不想让他们陷入恐慌。

最后我说：“我知道三个月的时间不是很多，但是直到他们把我踢出去以前，我都不会放弃。你们怎么决定是你们自己的事，但是假如你们想离开的话，我建议你们现在就走，因为未来三个月，我会把你们逼得很惨。假如我们能够表现出一点点进步，我都会去和皮区谈一谈，并且尽一切的努力说服他再多给我们一点时间。”

“你真的认为我们办得到吗？”刘梧问。

“老实说，我不知道。”我说，“但是至少现在我们知道过去错在哪里。”

“那么，我们要怎么做才对呢？”唐纳凡问。

“我们为什么不暂缓堆物料到机器人那儿，并且开始减少库存呢？”史黛西说。

“嘿，我举双手赞成降低库存，但是假如我们不生产的话，效率就会降低，那么我们就又回到原点了。”唐纳凡说。

“假如皮区看到我们的效率降低，他绝不会给我们第二次机会。”刘梧说，“他要的是提高效率，而不是降低效率。”

我搔搔头。

然后史黛西说：“或许你应该再试试打电话给这个叫钟纳的家伙，他似乎很清楚这到底是怎么回事。”

“对啊，至少我们可以晓得他怎么说。”刘梧说。

“呃，我昨天晚上和他谈过，这些东西就是他告诉我的。”我挥手指着黑板上写的定义，“他应该会打电话给我……”

我注视着他们的脸。“好吧，我再试着找找他。”我一边说，一边从公事包中拿出钟纳在伦敦的电话号码。

我接通了伦敦那个会议室的电话，他们三人坐在一旁，充满期盼地倾听，但是钟纳已经离开了，接电话的是一位秘书。

“啊，对，罗哥先生。钟纳打过电话给你，但是你的秘书说你在开会，他希望能在离开伦敦以前和你通上话，但是我恐怕你们互相错过了。”

“他下一站会到哪里？”我问。

“他要飞到纽约去，或许你可以打电话去旅馆找他。”她说。

我记下旅馆的名字，然后向她道谢，我从查号台查到了那家旅馆的电话号码，拨了电话，只希望能留个话给他。但电话总机直接帮我接到他的房间。

“喂？”电话中传来了一个满带睡意的声音。

“钟纳吗？我是罗哥，我把你吵醒了吗？”

“你的确把我吵醒了。”

“哦，真对不起，我会长话短说，但是我真的需要和你详细一点讨论我们昨天谈的问题。”我告诉他。

“昨天晚上？”他问，“哦，对，你们的时间应该算‘昨天晚上’。”

“或许我可以想办法安排你来我们工厂，见见我的同事。”我提议。

“问题是，接下来几个星期，我的行程都排满了，然后我就要回以色列去了。”他说。

“但是，我没办法等那么久。”我说，“我必须解决几个严重的问题，而且所剩的时间不多了。我现在明白你对机器人和生产力的看法，但是我和我的同事都不知道下一步该怎么走，而且……呃，或许我先解释几个事情给你听——”

“罗哥，我很想帮你，但是我也需要补充一下睡眠，我已经累坏了。不如这样吧，假如你抽得出空来的话，你何不明天早上 7 点，在旅馆里和我一起吃早餐。”他说。

“明天？”

“没错。”他说，“我们大概可以讨论个把钟头。除非……”

我看看其他人，他们全都紧张地看着我，我请钟纳等一下，然后告诉他们。

“他要我明天到纽约去。有没有人想到任何我不该去的理由？”

“你在开什么玩笑？”史黛西说。

“去吧。”唐纳凡说。

“你会有什么损失呢？”刘梧说。

我把手移开话筒。“好，我会去。”我说。

“太好了！”钟纳松了一口气，“晚安。”

我一回到办公室，芙露兰就惊讶地抬起头来望着我。

“你终于出现了！”她伸手过去拿留言条，“这个人从伦敦打了两次电话来找你。他不肯说事情到底重不重要。”

我说：“有一件事情要交给你办——想办法让我今天晚上就抵达纽约。”

11

我不要猜谜，我要解决方案

The Goal

但是茱莉完全不能理解。

“谢谢你事先通知我。”她说。

“假如我早一点晓得这件事，我早就告诉你了。”我说。

“近来，你周围的每件事情都变得不可预期。”她说。

“我每回知道要出差的时候，不都先告诉你吗？”

她站在房门口，显得烦躁不安，我把旅行袋放在床上，忙着收拾过夜的行李。家里只有我们两个人，莎朗在朋友家玩，而大卫正在参加乐队的排练。

“这一切究竟要到什么时候才会休止？”茱莉问。

我正要从抽屉里把内衣裤拿出来，听到她这么说，我停下脚步，开始按捺不住性子，因为我们五分钟以前才刚刚讨论过同样的问题。为什么她就是不明白呢？

我说：“茱莉，我不知道，有一大堆问题等着我去解决。”

她显得更烦躁了，她不喜欢我的回答，我突然想到，或许原因出在她不信任我。

“嘿，我一到纽约，就会打电话给你，好不好？”我告诉她。

她转过身去，似乎随时准备走出去。“很好，打电话，但是我可能不在家。”她说。

我又停了下来。“你说这话是什么意思？”

“我可能会出去。”她说。

“哦，那我只好碰碰运气了。”我说。

她一边走出门外，一边生气地说：“我想你会这么办。”

我抓起一件衬衫，关上抽屉。收拾好行李之后，我到处找茱莉，发现她在起居室里，一个人站在窗户旁，猛咬着大拇指。我握住她的手，亲一亲她的拇指，然后试着安抚她。

“我知道我近来常常说话不算数，但是这件事很重要，是为了工厂——”

她摇摇头，从我的手掌中把手抽了出来。我跟着她走进厨房，她背对着我站在那里。

她说：“每件事都是为了工作，你满脑子就只有工作，我甚至不能指望你回家吃晚饭，小孩一直问我你怎么会变成这样——”

她的眼角出现了一滴泪珠，我伸手去抹泪水，但是她把我的手推开。

“不必了！你只管去赶你的飞机，去你要去的地方吧！”

“茱莉！”

她从我身边走开。

“茱莉，这样太不公平了！”我对着她大喊。

她转过身来。“没错。”她说，“你才不公平，对我和小孩都不公平。”

她头也不回地走上楼去，我甚至连平息这件事的时间都没有，时间已经太晚了。我赶紧拿起放在大厅的行李，把它背在肩上，抓起公事包，就朝着大门走出去。

第二天早上 7 点 10 分，我已经在旅馆大厅等候钟纳。他迟了几分钟，但是我在铺满地毯的大厅中踱着方步时，脑子里想的却不是这件事。我在想茱莉，我很担心她……还有担心我们之间的关系。我昨天住进旅馆以后，试着打了好几次电话回家，一直没有人接电话，甚至连小孩都没有来接电话。我在旅馆房间里走来走去，偶尔踢踢东西发泄一下，半小时后再试一次，还是没有人听电话。从那时候开始，一直到凌晨 2 点，我每 15 分钟就拨一次电话，但是都没有人在家。我甚至一度打电话给航空公司，看看有没有飞机可以让我立刻飞回家，但是当时没有任何班机飞往那个方向。我最后睡着了，6 点，旅馆电话把我叫醒。我在离开房间以前，又拨了两次电话，家里还是没有人接。

“罗哥！”

我转过身去，钟纳正朝着我走过来。他穿着白色的衬衫和休闲裤，没有打领带，也没穿外套。

“早啊！”我向他打招呼，然后我们握握手，我注意到他的眼睛泡泡的，一副睡眠不足的模样。我知道我的样子也好不到哪儿去。

他说：“对不起，我迟到了，昨天晚上，我和几个同事一起吃饭，结果我们谈事情一直谈到凌晨 3 点。咱们找张桌子吃早餐吧！”

我和他一起走进餐厅，服务人员领着我们走到一张铺了白桌巾的餐桌。

“我在电话里向你说明的衡量指标，结果你们进展如何？”我们一坐下来，他就问。

我把注意力转回公事上，告诉他我如何用指标来表达目标，钟纳显得很高兴。

“太好了！”他说，“你做得很好。”

“谢谢你的夸奖，但是我恐怕要拯救工厂，我需要的不只是目标和几个衡量指标而已。”我说。

“拯救工厂？”他问。

我说：“没错，这正是我要飞来这里的原因。我的意思是，我打电话给你，不只是为了谈谈哲理。”

他笑了。“我没有认为你一路找我，只是因为热爱真理。好吧，罗哥，老实告诉我，发生了什么事。”

“请务必为我保密。”我先声明之后，才解释工厂目前的处境及三个月的期限。钟纳专心地听，当我说完了以后，他往后一靠。“你希望我为你做什么呢？”

“我不知道是不是真的找得到解决之道，不过我希望你能协助我找到解决办法，保住我的工厂和工人。”我说。

钟纳思索了片刻，然后说：“问题是，我的行程早就排得满满的，这是我们得一大早在这里碰面的原因。有这么多任务缠身，我不可能抽得出时间来担任你期望的顾问工作。”

我叹口气，失望极了。我说：“好吧，假如你实在太忙的话——”

“先别急，我还没说完。”他说，“这并不表示你因此就没办法挽救工厂。我没有时间为你解决问题，但是这样对你不是更好吗？”

我打岔：“你这是什么意思？”

钟纳举起手来制止我。“让我说完。就我目前所知来看，你应该有办法自己解决问题，我要做的只是提供你一些基本的应用原则。假如你和你的下属很聪明地运用这些原则，我想你们可以挽救这个工厂。这样说还算公平吗？”

“但是钟纳，我们只有三个月的时间。”我说。

他不耐烦地点点头。“我知道，我知道。要改进的话，三个月已经绰绰有余了，也就是说，假如你们够用功的话。但如果你们不够努力的话，反正我说什么都挽救不了你的工厂。”

“哦，这点你完全不用担心，我会很努力的。”我说。

“那么，我们就试试看。”他说。

“老实说，除此之外，我不知道还能怎么办。”然后，我笑了，“我想我最好还

是问问你怎么收费。你有没有什么标准费率之类的东西？”

他说：“没有，不过这样吧，就根据你从我这里学到的东西的价值来付费好了。”

“我怎么知道价值有多高呢？”

“当我们完成了之后，你就会有一点概念。假如你的工厂倒闭了，那么显然你一定没有学到什么，你什么都不欠我。相反，假如你学到的东西足以让你大赚特赚，那么你就应该根据你赚到的钱，付我顾问费。”他说。

我大笑，这样一来，我不是稳赚不赔了？

“一言为定，这样很公平。”我说。

我们握握手。

服务人员打断了我们的谈话，问我们是不是要点餐了。我们两人都还没有翻开菜单，但是结果我们都只点了咖啡。服务人员提醒我们，这里每人的最低消费额是 5 美元，所以钟纳叫他给我们每人来一壶咖啡和一夸脱牛奶。服务人员看了我们一眼，就走开了。

钟纳接着说：“那么，现在我们要从哪里开始呢？”

我告诉他：“或许可以先把焦点放在机器人身上。”

钟纳摇摇头。“罗哥，忘掉你的机器人吧，机器人就好像每个人刚发现的工业用玩具一样新奇。但是还有很多基本问题更需要你来关心。”他说。

“但是，你忽略了机器人对我们的重要性。”我说，“机器人是工厂里最昂贵的设备，我们必须让它发挥生产力。”

“哪方面的生产力？”他凌厉地反问。

“好吧，没错……我们必须根据目标，让机器人发挥生产力。但是我必须让它们高度发挥效率，才能收回成本，而只有当机器人生产零件的时候，才能达到那么高的效率。”

钟纳再度摇摇头。“罗哥，我们第一次见面的时候，你告诉我工厂的整体效率非常高。假如你们的效率真那么高的话，为什么工厂还会碰到麻烦呢？”

他从衬衫口袋中掏出雪茄，咬掉雪茄的一头。

“好吧，你瞧，即使只是因为我的上司很在意效率，我都必须重视效率问题。”

“罗哥，想想看哪件事情对你的上司比较重要，效率还是钱？”他问。

“当然是钱。但是，高效率对赚钱而言，不是也很重要吗？”我问他。

“但是大半时间，你都因为追求高效率而和赚钱的目标背道而驰。”

我说：“我听不懂。而且即使我明白了，我的上司还是不会明白。”

钟纳点燃了雪茄，一边吞云吐雾，一边说：“好吧，我看看能不能从几个基本问答中让你明白这是怎么回事。先告诉我，当你看到有个工人站在那儿什么也不做时，这样对公司到底是好，还是坏？”

“当然不好了。”我说。

“总是不好吗？”他问。

我察觉这个问题是个陷阱。“呃，我们必须做一些维修——”

“不，不，不，我的意思是假如有个生产工人闲在那儿，只不过是因为没有产品可以生产的话。”

“在这种情况下，就永远都是不好的。”我说。

“为什么呢？”

我笑了。“这不是很明显吗？因为这样浪费钱呀！难道我们光付钱请人不做事吗？我们负担不起人力的闲置，这样一来，成本会高得超出我们的负担，这样做不但没有效率，而且生产力很低——无论你拿什么指标来衡量都一样。”

他把身子往前倾，仿佛要悄悄告诉我一个天大的秘密。

“让我告诉你一件事，每个人时时刻刻都在工作的工厂，是非常没有效率的工厂。”

“你能再说一遍吗？”

“你已经听到了。”

“但是，你要怎么证明你说得对呢？”我问。

他说：“你已经在工厂中证明了这件事，这个现象就发生在你的眼前，但是你一点儿都看不见。”

现在换成我摇头了，我说：“钟纳，我觉得我们好像沟通不畅。你瞧，我的工厂里没有一个冗员，我们把产品运出门的唯一办法，就是让每个人都不停地工作。”

“告诉我，你们工厂里有没有多余的库存？”

“有。”我回答。

“你们有没有很多的多余库存？”

“呃……有。”

“你们有没有很多很多的多余库存？”

“有，好吧，我们的确有很多很多的多余库存，但是你到底想说什么呀？”

“你明不明白，过多的库存只会由过多的人力引致？”他说。

我想了一下，他说得没错，机器没有办法自己进行转换，然后自动运转，必须靠人力才能产生多余的库存。

我问：“那么，你觉得我该怎么办呢？裁掉更多的人吗？我们已经裁得只剩下最起码的人员了。”

“不，我不会建议你裁员，但是我建议你研究一下你管理工厂产能（Capacity）的方式。我可以告诉你，你没有根据目标来管理产能。”

服务人员在我们之间放下两个典雅的银色咖啡壶，壶嘴还不停地冒着热气。他同时端出一小壶牛奶，然后为我们倒咖啡。当他忙着这些动作的时候，我注视着窗外，几秒后，我感觉到钟纳伸手过来，拉拉我的袖子。

他说：“事情是这样的，外面的世界里，有个市场需要你们制造的东西，而在公司里，你拥有这么多的资源，每种资源都有这么多的产能可以满足那些需求。在我往下说之前，先问你一句，你明白我所说的‘平衡的工厂’（Balanced Plant）是什么意思吗？”

“你的意思是平衡的生产线吗？”我问。

他说：“基本上，平衡的工厂是整个西方世界的工厂厂长长久以来竭力追求的目标，在平衡的工厂中，每种资源的产能都和市场需求达到完全的均衡。你知道为什么所有的厂长都想达到这个目标吗？”

我说：“因为假如我们没有充足的产能，我们预估的有效产出就是假的。但是假如我们的产能过剩，我们就是在浪费钱，我们就失掉了降低营运费用的机会。”

“没错，每个人都这么想。”钟纳说，“因此，大多数的厂长都倾向于尽可能地调节产能，不要有任何资源闲置一旁，让每个人的手上都有工作做。”

“对，当然是如此，我明白你的意思，我们工厂也一样。事实上，我所见过的每个工厂都这么做。”我说。

“你的工厂是个平衡的工厂吗？”他问。

“呃，已经是尽我们所能的平衡了。当然，我们有一些机器闲置，但是一般而言，那些机器都很老旧。至于人员嘛，我们已经把产能调节到极致了。”我解释，“但是，从来没有人能够让工厂产能达到完美的平衡。”

“真有趣，我也从来没听说过任何真正平衡的工厂。”他说，“你觉得为什么在耗费了这么多的时间和心力之后，还没有人能成功地经营一个平衡的工厂呢？”

“我可以列出一大堆原因。第一个原因就是情况不断地在改变。”我说。

“不，事实上这不是最重要的原因。”他说。

“当然是啦！你瞧瞧我必须对付哪些事情好了，例如，供应商，我们常常在赶订单赶得水深火热的时候才发现供应商给了我们一堆烂零件。或者看看我们的员工可能出现的各种状况好了——缺席、不在乎质量、员工流失，真是防不胜防。然后就是市场本身的问题，市场总是不停地变化，难怪我们老是某个部门产能过剩，而另一个部门却产能不足。”

“罗哥，你没有办法平衡工厂的真正原因，其实是比你刚刚提到的这些原因更根本的原因。相比之下，其他所有的因素都不太重要。”

“不重要？”

“真正的原因是，你越接近工厂平衡的目标，也就表示你越接近破产的边缘。”

“算了吧！你一定在开玩笑。”我说。

“从目标的角度来看看你们对产能的执着吧！当你裁员的时候，你们的营业额上升了吗？”他问。

“当然没有。”我说。

“你降低了库存吗？”他问。

“不，我们借着裁员来降低营运费用，而不是减少库存。”我说。

于是钟纳说：“正是如此，你只改善了一个衡量指标——营运费用。”

“这样还不够吗？”

“罗哥，目标不是降低营运费用一个而已，你的目标不是要单独改善某个指标，而是要降低营运费用，减少库存，同时增加有效产出。”钟纳说。

“好，我同意。”我说，“但是假如我们降低了费用，而库存和有效产出保持不变，我们不是已经有进步了吗？”

“对，假如你们没有增加库存或减少有效产出的话。”他说。

“好，对，但是平衡产能不会影响其中任何一个指标。”

“哦？不会吗？你怎么知道呢？”

“我们刚刚不是说——”

“我刚刚可没这么说，我是在问你，而你的假设是，如果你把产能调节到与市场需求平衡的地步，不会影响到有效产出或库存。但是事实上，这个在欧美商业界通行的假设却大错特错。”

“你怎么知道它错了呢？”

“不说别的，至少我有数据可以清楚显示，当你分毫不差地根据市场需求来调节产能的时候，有效产出会下降，而库存会急剧上升。而因为库存上升的缘故，囤积库存的成本（也就是营运费用）也会随之上扬。所以，甚至连这样做是不是真的能降低总营运费用都还值得商榷，而营运费用还是你期望能改善的唯一指标。”

“怎么会这样呢？”

“因为每个工厂都并存着两种现象。一种现象就是所谓的‘依存关系’（Dependent Events）。你知道我说的依存关系是什么意思吗？我的意思就是，一道工序或一串工序必须完成后，另一道工序才能开始，后面的工序依赖前面的工序，你明白吗？”

我说：“当然明白，但是这有什么大不了的呢？”

“当这些相关事件都和另一种叫‘统计波动’（Statistical Fluctuations）的现象结合起来时，事情就变大了。你知道什么是‘统计波动’吗？”

我耸耸肩。“就是统计上所发生的波动，不是吗？”

“这样说好了，你知道，我们可以很精确地得到某类信息。举例来说，假如我们想知道餐馆中有多少座位，我们只需要数一数每张桌子旁放了多少张椅子，就可以很精确地算出餐馆的容量。”

他指指周围。“但是还有其他类的信息是我们无法精确预估的。例如，服务人员要多久才会把账单拿来，或者厨师要花多少时间才会把烘蛋做好，或者今天餐厅会需要多少鸡蛋。这些信息的估算方法都各不相同，也就属于统计上的波动。”

“对，但是一般而言，你都可以靠经验概估出这些数据。”我说。

“但是，只有在某个范围内才行得通。上次，服务人员花了 5 分 42 秒把账单拿来，再上一次，他只花了 2 分钟。那么今天呢？谁晓得呢？可能是三四小时。”他一边说，一边四处张望，“他到底跑到哪里去了？”

“没错，但假如厨师正在准备晚宴的菜肴，他知道会来多少客人，也知道他们都会吃烘蛋这道菜，那么他就知道今天需要几个鸡蛋。”我说。

“一个都不差吗？”钟纳问，“假如他不小心让一个蛋掉在地板上呢？”

“好吧，那么他就得多准备几个蛋。”

“要成功地经营工厂，大多数的关键要素都无法事先预见。”他说。

服务人员把账单拿来，放在我们中间，我把账单拉过来。“好吧，我同意，但是当一个工人日复一日地做同样的工作，经过一段时间以后，统计上的波动就会相互抵消。老实说，我不懂这两种现象和其他事情有什么关系。”

钟纳站起身来，准备走了。“我谈的不是个别的现象，而是这两种现象结合起来的效应。这就是我要你思考的问题，因为我得走了。”

“你要走了吗？”我问。

“我必须走了。”他说。

“钟纳，你不能就这样跑掉。”

“有客户在等我。”他说。

“钟纳，我没有时间猜谜，我需要的是解决方案。”我告诉他。

他把手放在我的手臂上。

“罗哥，如果我直接告诉你该怎么办，你终究会一败涂地。你必须自己想办法弄清楚，才能应用这些原则。”他说。

他握握我的手。“下次再谈吧。当你想通了这两种现象结合起来对你的工厂究竟有什么意义时，再打电话给我。”

然后他就匆匆地走了。我满肚子火，招来侍者，把账单还给他，并且付了钱。我没等他找钱，就追随着钟纳的脚步，走到大厅。

我从柜台人员那儿领出了我的旅行袋，把旅行袋搭在肩上。转身的时候，我看到钟纳仍然是一身便装，站在旅馆大门口和一个西装笔挺、风度翩翩的男人谈话。他们一起走了出去，而我也踏着沉重的步伐跟着走出去。那个人领着钟纳走到一辆等在路边的黑色轿车旁边，当他们走近的时候，一名司机从车子里跳了出来，为他们打开车门。

我听到那个穿西装的人一边跟在钟纳后面上车，一边说："参观了工厂之后，我们就要与董事长和几位董事一起开会……"一个银发男子早已经等在车里了，他和钟纳握握手，司机关起车门，回到驾驶座。豪华轿车静静地驶入车流之中，我只能透过暗色的玻璃窗，看到他们模糊的侧影。

我钻进一辆计程车中。司机问："要上哪儿呀，先生？"

12

工作永远都排第一位

The Goal

听说优尼公司有个家伙在公司通宵加班之后，回到家里，他一边走进屋子里，一边大叫“嘿，亲爱的，我回来了”，却只听到他的招呼声回荡在偌大的空屋子里。他太太把所有的东西都搬走了：小孩、狗、金鱼、家具、地毯、器具、窗帘、墙上的照片、牙膏……每样东西，或几乎每样东西。她只留下两样东西给他：他的衣服（堆在卧室衣橱旁的地板上）及浴室镜子上用口红写的留言“再见，你这个混账东西”。

开车回家的时候，这幕景象不停地浮现在我的脑海里，而且从昨天晚上开始就不时出现。驶进我家的车道以前，我看了一下草坪上有没有搬家公司的货车碾过的车痕，但是草坪分毫未损。

我把车子开进车库的时候，看到茱莉的车子好端端地停在里面，我望着天，心里说着：“真谢谢你了，老天爷！”

我走进厨房的时候，茱莉坐在餐桌旁，背对着我。我吓了她一大跳，她立刻站起来，转过身子。我们互相凝视了一秒，我看到她的眼眶红了。

“嘿！”我说。

“你回家干吗？”她问。

我笑了——笑得很夸张。“我回家干吗？我一直在找你！”我说。

“好啦，我在这里，好好看看吧。”她说，对我怒目而视。

“是啊，现在你确实在这里，但是我想知道的是，你昨晚上哪儿去了？”

“我出去了。”她说。

“整个晚上都在外面？”

她已经准备好答案了。“哇，我很惊讶你居然还知道我昨晚不在家。”她说。

“好了，茱莉，别无聊了，昨天晚上，我大概打了上百次电话回家，我担心得要命。今天早上，我又试了两次，还是没有人接电话，所以我知道你昨晚整夜都没有回家。”我说，“顺便问一下，孩子呢？”

“他们待在朋友家。”她说。

“今天还要上学，你居然让他们住别人家？你自己呢？你也待在朋友家吗？”我问。

她双手叉腰。“对，我确实和朋友在一起。”她说。

“男朋友还是女朋友？”

她瞪着我，往前踏了一步。“你不在乎我每天晚上都独自在家陪小孩，但是假如我在外面待了一个晚上，突然之间，你就非要晓得我去了什么地方，做了什么事了。”

“我只不过觉得你应该解释一下。”我说。

“有多少次你很晚才回家，或者出城去了，或者谁晓得你到什么鬼地方去了？”她问。

“但是，那都是为了公事，”我说，“而且假如你问我的话，我都会老实告诉你我在哪里。现在轮到我问你了。”

“没什么好说的，我只不过和珍妮一起出去了。”

“珍妮？”我花了一分钟，才想起来她是谁。“你是说住在你旧家附近的那个朋友？你大老远开车回去找她？”

“我只不过需要找人聊聊。”她说，“我们谈完话的时候，我已经喝了太多酒，没有办法开车了。反正我晓得孩子们一直到早上都不会有事，所以我就在珍妮家过夜了。”

“好吧，但是为什么呢？你为什么会突然之间想要这么做呢？”

“突然想到？罗哥，你每天晚上都跑出去，把我留在家里，我觉得寂寞了。我不是突发奇想，事实上，自从你升主管以后，你的事业就占了第一位，其他都不重要了。”

“茱莉，我只是想让你和孩子过好一点的日子。”我说。

“真的只是这样吗？那么你为什么还不停地往上爬？”

“不然我要怎么办？拒绝升迁吗？”

她不回答。

“你要知道，我并不喜欢加班，我加班都是因为不得已。”我告诉她。

她还是不吭声。

“好吧，我答应以后多留一点时间陪你和孩子。真的，我会多花一些时间待在家里。”

“罗哥，这样是行不通的，即使你在家的时候，你还是想着公事。有时候我看到孩子把同样的话反复说上三遍，你才听到。”

“等我从目前的困境中脱身以后，情况就会改观。”我说。

“你知道自己刚刚说了什么吗？‘等我从目前的困境中脱身’，你觉得情况会有所改善吗？这些话你以前全都说过了，你知道同样的问题我们已经吵了多少次了吗？”

“好吧，你说得对，我们已经讨论过很多次了。但是，目前，我实在无能为力。”

她抬头望天，然后说：“你的工作永远都岌岌可危，永远。假如你真那么不济，为什么他们还不断地提升你，又加你薪水呢？”

我捏了捏鼻梁。“我要怎么样才能让你明白，我这次不是为了争取升官或加薪，这次情况完全不同，茱莉，你不知道我在工厂碰上了什么样的问题。”

“你也不晓得我待在家里是什么滋味。”她说。

我说：“好，好，我很想在家里待得久一点，但问题是，我得抽得出时间来。”

“我不需要占去你所有的时间，但是我确实需要一点点时间，小孩也是。”

“我知道，但是为了挽救工厂，我在未来几个月，必须把所有时间都投进去。”

“难道你连经常回家吃晚饭，都做不到吗？通常在晚上，我想你想得最厉害，孩子们也是。没有你，这个家显得空荡荡的，即使有小孩陪伴我都一样。”

“很高兴知道有人需要我，但是有时候，我连晚上都需要工作，我在白天往往没有足够的时间来看公文。”我说。

“你为什么不把公文带回家呢？”她提议，“你可以在家里看公文，至少这样我们看得到你，说不定我还能帮你一点忙。”

“我不知道我有没有办法专心，但是……好吧，我们试试看。”

她露出笑容。“你是说真的？”

“当然，假如行不通的话，我们可以再讨论。”我说，“一言为定？”

“一言为定。”她说。

我靠过去，问她：“你要握握手，还是来个吻？”

她绕过桌子，走过来坐在我腿上，然后亲我。

“你知道吗？我昨天晚上真的很想你。”我告诉她。

“真的吗？我也很想你。我一点儿都不晓得单身酒吧会这么令人沮丧。”

“单身酒吧？”

“是珍妮出的主意，真的。”她说。

我摇摇头。“我不想听。”

“但是珍妮教我一些新舞步，或许这个周末——”她说。

我捏捏她。“你这个周末想做什么，我悉听尊便。”

“太棒了！”她在我耳边低语，“你知道，今天是星期五，所以……我们何不早一点开始度周末？”

她又再度吻我。

我说：“茱莉，我真的很想这么做，但是……”

“但是？”

“我真的该去工厂看看。”我说。

她站起来。“好吧，但是答应我，你今天会早一点儿回家。”

“我答应你。”我告诉她，“真的，这会是个很棒的周末。”

13

荒野探险的启示

The Goal

星期六早上，我睁开眼睛，模模糊糊地看到一团绿。原来是我的儿子大卫穿着一身童子军制服，摇着我的手臂。

“大卫，你在这里做什么？”

他说：“爸爸，已经7点了！”

“7点？我还没睡够呢！你不是应该自己看看电视，或者找点事做吗？”

“我们会迟到。”他说。

“我们会迟到？什么事情迟到？”

“远足啊！”他说，“记得吗？你答应过我，可以替你报名参加，志愿协助领队。”

我嘀咕了几句童子军不该听到的话，但是大卫没有丝毫反感。

“赶快，去冲个澡。”他一边把我拖下床，一边说，“我昨天晚上就帮你把衣服准备好了，所有的装备都在车子里，只是我们必须在8点以前抵达集合地点。”

大卫一路把我拖出卧室，离开以前，我瞥了仍然沉睡的茱莉和那温暖柔软的床铺一眼。

1小时又10分钟后，我们抵达了森林边缘。15个戴着童子军帽、系着领巾、别着徽章的男孩，装备齐全地等在那里。

我还没来得及问领队在哪里，少数几个还在附近晃来晃去的家长都已上车离去了。环顾四周，我发现我是唯一还留在那儿的成人。

“领队不能来了。”其中一个男孩说。

“怎么会呢？”

“他生病了。”他旁边的男孩说。

“对呀，他的痔疮又发作了，所以现在你变成指挥官了。”第一个说话的男孩说。

“我们该怎么办呢，罗哥先生？”其他的孩子问。

起先，我有点恼怒摊上这个差事，但是我不会因为要带领一群孩子而惊慌失措，毕竟我每天在工厂里都在做类似的事情。我们打开地图，讨论这次远足的目的地。

我了解到，这次远足的计划是要让整个队伍沿着一条小径穿过森林，走到一个叫“魔鬼峡谷”的地方。然后，我们在那里扎营过夜。到了早上，我们再回到最初的出发点，爸爸妈妈们应该会在那儿等候小佛瑞迪、强尼和他们的朋友走出

森林。

我们首先必须先走到 10 英里外的魔鬼峡谷。所以，我要整个队伍排成一列，大家都把背包背在肩膀上。我手上拿着地图，在最前面领路。于是我们就出发了。

天气简直太棒了。阳光从树影间洒落，天很蓝，微风徐徐吹来，气温有一点低。但是，我们一走进树林中，就发现这正是远足的好天气。

这条小径很好走，因为差不多每隔 10 码（1 码=0.9144 米），就会看到树干上的路标（用黄色油漆刷上的斑痕）。另外，树林中草丛茂密，我们必须排成一列纵队前进。

我原本以为我们会照着每小时 2 英里的速度前进，也就是一般人步行的速度。我想，以这样的速度，我们应该可以在 5 小时内走完 10 英里。我的手表指针现在指着 8 点 30 分，即使中间预留一个半小时的休息和午餐，我们都应该可以轻轻松松地在下午 3 点以前抵达魔鬼峡谷。

几分钟后，我转过身去看看队伍。出发时一个挨着一个的童子军队伍现在已经开始拉长，两个人之间的间隔都超过一码，有些人之间的距离拉得更大。我仍然继续走。

又走了几百码以后，我回头望，队伍拉得更长了，而且中间出现了几个很大的间隔，我几乎看不见走在最后面的男孩。

我觉得我最好走在最后压阵而不是在前面领军，这样才有办法照顾到整支队伍，确定没有人落在后头。于是，我等候第一个赶上我的男孩，问他叫什么名字。

“我是朗尼。”他说。

“朗尼，我希望由你带队。”我告诉他，并且把地图交给他，“只要沿着这条小路走就好了，不要走得太快，好吗？”

“好，罗哥先生。”

于是，他踏着中等的步伐继续前进。

我对着后面的队伍大喊：“每个人都走在朗尼后面，不要有人超到他前面，因为他手上有地图，明白了吗？”

每个人都点头，挥手。大家都明白了。

我站在路旁，等着整支队伍通过。我儿子大卫一边走，一边和他后面的朋友谈着话。现在他有朋友为伴，对我简直视若无睹，实在是太冷酷了一点。又有五六个男孩走过去，他们都可以轻易地跟上队伍。然后，中间出现了一大段间隔，接着又有几个童子军走过。在他们之后，出现了更大的间隔，我沿着小径望去，看到一个胖孩子，已经是一副快喘不过气来的样子。在他后面才是其余的队伍。

我等到这个胖孩子一走近，就问他："你叫什么名字？"

"贺比。"这个胖孩子说。

"你还好吗，贺比？"

"哦，当然没问题。哇，今天真热。"他说。

贺比继续向前走，其他孩子跟在后面。有些人好像想走得快一点，但是，他们又没办法绕过贺比。我走在最后一个男孩的后面，整个队伍就在我前面拉开，大多时候，除非我们正好在爬坡或走弯路，否则我都可以看到整支队伍。队伍现在似乎踏着稳定的节奏前进。

倒不是风景太沉闷，过了一会儿，我就开始思考其他事情了。就拿茱莉来说吧，我真的很想和她共度这个周末，但是我完全忘了要和大卫一起远足这回事了。我想她会说："你就是这样！"我不知道怎样才抽得出时间来陪她，这次，她应该会理解，因为我也需要陪陪大卫。

然后，我又想起和钟纳在纽约的谈话。我一直都还没有时间来想想这件事情，我很好奇，一位物理教授和企业界的重量级人物一起，在豪华轿车里究竟干什么。我也不明白他描述的那两种现象到底有什么作用，我的意思是"依存关系""统计波动"——又怎么样呢？这两种现象似乎都很普通。

显然，制造业中充斥着各种依存关系。也就是说，一道工序完成了以后，才能进行下一道工序。零件是依照一系列的步骤制造出来的。在乙工人能进行步骤二之前，甲机器必须先完成步骤一。在我们装配产品之前，我们必须先把所有的零件做好。我们必须把产品装配完成后才能出货。以此类推。

但是，你在任何流程中，都会找到这类的依存关系，并不是工厂所独有的。驾驶汽车就必须仰赖一系列的依存事件，远足也一样。为了抵达魔鬼峡谷，我们必须走这条小径。在贺比走过小径之前，大卫必须先走过小径。这是依存关系的简单例子。

那么，统计波动呢？

我抬起头，注意到在我前面的男孩走得比我的速度略快一点，因此他和我的间隔，比几分钟前又多了几英尺，于是我跨了几个大步，赶上他。然后，我一度又和他太靠近了，于是我放慢脚步。

是了，假如我一直测量我的步伐，就会记录下统计的波动。但是，这又有什么大不了的呢？

假如我说我走路的速度是每小时 2 英里，我的意思并不是说我每时每刻都完全照着 2 英里的时速前进，有时候，我的速度可能是每小时 2.5 英里，有时候，我的时速可能是 1.2 英里，但是经过一段时间，走了相当的距离后，我的平均速度应该在每小时 2 英里左右。

工厂的情形也如出一辙。焊接变压器上的电线要花多少时间呢？假如你反复计时，你可能发现平均要花 4.3 分钟。但是，每一次焊接所花的时间其实可能为 2.1 ~ 6.4 分钟。没有人事先就能说："这次会花 2.1 分钟……这次会花 5.8 分钟。"没有人能预测出这样的状况。

那么，这有什么不对呢？到目前为止，我看不出所以然来。无论如何，我们没有选择的余地，我们还能用什么来代替"平均值"或"估计值"呢？

我发现我几乎要踩到前面的男孩了，队伍不知怎么慢了下来，原来我们正在爬一座高而陡峭的山。每个人都在贺比后面动弹不得。

"赶快呀，贺皮（Herpes，疱疹的谐音）!"一个男孩说。

"疱疹？"

"对呀，贺皮，移动身体。"另一个男孩说。

"好了，够了。"我制止那些骚扰者。

最后，贺比爬到山顶了，他转过身来，整个脸都因为爬坡涨红了。

"不错，贺比！"我为他打气，"继续向前走！"

贺比在山头消失。其他人继续往上爬，我则跟在他们后面。我在山顶停下来，往下望望前面的路。我的妈呀！朗尼跑到哪里去了？他一定在我们前面半英里之外的地方。我只看得见贺比前面的几个男孩，其他人都消失在我的视线之外了。我把双手搁在嘴巴旁大喊。

"嘿！大家跟上去！把距离拉近！加快速度！加快速度！"

贺比开始小跑，他后面的孩子也都跑了起来，我则在他们后面慢跑。而贺比——我不知道这孩子身上带了什么东西，但是从他跑步时发出的铿铿锵锵的声音听来，他背上似乎装了一堆垃圾。跑了几百码之后，我们仍然没有赶上，贺比慢了下来，其他孩子都喊着要他跑快点。我气喘吁吁地向前跑，最后，我远远望见了朗尼。

“嘿，朗尼，站住！”我大喊。

孩子们一个接着一个，沿着小路把我的呼唤传下去。朗尼听到喊叫声后，转过头来。贺比眼看就要得到解脱，开始慢下脚步，其他人也一样。当我们走近的时候，每个人都转过头来看我们。

“朗尼，我告诉过你，保持中等速度。”我说。

“但是，我的确照着你的话做呀！”他抗议。

“待会儿大家要走在一起。”我告诉大家。

“嘿，罗哥先生，我们休息 5 分钟如何？”贺比问。

“好，大家休息一下。”我告诉他们。

贺比立刻跌坐在路旁，伸出舌头来喘气。每个人都拿出水壶，我在附近找到一块舒服的木头，坐下来。几分钟后，大卫走过来，坐在我旁边。

“你表现得很棒，爸。”他说。

“谢谢，你觉得我们已经走了多远？”

“大约 2 英里吧！”他说。

“只有这么多吗？”我问，“我以为应该快到了，我们每小时一定不止走了 2 英里。”

“但是，按朗尼手上的地图看来，显然不是如此。”他说。

“哦，我认为我们最好继续前进。”

男孩子们已经排好队伍了。我说：“好，出发。”

我们又开始前进。现在路很直，所以我看得到每个人。我们大概走了 30 码以后，我注意到同样的现象又出现了，队伍拉长了，两个人之间的距离逐渐拉大。该死，照这样下去，我们整天都要这样跑跑停停。假如我们不能走在一起，有一半的人很可能会迷路。

我一定要想想办法。

我首先检查朗尼的速度，但是朗尼确实是踏着稳定而中等速度的步伐前进，没有人会跟不上这样的速度。我往后望望整个队伍，所有的孩子都依着和朗尼差不多的速度前进。而贺比呢？现在他不再是问题人物了。或许他觉得上次大家进度延误，他要负很大的责任，所以现在似乎格外努力跟上队伍。他就紧跟在前面那个男孩的屁股后面。

假如大家都照着一样的速度前进，为什么朗尼和我之间的距离，也就是队伍的最前面和最后面，距离会越来越大呢？

这是统计上的波动吗？

不，不可能。我们应该已经把统计上的波动平均掉了，我们都以相同的速度前进，因此任何两个人之间的间隔可能会有若干不同，但是经过一段时间以后，平均起来不会有任何差异。同样地，朗尼和我之间的距离应该会有某种幅度的扩大和缩小，但是平均起来应该还是一样。

但是，实际情况却非如此。虽然我们每个人都维持和朗尼一样的中等速度，队伍却越拉越长，我们之间的距离一直在扩大。

只有贺比和他前面的男孩例外。

那么，贺比是怎么办到的？我观察他，每当贺比落后一步时，他就多跑一步来追上，也就是说，事实上他要比朗尼和其他走在他前面的男孩花费更多力气，为了维持同样的相对速度。我很怀疑这种走走跑跑的情况，他还能维持多久。

但是……为什么我们不能都照着朗尼的速度前进，保持一定的距离呢？

我正注视着队伍时，前面发生的情况吸引了我的视线。我看到大卫慢下来几秒，调整他的背带。在他前面，朗尼仍然浑然不觉地继续向前走，开始出现了10英尺、15英尺、20英尺的间隔，也就是说，整个队伍拉长了20英尺。

这时候，我才逐渐明白到底是怎么回事。

朗尼设定了队伍移动的速度。每当有人走得比朗尼慢的时候，队伍就拉长，有时候甚至不一定像刚刚大卫慢下来的时候那么明显。假如有个男孩跨出的一步比朗尼的步伐短了半英寸，整个队伍的长度就受到了影响。

但是，当有人走得比朗尼快的时候，又会如何呢？当有人步伐跨得比较大或比较快时，不就弥补了拉大的差距吗？因此，原先的差异不是又平均回来了吗？

假设我走得快一点，能不能缩短队伍的长度呢？我和前面的男孩之间大概隔了 5 英尺的距离。假如他继续照目前的速度前进，而我加快速度，我可以拉近间隔，或许也能缩短整支队伍的长度，这完全要看前面的状况而定。但是当我撞上了前面那孩子的背包时，我就不得不慢下来（而且假如我真那么做，他一定会向他妈妈告状）。所以，我必须把速度减慢到和他一样。

一旦我拉近距离，紧挨着他走，我就不能再走得比前面的孩子快了，前面的队伍也一样。也就是说，除了朗尼，我们的速度都完全要由队伍中在我们前面的那个人的速度来决定。

开始有点头绪了。我们的远足也是一系列依存关系和统计波动的结合。我们每个人的速度都在变动，有时快，有时慢，但是我们想走得比平均速度快的能力受到了限制，我们的速度必须取决于前面队伍的速度。所以，即使我一小时能走 5 英里，假如在我前面的那个男孩一小时只能走 2 英里，我就不能全速前进。而且，即使我前面的男孩能走得和我一样快，除非前面每个男孩都能同时以 5 英里的时速前进，否则我们两个人都不能走那么快。

所以，我走路的速度有它的极限（我只能快速前进一段时间，超过我的极限，我就会因体力不支而倒地，喘不过气来），其他人也一样。然而我要走多慢，就能走多慢，不会受到任何限制，其他人也一样。而且我想停就停。但是，只要任何人停下来不走，队伍又无止境地拉长了。

所以，实际发生的状况不是各种不同的速度相互抵消，而是统计波动的“累积”，而且大多时候，还是“慢”的累积——因为依存度限制了发生更大波动的机会。这就可以知道为什么队伍会拉长了。如果想要缩短队伍，唯有要每个人都走得比朗尼的平均速度快一点。

往前看，我发现我们每个人需要弥补的差距有多大，完全要看我们在队伍中的哪个位置。排在第二的大卫只需要弥补他和朗尼的平均速度之间的累积差距，也就是追赶上他前面 20 英尺左右的路程就够了。但是对贺比而言，要防止整支队伍拉长，他除了必须弥补自己的波动，还要加上前面那些孩子的波动。而我走在队伍的最后面，因此如果要缩短队伍长度，我必须有一段距离走得比平均速度快，而这段距离恰好就等于前面所有男孩拉大的差距。因此，我必须弥补因为他们落后而累积下来的差距。

然后，我开始思考这对我的工作有什么意义。我们工厂里，绝对也有依存关系和统计波动这两种现象，而远足时也是两种现象并存。假如我把这群童子军比喻为工厂里的生产系统……就好像生产模型一样。事实上，整个队伍确实也生产了一个产品，我们生产的是“走过的小径”。朗尼“消费”着他前面还没有走过的小径，以进行生产，没有走过的小径就相当于原料。因此，在这个生产流程中，朗尼第一个走过小径，然后，就轮到大卫的工序，然后是他后面的男孩，以此类推，一直轮到贺比和他后面的男孩，最后轮到我。

我们每个人就好像工厂生产流程中某道工序，都是一系列依存关系的一部分。我们之间谁先谁后，有没有什么关系呢？无论如何都得有人在前面，有人在后面，但是无论我们怎么调动男孩在队伍中的次序，都仍然会产生依存关系。

我是整个流程的最后一关，唯有当我走过小径时，产品才算“卖出”，而这才是我们的有效产出——有效产出不是朗尼走过小径的速度，而是我走过小径的速度。

朗尼和我之间的距离又怎么说呢？这就是库存。朗尼一直在消耗原料，所以在我走完这段路以前，其他所有人走过的路都只是库存。

那么，营运费用又是什么呢？营运费用是能让我们把库存转化为有效产出的一切花费，在我们的情况中，也就是这群男孩走路需要消耗的精力。我没有办法真的把它量化，唯有当我疲倦的时候，我才会知道。

假如朗尼和我之间的距离一直在扩大，可能代表了库存一直增加。有效产出是我走路的速度，而我走路的速度会受到其他人速度波动的影响。嗯，所以当前面累积了比平均速度慢的波动以后，就会一路影响我走路的速度，也就是说，我必须慢下来，这就意味着，库存增加了，整个系统的有效产出却下降了。

而营运费用呢？我不太确定。对优尼公司而言，每当库存上升的时候，囤积库存的仓库开支也随之上升。仓库开支是营运费用的一部分，因此这个指标的数据一定也随之上升。就这次远足而言，每次我们加快速度追上队伍的时候，营运费用就会增加，因为我们耗费了比平常更多的精力。

库存增加，有效产出下降，而营运费用可能也增加。

我们工厂的状况不正是如此吗？

对，我想是的。就在这个时候，我抬起头来，发现我几乎撞上了走在我前面的男孩了。

啊哈！这下可好了！这证明了在刚刚的类比中我一定忽略了什么。前面的队伍事实上逐渐缩短，而不是拉长。每件事情到了最后，终于还是相互抵消了。我乐得靠在一旁休息，看着朗尼照着平均 2 英里的时速前进。

但是，朗尼并没有照着标准时速前进，他停下来，站在路边。

“为什么停下来？”我问。

他说：“该吃午餐了，罗哥先生。”

14

火柴游戏与生产流程

The Goal

“但是，我们不应该在这里吃午饭。”一个男孩说，“我们应该走到兰培芝河以后才吃午饭。”

“如果照领队给我的时间表来看，我们应该在12点吃午饭。”朗尼说。

贺比指着手表说：“现在已经12点了，该吃午饭了。”

“但是，我们早就该抵达兰培芝河了，而我们还在这里。”

朗尼说：“管他呢！这里是吃午饭的好地方，你们看看四周就晓得。”

朗尼不是无的放矢，小径穿过了一个公园，而我们现在正好经过公园的野餐区。那儿有几张桌子，一台抽水机，还有垃圾桶、烤肉架，所有的设备一应俱全。

我说：“好吧，我们投票决定，看看有多少人想马上吃午饭。肚子饿的人，请举手。”

每个人都举起手来，提案无异议通过，我们停下来吃午饭。

我坐在其中一张桌子旁边，一边吃着三明治，一边思考几个问题。我现在最觉得困扰的是，经营工厂不可能不面对依存关系和统计波动，我没有办法逃避这两种现象，但是应该有办法克服它们带来的效应。我的意思是说，很显然，假如库存不断增加，有效产出却不断减少，我们迟早都要关门大吉。

假如我能经营一个平衡的工厂呢？也就是上次钟纳所说的每个经理人都极力追求的梦想，所有资源的产能都恰好等于需求。事实上，这样是不是就回答了前面的问题呢？假如我能够让产能和需求达到完美的均衡，过剩的库存是不是就会消逝无踪？零件短缺的问题是否就会迎刃而解？但是，怎么可能只有钟纳说得对，而其他人全错了呢？经理人一直都在想方设法地调节产能以便削减成本，提高利润，这是游戏规则。我开始思考，或许远足的模型让我昏了头，我是说，当然远足让我看到了统计波动和依存关系加起来的效应，但这是个平衡的系统吗？假设我们的需求是每小时走2英里，不多也不少，我能调整每个孩子的产能，让他每小时恰好走2英里吗？假如可以的话，我会不惜威胁利诱，让每个人保持相同的速度，那么一切就能达到完美的平衡。

问题是，就实际情况来看，我怎么可能控制15个小孩的产能呢？也许我可以用绳子把每个人的脚踝拴在一起，让每个人迈出的步伐都一样大，但是这样做实在太疯狂了。或许我可以把自己复制15份，因此我就有了一支由一群罗哥组成的队伍，每个队员远足的产能都一模一样。或许我还可以另外建立一个更容易控制的模型，让我清楚地晓得实际的状况。

我正困惑该怎么办的时候，我注意到有个孩子在桌子上掷骰子。我猜想他正在为日后的拉斯维加斯之旅预先演练。这骰子倒是让我想到一个主意。我站起来，走过去。

“嘿，可不可以把骰子借我玩一下？”我问。

那孩子耸耸肩，然后把骰子递给我。

我走回原来的桌子，掷了几次骰子。的确，统计波动出现了。每次我掷骰子的时候，都得到一个随意的数字，我只能猜到数字是在某个范围之内，也就是说，每个骰子的数字都在 1～6。现在我需要的是一组依存关系。

我到处搜寻了一两分钟，找到了一盒火柴和几个碗。我把那几个碗在桌子上一字排开，把火柴放在桌子一端，就形成了一个完美的均衡系统模型。

我一面安排这个模型，一面思考应该如何运作这个模型。这时候，大卫和朋友晃了过来。他们站在桌旁，看着我掷骰子和把火柴摆来摆去。

“你在做什么呀？”大卫问。

“我在发明一个游戏。”我说。

他的朋友说：“游戏？真的吗？我们能不能一起玩，罗哥先生？”

有何不可呢？“当然可以啦！”我说。

突然，大卫兴趣来了。“嘿，我可不可以一起玩？”他问。

“可以，这样吧，你们何不多找几个人来一起玩？”

他们跑去找人的时候，我想好了游戏规则。我建立的这个系统，目的是要“处理”火柴。玩的方式就是把火柴从自己的碗里移出去，而且依序经过一个个的碗。到达终点。我们掷骰子来决定要把多少根火柴从一个碗里移到另一个碗里面。骰子的最高点数（6）就代表了每种资源（每个碗）的最大产能，依序排列的碗就代表了依存关系，也就是生产流程的各道工序。每道工序的产能都一样，但是实际的生产量会有所变动。

为了减少产量波动的幅度，我决定只用一个骰子，因此波动的幅度只会从 1 到 6。这样一来，从第一个碗移到下一个碗的火柴数量，最少有 1 根，最多则有 6 根。

这个系统的有效产出就是火柴从最后一个碗移出的速率。库存则是任一时间内留在所有碗中的火柴总数。我也假设，市场需求恰好等于系统能够处理的平均火柴数。每种资源的产能和市场需求达到完美的均衡，也就是说，我现在有了一个达到完美均衡的工厂。

有 5 个小孩决定一起玩这个游戏。除了大卫，还有安迪、班恩、查克和伊凡，每人都面对着一个碗。我找了纸笔来做记录，然后我向他们解释该怎么玩这个游戏。

“你们要尽可能多地移一些火柴到你右边的碗里面。轮到你的时候，你先掷骰子，骰子出现的数目就是你要移开的火柴数目，明白了吗？”

他们都点点头。我继续说：“但是你只能移走碗里面的火柴，所以假如你掷了个‘5’，而你的碗里只有 2 根火柴，那么你只能移走 2 根火柴。假如轮到你的时候，你的碗里 1 根火柴都没有，那么当然你不能移走任何 1 根火柴。”

他们再度点点头。

“你们猜，每次循环我们能移走多少根火柴？”我问。

他们的表情都很困惑。

“假如轮到你的时候，你最少能移走 1 根，最多能移走 6 根火柴，你平均应该能移走多少根火柴？”我问他们。

“3 根。”安迪说。

“不对，不是 3 根，1 和 6 的中间值不是 6。”我告诉他们。

我在纸上写下几个数字。

“你们看！”我让他们看看这几个数字：1、2、3、4、5、6。

我向他们解释，3.5 才是这 6 个数字的平均数。

“你们想想看，每个人都轮过几次以后，平均每个人移走了几根火柴。”

“平均每次 3.5 根火柴。”安迪说。

“轮了 10 次以后呢？”

“35 根。”查克说。

“轮了 20 次以后呢？”

“70 根。”班恩说。

“好，我们现在就试试看是不是这样。”我说。

然后，我听到桌子另一端有人叹了口气，伊凡看着我。“我可不可以不玩？”他问。

“怎么啦？”

“我觉得这个游戏会很沉闷。”

“对呀。”查克附和，“只不过把火柴移来移去，没什么意思。”

“我想我宁可去打童军结。”伊凡说。

我说：“这样好了，为了让这个游戏更有趣一点，赢的人会有奖励。假设每个人每一轮的配额是 3.5，任何人的成绩比 3.5 好的话，也就是平均移走的火柴多于 3.5 根的话，今天晚上就不必洗碗。但是假如有人平均一轮移走的火柴不到 3.5 根，他今天晚上就得多洗几个碗。”

“呀，太棒了！”伊凡说。

现在，他们个个都很兴奋，都在练习掷骰子。同时，我在纸上画了几个表格。我的计划是在表格中记录每个人所掷的点数偏离平均数多少。大家都从零开始，假如他们掷骰子得到的数目分别是 4、5 或 6，那么我就会分别记录下 0.5、1.5 或 2.5 的得分。假如骰子点数分别为 1、2、3，那么我就会记录下他们的分数为−2.5、−1.5 或−0.5。当然，得分或失分都必须累积。假如某人的分数是 2.5，那么下一轮的时候，他的起点就是 2.5，而不是 0。在工厂里，情形正是如此。

“好，每个人都准备好了吗？”我问。

“都准备好了。”

我把骰子给了安迪。

他掷了 2 点，因此他从火柴盒里拿了 2 根火柴，放在班恩的碗里。由于掷了 2 点，安迪的分数要比配额 3.5 落后 1.5，我在表上记录了这个结果。

班恩第 2 个掷骰子，他掷了 4 点。“嘿，安迪，我需要多几根火柴。”他说。

“不对，不对。游戏不是这样玩，你只能从你的碗里拿火柴到别人碗里。”我赶忙说。

“但是，我只有 2 根火柴。”班恩说。

“那么你就只能拿 2 根火柴出去。”

“哦。”班恩说。

于是，他拿了 2 根火柴给查克，记录表上，他的分数也是−1.5。

下一个轮到查克，他掷了 5 点，但是他能移动的火柴也只有 2 根。

“嘿，这样不公平。”查克说。

“没什么不公平。”我说，“这个游戏就是要移动火柴，假如安迪和班恩两个人都移了 5 根火柴，你就有 5 根火柴可以移出去。但是，他们都没能够移动 5 根火柴，所以你也不能移出 5 根火柴。”查克对安迪怒目而视。

“下一次掷骰子的时候，要高明一点。”他说。

“嘿，我有什么办法！”安迪说。

“别担心，我们会迎头赶上。”班恩信心十足地说。

查克把他仅有的 2 根火柴传给大卫，我也在表上帮查克记下了−1.5 分。大家都看着大卫掷骰子，他只掷了 1 点，所以他传了 1 根火柴给伊凡，然后，伊凡也掷了 1 点，他把这根火柴从碗里拿出来，放在桌子上。大卫和伊凡的分数都是−2.5。

“好，看看第二轮的成绩会不会好一点。”我说。安迪把骰子放在手里摇了很久，每个人都大吵大嚷，叫他赶快掷。骰子终于滚到桌面上，我们全都注视着，是 6 点。

“这就对了！”

“继续加油，安迪！”

安迪从盒子里拿出 6 根火柴，交给班恩，我记录了 2.5 分，因此他现在的积分是 1 分。

班恩接过骰子，也掷了 6 点，周围响起更多欢呼声。他把 6 根火柴全交给查克，班恩的分数和安迪一样。

但是查克只掷了 3 点，因此他把 3 根火柴交给大卫以后，自己的碗里还留了 3 根火柴。我在表上减 0.5 分。

轮到大卫掷骰子了，他掷了 6 点，但是碗里只有 4 根火柴——刚刚查克交给他的 3 根，再加上前一轮留下的 1 根火柴，所以他把 4 根火柴交给伊凡，我在表上为他加了 0.5 分。

伊凡掷了 3 点，因此桌子尾端的火柴现在又加上了 3 根，变成 4 根，伊凡碗里还有 1 根火柴，他失掉了 0.5 分。

两轮下来，表中的分数是这样的（见图 1）。

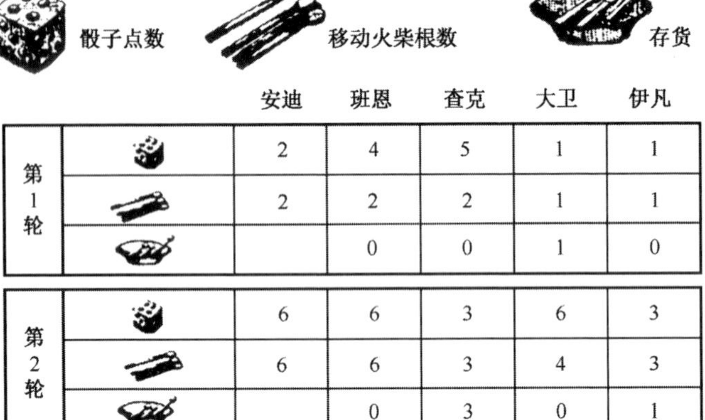

		安迪	班恩	查克	大卫	伊凡
第1轮	骰子点数	2	4	5	1	1
	移动火柴根数	2	2	2	1	1
	存货		0	0	1	0
第2轮	骰子点数	6	6	3	6	3
	移动火柴根数	6	6	3	4	3
	存货		0	3	0	1

```
            安迪          班恩          查克          大卫          伊凡
回合        1234567890    1234567890    1234567890    1234567890    1234567890
-------------------------------------------------------------------------------
骰子点数    26            46            53            16            13
移动        26            26            23            14            13
火柴根数    -------------------------------------------------------------------
存货                      00            03            10            01
-------------------------------------------------------------------------------
与平均值之差异
+2
+1.5
+1           *             *
+0.5
0   ---------------------------------------------------------------------------
-1
-1.5        *             *             *
-2                                       *             *
-2.5                                                  *             *
-3                                                                   *
-3.5
```

图 1　第 1 轮～第 2 轮的分数

我们继续玩。骰子不停地在桌面上滚动，从这只手递到那只手中，火柴一根根从盒子中拿出来，在几个碗之间移动。安迪掷出的点数非常平均，因此差不多正好符合 3.5 的配额，其他人的情形就大不相同。

“嘿，继续把火柴传过来。”

“对呀，我们这里需要更多的火柴。”

“继续掷出 6 点，安迪。”

“问题不是出在安迪身上，而是在查克身上。你们瞧，他只掷了 5 点。”

4 轮之后，我不得不在表格底部增添更多的负分，丢掉分数的不是安迪、班恩或查克，而是大卫和伊凡，他们的分数一直往下掉，仿佛没有止境。

5 轮以后，记录表上的分数是这样的（见图 2）。

“我的成绩怎么样，罗哥先生？”伊凡问我。

“呃，伊凡……你有没有听过泰坦尼克号的故事啊？”

他显得很沮丧。我安慰他：“还有 5 个回合，也许你可以赶上。”

“对呀，要记住平均法则。”查克说。

“假如因为你们这些家伙没有给我足够的火柴，而害得我今天晚上洗碗的话……”伊凡语气中隐隐带着威胁。

骰子点数　　移动火柴根数　　存货

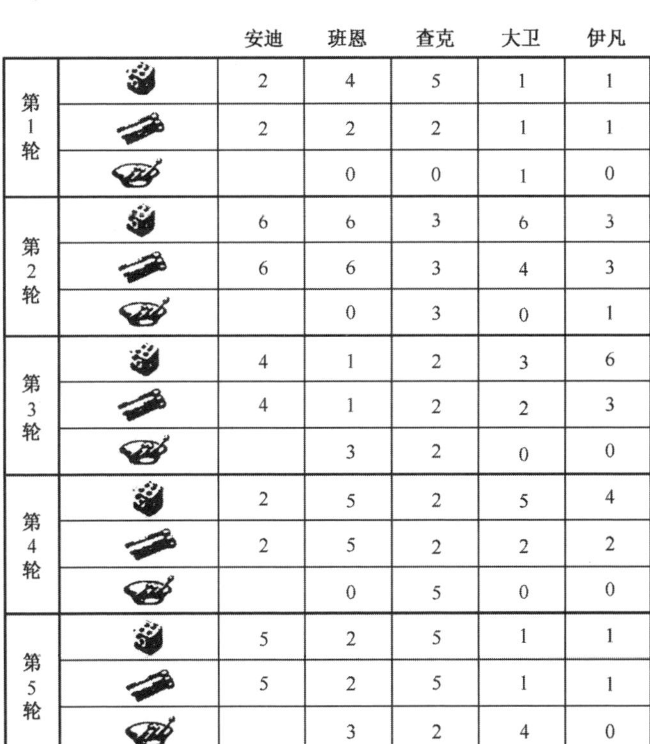

		安迪	班恩	查克	大卫	伊凡
第1轮		2	4	5	1	1
		2	2	2	1	1
			0	0	1	0
第2轮		6	6	3	6	3
		6	6	3	4	3
			0	3	0	1
第3轮		4	1	2	3	6
		4	1	2	2	3
			3	2	0	0
第4轮		2	5	2	5	4
		2	5	2	2	2
			0	5	0	0
第5轮		5	2	5	1	1
		5	2	5	1	1
			3	2	4	0

图 2　第 1 轮～第 5 轮的分数

```
            安迪          班恩          查克          大卫          伊凡
回合        1234567890    1234567890    1234567890    1234567890    1234567890
-----------------------------------------------------------------------------
骰子点数    26425         46152         53225         16351         13641
移动        26425         26152         23225         14221         13321
火柴根数    -----------------------------------------------------------------
存货                      00303         03252         10004         01000
-----------------------------------------------------------------------------
与平均值之差异
+2.5
+2
+1.5          * *
+1           *             *
+0.5
0   ---------*-------------*---------------------------------------------------
-0.5
-1
-1.5        *             * * *       *
-2                                     *            *
-2.5                                               *            *
-3                                                               *
-3.5                                    * *          *            *
-4
-4.5
-5                                       *            *            *
-5.5
-6
-6.5
-7
-7.5                                                   *            *
-8
-8.5
```

图 2　第 1 轮～第 5 轮的分数（续）

“我一直都尽忠职守。”安迪说。

“对呀，你们那边是怎么回事呀？”班恩说。

“嘿，我现在才拿到足够的火柴来传递，之前，我几乎都拿不到火柴。”大卫说。

的确，前三个回合滞留在前面三个碗中的库存，现在终于移到了大卫的碗中，但是卡在了这里。前面五个回合他拿到的几次比较高的点数，现在正被较低的点数抵消掉，因此尽管他现在有一堆库存需要消化，他掷出的却都是较低的点数。

“大卫，快给我一些火柴。”伊凡说。大卫却掷了 1 点。

“哦，大卫，只有 1 根火柴！”

“安迪，你知道今天晚上要吃什么吗？”班恩问。

“我想是意大利面。”安迪说。

“啊，天哪，那么盘子会很难洗。”

“对呀，真高兴我不必洗碗。”安迪说。

“你等着瞧，待会儿就轮到大卫拿高分了。”伊凡说。但是，情况并没有好转。

“现在成绩如何？”伊凡问。

“我想，你的名字已经上榜了。”

“好哇！今天晚上不用洗碗了！”安迪大叫。

10 回合以后，计分表是这样的（见图 3）。

		安迪	班恩	查克	大卫	伊凡		安迪	班恩	查克	大卫	伊凡
第1轮	骰子点数	2	4	5	1	1	第6轮	3	5	6	2	4
	移动火柴根数	2	2	2	1	1		3	5	6	2	2
	存货		0	0	1	0			1	1	8	0
第2轮	骰子点数	6	6	3	6	3	第7轮	6	4	1	2	5
	移动火柴根数	6	6	3	4	3		6	4	1	2	2
	存货		0	3	0	1			3	4	7	0
第3轮	骰子点数	4	1	2	3	6	第8轮	4	6	5	1	3
	移动火柴根数	4	1	2	2	3		4	6	5	1	1
	存货		3	2	0	0			1	5	11	0
第4轮	骰子点数	2	5	2	5	4	第9轮	5	3	6	3	4
	移动火柴根数	2	5	2	2	2		5	3	6	3	3
	存货		0	5	0	0			3	2	14	0
第5轮	骰子点数	5	2	5	1	1	第10轮	2	3	5	2	2
	移动火柴根数	5	2	5	1	1		2	3	5	2	2
	存货		3	2	4	0			2	0	17	0

图 3　10 轮的总成绩

	安迪	班恩	查克	大卫	伊凡
回合	1234567890	1234567890	1234567890	1234567890	1234567890
骰子点数	2642536452	4615254633	5322561565	1635122132	1364145342
移动	2642536452	2615254633	2322561565	1422122132	1332122132
火柴根数					
存货		0030313132	0325214520	1000487###	0100000000

```
与平均值之差异
+5.5            *
+5
+4.5
+4             * *
+3.5          *
+3                          *
+2.5                         *
+2                            *            *
+1.5      * *
+1       *   *      *
+0.5                      *            *
0       ---*---------*-*--------------------------------------------------
-0.5
-1                               *
-1.5    *            * * *        *
-2                                 *     *     *
-2.5                                          *            *
-3                                                          *
-3.5                                 * * *      *            *
-4
-4.5
-5                                  *          *            *
-5.5
-6
-6.5
-7
-7.5                                            *            *
-8
-8.5
-9                                               *            *
-9.5
-10
-10.5                                             *            *
-11
-11.5
-12
-12.5
-13                                                *            *
-13.5                                               *            *
-14
-14.5
-15                                                  *            *
-15.5
```

图 3　10 轮的总成绩（续）

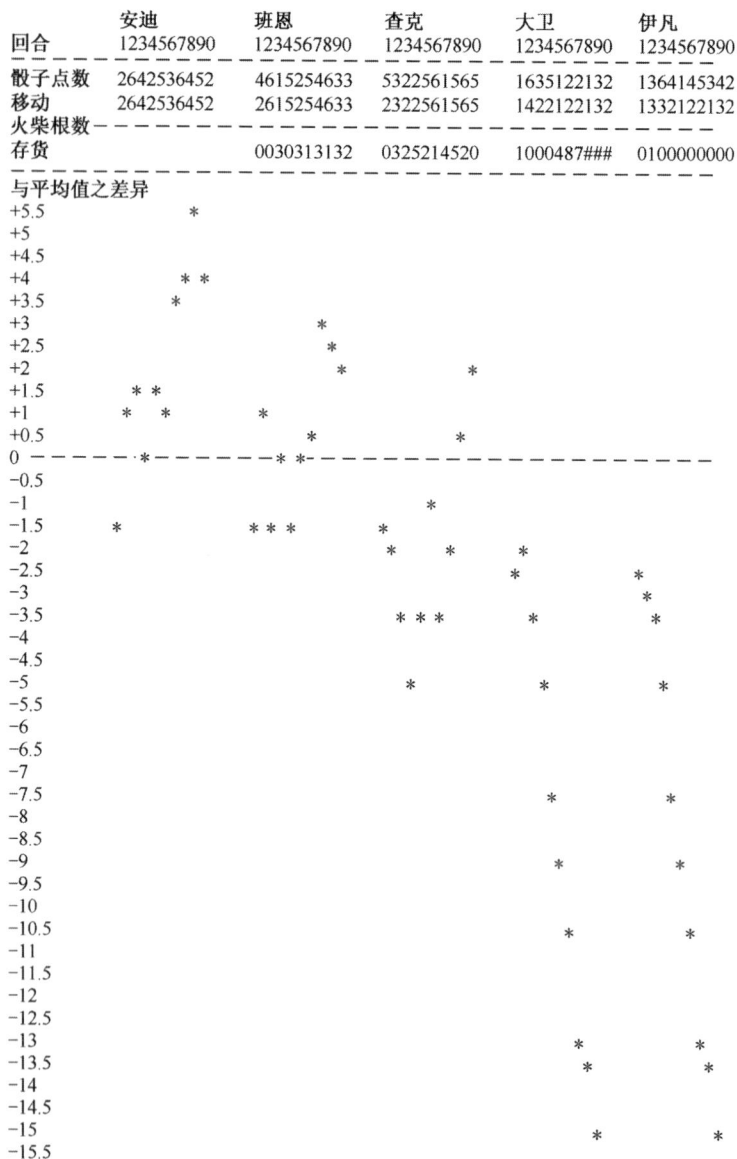

注：大卫在第 8、第 9、第 10 轮的存货都是两位数，分别为 11 根、14 根和 17 根火柴。

我看看计分表，简直不敢相信，这是个平衡的系统，然而有效产出下降，库存逐渐上升，而营运费用呢？假如囤积火柴需要成本的话，营运费用也会随之上升。

假如这是个真正的工厂，也真的有客户呢？我们原本计划的出货数量是多少？我们计划的出货数量是 35 个单位。但是我们实际的有效产出是多少呢？只有 20 个单位，差不多只达到我们需要数量的一半，而且没有发挥出最大的生产潜能。假如这是个实际的工厂，我们一半以上的订单都会延误，我们永远没有办法承诺客户确切的交货日期。假如我们承诺了，那么我们在顾客心目中的信用就会一落千丈。

这一切听起来都很熟悉，不是吗？

“嘿，我们不能在这个时候停下来！”伊凡大声抗议。

“对呀，继续玩吧！”大卫也说。

“好哇，”安迪说，“你们这次想赌什么？我都奉陪。”

“这次输的人要煮晚餐。”班恩说。

“好。”大卫说。

“一言为定。”伊凡说。

他们又掷了 20 个回合骰子，但是在记录大卫和伊凡的成绩时，我的纸已经不够长了。我原先的预期是什么呢？最初的计分表分数在+6～−6。我猜我原先预期会出现规律的高低起伏，正常的正弦曲线。但是，并没有出现这样的曲线，计分表上的曲线反而每况愈下，直落谷底。库存并非有规律地在系统中流动，反而是一波波汹涌而至。大卫碗中成堆的火柴最后终于移到了伊凡的碗里，以及移到桌子上，但是接着又累积了另一波库存。结果整个系统的进度越来越落后。

“还想再玩一次吗？”安迪问。

“好呀，只是这次我们交换位置。”伊凡说。

“你休想！”安迪说。

查克猛摇头，他已经连战皆输，不得不竖白旗投降。无论如何，我们也该上路了。

“结果，这个游戏还真不简单。”伊凡说。

“对呀。”我附和着。

15

恍然大悟

The Goal

我瞪着前面的队伍好一阵子了，正如先前一样，队伍之间的间隔正逐渐拉大。我摇摇头。假如我连简单的一支远足队伍都处理不好，我怎么解决得了工厂的问题呢？

到底是怎么回事？平衡的模型为什么行不通？接下来一小时，我一直思考这个问题。有两次，我必须叫队伍停下来，让我们赶上。就在第二次叫停之后没多久，我想通了。

我们没有后备产能，所以当位于平衡模型中下游的孩子们落后时，他们没有额外的产能来弥补落后的进度。当负面的偏差越积越多时，他们也就越来越深地陷入泥沼了。

然后，我记起了原本我早已遗忘、过去在数学课上学到的东西，这个问题和数学上的方差有关，也就是同一组变数中，一个变数对其他变数产生的影响。有个数学原理说的是，有两个以上变数的线性依存关系中，变数的波动将会随着前一个变数的最大偏差值而波动。这个原理正解释了平衡模型中发生的状况。

很好，但是我该怎么做呢？

远足途中，当我发现我们跟不上队伍时，我可以叫大家加快脚步，也可以叫朗尼走慢一点或停下来。然后，我们就跟上了。而在工厂里，当某个部门进度落后，而在制品的库存开始增加时，我们会增加人手，要求工人加班，经理人开始把鞭子挥得噼啪作响，直到把产品送出门，库存再度下降为止。对呀，这就是了：我们加快脚步，迎头赶上。我们总是不断地赶路，从不停下脚步。人力闲置是我们的一大禁忌。那么，为什么在工厂里，我们没办法迎头赶上呢？我觉得我们好像一直不停地赶路，我们跑得太快，简直要喘不过气来了。

我往前看，间隔不但一直出现，而且以前所未见的速度急速扩大！然后，我注意到一件奇怪的事情，队伍中除了我，没有一个人紧贴着别人的脚跟走路，而我却紧贴着贺比的脚跟。

贺比，他在队伍后面做什么？

我走到路旁，把整支队伍看得更清楚一点。朗尼已经没有在前面带头了，他现在走在第三，大卫走在他的前面。我不知道现在是谁在前面带头，我看不了那么远。可恶，这些小浑蛋改变了行进的次序。

“贺比，你怎么会落到队伍的最后面呢？”我问。

“哦，嘿，罗哥先生。”贺比转过头来，“我只是想，我在后面和你一起就好，这样我就不会挡了任何人的路。”

当他说话的时候，他是倒退着走。

“哦，你真体贴，小心！”

贺比绊到了树根，重重跌在地上，我扶他起来。

“你还好吗？”我问。

“还好，不过我想我最好还是不要倒退着走。”他说，“虽然这样谈话很不方便。”

“没关系，贺比。”我告诉他，然后我们再度上路，“你就好好享受远足的乐趣吧，我有很多东西需要好好想一想。”

我没有说谎，因为贺比刚刚提醒了我一件事。我的猜测是，除非贺比非常努力，否则他就是整个队伍中走得最慢的一个人。我的意思是，他看起来是个好孩子，心地善良，但是他走得比其他人都慢。（总会有人落在最后，不是吗？）所以当贺比以他最理想的速度前进时——也就是他走得最轻松自在的速度，他前进的速度会比在他后面的人（如我）慢。

当时，除了我，贺比没有限制到任何人走路的速度。事实上，所有的男孩这时候已经自行安排了一个行进次序，使得每个人都不会限制别人的行进速度（至于他们是刻意这么做，还是意外形成的，就不得而知了）。我往前看，没有任何人的路被挡住，在他们自然形成的次序中，走得最快的孩子现在一马当先，走在最前面，而走得最慢的人则落在最后面。事实上，每个人都像贺比一样，找到了自己的理想速度。假如这是我的工厂，这就好像工作量源源不断地增加，每个人都完全没有空闲的时间。

但是，瞧瞧发生了什么事：队伍的长度比过去拉得还要长，而且一直继续拉长。每个男孩之间的间隔扩大了。越接近队伍前面，间隔就越大，而且距离拉大的速度也越快。

也可以换个角度来看：贺比照着他自己的速度前进，而他的速度恰好比我前进的速度要慢上许多。但是由于我们之间的依存关系，我最快也只能以贺比行进的速度前进。我的速度就是有效产出，贺比的速度决定了我的速度，因此贺比事实上也决定了整支队伍的有效产出最多可以达到什么地步。

思绪飞快地闪过我的脑海中。

所以，你看，我们每个人可以走多快，事实上并不重要。无论现在是谁在前面带头，他的行进速度一定比平均速度快，就假设他的时速是每小时 3 英里好了。那又怎么样呢！他的速度能帮助整个队伍走快一点，能提高有效产出吗？绝不可能。队伍中每个孩子都比跟在他们后面的孩子走得快了一点。他们之中，有任何人协助了整支队伍加快速度吗？当然没有。贺比还是依着他自己的速度慢慢走，他才是决定了整支队伍有效产出的关键。

事实上，无论这个人是谁，走得最慢的人总是决定了有效产出的多寡，而那个人不见得总是贺比。在我们吃午饭以前，贺比走得比较快，当时谁走得最慢，并不明显。因此，贺比的角色——有效产出的最大限制，事实上可能落在队伍中不同的人身上，这完全要看在某个时刻谁走得最慢。但就整体而言，贺比行进的产能最短缺，他的速度决定了整支队伍的速度，也就是说……

“嘿，罗哥先生，你看！”贺比说。

他指着路边的一块水泥标记，我瞧了一眼，这是……一块里程碑！我不知听他们谈论了多少次这该死的东西！而这是我看到的第一块里程碑。上面写着：

“← 5 英里 →”

嗯，也就是说，往前和往后都还有 5 英里，那么我们一定走到了远足路程的中点了。前面还有 5 英里路要走。

现在几点了？

我看看表，已经两点半了，而我们出发的时间是早上八点半，扣掉吃中饭的一个钟头，也就是说，我们在 5 小时内只走了 5 英里路！

我们并不是每小时走 2 英里，我们的时速是 1 英里，因此还要走 5 小时才到得了……

这样一来，在我们到那儿之前，早就天黑了。而贺比还站在我旁边，拖慢整个队伍的有效产出。

“好，咱们走吧，走吧。”

“好！好！”贺比跳了开去。

我该怎么办呢？

罗哥（我在脑子里自言自语），你这个输家！你甚至管理不了一支童子军！

前面有几个小孩想要创下远足速度的新纪录，而你却被这走得最慢的胖贺比卡在这里。一小时后，假如前面的孩子真的照 3 英里的时速前进的话，他就会远远地走在最前面 2 英里之外，也就是说，假如你想要赶上他，你得跑 2 英里的路。

假如这是我的工厂，皮区连三个月的时间都不会给我，我早就流落街头了。我们的需求是要 5 小时走 10 英里，而现在的进度才刚到一半，库存快速增加，库存营运费用也会上升，我们会毁掉这个工厂。

但是我对贺比实在无计可施。或许我应该把他安插在队伍其他地方，但是他不可能走得更快，所以作用不大。

真是这样吗？

“嘿！”我朝着前方大喊，“叫前面的孩子停下来！”

孩子们一个接着一个把我的命令传下去。

“每个人都站在自己的位子上不动，直到我们赶上为止！”我大叫，“不要把次序弄乱！”

15 分钟以后，整支队伍一个接着一个的立定站好，我发现安迪篡夺了领队的位置，我再次提醒他们，当我们往前走的时候，他们要保持既定的次序。

我说：“好，现在大家手牵着手。”

他们面面相觑。

“赶快！照着做！不要放手！”我告诉他们。

然后，我牵起贺比的手，就好像拉着一条锁链，穿过整支队伍，其他人手牵着手跟着走。我越过了安迪所在的位置，继续往前走，直到我走到队伍长度的两倍距离外，才停下脚步。我刚刚所做的，就是把整个队伍翻转过来，因此现在整支队伍的次序恰好和原先相反。

“现在听好！”我说，“直到抵达目的地之前，你们都要照着这个次序前进。明白了吗？没有人能够超到别人前面，每个人都要尽量追上前面的人。贺比会在最前面带队。”

贺比吓了一大跳。“我？”其他人也大吃一惊。

“你要他带头？”安迪问。

“但是他走得最慢！”另一个孩子说。

我说："远足的目的不是比赛谁最快抵达终点，而是要大家一起走到终点。我们不是一群乌合之众，我们是一个团队。要等到所有的人都抵达终点以后，我们的团队才算抵达了终点。"

于是，我们再度出发。不是开玩笑，这回我的办法奏效了。每个人都走在贺比后面。我走到队伍最后面压阵，以便督导整支队伍，我一直在等着看队伍之间的间隔什么时候会再出现，但是间隔一直没有出现。我看到队伍中间有个人停下来调整背包的肩带，但一旦他重新出发，我们只要稍微加快脚步，就全跟上队伍了。没有人走得上气不接下气，和刚刚的状况简直有天壤之别！

当然，没过多久，队伍后面那些走得快的孩子就开始发牢骚。

"嘿，贺比，我快睡着了。你不能走快一点吗？"其中一个孩子大嚷。

"他已经尽了最大的努力了，别吵了！"走在贺比后面的孩子说。

"罗哥先生，我们不能让走得快的人领队吗？"走在我前面的孩子说。

"听着，假如你们想要走快一点，你们就必须想办法帮贺比走快一点。"我说。

大家安静了几分钟。

后面有个孩子说："嘿，贺比，你的背包里都装了些什么呀？"

"不干你的事！"贺比说。

但是我说："好，大家先暂停一下。"

贺比停下脚步，转过身来，我把他叫到队伍后面来，解下背包。他解下背包以后，我把背包从他的手里拿过来，结果，背包差一点就掉到地上。

"贺比，这个东西大概有一吨重。"我说，"你到底装了什么东西在里面呀？"

"没什么。"贺比说。

我打开背包，伸手进去，拿出半打罐装汽水、几罐意大利面，然后是一盒糖、一罐酸黄瓜和两个鲔鱼罐头。在一件雨衣、一双雨鞋和一袋扎营的木桩下面，我还找到一个长柄铁锅。背包侧袋里还放着一把可以折叠的铁铲子。

"贺比，你怎么会决定要自己一个人携带所有这些东西呢？"我问他。

他显得局促不安。"你也晓得，我们应该要装备齐全。"

"好，大家帮忙背一些东西。"我说。

"我背得动！"贺比坚持。

"贺比，听着，你一直卖力背着这些东西，已经很厉害了，但是我们必须想办法让你走快一点。假如我们能帮你分担一些重量，你在前面领队，就能够表现得更好一点。”

贺比似乎终于明白了，安迪拿走了铲子，其他人也分担了他的一些东西，我把大部分的东西放在我的背包里，因为我块头最大。贺比走回队伍的最前面。

我们再度出发。这次，贺比前进的速度真的快多了。背包里大半的重量都减去了之后，他好像漫步在云端一般轻飘飘的。我们现在走得飞快，行进的速度有原先的两倍快，而且大家仍然紧靠在一起，没有分散。库存下降了，有效产出直线上升。

魔鬼峡谷在夕阳映照下，显得非常美丽。兰培芝河潺潺地流过山谷，拍打着河岸的岩石。金黄色的阳光穿越林间，小鸟在枝头吱吱叫，而远处清楚地传来了汽车高速驶过的声音。

“你们看！”安迪站在高处大叫，“那里有一座商场！”

“有没有看到汉堡王呀？”贺比问。

大卫抱怨：“嘿，这里根本不是荒郊野外嘛！”

我说：“现在的荒郊野外都不比从前了，我们得接受现实，大家开始搭帐篷吧！”

现在是 5 点，也就是说，我们分担贺比背包里的东西以后，在两小时内走了 4 英里。贺比是控制整支队伍的关键。

帐篷搭好了，大卫和伊凡煮了意大利面给我们当晚餐。由于是我定的游戏规则害他们做苦工，我觉得有点罪恶感，于是也加入了洗碗的行列。

那天晚上，大卫和我睡在同一个帐篷里。我们躺下来，简直累坏了。大卫沉默了一会儿，然后说：“爸，我今天真是为你感到骄傲。”

“真的吗？为什么？”

“你找出问题，想办法让大家走在一起，而且让贺比带头走在前面。假如不是你的话，我们不知道还要在树林里走多久。”他说，“其他人的爸爸妈妈不肯负一点点责任，但是你一肩挑起领队的重担。”

我告诉他：“谢谢你。事实上，今天我学到很多东西。”

“真的吗？”

“是啊，我想我学到的东西可以帮助我解决工厂里的问题。”我说。

“真的吗？如什么问题？”

“你确实想听吗？”

“当然。”他说。

我们讨论了好一会儿，大卫一直撑着没睡，还问了几个问题。我们讨论完的时候，听到其他的帐篷早就鼾声大作，还听到蟋蟀的叫声，以及公路上有个白痴急转弯时发出的轮胎摩擦的怪声。

16

太太离家时

The Goal

星期天下午四点半左右，大卫和我回到家里。我们两个人都累坏了，尽管走了远路，感觉却很好。我把车子转进自家的车道，大卫跳出车外，帮我打开车库大门。我慢慢把车开进去，然后打开行李箱，拿出背包。

“奇怪，妈妈不知道跑到哪里去了？”大卫说。

我环顾四周，发现她的车不见了。“可能出去买东西了。”我告诉大卫。

我走进卧室换衣服，大卫则把露营装备收好。这时候冲个热水澡一定很棒。我一边冲掉一身的尘土，一边想，也许今天晚上我应该带全家出去吃晚餐，庆祝我们父子胜利归来。

卧室里，有一扇衣橱的门打开了，我走过去把衣橱门关好的时候，发现茱莉大半的衣服都不见了。我站在那里，瞪着空空的衣橱，愣了好一会儿。大卫走到我后面，唤了一声：“爸！”

我转过身来。

“我在厨房桌上找到这个，我猜是妈妈留下来的。”

他递给我一个密封的信封。

“谢谢。”等到大卫离开，我才打开这封信，里面是一张短短的字条，上面写着：

罗哥：

我不能忍受老是在你心目中排最后一位。我需要你多留一点时间给我，但是显然你不会改。我要离开一阵子，我需要把事情想清楚。很抱歉对你做出这样的事情，我知道你很忙。还有，我把莎朗留在你妈那儿了。

茱莉

我回过神来，把字条放进口袋里，去找大卫。我告诉他，我必须开车去接莎朗回来，他得自己留在家里。假如妈妈打电话回来，要记得问她现在人在哪儿，并且把她的电话号码记下来。他想知道有什么不对，我叫他不要担心，并且答应待会儿回来会解释给他听。

我火速开车去妈妈家。她一开门，我还来不及打招呼，她就不停地数落着茱莉。“你知道吗，你太太做事真是太奇怪了。昨天中午我正在做饭的时候，门铃响了，我打开门，莎朗提着一个小旅行包，站在门口，你太太留在车子里，不肯下

车。我准备走过去和她谈话的时候，她就把车开走了。”

我走进屋里，莎朗原本在起居室看电视，现在连忙跑过来迎接我。我把她抱起来，她紧紧地抱住我好一会儿，妈妈还在喋喋不休地讲着。

“她究竟吃错了什么药？”妈妈问我。

“待会儿再谈这个问题。”我告诉她。

“我只是不明白——”

“待会儿再说，好吗？”

然后我看看莎朗，她显得很严肃，眼睛睁得大大的，她吓坏了。

“你在奶奶家玩得愉快吗？”我问她。

她点点头，但是一声也不吭。

“现在回家好不好？”

她低头看看地板。

“你不想回家吗？”我问。

她耸耸肩。

“你喜欢和奶奶一起待在这里吗？”我妈妈满面笑容地问她。

莎朗哭了起来。

我把莎朗带到车上，往家的方向驶去。驶过几条街道之后，我看看莎朗，她好像一座雕像般坐在那里，红红的双眼直直瞪着前面的仪器板。到了下一个红绿灯口的时候，我伸手过去，把她拉到我身边。

她沉默了好一会儿，后来才抬起头来看着我，低声说：“妈妈还在生我的气吗？”

“生你的气？她没有生你的气。”我告诉她。

“她是在生我的气，她不肯和我讲话。”

“不是，不是，莎朗。妈妈不是在生你的气，你没有做错任何事情。”

“那么，到底是为什么呢？”她问。

我说：“回家以后，我会解释给你和哥哥听。”

我想，同时对两个孩子解释整个情势，对我来说要容易多了。我一直都很善于在混乱当中维持着一切都在掌控中的表象。我告诉他们，茱莉只不过要离开一阵子，可能只有一两天而已，她很快就会回来。她只不过是想好好思考一下最近困扰她的几件事情。我说了一切该说的话，试图安抚他们：妈妈还是很爱你们，我也很爱你们，你们两个人对这种情况无能为力，所有的事情最终都会好转。大半的时间里，他们两个人就好像岩石一般一动也不动地坐在那儿。或许他们在思考我说的话。

那天晚上，我们出去吃比萨饼。要是在平时，他们会高兴极了，但是今晚静悄悄的，每个人都不想说话。我们机械化地嚼完了比萨饼就坐车回家。

回家以后，我叫孩子去做功课，但是，我不知道他们是不是真的在做功课。我自己则走到电话旁边，内心交战许久之后，拨了几次电话。

茱莉在白灵顿没有任何朋友，所以打电话给邻居也没有用，他们什么都不知道，但是如向邻居询问，我们两个人之间出了问题的消息会很快地传播开来。

于是，我试着打电话给珍妮，就是上星期四收留茱莉一晚的那个朋友。珍妮家没有人接电话。

接着，我打电话给岳父母，接电话的是茱莉的爸爸。我们聊了一会儿天气和孩子的情况后，很显然他没有什么特别的话想说，我推断岳父母并不清楚我们之间发生的事情，但是正当我想随便找个借口来结束谈话，避免做出任何解释时，茱莉的爸爸问我："茱莉要和我们讲话吗？"

"唔，这正是我打电话来的原因。"我说。

"哦，没有出什么事吧？"他说。

"恐怕确实出了一点事。"我说，"我昨天和大卫一起去露营的时候，茱莉离家出走了，不知道你们有没有她的消息？"

他立刻告诉茱莉妈妈这个信息，她把电话接了过去。

"她为什么会离家出走？"她问。

"我不知道。"

"我很清楚我一手带大的女儿，假如没有什么理由，她不会无缘无故就离家出走。"茱莉的妈妈说。

"她只留了一张字条，说她必须离开一阵子。"

"你到底对她做了什么事？"她妈妈大嚷。

"我什么也没做。"我像个面对攻击的撒谎者般辩解着。

然后，我的岳父又把电话接过去，问我有没有报警。他认为茱莉可能被绑架了。我告诉他，那不太可能，因为我妈妈看着她把车开走，而且当时并没有人拿枪抵着她的头。

最后我说："假如你们有她的消息，拜托打个电话通知我，我很为她担心。"

一小时以后，我还是报了警，但是不出我所料，除非有证据显示确实发生了犯罪行为，否则警方不会协助找人。我让孩子先上床睡觉。

午夜过后不久，我在漆黑的卧室里瞪着头上的天花板，听到有辆汽车转进车道的声音。我跳下床，跑到窗户旁边。但是我还没走到窗边，车灯的亮光就已经转向街道的方向，原来只不过是个陌生人在掉转车头。车子不一会儿就开走了。

17

危机处理

The Goal

星期一早晨家里发生了一场灾难。

先是大卫想为大家煮早餐，他会想到这么做，真是个负责的好孩子，问题是，他把事情搞砸了。我洗澡的时候，他尝试自己煎面饼，我正要去刮胡子的时候，听到厨房传来打架声。我跑过去，发现大卫和莎朗两个人互相推来推去。装了面糊的平底锅掉落在地板上，那团面糊一面全焦了，另一面还是生的，面糊四溅。

“嘿，你们在干什么呀？”我大喝一声。

“全怪她！”大卫指着妹妹大喊。

“你快要把饼烧焦了！”莎朗说。

“我没有！”

溅到炉子上的食物开始冒烟，我走过去，把炉火关掉。

莎朗向我申述：“我只不过想帮忙而已，但是他一点都不让我插手。”然后她转过身去对大卫说：“即使是我，都知道该怎么煎面饼。”

“好了，既然你们两个都想帮忙，就帮忙把厨房清理干净好了。”

当一切恢复旧观之后，我让他们吃了一些冷牛奶配谷片。这顿饭又是在静默中草草吃完。经过了这番折腾，莎朗没赶上校车，大卫出门以后，我回头去找莎朗，准备开车送她上学。她独自躺在床上。

“莎朗小姐，不管你在哪里，该准备出门了。”

“我没有办法上学。”她说。

“为什么？”

“我病了。”

“莎朗，你一定得去上学。”我说。

“但是我生病了！”她说。

我坐到床边。“我知道你很难过，我也很难过。”我告诉她，“但是我必须上班，这也是事实。我没有办法在家陪你，我也不可能把你自己一个人留在家里，你要不就到奶奶家过一天，要不就去上学。”

她坐起来，我用手臂环绕着她。一分钟后，她说：“我想我要上学。”

我抱抱她。然后说：“我知道你会做对事情的。”

等到两个小孩都上了学，我自己也赶忙去上班，这时候，已经过了 9 点。

我一走进办公室，芙露兰就对我挥舞着一张留言条。我抓住那张字条，原来是史麦斯的留言，上面注明了“紧急”两个字，还画上两条横杠。

我打电话过去。

“我猜你也该上班了。我一小时以前就打过电话找你。”史麦斯说。

我的眼珠转了转。“什么事啊？”

“你的下属故意拖慢了我急需的 100 个组件。”史麦斯说。

“史麦斯，我们没有故意拖慢任何进度。”

他提高音量。“那么为什么没有东西运过来？就因为你们漏接了球，所以我们没有办法交货！”

“只要明确地告诉我是哪批货，我会找人查清楚是怎么回事。”我告诉他。

他给了我几个号码，我全记下来。“好，我会找人回你消息。”

“这样还不够。你最好确定我们一定会在今天下班以前拿到这批货，我的意思是所有 100 个组件，不是 87 个组件，不是 99 个组件，而是全部交货。我不会因为你的延误，让我的下属必须分两次为生产线进行转换。”

“我们会尽力而为，但是我不能保证一定做得到。”我告诉他。

“哦？那么让我讲得更明白一点，假如我们今天没有办法从你那里拿到 100 个组件，我会去告诉皮区，但是，就我所知，他对你已经很不满意了。”

“听着，我和皮区究竟怎么样完全不干你的事。你凭什么认为你可以威胁我？”

电话那一端静默了许久，我以为他要挂断电话了。

然后他说：“也许你应该看看你收到的信。”

“你这话是什么意思？”我仿佛可以听到他的笑声。

他甜甜地说：“记得在下班前把组件送来就好了。再见！”

我挂断电话。“真奇怪。”我喃喃自语。

我吩咐芙露兰替我打电话给唐纳凡，另外通知大家 10 点开会。唐纳凡走进来，我叫他找个催货员去看看史麦斯需要的那批货为什么延误了。我几乎是咬牙切齿地告诉他，这批组件一定要在下班前送出去。他走了以后，我试图忘掉这次电话，但是做不到。最后，我问芙露兰最近有没有收到任何信件，里面提到史麦斯。她想了一会儿，然后抽出一份档案。

“根据上星期五收到的这份备忘录来看，史麦斯先生似乎升官了。”她说。

我拿起备忘录来看，发信人是皮区，上面主要是宣布他已经任命史麦斯担任新职位——事业部的生产力经理，这个任命从本周五开始生效。职位说明中解释：所有的厂长现在都要向史麦斯报告，他会“格外注意工厂在降低成本和提升生产力上所做的改善”。

我开始暗自呻吟：“哦，多么美好的早晨……”

不管我原先企盼其他人对于我在周末学到的东西表现出多大的热情，实际的结果是，他们都无动于衷。起先我以为只要走进会议室，张开嘴巴，吐露我的发现，他们都会立刻折服。结果，全然不是如此。参加会议的人包括我、刘梧、唐纳凡、史黛西和计算机中心主管雷夫。我站在前面，旁边是个黑板架，上面夹着一叠海报纸，我一面解说，一面在一张张纸上画着图形。我已经花了几小时来解释我的发现，但是现在都已经快到午饭时间了，他们还是全呆坐在那儿，一副无动于衷的样子。

我注视着一张张看着我的脸孔，我看得出来，他们不怎么明白我告诉他们的事情。我隐约瞥见史黛西眼中闪过一丝领悟的光芒，唐纳凡则踌躇不决，他似乎直觉地抓到了我话中的部分含义，雷夫不太明白我在说什么，刘梧则猛对我皱眉头。也就是说，我们有了一个同情者，一个迟疑未决的人，一个十分困惑的人，还有一个怀疑者。

“好，有什么问题？”我问。

他们面面相觑。

我说：“别这样。这就好像我刚刚证明了 2 加 2 等于 4，而你们却不相信我。”我盯住刘梧：“你有什么问题？”

刘梧往后靠，摇摇头说：“我不知道，罗哥，只是……你说你是因为观察一群小孩在树林里远足而得来的灵感？”

“这又有什么不对呢？”

“没什么不对。但是，你怎么知道这些情况确实也会发生在工厂中呢？”

我往回翻几张海报纸，直到找到其中一张纸上写着钟纳说的两种现象。

“看看这个：我们在工厂里有没有统计上的波动。”我指着那几个字问。

“有。”他说。

“我们在工厂里有没有依存关系？”我问。

“有。”他又说。

“那么，我告诉你们的话就一定正确。”我说。

“慢着。机器人不会产生统计波动，它们总是以同样的节奏工作，我们要添置这该死的东西，是因为它很稳定。而我以为你跑去见那个叫钟纳的家伙，主要是为了弄清楚我们该对机器人怎么办。”

“没错，对机器人而言，每次作业的时候，循环周期中的波动都十分平缓。”我告诉他，“但是我们不是只靠机器人来作业，而其他的作业的确出现了这两种现象。还有，不要忘了，我们的目标不是要让机器人有生产力，我们的目标是要让整个系统有生产力。对不对，刘梧？”

“唐纳凡的话有几分道理。我们有很多自动化设备，因此加工处理的时间应该相当一致。”刘梧说。

史黛西转过头去：“但是，他的意思是——”

就在这时候，会议室的门打开了，一个叫佛瑞德的催货员探头进来，看着唐纳凡。

他问唐纳凡：“我可不可以和你谈几分钟？是关于史麦斯的那批货。”

唐纳凡站起来，准备走出去，但是我叫佛瑞德进来。不论我喜不喜欢，我必须对当前这个“史麦斯危机”感兴趣。佛瑞德解释，组件完工以前，还必须再经过两个部门的处理才能出货。

“今天有办法出货吗？”我问。

“很险，但还是可以试试看，”佛瑞德说，“穿梭货车会在5点离开。”这种穿梭货车是一家私人公司提供的货运服务，我们这个事业部的所有工厂都利用这种货运服务，往返运送零件。

“送货到史麦斯工厂的最后一班车5点开。错过了这班车，就要等到明天下午才有车。”唐纳凡说。

“有哪些工作需要完成？”

“彼得的部门必须先组合零件，然后再把它焊接起来。我们会准备一个机器人来做焊接的工作。”佛瑞德说。

我说："哦，对了，机器人。你觉得我们干得来吗？"

"根据生产进度，彼得的工人应该每小时给我们 25 个零件，而我知道机器人每小时能焊接 25 个零件。"

这时候，唐纳凡提出如何运送零件给机器人的问题。在一般状况下，彼得的部门完成的零件可能会每天运送一次给机器人，或者直到整批（Batch）零件都处理完才运送过去。但是，我们等不了那么久，机器人必须尽早开始动工。

"我会安排物料处理人员每小时巡视彼得的部门一次。"

"好。"唐纳凡说，"彼得什么时候可以开始动工？

佛瑞德说："彼得中午就可以开始，所以我们足足有 5 小时可以赶工。"

"你知道彼得的工人 4 点就下班了。"唐纳凡说。

"知道，我说过时间会很紧，但是我们唯有尽力试试了，不是吗？"佛瑞德说。

这倒提醒了我。我和其他人说："你们都不明白我今天早上说的话，但是假如我说得没错，那么我们在生产线上应该会看到同样的效应，对不对？"

他们全都点头。

"假如我们明知钟纳的理论是对的，却还照着过去的老法子来管理工厂，就简直是愚不可及，对不对？所以我要你们自己看看发生的状况。你说彼得中午就会开工吗？"

"对。"佛瑞德说，"现在，他部门所有的人都在吃中饭，他们 11 点 30 分休息，所以会在 12 点准时开工。物料处理员 1 点送来第一批零件的时候，机器人早就完成转换了。"

我拿起纸笔，写下一个简单的理想进度表。

"我们必须在 5 点以前生产 100 个组件，一个都不少，史麦斯说他不会接受部分交货。所以，假如没有办法全部完成，我们今天就不出货。"我说，"现在，我们假设彼得的工人应该每小时生产 25 个组件，但是这并不表示他们每过一小时一定都会恰好产出 25 个组件，而是有时候进度会落后一点，有时候却超前一点。"

我看看大家，每个人都听懂了。

"那么，统计的波动就发生了。但是我们的计划是，从中午到下午 4 点，彼得的部门应该总共有 100 个组件的产出。而另一方面，机器人的产出速度应该可以计算得更精确一点。我们可以把机器人的效率设定在每小时 25 件，不多也不少。我们也有了依存关系，因为在物料处理员把零件从彼得的部门送过来之前，机器人都无法动工。”

“机器人必须等到下午 1 点才有办法开工。但是我们希望在下午 5 点以前最后一批组件已经完成，而且装上货车了。所以，假如用图形表示，可能的状况就像这样——”

我把画好的理想进度表给他们看，如图 4 所示。

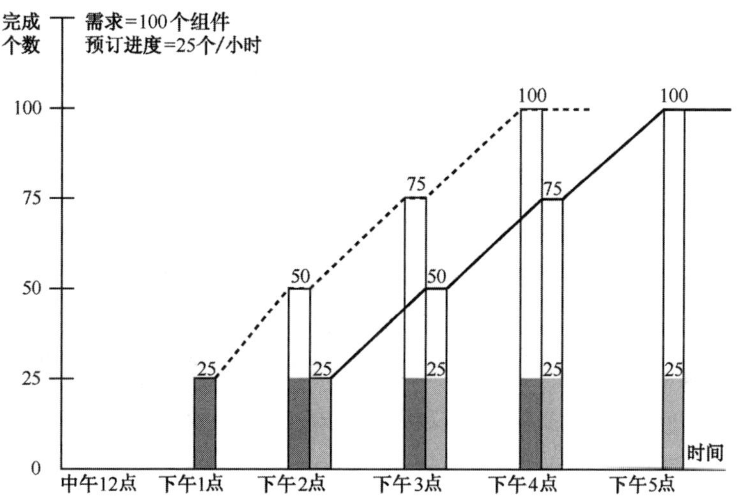

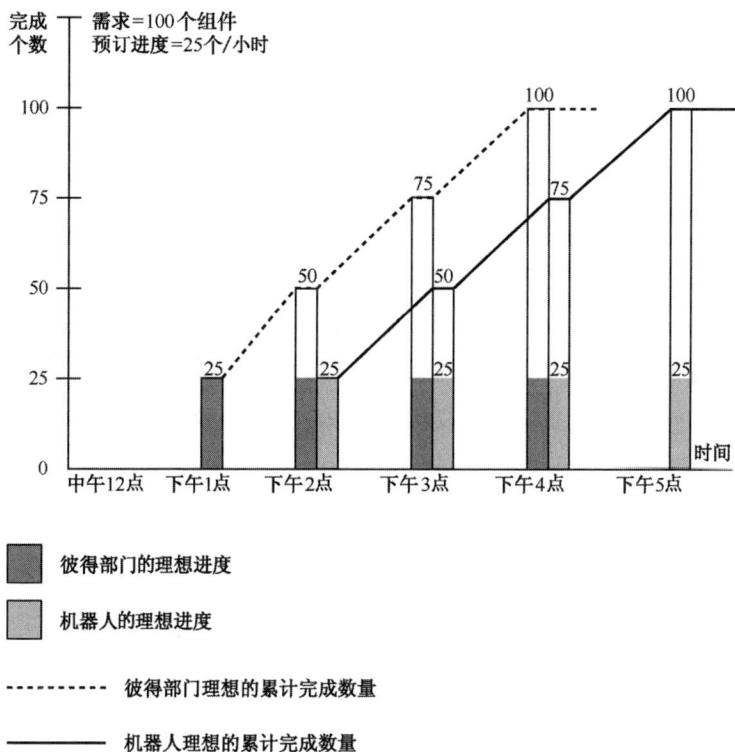

图 4　完成 100 个组件的预期进度

“好，现在我要彼得在一张表上记录他的部门每小时完成的零件有多少。佛瑞德，你也同样记录下机器人每小时的成绩。记住，不可以作假，我们需要真实的数字，明白吗？”

“当然，没问题。”佛瑞德说。

“顺便问一下，你真的觉得我们今天能交出 100 个组件吗？”我问。

“我想这全要看彼得怎么说了，假如他说办得到，就没什么问题。”唐纳凡说。

我对唐纳凡说：“我和你打赌 10 美元，我们今天办不到。”

“你是当真的吗？”唐纳凡说。

“当然啦。”

“一言为定，10 美元。”唐纳凡说。

大家去吃中饭的时候，我打电话给史麦斯，他也在吃中饭，不过我留了话。我告诉他的秘书，这批货明天一定会到达他的手中，但是我们最多只能做到这样了，除非他愿意额外负担一笔今晚的运送费。（我很清楚史麦斯最在意成本，因此他一定不想增加额外的负担。）

打完电话后，我靠在椅子上，开始思考我的婚姻状况，以及我该怎么办。显然，茱莉还是没有任何消息。她就这样不辞而别，真是把我给气坏了，同时我也很为她担心。但是，我能怎么办呢？我不可能大街小巷地到处找她，她可能在任何地方，我必须保持耐性。我终究会等到她的消息，或者从她的律师那儿来的消息。在这同时，还有两个小孩需要我照顾，实际一点来看，或许应该说是三个小孩。

芙露兰拿着留言条走进我的办公室。她说：“我吃完中饭回来的时候，其他秘书给了我这张留言条。你在讲电话的时候，有个叫大卫的人打电话来，那不是你儿子吗？”

“对呀，有什么问题吗？”

“他说，他担心放学的时候会进不了家门。你太太不在家吗？”她问。

“对呀，她出城去了。”我告诉她，“芙露兰，你也有几个小孩，你怎么兼顾办公室的工作和照顾小孩呢？”

她笑了。“的确不容易。但是另一方面，我不像你工作到那么晚。换了是我的话，我会在她回家以前找人帮忙。”

她离开以后，我再度拿起电话。“嘿，妈，我是罗哥。”

“有没有茱莉的消息呀？”她问。

“还没有。在茱莉回家以前，你愿不愿意搬过来和我们一起住？”我问。

下午 2 点，我溜出去接我妈妈，以便在小孩放学前把她送到我家。我到老家的时候，她已经站在门口等着我了，旁边还放着两个提箱和四个纸箱子，她几乎把厨房里一半的东西都堆在里面了。

“妈，我们家里已经有很多锅了。”我告诉她。

“你们的锅和我的不同。”她说。

于是，我们把东西搬进行李箱。到家以后，我卸下所有的锅，她在家里等孩子放学回家，而我则赶回工厂。

下午 4 点左右，第二班工人快放工的时候，我到唐纳凡的办公室里，看看史麦斯那批货现在情况如何。

我一打开门走进去，唐纳凡就说：“哇，看谁来了，午安！你来了真好!”

“你为什么这么高兴？”我问他。

“欠我钱的人来看我的时候，我一向都很高兴。”

“哦，是这样吗？你为什么认为有人欠你钱？”

唐纳凡扭着手指。“别这样，难道你忘了我们打的赌吗？10 美元，记得吧？我刚和彼得谈过，他们真的快完成那 100 个组件了，所以机器人应该可以赶完史麦斯要的那批货。”

“是吗？假如真是这样的话，我不介意输钱。”我说。

“那么，你认输了？”

“没有，除非我看到组件全数装上下午 5 点开的那班货车。”我告诉他。

“随你便。”唐纳凡说。

“咱们去看看情况到底怎么样吧!”我说。

我们往彼得的办公室走去。抵达那里之前，我们走过了机器人旁边，焊接零件的闪光把周围照得十分明亮。另一边走来两个工人，当他们经过焊接区域时，发出一阵欢呼。

“我们打败机器人了！我们打败机器人了!”他们说。

“一定是彼得那个部门的人。”唐纳凡说。

我们微笑着走过他们身边。当然，他们没有真的打败了任何人，但是有什么关系呢，他们看起来很快乐。我和唐纳凡继续走向彼得坐落在机器之间的简陋办公室。

我们走进去的时候，彼得说："嘿！我们完成了你们要我们赶工的东西。"

"很好，彼得，你有没有填那张记录表？"我问。

"有哇，我把它放到哪里去了？"

他在桌上一堆纸中间翻找。一边找，一边说："你们今天下午应该来看看我的工人，他们真的动起来了。我告诉他们这批货有多重要，他们都全力以赴。你知道，通常快放工的时候，进度都会慢一点，但是今天他们可真卖力。下班的时候，每个人都觉得很自豪。"

"对呀，我们也注意到了。"唐纳凡说。

他把记录表放在我们前面。"这就是你要的东西。"我们读着记录表（见图 5）。

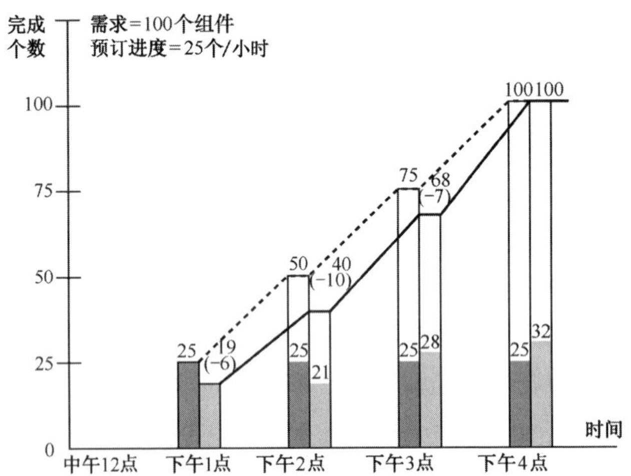

图 5　彼得的部门人力处理零件的实际状况

注：彼得的人手在第一小时和第二小时均落后进度，但是在第三小时及第四小时加紧赶工追回落后的进度，因此他们以为可以及时完成 100 个组件。

“那么，第一个小时，你们只完成了 19 个。”

“呃，我们多花了一点时间准备，而且有个家伙中午太晚回来。但是下午 1 点的时候，我们让物料处理员运了 19 个过去，让机器人可以开工。”彼得说。

“但是，从下午 1 点到 2 点这段时间，你们还是少完成了 4 个。”唐纳凡说。

“对，但是有什么关系呢？你们看看下午 2 点到 3 点的情况：我们超进度 3 个。我一看到我们还落后进度，就告诉每个人，今天放工前完成全部 100 个组件是多么重要。”

“所以每个人都加快速度。”我说。

“没错。”彼得说，“我们弥补了最初落后的进度。”

“对，你们在最后一个钟头完成了 32 个。”唐纳凡说，“罗哥，你怎么说？”

“我们过去看看机器人目前的状况。”我说。

5 点零 5 分的时候，机器人还在焊接那堆零件。唐纳凡来回踱着方步，佛瑞德走过来。

“货车会不会等我们？”唐纳凡问。

“我问了司机，他说没办法，他还要赶去下一站。假如他等我们的话，整个晚上都会误点。”佛瑞德说。

唐纳凡转身看着机器。“这个笨机器人到底是怎么回事呀？所有的零件都齐了呀！”

我拍拍他的肩膀说：“看看这里。”

我指着佛瑞德记录机器人产出的那张纸（见图 6），我再从衬衫口袋里掏出彼得的记录表，因此我们可以把两张纸放在一起对比。

这两张纸放在一起，就出现如图 7 所示的结果。

我告诉他：“彼得的工人在第一个小时完成了 19 个，机器人的产能是每小时 25 个，但是彼得没能给它 25 个来加工，所以机器人那个小时的实际产能只有 19 个。”

“第二个小时，情况也一样。”佛瑞德说，“彼得交出了 21 个，所以机器人只能完成 21 个。”

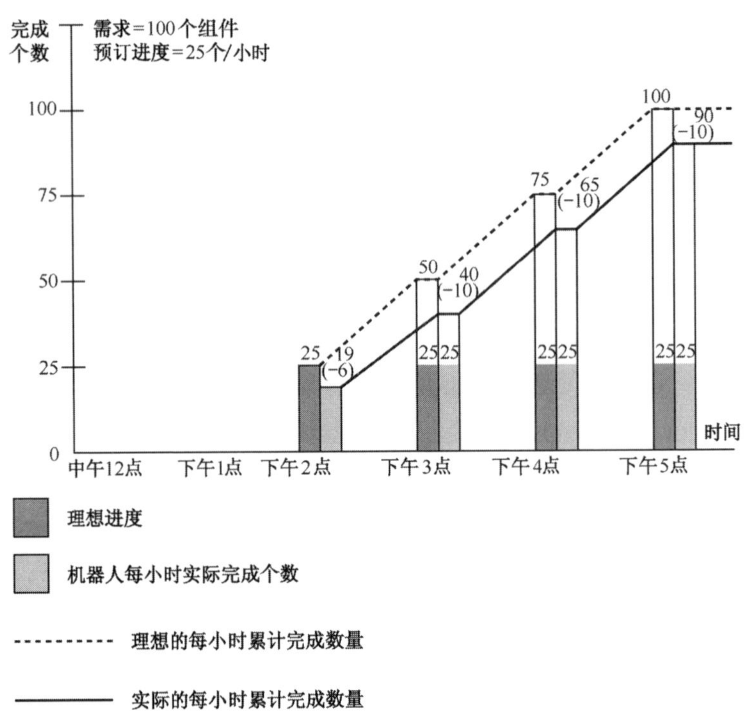

图 6　机器人处理组件的实际状况

注：由于机器人在彼得的下游，机器人实际完成个数要受到：① 彼得部门一小时完成的个数的限制；② 机器人最大的产能（每小时 25 个）的限制。因此，当彼得部门落后进度时，机器人的进度也随之落后；但当彼得部门每小时完成的个数超过预订进度时，机器人每小时仍只能完成 25 个。

“每次彼得的部门落后进度的时候，机器人的进度也跟着落后。但是当彼得交出 28 个的时候，机器人还是只能完成 25 个。也就是说，当最后一批货，总共 32 个组件在下午 4 点运到这里的时候，在机器人这边，上一批货却还剩下 3 个没有完成。所以，它没有办法立刻开始焊接最后一批零件。”

“我现在明白了。”唐纳凡说。

佛瑞德说：“你知道吗，最严重的时候，彼得的进度落后了 10 个，真滑稽，这正好是我们最后落后的数目。”

“这就是我今天早上拼命要解释给你们听的数学原理所产生的效应。前一工序的最大偏离（Deviation）会变成下一工序的起点。”

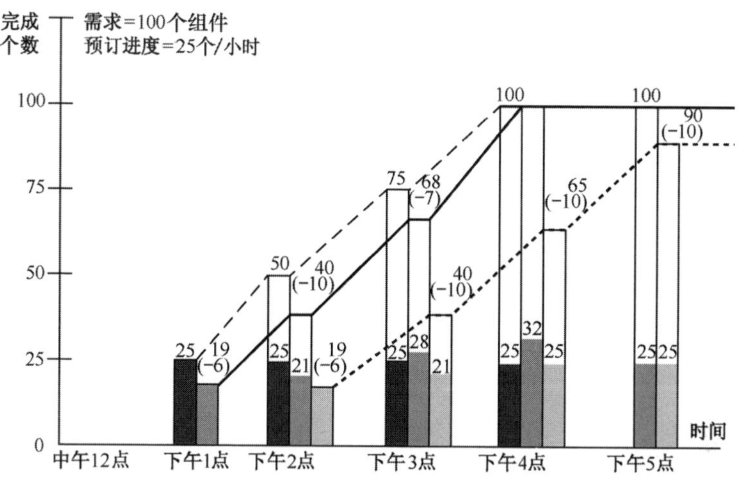

理想进度

彼得部门每小时实际实成个数

机器人每小时实际完成个数

理想的每小时累计完成数量

彼得部门每小时累计完成数量

机器人每小时累计完成数量

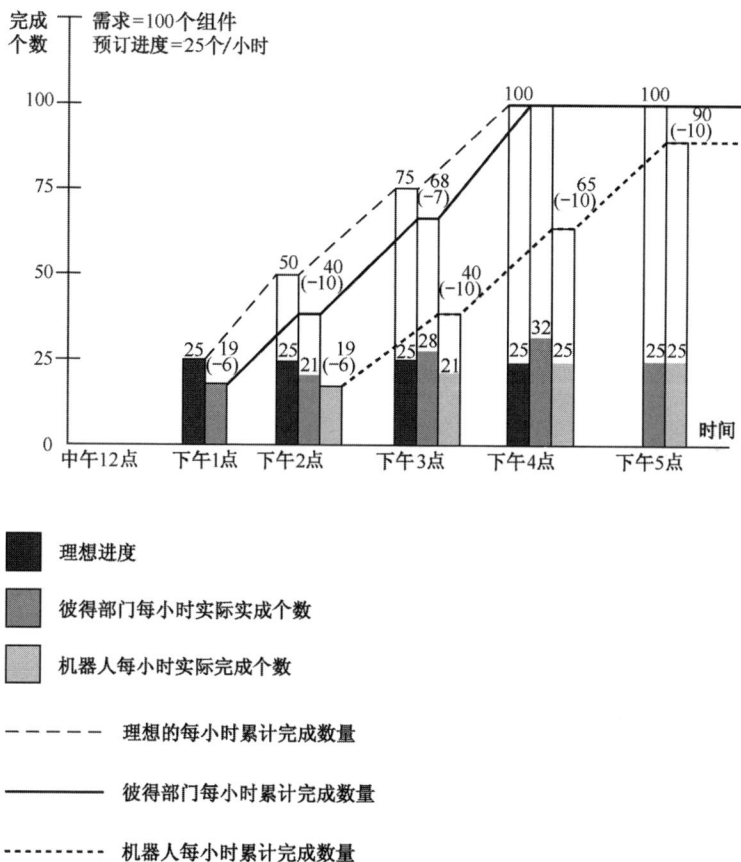

图 7　彼得部门加上机器人的实际作业状况

唐纳凡伸手掏出皮夹。他对我说："我欠你 10 美元。"

我说："这样好了，与其你付钱给我，何不干脆把钱拿给彼得，让他请他部门的人喝点咖啡或吃吃东西，只是聊表一下谢意，谢谢他们今天下午的辛劳。"

"对呀，这是个好主意。抱歉今天没办法出货，我希望不会给我们带来什么麻烦。"

"我们现在没办法担这种心。我们今天的收获是，学到了很多东西。但是我要告诉你一件事：我们得好好研究一下我们的奖励制度。"我说。

"为什么？"唐纳凡问。

"你看不出来吗？尽管彼得完成了 100 个组件，还是无济于事，因为我们还是没办法出货。但是彼得他们还自以为了不起。我们平常可能也会这么想，但这是不对的。"我说。

18

寻找生产瓶颈

The Goal

那天晚上下班回家的时候，两个小孩都在门口迎接我。我妈妈站在后面，厨房里冒出阵阵蒸汽。我想她正在做饭，现在一切都在她的掌控之中。莎朗站在我面前，脸上光彩焕发。

“你猜发生了什么事？”她说。

“我猜不到。”我说。

“妈妈今天打电话来了。”她说。

“真的吗？”我说。

我看看妈妈，她摇摇头。“是大卫接的电话，我没有和她说上话。”她说。

我看看莎朗，“妈妈说什么？”

“她说她爱大卫和我。”莎朗说。

大卫补充：“她说她会离开一阵子，但是我们不必为她担心。”

“她有没有说什么时候回来？”我问。

“我问了她，但是她说现在还不晓得。”

“你有没有要到她的电话号码，好让我打电话给她。”我问。

他低头看着地板。“大卫！妈妈打电话来的时候，你不是应该要到她的电话号码吗？”我问。

他嗫嚅着说：“我试了，但是……她不肯告诉我。”

“哦！”

“对不起。”大卫说。

“没关系，大卫，谢谢你的尝试。”

“大家都坐下来吃晚饭吧！”我妈妈以轻快的语调说。

这顿晚饭不再那么安静了，我妈妈不断地说话，她尽己所能逗我们开心。她告诉我们经济大恐慌的故事，还有今天我们能有饭吃是多么的幸运。

星期二早上，情况稍微正常了一点。妈妈和我合力把小孩送出门去上学，而我也准时去上班。8 点 30 分，唐纳凡、史黛西、刘梧和雷夫都在我的办公室里，我们正在讨论昨天发生的事情。今天，他们比昨天专心多了，或许是因为他们亲眼看见了我的说法得到证实。

“依存关系和统计波动相加起来，就是我们每天要面对的状况。我想这说明了我们为什么会有这么多订单延误。”

刘梧和雷夫正在研究我们昨天记录下来的两张表格。“假如第二道工序不是由机器人来担任，而是由人工完成，会怎么样？”刘梧问。

“我们会有另一组统计结果，把情况弄得更复杂。”我说，“别忘了，这里只有两道工序。想想看，当10道或15道工序都存在依存关系，每道工序在处理每个零件的过程中都各自出现统计波动时，会是什么状况。更何况有的产品还牵涉上百个零件。”

史黛西觉得很困扰，她问：“那么，我们要怎么控制生产线上的状况呢？”

我说：“这是个价值几十亿美元的问题——我们要怎么控制工厂里面5万个甚至5 000万个变数呢？”

“我们必须采购新的计算机主机，才有办法追踪这么多的变数。”雷夫说。

我说：“新计算机没有办法拯救我们，单凭信息管理不能让我们把全局掌控得更好。”

“假如多一点生产时间呢？”唐纳凡问。

“你真的认为生产时间长一点，就能保证我们一定会完成史麦斯那笔订单吗？”我问他，“昨天以前，我们已经拿到订单多久了？”

唐纳凡不停地扭着手指。“嘿，我的意思只不过是说，这样一来，我们就可以有多一点的现货来弥补生产过程中的延误。”

这时候，史黛西说：“生产时间拉长会增加库存，而增加库存不是我们的目标。”

“好吧，我明白，”唐纳凡说，“我不是要和你争论。我之所以提到生产时间，只不过想知道我们该怎么办。”

每个人都转过头来看我。我说：“到目前为止，我所知道的只是我们必须改变对产能的看法，我们不能孤立地衡量某种资源的产能。真正的产能完全要看它在工厂流程中的位置而定。过去，我们一直想让产能恰好符合需求，以便减少支出，因此才把这个工厂弄得一团糟。我们现在不应该重蹈覆辙。”

“但是，每个人都这么做呀！”唐纳凡说。

“对，每个人都这么做，或者声称他们是这么做的。但是我们现在可以看到，这种做法很愚蠢。”我说。

“那么，其他工厂怎么生存呢？”刘梧问。

我告诉他，我自己也很想知道答案。我怀疑每当一个工厂在工程师和经理人同心协力下采取错误的措施来达到平衡时，危机就出现了，于是工厂就会调动工人额外加班，或者召回被裁掉的工人，原本的平衡很快就被打破。求生存的动力掩盖了错误的信念。

“或许，该是打电话问钟纳的时候了。”史黛西说。

我说：“你说得对。”

芙露兰花了半小时的时间才查出钟纳今天在地球上哪个角落，又过了一小时，钟纳才有办法和我们通电话。他一来电话，我就要另一位秘书召集大家到我的办公室来，一起透过扩音器，听听钟纳说的话。他们进来的时候，我正告诉钟纳，在上次远足中，我想通了他告诉我的道理，以及我们从工厂这两种现象所产生的效应中学到了什么。

我告诉他：“我们现在明白，不应该单独考虑每个部门，试图发挥它们最大的效率。我们应该做的是，让整个系统发挥最大的作用，有些资源的产能必须比其他资源的高，生产线后段的产能应该比开头的高。对不对？”

“说得好。”钟纳说。

“太好了，很高兴听到我们总算有点进展。”我说，“我打电话给你，是因为我们必须知道现在该怎么办。”

他说：“罗哥，你们的下一步应该是区分工厂中两种不同的资源。我称其中的一种是‘瓶颈资源’，另一种呢，很简单，就是‘非瓶颈资源’。”

我轻声叫大家开始做笔记。

钟纳继续说：“任何资源，只要它的产能等于或少于它的需求，就是瓶颈。而非瓶颈资源是指产能大于需求的资源。明白吗？”

“明白。”我告诉他。

“一旦你能分辨这两种资源，你就会开始看到其中蕴含的丰富意义。”钟纳说。

“但是，钟纳，市场需求在其中扮演什么角色呢？需求和产能之间一定有某种关系。”史黛西问。

他说：“没错，但是正如你所知，你不应该在产能和需求之间求取平衡，你们需要做的是，产品在工厂中的流量与市场需求之间求取平衡。事实上，为了说明瓶颈和非瓶颈之间的关系及应该如何管理工厂，我拟定了九项原则，这正是其中第一个原则。我再重复一次这个原则——要平衡流动，而不是产能。”

史黛西仍然很困惑。“我并不明白你的话。瓶颈和非瓶颈在什么地方出现呢？”

钟纳说：“我问你，这两种资源，哪种决定了工厂的有效产能？”

“应该是瓶颈。”

我说：“没错，这就好像我上个周末远足碰到的那个孩子——贺比。他的产能最少，但实际上，他是决定整个队伍移动速度的关键人物。”

“那么，应该在哪里平衡你们的生产线呢？”钟纳问。

“哦，我明白了。”史黛西说，“也就是说，通过瓶颈的流量应该等于市场需求。”

“基本而言，你说得没错，你总算明白了。”钟纳说，“实际上，流量应该要比需求稍微小一点。”

“怎么会这样呢？”刘梧问。

“因为假如流量恰好等于需求，而市场需求下降的话，你就会赔钱。”钟纳说，“但是这个观点还不错，基本上，瓶颈的流量应该等于需求。”

唐纳凡不耐烦地发出各种杂音，希望能加入讨论。“对不起，但是我认为瓶颈是很坏的东西，只要有可能，我们都应该消除瓶颈，不是吗？”唐纳凡说。

“不对，瓶颈不一定很坏或很好，瓶颈只是你所面对的现实罢了。我的意思是，找到瓶颈在哪里之后，你必须利用瓶颈来控制通过系统和进入市场的流量罢了。”

听着听着，我觉得很有道理，因为我现在想起来我是如何运用贺比来控制远足速度的。

钟纳说：“我得离开了，你是在会议的10分钟休息时间逮到我的。”

我插进来。“钟纳，在你离开以前——”

“怎么样？”

“接下来，我们该怎么办？”

他说：“首先，你们工厂里有没有瓶颈？”

“我们还不晓得。”我告诉他。

“那么，你们下一步该做的就是，找出瓶颈在哪里，因为这和你们如何管理资源会有很大的关系。”

“我们要怎么找到瓶颈呢？”

“很简单，但是解释起来要花好几分钟的时间。你们自己想办法好吗？你们先好好思考一下，真的很容易。”

我说："好吧，但是……"

他说："我要暂时和你们说再见了，等你们晓得究竟有没有瓶颈之后，再打电话给我。"扩音器中传来"咔嗒"的声音，然后就是"嗡"的长音。

"好了，现在该怎么办？"刘梧问。

我说："我想我们先检查所有的资源，拿它们和市场需求比较。假如我们发现有任何资源的需求大于产能，那么我们就知道我们找到了瓶颈。"

"我们找到了瓶颈以后，又怎么样呢？"史黛西问。

"我认为最好的办法就和我带童子军远足时的做法一样，我们调整产能，把瓶颈安排在生产线的最前面。"我说。

刘梧说："假如我们找到了产能最低的资源，但是它的产能比市场需求还大时，该怎么办？"

"那么，我认为我们就有了一个没有颈子的瓶子。"

史黛西说："但是，限制还是存在，因为瓶子还是有瓶壁，只不过受限的产能仍然大于市场需求。"

"假如发生这种情况呢？"

"我不知道。"我告诉他，"我想我们应该先看看到底有没有瓶颈再说。"

"那么，我们现在要开始寻找'贺比'了。"雷夫说，"看看他到底在不在。"

"对，赶快，别尽在这儿说个不停。"唐纳凡说。

几天后，我走进会议室，发现到处都是纸张。会议桌上堆满了计算机报表，角落里放置了一台终端机，旁边的打印机吐出更多的报表。垃圾桶已经满了，烟灰缸也一样，咖啡杯、空糖包、奶精容器、纸巾、糖果和饼干的包装纸等四散在桌面上。这个地方已经变成了我们寻找"贺比"的总部，我们还没有找到他，但是大家都累了。

雷夫坐在桌子的另一端。他率领的一批资料处理人员及他们管理的系统资料库，对这次的搜寻工作而言，举足轻重。

我走进来的时候，雷夫的样子并不开心，他正用瘦长的手指搔着那头稀疏的黑发。

他告诉史黛西和唐纳凡："不应该是这样的。"

雷夫一看到我就说："哈！你来得正好。你知道我们刚刚做了什么事吗？"

“你们找到‘贺比’了？”我说。

雷夫说：“不是，我们花了两个半小时来计算根本不存在的机器需求。”

“你们为什么要这么做呢？”

雷夫像连珠炮似的说了起来，唐纳凡止住他。“慢着，慢着，慢一点，让我来解释。”唐纳凡说，“事情是这样的，他们看到有些生产步骤上还把几部旧铣床列为生产流程的一部分，事实上，我们已经不用——”

“我们不仅仅已经不用这几部机器，而且我们刚刚才发现，我们一年前就把它卖掉了。”雷夫说。

“部门里每个人都晓得机器已经不在那里了，所以这从来都不是问题。”唐纳凡说。

我们就像这样继续下去，我们试图计算工厂里的每种资源、每个设备的需求。钟纳说过，产能小于或等于市场需求的生产资源就是瓶颈。为了晓得我们是否有瓶颈，我们推断，首先我们必须知道市场对于我们产品的整体需求有多少。其次，我们必须弄清楚每种资源要花多少时间来满足需求。假如一种资源能够用来生产的时数（扣除机器维修的时间、工人的午餐和休息时间等）等于或小于需要的时数，那么我们就找到“贺比”了。

要得到市场需求的确切数量，必须先整合我们手上的各种数据，包括目前积压的订单，以及对于新产品和备用零件的预估。这代表了整个工厂的产品清单，包括我们“卖给”集团中其他工厂和事业部的产品。

整合了这些数据之后，我们现在正在计算每个“工作单位”必须贡献的生产时数。我们为工作单位下的定义是，同一种生产资源以任何数量组成的小组，例如，具备同样技能的 10 个焊工就是一个工作单位，4 部相同的机器也组成另一个工作单位，而负责为这些机械进行转换和操作的 4 个机械工又组成一个工作单位，以此类推。我们用工作单位所需要的总生产时数来除以其中生产资源的数量，得出来的就是每种资源应该出的力，我们可以拿这个来作为比较的标准。

例如，昨天我们发现喷注成型机的需求是，每个月每台机器需要花 360 小时处理喷注成型的零件。而目前这些机器可以提供的生产时数是每个月每种资源 280 小时。也就是说，我们在这些机器上还有多余的产能。

但是我们越深入分析，就越发现数据的准确性实在不怎么理想。我们发现物料清单和生产流程不吻合，生产流程文件上连正确的机器的列表和工时也没有，以及诸如此类的事情。

“问题是，我们一直在处理紧急状况，许多资料更新的工作都严重滞后。”史黛西说。

“真该死，无论如何，有这么多的工程变动、工人调动和不断发生的各种状况，要随时保持最新资料，本来就很困难。”唐纳凡说。

雷夫摇摇头。“要查证和更新与工厂有关的每笔资料，可能要花几个月的时间！”

“或几年的时间！”唐纳凡咕哝着。

我坐下来，闭上眼睛。睁开眼睛时，我发现他们全盯着我。“显然我们没有这么多时间。在皮区吹响哨声之前，我们只有 10 个星期的时间来改变现状。我知道我们现在抓对了方向，却走得踉踉跄跄。我们必须接受现实，我们不可能得到完美的数据。”我说。

雷夫说：“那么，我必须提醒你一句处理资料的老话——‘假如你输入的资料是垃圾，那么输出的也会是垃圾’。”

我说：“且慢，或许我们太重视方法了。并不是只有靠搜寻资料库才能找到答案。难道没有其他方法能更快地指出瓶颈，或者至少指出可能的对象？当我回想起那次远足时，谁走得比较慢是很明显的事情。难道你们都没有灵感发现‘贺比’可能是在工厂的哪个地方吗？”

“但是，我们甚至连究竟有没有瓶颈都还不知道。”史黛西说。

唐纳凡把手放在唇上，欲言又止，最后他终于开口了：“该死，我已经在这个工厂工作十几年了。经过这么长的时间以后，我知道问题通常都从哪里开始。我想我可以列出一张单子，指出哪些地方可能会短缺产能，至少这样可以缩小研究的范围，节省一点时间。”

史黛西转过头去，对他说：“你知道吗，你刚刚提醒了我。假如我们去和催货员们聊聊，他们或许可以告诉我们，大部分时候，他们短缺的都是哪些零件，以及他们通常都去哪些部门要这些零件。”

“这样做又有什么好处呢？”雷夫问。

“最常短缺的零件可能就是通过瓶颈的零件。”她说，“而催货员们去找零件的部门，可能就是我们可以找到‘贺比’的地方。”

我从椅子上站了起来。“对呀，很有道理。”

我开始踱步。

“告诉你们，我刚刚想到，在树林小径上，你可以借着队伍的间隔找出谁走得慢，走得愈慢的人，他和前面那个人之间的距离就愈大。如果拿我们工厂来看的话，间隔就是库存。”

唐纳凡、雷夫和史黛西都等着我把话说完。

我说：“你们还不明白吗？假如工厂里出现了一个‘贺比’，那里就可能会有堆积如山的在制品库存。”

“对，但是我们工厂里到处都是堆积如山的零件。”唐纳凡说。

“那么，我们就要找出最大的一堆在制品。”

“对，这应该可以提供另一个准确的线索！”

我转过头去，问：“你怎么说，雷夫？”

雷夫说：“呃，似乎值得一试。只要你们把范围缩小到三四个工作单位，要查证资料就不会太困难。”

唐纳凡看着雷夫，以开玩笑的语气说：“对呀，我们已经晓得你的计算机有多棒了。”

但是，雷夫并不把他的话当成玩笑，他显得很尴尬。“嘿，我只能就我拿到的资料来分析，你还希望我怎么办？”

“好了，重要的是，我们现在想到了新的办法，别花时间怪罪那些没用的数据了，大家开始工作吧！”

新点子为大家注入了新的活力，我们开始工作，而且进展很快……太快了，事实上，我们的发现让我觉得好像撞上了一堵墙。

“找到了！嘿，‘贺比’。”唐纳凡说。

在我们前面的是 NCX-10。

“你确定这是瓶颈吗？”我问。

“这些就是证明。”他指着旁边一大堆在制品库存说，我们一小时以前才评估了雷夫和史黛西整理的报告，根据那份报告，这里积压了几个星期的订单。

“我们和催货员们谈过了，他们说我们老是在等候这个机器加工的零件。领班也这么说。负责这个区域的家伙买了个耳塞来躲避四面八方的抱怨声。”

“但是，这应该是我们最有效率的设备之一。”我说。

唐纳凡说：“没错，用来制造这些零件的设备之中，这个机器的成本最低，效率最高。”

“那么，它为什么会变成瓶颈呢？”我问。

“我们只有一部这样的机器。”他说。

“对，我晓得。”我说，我瞪着他，直到他开始解释。

“你看，这部机器到目前为止只用了两年。在我们设置这部机器以前，我们用的是另外几部机器，但是这部机器可以完成过去需要三部不同的机器来完成的工作。”唐纳凡说。

他接着说明过去他们如何用三种不同形态的机器来处理这些零件。常见的情况是，每个零件的加工时间是：第一部机器花 2 分钟，第二部机器花 8 分钟，第三部机器花 4 分钟，每个零件总共花 14 分钟。但是新的 NCX-10 能在 10 分钟内完成这三个加工步骤。

我说：“你的意思是因此每个零件可以节省 4 分钟。这样的话，我们每小时不是应该生产更多的零件吗？怎么还会有这么多的库存堆积在这里，等着这部机器来处理呢？”

他说：“按照过去的作业方式，我们的机器比较多，第一种机器有两部，第二种机器有五部，第三种机器有三部。”

我点点头，我现在明白了。“所以即使每个零件需要多花一点时间来处理，在相同时间内，你还是能完成比较多的零件。那么，我们为什么要买 NCX-10 呢？”

“其他那些机器，每部都需要由一个机械工来操作，但是 NCX-10 只需要两个人来进行转换。正如我先前所说，对我们来说，这是生产零件最便宜的方式。”

我慢慢地绕着机器走一圈。“我们每天都分三班操作这部机器，是不是？”我问。

“我们才刚刚开始重新这么做。我花了一段时间来找人取代东尼，就是第三班那个辞职的机械工。”

“哦，对……”我说。天哪，皮区那天真对我们做了好事。我问：“唐纳凡，我们需要花多少时间来训练新手操作这部机器？”

“大约 6 个月。”他说。我摇摇头。

“这是个大问题。我们训练了一批人，然后几年以后，他们可能为了多赚几美元，跳槽到其他地方。以我们现在提供的工资，几乎吸引不到任何人。”唐纳凡说。

“那么，为什么你不给操作这部机器的工人加薪呢？”

唐纳凡说：“问题在于工会。假如这么做的话，我们会听到很多抱怨，而工会也会希望所有负责转换的工人都能加薪。”

我瞥了机器最后一眼。“好了，这个问题就讨论到这里。”我说。

但是，事情还没有结束。我们走到工厂另一边，唐纳凡对我做了另一个简报。

“这位是‘贺比’二号：热处理部门。”唐纳凡说。

这里更像大家心目中的“贺比”，很脏，很热，很丑陋，很沉闷，但是不可或缺。热处理部门基本上就是一组锅炉……几个脏兮兮的铁盒子里面有一排排的瓷砖。在瓦斯炉的加温下，里面的温度高达 1 500 华氏度（1 华氏度=1.8 摄氏度）。

有一些零件在正常温度中做了各种处理之后，必须再花长时间实施热处理，才有办法再进行加工。在大多数的情况下，我们必须经由热处理，软化那些因为加工处理而变得十分坚硬但又易碎的金属，以便再进行更多的机械加工处理。

因此，作业员会把十来个或几百个零件放进热处理炉中，把火点着，然后让零件在里面加热一段时间，从 6 小时到 16 小时都有可能。之后，零件必须再经过冷却的工序，直到和外面空气的温度一样。我们在这个流程中损失了很多时间。

“这里有什么问题？我们需要更大的热处理炉吗？”我问。

唐纳凡说：“可以说是，也可以说不是。大部分时间，热处理炉都只用到一半的空间。”

“怎么会这样呢？”

他说：“罪魁祸首似乎是那些催货员们。他们老是跑来，要求我们为 5 个零件或 10 来个零件加热，好让他们能及时装配交货。因此，我们经常让 50 个零件在旁边排队，等着我们先加热处理几个零件。我的意思是，这里的作业方式就好像理发店一样，你先拿一个号码，然后就排队等候。”

“那么我们不是照足批量（batch size）来处理零件？”

“对，有时候是如此。但是有时候，即使我们照足批量，还是不足以填满整个热处理炉。”

“是批量太小吗？”

“或者批量太大，我们只好安排第二次热处理，来应付第一次未能处理的零件，容量和需求好像从来都不会恰好吻合。”唐纳凡说，“你知道，几年前，就因为这个问题，我们曾经提议加装第三个锅炉。”

“后来怎么样了？”

“在事业部就被打回来了。他们不愿意拨款，因为我们效率低，他们叫我们先善用目前的产能，然后再谈扩充的问题。此外，还有各种关于应该节省能源的议论出现，说加装锅炉会加倍耗费能源等。”

“好，假如我们每次都把热处理炉装满，我们是不是就会有足够的产能来满足需求了呢？”我问。

唐纳凡大笑。“我不晓得，过去我们从来都做不到。”

有一阵，我以为可以照着远足时的做法来管理工厂，我以为最好的办法就是重新安排生产流程，产能最低的资源排在生产流程的最前端，其他的资源依产能大小的次序排列，因此可以弥补经过依存关系而逐步累积的统计波动。

唐纳凡和我回到办公室之后，我立即召集了重要干部来开会，很快就看出来，我的伟大计划根本行不通。

“从生产的角度考虑，我们没有办法这么做。”史黛西说。

“我们根本没有办法移动一个‘贺比’到生产线的最前端，更不用说两个‘贺比’了。生产流程必须维持原状，我们没有办法更换它。”唐纳凡说。

“好，我已经明白这点了。”我说。

“我们卡在一堆依存关系里面了。”刘梧说。

听着他们的讨论，一种熟悉的感觉又出现了，每当耗费了大量的工作和精力却只是白忙一场时，我都会有这种感觉，就好像看着轮胎泄气瘪掉一样。

我说：“好吧，假如我们没有办法改变瓶颈在生产流程中的位置，那么也许我们可以提高它们的产能，把它变成非瓶颈。”

史黛西问：“但是，要从生产线的开头到末端逐步递增产能，又是否可行？”

“我们会重新安排……先减少生产线开端的产能，然后依次递增。”我提议。

“罗哥，我们讨论的不是把工人调来调去。我们怎么可能增加产能而不增加设

备呢？”唐纳凡问，“假如我们讨论的是设备，那么这就牵涉很大的投资，需要买第二个热处理锅炉，还可能需要第二台数控机床。老天，这可是一大笔钱!”

刘梧说：“最重要的是，我们没有这笔钱。假如我们还以为可以在公司有史以来最糟糕的年头，跑去要求皮区让这个赔钱的工厂增加额外的产能……那么，我们一定是疯了!”

19

钟纳发威

The Goal

那天晚上，妈妈和我们一起吃晚饭的时候，问："罗哥，你不吃掉那些豆子吗？"

我告诉她："妈，我已经长大了，我自己可以决定要不要吃掉这些豆子。"

她的脸上出现了难过的表情。

我说："对不起，今天晚上我有一点情绪低落。"

"有什么不对吗？"大卫问。

"呃……问题有一点复杂。先吃完晚饭再说吧，几分钟以后，我就要赶去机场。"我说。

"你要出差吗？"莎朗问。

"不是，只是要去机场接一个人。"我说。

"你要去接妈妈吗？"莎朗问。

"不是，不是妈妈，我也希望是她。"

"罗哥，告诉孩子你在烦什么，你的情绪已经影响到他们了。"妈妈说。

我看看孩子，妈妈说得没错。我说："我们发现没有办法解决工厂里的问题。"

"你上次打电话找的那个人呢？你不能再和他谈谈吗？"她问。

"你是说钟纳？我就是要去机场接他，但是我不能肯定他帮得上忙。"我说。

大卫听到我这么说，显得十分震惊。他说："你是说……我们在远足中学到的东西，关于贺比决定了整支队伍行进的速度，都不对了吗？"

"当然道理还是对的，大卫。"我告诉他，"问题是，我们发现工厂里有两个'贺比'，而且就占据了我们不希望他们占据的位置。这就好像我们没有办法重新安排男孩行进的队伍，而且贺比还有个双胞胎兄弟一样，现在他们两个都卡在队伍中央，延误了所有的进度。我们没有办法把他们移走，库存在他们前面堆积如山，我不知道我们该怎么办。"

妈妈说："假如他们没有办法完成任务，把他们打发掉就是了。"

"问题是，他们不是人，而是设备。"我解释，"我们没有办法开除机器，而且它们的工作很重要，假如没有这两道工序，我们大部分的产品都没有办法制造出来。"

"那么，你为什么不让它们加快速度呢？"莎朗问。

"对呀，爸。"大卫说，"还记得远足中发生的事情吗？你打开贺比的背包，或许你在工厂里也可以如法炮制。"

“对，但是情况不是那么简单。”我说。

妈妈说：“我知道你会尽力而为。假如有两个慢郎中耽搁了每件事情，你只要紧盯住他们，确保他们不要再浪费时间就好了。”

我说：“对呀，好了，我得赶快出发了。不要等我，明天早上见。”

我站在登机门旁边，看着钟纳的飞机滑向机场。今天下午，我和他通了电话，当时他正准备从波士顿飞往洛杉矶。我告诉他，我要谢谢他的提议，但是就我们所见，工厂的情况似乎无药可救。

“罗哥，你怎么知道无药可救呢？”他问。

我告诉他：“在我的上司向董事会提出建议方案之前，我们只剩下两个月的时间。假如时间多一点，或许我们还能做一点事情，但是只有两个月的时间……”

“两个月还是足以展现一些改善的成效，但是你必须学会如何运用工厂的制约因素（constraint）来经营工厂。”

“钟纳，我们已经分析过整个工厂的情况了——”

他说：“罗哥，只有在两种情况下，我告诉你的法子会行不通。第一个是根本没有市场需求。”

“不，我们的产品有需求，尽管当我们的价格上升，服务质量下降时，需求会逐渐减少，但是我们还是有相当可观的积压订单。”我说。

“另外就是，假如你执意不肯改变的话，我也帮不了忙。你已经决定要袖手旁观，让工厂关闭吗？”

“并不是我们想坐以待毙，而是我们看不出有什么改变的可能。”我说。

“好吧，你有没有试过利用其他资源来减轻瓶颈的负担？”他问。

“你是说分担一些生产工作吗？没有办法，这些是工厂里仅有的这类型设备。”

停顿了半晌，最后他说：“好吧，再问一个问题——白灵顿有没有机场？”

于是就这样，今晚他飞来这里，正走出二号门。他改变了原本飞往洛杉矶的行程，来这里逗留一晚。我走上去迎接他，和他握手。

“旅途还愉快吗？”我问他。

“你有没有尝过待在沙丁鱼罐头里的滋味？”他说，然后又补了一句，“我不应该抱怨，至少我还在呼吸。”

“谢谢你大老远跑来，我很感激你改变行程，尽管我还不能肯定你真帮得上

忙。”我告诉他。

“罗哥，有一个瓶颈——”

“两个瓶颈。”我提醒他。

“有两个瓶颈并不表示你就没办法赚钱。”他说，“事实上，情况恰好相反，大多数的工厂都没有瓶颈，而有大量的剩余产能。但是它们应该有瓶颈，在它们制造的每个产品上都有一个瓶颈。”

他注意到我脸上的困惑。“你现在不明白，但是以后就会明白了。现在，尽可能地向我详细说明你们工厂的背景。”

从机场到办公室的路上，我滔滔不绝地向钟纳解释我们的困境。到了工厂以后，我把车子停在办公室前面，唐纳凡、刘梧、史黛西和雷夫都在柜台前面等着我们。每个人都表现得很热诚，但是当我介绍钟纳的时候，我看得出来，他们都等着要看看这个叫钟纳的家伙是不是真的知道该怎么办，而钟纳也确实和他们过去所见过的顾问大不相同。

钟纳站在他们前面，一边踱着步，一边说：“今天罗哥打电话给我，说你们发现了瓶颈的问题。事实上，你们所经历的是好几个问题的组合。但是，我们先处理最重要的问题。从罗哥告诉我的情况来看，你们的当务之急是要提高有效产出，增加现金流，对不对？”

刘梧说：“这样当然会很有帮助，你觉得我们该怎么做才办得到？”

“你们的瓶颈没有办法一直保持满足需求及赚钱所需要的流量，所以只有一个办法，我们要想办法找到更多产能。”钟纳说。

“但是，我们没有钱来增添产能。”刘梧说。

“也没有时间来安装新机器。”唐纳凡说。

“我说的不是从工厂的一头到另一头的产能。要提高工厂的产能，只需要提高瓶颈的产能就够了。”钟纳说。

“你是说让瓶颈不再是瓶颈？”史黛西问。

“不，绝对不是如此。”钟纳说，“瓶颈依然是瓶颈。我们必须想办法为瓶颈找到足够的产能，使产能更接近需求。”

“去哪里找到这些产能呢？”唐纳凡问，“你的意思是，产能就在这儿吗？”

钟纳说：“事实上，你说得没错。假如你们和其他制造商没有两样的话，那么你们会对潜在的产能视而不见，这完全是因为你们的想法错误。我建议大家先一起到工厂去，实际看看你们目前如何管理瓶颈。”

我说：“没错，毕竟没有访客能逃过参观工厂这个项目。”

我们六个人都戴上护目镜和安全帽，走进工厂。我和钟纳在前面带路，穿过双重玻璃门，走进工厂的橘红色灯光中。现在是工厂的第二班在作业，比白天要安静许多。这个情况很不错，因为我们讲话的时候，可以听得更清楚。我们一面走，我一面指着不同阶段的工序给钟纳看。我注意到钟纳审视着每个地方库存堆积的情况，我试图使大家加快脚步。

当我们走到一部大机器旁边的时候，我告诉钟纳：“这就是我们的 NCX-10 数控机床。”

“也就是你们的瓶颈，对不对？”他问。

“其中一个瓶颈。”我说。

“你能不能告诉我，为什么机器现在停着不动？”钟纳问。

的确，这部机器目前停着不动。

我说：“这个……啊，这是个好问题。唐纳凡，为什么这部机器现在停着不动？”

唐纳凡看看手表。“或许因为操作员 10 分钟以前去休息了，再过 20 分钟，他们应该就会回来。”唐纳凡说。

“我们和工会的合约中有一条规定，每隔 4 小时就必须让工人休息 30 分钟。”我向钟纳解释。

他问：“但是，为什么他们要现在休息，而不是趁机器在运转的时候休息呢？”

唐纳凡说：“因为现在是晚上 8 点，而且——”

钟纳举起手来说：“等一等，假如这部机器不是瓶颈的话，一点问题也没有，因为毕竟非瓶颈的资源都必须有部分时间停止作业，所以，工人几点休息都无妨。但是，假如是瓶颈呢？情况就完全相反。”

他指着 NCX-10 说：“这部机器总共就只有这么多生产时数，有多少？600 小时、700 小时吗？”

“每个月大约 585 小时。”雷夫说。

“不管有多少小时，需求量都比它大。”钟纳说，“假如我们损失了一小时，甚至半小时，这些时间就再也补不回来了，你没有办法在系统的其他部分把它弥补

回来。你们会因此损失整个工厂的有效产出，而损失的正是瓶颈在那段时间内应有的生产量，因此这是个超级昂贵的休息时间。”

“但是，我们必须和工会打交道。”唐纳凡说。

钟纳说：“那么，就和他们谈一谈，他们的利益和工厂的利益一致，他们不是笨蛋，但是你必须先讲道理给他们听。”

对呀，说起来总是比做起来容易，我心里想，但另一方面……

钟纳围绕着 NCX-10 走了一圈，但是他并不是只盯着这部机器，他同时也在观察工厂里的其他设备。他转过来，对我们说：“这是你们工厂里仅有的一部这类型机器，但是这部机器还蛮新的。告诉我，原先的旧机器跑到哪里去了？你们还留着旧机器吗？”

唐纳凡含糊地说：“有一些机器还留着，有的则淘汰掉了，那些机器几乎已经变成古董了。”

钟纳问：“至少每种型号的机器，你们是不是都还保留一部，可以完成这部叫什么 X 机器的工作？”

刘梧在这个时候插进来说：“对不起，你不是要建议我们使用旧设备吧？”

“假如还可以用的话，没错，我可能会这么提议。”钟纳回答。

刘梧眨了眨眼睛。他说：“我不能肯定这样一来，我们的成本会提高多少。但是，我必须告诉你，这些旧机器的操作成本要大得多了。”

钟纳说：“好，我们就直接来谈谈这个问题。首先我要晓得，你们到底还有没有这类机器？”

我们转过头去看唐纳凡，他轻笑几声。“抱歉，要使你们失望了，我们已经淘汰了所有可以取代 NCX-10 的旧机器。”

“为什么我们要做这样笨的事情呢？”

唐纳凡说：“新机器需要空间来放库存。”

我说：“哦。”

“当时，这似乎是个好主意。”史黛西说。

我们再走到热处理部门，站在锅炉前面。

钟纳做的第一件事情就是看看成堆的零件，然后说：“你们肯定这些零件全都需要热处理吗？”

“哦，当然。”唐纳凡说。

“之前的处理过程中难道没有任何替代性的做法，至少可以避免某些零件接受热处理吗？”他问。

我们面面相觑。

“这我们得和工程部门商量一下。”我说。唐纳凡的眼珠转了转。

“怎么了？”我问。

“我们在工程部门的朋友不怎么热心。他们不太高兴我们改变工程要求，他们的态度通常是‘只要照我们的话去做就是了’。”唐纳凡说。

我对钟纳说：“我恐怕他说的话有几分道理。即使我们说服他们合作，恐怕都还要等好几个月才能正式通过，开始执行。”

钟纳说：“好吧，那么我问你——附近有没有承包商能为你们做热处理的工作？”

史黛西说：“有，但是外包会增加零件的单位成本。”

钟纳的表情显示，不断地对牛弹琴，已经使他开始感到厌烦了。他指着堆积如山的零件说：“这堆零件总共值多少钱？”

刘梧说：“我不晓得，或许 10 000 美元，或许 15 000 美元。”

“不对，不是 10 000 美元、20 000 美元这么简单，假如这是瓶颈，就不能这样计算。”钟纳说，“再想想看，这堆零件可值钱多了。”

史黛西说：“假如你喜欢，我可以把记录找出来给你看，但是这堆零件的成本不会比刘梧刚刚讲的还高。我想，我们最多有 20 000 多美元的物料——”

钟纳说：“不对，不对，我不是单谈物料成本。假如你们能把这堆零件处理完毕，你们能卖给客户多少产品？”

我们讨论了一会儿。

“很难说。”唐纳凡说。

“我们不能肯定这堆零件全部都会装配成马上卖出去的产品。”史黛西说。

“哦，这样吗？你们让瓶颈忙着处理一些不会提高有效产出的零件？”

“呃……有些零件会变成备用零件，有些则在装配后变成成品库存。它们终究还是会变成有效产出。”刘梧说。

“终究会？”钟纳说，“再者，你们说积压的逾期订单有多少？”

我向他解释，我们有时候会加大批量，以提升效率。

“再告诉我一次，这样做真的提高你们的效率了吗？”钟纳说。

回想起我们先前的谈话，我感觉自己的脸热辣辣的，可能红了起来。

“好，先不谈这个问题，我们先专心讨论有效产出的问题。我换个方法来问：假如没有这堆零件的话，你们将有多少产品无法交货？”他问。

这个问题比较容易回答，因为我们很清楚积压的订单有多少。我告诉他目前我们积压了几百万美元的订单，而其中又有多大的比例必须依赖瓶颈设备所处理的零件。

“假如你们能够处理完这堆零件，你们就能够把产品装配完成，并且交货？”

“当然，毫无问题。”唐纳凡说。

“那么，每个产品的单价是多少？”

“平均单价大概是 1 000 美元，当然每种产品的价格都不一样。”刘梧说。

“那么，我们谈的就不只是 1 000 美元、2 000 美元甚至 20 000 美元的问题了。这里有多少零件？”钟纳接着问。

“1 000 个左右吧。”史黛西说。

“而每个零件都代表你们可以因此完成一个产品？”

“基本而言，没错。”她说。

“而每个付运的产品都代表了 1 000 美元。1 000 个产品乘以 1 000 美元等于多少钱？”

我们不约而同地转过头去，看着那堆零件。

“100 万美元。”我惶恐地说。

“只有在一种状况之下，你们才赚得到这 100 万美元！就是你们能在客户厌倦了等待，掉头离开之前，让这堆零件通过热处理的程序，变成成品运送出去。”钟纳说。

他看看我们，视线从一张脸移到另一张脸。“你们还能放过任何可能的方法吗？尤其是有的方法只不过需要改变一下你们的现行政策而已。”

每个人都默不作声。

“我待会儿会谈到更多如何看待成本的问题，但是现在我想知道的是，你们在哪里为瓶颈加工的零件做质量检验？”

我说明我们大部分的质量检验都在最后装配时才做。“带我去看。”他说。

于是，我们走到质量检验区域。钟纳问我们，有多少瓶颈处理过的零件通不过检验。唐纳凡立刻用手指着平台上堆着的闪闪发亮的零件。零件上头，放着一张粉红色的表格，上面指出不合格的零件有多少。唐纳凡拿起表格来看。

“我不知道这些零件出了什么问题，但是一定有什么缺点。”唐纳凡说。

钟纳问：“这些零件都经过瓶颈的处理吗？”

“对。”唐纳凡说。

“你明白品质管理检验不合格对你们有什么影响吗？”钟纳问。

“我们必须淘汰 100 个零件。”

“不对，再想一想。”钟纳说，“这些都是瓶颈的零件。”

我突然想通了。“我们损失了瓶颈的生产时间。”我说。

钟纳转过头来对我说：“完全正确！而损失了瓶颈的生产时间代表什么意义呢？这表示你们损失了有效产出。”

“但是，你不是叫我们漠视质量吧？”唐纳凡问。

“绝对不是。假如没有高质量的产品，你们绝对没有办法长久赚钱。但是我要建议你们以不同的方式进行品质管理。”钟纳说。

我问：“你的意思是在零件到达瓶颈之前，就先进行品质管理。”

钟纳举起一根手指说：“说得好。你们应该事先就淘汰不良的零件，确定瓶颈只处理没有问题的零件。假如你们事先就淘汰掉不良品，那么损失的就只是被淘汰的零件罢了。但是假如你们在零件通过瓶颈之后才把它淘汰，那么损失的时间就再也无法弥补了。”

“假如零件离开瓶颈后，经过其他工序时，才出现质量不合格的问题呢？”史黛西问。

“这是同一个问题的另外一面。你们必须对瓶颈处理过的零件做很好的流程管制，使这些零件不会到后面又变成了不良品，明白了吗？”

唐纳凡说：“我只有一个问题——我们上哪儿去找品质管理人员呢？”

“你不能把目前已经有的品质管理人员调到瓶颈部门去吗？”钟纳问。

“可以考虑这个可能性。”我说。

“好，咱们回办公室去吧。”钟纳说。

我们回到办公大楼的会议室。

“我要百分之百地肯定你们明白瓶颈的重要性。”钟纳说，“每次瓶颈完成了一个零件时，你们就有可能交出一件成品。这对于你们的销售而言，代表什么意义？”

“每件收入 1 000 美元。”刘梧说。

“而你们还在担心是不是需要多花一两美元，让瓶颈更有生产力吗？”他问，“首先我问你们，据你们估计，NCX-10 每小时的运作成本有多少？”

刘梧说：“这个有明确的数字，每小时会花掉 32.5 美元。”

“而热处理呢？”

“每小时 21 美元。”

“这两个数字都不对。”钟纳说。

“但是我们的成本数据显示——”

“这些数字之所以不正确，不是因为你们计算错误，而是因为你们计算成本时，好像认为每个工作单位都单独存在似的。”钟纳说，“让我再解释清楚一点，当我还是个物理学家的时候，很多人经常拿着他们解决不了的数学题目来找我，希望我为他们检查一下数据。但是，没过多久，我就晓得不必白费时间检查那些数据，因为数据几乎总是正确的。但是，假如我检查数据背后的假设的话，就会发现假设几乎都是错误的。”

钟纳从口袋里掏出一支雪茄，划了根火柴，把它点燃。

他一边吞云吐雾，一边说：“这里的情形也一样。你们根据标准会计原则来计算这两个工作单位的营运成本，而没有考虑到两者都是你们的瓶颈。”

“这对我们的成本有什么影响呢？”刘梧问。

“你们目前学到的是，工厂的产能就等于瓶颈的产能。瓶颈每小时的生产量就等于工厂每小时的生产量。所以……假如瓶颈损失一小时的生产时间，就等于整个系统损失了一小时。”

“对，我们明白这点。”刘梧说。

“那么，假如整个工厂停工一小时，会有多大的损失呢？”钟纳问。

“我真的不敢说，但是代价会非常昂贵。”刘梧承认。

“告诉我，你们每个月的营运成本有多少？”钟纳问。

刘梧说："我们每个月的总营运成本大约在 160 万美元。"

"我们就拿 NCX-10 为例好了。你刚刚说这部机器一个月能生产多少小时？"他问。

"大约 585 小时。"雷夫说。

"瓶颈的实际成本就是整个系统的总营运费用除以瓶颈的生产时数，结果是多少？"钟纳问。

刘梧把计算器拿出来，在上面敲打着数字。

"总共是 2 735 美元。慢着，真是这样吗？"刘梧问。

"对，没错。"钟纳说，"假如你们的瓶颈停工的话，工厂没有丝毫产出，但是要照付营运开支，你们不只损失了 32 美元或 21 美元而已，真正的成本是整个生产系统每小时的成本，也就是 2 735 美元。"

刘梧大吃一惊。

"这样一来，情况就大不相同了。"史黛西说。

钟纳说："当然啦。知道这点以后，我们要如何充分运用瓶颈呢？有两个主要的原则，你们需要注意一下……"

"首先，绝对不可以浪费瓶颈的时间，怎么样会浪费掉瓶颈的时间呢？其中一个原因就是让瓶颈在午餐时间停工，另一个原因就是让瓶颈处理不良的零件，或者让零件在后来的作业中，因为工人的疏忽或流程控制马虎而产生瑕疵。第三个浪费瓶颈时间的原因，就是让瓶颈处理你们不需要的零件。"

"你的意思是指备用零件吗？"唐纳凡问。

"我是指任何目前不需要的零件。因为当你制造了未来几个月都不会销售出去的库存时，会发生什么情况呢？你等于是为了日后的收入而牺牲了眼前的资金，问题是，你们的现金流有没有办法支撑下去？就你们的情况而言，你们绝对撑不下去。"

"你说得对。"刘梧说。

"那么，就应该让瓶颈只处理对'今天'的有效产出有所贡献的零件，而不是几个月后才用得着的零件。"钟纳说，"这是其中一个提高瓶颈产能的方法。另一个方法是，减轻瓶颈的负担，把部分工作移交给非瓶颈的生产资源。"

我说："对，可是我们该怎么做呢？"

“这正是参观工厂的时候我会问那些问题的原因。”钟纳解释，“是不是所有的零件都必须由瓶颈来处理？假如不是，可以把不一定需要瓶颈处理的零件转移给其他的生产设备。结果是，你们的瓶颈提高了产能。第二个问题是，有没有其他的机器可以进行同样的工序？假如有其他机器可用，或者其他承包商拥有相同的设备，你们都可以减轻瓶颈的负担。这样一来，你们又提高了产能，因此也增加了有效产出。”

第二天早上，我走进厨房吃早餐的时候，看到餐桌上摆着一大碗妈妈煮的热腾腾的麦片粥，我从小就很讨厌吃这个东西。我瞪着这碗麦片粥（麦片粥也瞪着我），这时候，妈妈开口了：“昨天晚上情况如何？”

我说：“这个，确实，晚饭的时候你和孩子说的话都很对。”

“真的吗？”大卫问。

“我们必须让贺比走得快一点。而昨天晚上，钟纳教我们一些方法，因此我们学到了很多东西。”

“哇，这真是个好消息。”妈妈说。

她为自己倒了一杯咖啡，然后坐下来。餐桌上一阵沉默，然后我才注意到他们几个人互相注视。

“有什么不对吗？”我问。

“昨天晚上你出去的时候，他们的妈妈来过电话。”我妈妈说。

自从茱莉离家后，她就定期打电话给孩子，但是因为某种原因，她不肯说她在哪里。我正盘算着是不是要雇个私家侦探，找出她的藏身之处。

“莎朗说，她接电话的时候，听到里面有一些声音。”妈妈说。

我看着莎朗。

“你知道外公经常听的那首曲子吗？就是会让你很想睡觉的那首，用——那种乐器叫什么名字呀？”莎朗说。

“小提琴。”大卫说。

“对，小提琴。”莎朗说，“妈妈停下来不讲话的时候，我听到电话里传来那个声音。”

“我也听到了。”大卫说。

“真的吗？”我说，“有趣极了。谢谢你们两位注意到这点，或许今天我会打个电话给外公外婆。”

我把咖啡喝完，站起来。

“你碰都没有碰你的麦片粥。”妈妈说。

我弯下腰来，亲亲她的脸颊。“对不起，我上学已经迟了。”我故意开她玩笑。

我对孩子们挥挥手，然后抓起公事包。

“好吧，我会把麦片粥留着，等你明天吃。”妈妈说。

20

人生也面临瓶颈

The Goal

我在上班途中，开车经过了钟纳昨天晚上落脚的汽车旅馆。我知道他早就离开了，清晨就赶去搭六点半的班机。我提议送他去机场，但是他拒绝了（这对我也好），他说搭计程车就好。

我一到办公室，就吩咐芙露兰为我召集干部会议人员。同时，我开始写下一连串钟纳昨晚建议我们采取的行动。但是，茱莉一直在我的脑海中萦绕不去，我关起办公室的门，然后坐下来，找到茱莉父母的电话，动手拨电话。

茱莉离开的第二天，她的爸妈曾经打电话来，问我有没有听到任何消息，之后就再也没有打电话来了。一两天前，我试图和他们联系，看看有没有什么消息。我是在下午打的电话，接电话的人是茱莉的妈妈艾达。她说她不知道茱莉在哪里，但我不太相信她的话。

现在，又是艾达接电话。

“嘿，我是罗哥。我想和茱莉说话。”我告诉她。

艾达吞吞吐吐地说：“这个，呃，嗯……她不在这里。”

“她在这里。”

我听到艾达叹了口气。

“她在你们那里，对不对？”我说。

最后，艾达说：“她不想和你说话。”

“多久了，艾达？她在那儿多久了？星期天晚上我打电话来的时候，你是不是对我撒谎？”

“没有，我们没有撒谎。”她愤愤不平地说，“我们当时根本不知道她在哪里，她在珍妮那里待了几天。”

“是吗？那么，我前几天打电话来的时候呢？”

“茱莉要求我不要说出她的行踪，甚至现在我都不应该告诉你。她希望自己一个人静一静。”艾达说。

“艾达，我必须和她谈谈。”我说。

“她不会来听电话的。”艾达说。

“你没有问，怎么会知道呢？”

我听到艾达把电话筒放在桌上，脚步声渐渐远去，然后几分钟后，脚步声又再度响起。

“她说等她准备好了以后，会打电话给你。”艾达说。

“这是什么意思？”

“假如不是你这几年来一直忽视她，今天也不会落到这个田地。”她说。

“艾达——”

“再见!”她说。

她挂断电话，我立刻重拨电话，但是没有人接听。几分钟以后，我强迫自己专心准备干部会议的讲话。

会议10点在我的办公室召开。

“我想知道你们对于昨天晚上听到的话，有什么感想？”我说，“刘梧，你有什么意见？”

刘梧说：“这个……我只是难以相信他提到关于瓶颈停工一小时的损失那件事。昨天晚上我回家以后，重新把它想了一遍，看看能不能想出几分道理。事实上，我们昨天说的数字是错的，瓶颈停工一小时的损失不是2 735美元。”

“这样吗？”我问。

“我们的产品中，只有80%会通过瓶颈。”刘梧一边说，一边从口袋里掏出一张纸来，“所以，真正的成本应该是营运费用的80%才对，也就是1小时2 188美元，而不是2 735美元。”

“哦，我想你说得对。”我说。

然后，刘梧笑了。他说：“尽管如此，我必须承认从这个观点来看整个情势，真是让我茅塞顿开。”

我说：“我同意。其他人有什么想法吗？”

我一个一个问他们的意见，大家都很有共识。即使如此，唐纳凡似乎对于要进行钟纳所说的改革仍然犹豫不决。雷夫还不确定他该扮演什么角色，但是史黛西大力支持改革的想法。

她做了个总结：“我觉得值得冒险推动变革。”

“尽管在这个时候任何会提高营运费用的举动都会让我紧张，我仍同意史黛西的话。就像钟纳所说，我们假如一直照着老路走下去，面对的风险可能更大。”刘梧附议。

唐纳凡举起他那肥肥的手，准备发言。“好吧，但是钟纳提到的做法中，有些做起来比较快，也比较容易。我们何不先从容易的事情开始做，看看有什么效果，同时也继续规划其他的改革。”唐纳凡说。

我告诉他：“听起来很有道理，你觉得应该先做什么呢？”

“我希望先改变质量检验的程序，在零件送去给瓶颈加工以前就先检查。其他的品质管理措施要多花一点时间来修改，但是我们立刻就可以指派一名检查员，检验要送去瓶颈的零件，假如你希望的话，今天下班以前就可以办到。”

我点点头。“很好，改变午餐休息时间这件事，该怎么办呢？”

“工会可能会抱怨。”他说。

我摇摇头。“我想他们只有和我们合作这条路可走，把问题梳理清楚，然后我会去和奥当奴谈一谈。”

唐纳凡记下我吩咐的事情。我站起来，绕着办公桌踱步，以强调我接下来要说的话。“昨天晚上钟纳提出的问题中，有一个问题对我来说，真是当头棒喝。”

我告诉他们，“我们为什么要让瓶颈忙着处理不会提高有效产出的库存呢？”

唐纳凡看看史黛西，史黛西也看看他。“问得好。”她说。

唐纳凡说：“我们做这个决定——”

我说：“我很清楚这个决定。我们多制造一点库存，是为了维持效率。”但是，我们的问题不是出在效率上，我们的问题是积压了一堆严重逾期的订单，在我们的客户和事业部主管眼中，这个问题很突出，我们一定要想办法改善我们的交货状况，而钟纳切中要害地指出了我们该做的事情。

“一直以来，谁的声音最大，我们就为谁加紧催货。”我说，“从现在开始，逾期的订单应该排在优先次序的第一位，延迟了两个星期的订单生产顺位应该排在延迟了一个星期的订单前面，以此类推。”

“我们过去也一再尝试过这个方法。”史黛西说。

“但是，这次的关键在于，我们必须确定瓶颈在处理零件时根据的是同样的优先顺序。”

唐纳凡说：“这是解决问题的好办法。现在我们该怎么进行？”

“我们得先弄清楚，通过瓶颈的零件当中有哪些是逾期订单所需要的零件，哪些只会被送去仓库储存起来。我们应该做的是，雷夫，我希望你列出所有的逾期订单，然后根据延误天数多少列出优先顺序。你什么时候可以给我们这份清单？”

“这不会花太多的时间，麻烦的是，我们还有很多月报表要跑。”

我摇摇头。“现在，没有什么事情比提高瓶颈的生产力更重要了，我们需要尽快拿到这份清单，因为清单一出来，我就要你和史黛西，以及其他库存控制部门的人合作，弄清楚假如要完成这些订单还有哪些零件需要经由这两个瓶颈来处理。”

我转过去对史黛西说：“等到你弄清楚还缺哪些零件以后，你要和唐纳凡一起列出瓶颈处理零件的排程，把延迟最厉害的订单排在第一位，然后依照顺序一个个排下来。”

“那些不会通过这两个瓶颈的零件，要怎么办呢？”唐纳凡问。

“我暂时不操心那个问题，我们就先假设不需要通过瓶颈的零件要不就是已经等在装配部那儿了，要不就是在瓶颈处理的零件送过来时就出现在那儿。”我告诉他。

唐纳凡点点头。

“大家都清楚了吗？”我问，“其他任何事情都不能凌驾在这个优先顺序之上，我们没有时间再倒退回去，弄一些要花 6 个月时间才看得懂的统计数字。我们现在知道该做什么了，那么就放开手脚去干吧！”

那天晚上，我驾着车行驶在州际公路上。夕阳西下，我注视着公路两旁一栋栋郊区住宅的屋顶。我刚刚驶过的公路标志显示，往前面再走两英里，就到了通往橘林镇的出口。茱莉的爸妈就住在橘林镇，我从出口转了出去。

岳父母和茱莉都不晓得我今晚会来，我也叫妈妈不要告诉孩子这件事。下班后跳进车子里，就一路开到这儿来了。我已经玩腻了捉迷藏的游戏。

我从四线道的公路转进了一条街道，这里是个安静的住宅区，幽美的居住环境。附近的房子都很昂贵，草坪修剪得完美无瑕，街道两旁的树木正迸发出早春的新绿，在金黄色夕阳的映照下，显得格外亮丽。

这条路开到半途，就可以看到我岳父母的房子。那是栋两层楼的白色住宅，铝制的百叶窗没有控制的铰链，无法任意开关，但是很有传统特色。这就是茱莉长大的地方。

我把车子停在路旁，往他们家的车道看看，一点都没错，茱莉的车子停在车库前面。

我还没有走到大门口，门就打开了。艾达站在纱门后面，我看到她的手伸到纱门的门锁那儿，咔嗒一声，把门锁上。

“哈罗！”我说。

“我告诉过你，她不想和你说话。”艾达说。

“能不能请你问问她？她是我太太。”我说。

“假如你想和茱莉说话的话，可以通过她的律师。”艾达说。

她准备关门。

我说：“除非我和你女儿说上话，否则我不会离开。”

“如果你不离开，我会打电话叫警察来，把你赶出我们家。”艾达说。

“那么，我就在车子里等。这条街道可不属于你。”我说。

门关了起来。我踏过草坪和人行道，钻进车子里。我就坐在那儿，瞪着那栋房子。我注意到，房子的窗帘不时地拉起放下。大约 45 分钟后，太阳已经下山了，我很认真地考虑，到底在大门打开之前，我还能再撑多久。

茱莉终于走出来了。她穿着牛仔裤和球鞋，身上披着一件毛衣，看起来年轻许多，像一个正要溜出门去和不讨父母欢喜的男孩约会的少女。她走过草坪，我踏出车外。可是她走到离我 10 英尺左右的距离，就停下脚步，仿佛担心走得太近的话，我会一把抓住她，把她拉进车里，然后就像一阵风似的，把她载到沙漠中的帐篷里……我们互相注视了一会儿，我的手滑进了裤袋中。

我先打开僵局：“最近还好吗？”

“假如你想听真话，我过得很糟糕，你还好吗？”她说。

“我很为你担心。”

她转开目光，我用力拍打车顶。

“我们去兜风吧。”我说。

“不行。”她说。

“那么，散散步总可以吧？”我问。

“直接告诉我你想干吗，好吗？”她说。

“我想知道你为什么要这么做！”

“因为我不知道我是不是还想和你做夫妻。”她说，“这不是很明显吗？”

“好吧，难道我们不能谈谈吗？”

她没有说话。

我说："别这样，我们去散散步，只要在附近走走就好，除非你想要成为邻居嚼舌根的对象。"

茱莉环顾四周，明白我们确实太引人注意了。我伸出手，她没有握住，但是我们一起转身，开始沿着人行道散步。我对岳父母的房子挥挥手，发现窗帘又动了一下。茱莉和我在夕阳余晖中沉默地走了 100 多英尺。最后，我打破沉默。

"我对于上周末发生的事，觉得很抱歉，但是我能怎么办呢？大卫期待我——"

"我离家不是因为你陪大卫去远足，那只是最后的导火线。突然之间，我觉得再也没有办法忍受了，我必须离开。"

"茱莉，为什么你不能至少让我们晓得你在哪里呢？"

她说："我离开你，就是为了让自己一个人静一静。"

我迟疑了一下，然后问："所以……你想离婚吗？"

"我还不晓得。"她说。

"那么，你什么时候会确定呢？"

"罗哥，这段时间对我来说，一直很混乱。我不知道该怎么办，我没有办法做任何决定。我妈妈叫我这样做，我爸爸叫我那样做，我的朋友又告诉我另一番话。除了我，好像每个人都知道该怎么办。"她说。

"你离开家，想要独自一个人做出可能影响我们两个人和两个孩子的决定，你听每个人的意见，却不管我们三个人怎么想，而假如你不回来的话，我们的生活会变得一团糟。"我说。

"我必须不受你们三个人影响，自己把这件事想清楚。"

"我只是建议我们谈谈困扰你的事情。"

她愤愤地叹了口气，然后说："这个问题我们已经谈过几百万次了！"

"好吧，你只要告诉我，你是不是有外遇了？"

茱莉停下脚步，我们已经走到转角了。

她冷冷地说："我想我们走得够远了。"

她转过头，朝着她父母的房子走去，我愣了一会儿，就追上去。

我说："怎么样？有还是没有？"

“我当然没有外遇!”她大嚷,“假如我有外遇,我还会和我爸妈住在一起吗?”

一个正在遛狗的男人转过头来看着我们,茱莉和我一声不吭地快步走过他身边。

我轻声对茱莉说:“我只是需要知道,如此而已。”

“假如你以为我会为了和陌生人作乐而离开孩子,那么你真是太不了解我了。”她说。

我觉得好像被她扇了一巴掌。

“对不起,茱莉。”我对她说,“有时候确实会发生这样的事情,我只是想清楚到底发生了什么事罢了。”

她慢下脚步,我把手放在她的肩膀上。她把我的手推开。“我已经不快乐很久了。而且我要告诉你,我还因此有罪恶感。我好像觉得自己没有权利不快乐,但是我知道我确实不快乐。”

在恼怒中,我发现我们已经回到了她父母家门前,这段路实在太短了。艾达站在窗户后面。茱莉和我停下脚步,我靠在车子上,说:“你为什么不干脆收拾东西,和我一起回家呢?”我提议,但是我话还没说完,她就猛摇着头。

“不行,我还没有准备好。”她说。

“好吧,你有两个选择:你不回家,我们离婚,或者我们一起回家,努力经营我们的婚姻。你待在外面越久,我们彼此的距离就会越来越远,也就越朝着离婚的方向迈进。假如我们离婚的话,你也知道会发生什么事,我们看过同样的事情不断发生在我们的朋友身上。你真的想陷入那种状况吗?来吧,我们回家,我答应你,我们可以让情况好转。”

她摇摇头。“不行,我已经听过太多的承诺了。”

我说:“那么,你想离婚?”

茱莉说:“我告诉过你,我不知道。”

“好吧。”我最后说,“我没有办法代替你下决心,或许这应该是你自己的决定,我只能说,我希望你回家,我很肯定孩子们也这么盼望。想清楚以后,打个电话给我。”

“我正是这么计划的。”

我钻进车子里，发动引擎。我把车窗摇了下来，看着站在车旁的她。

“你知道吗，我真的很爱你。”我告诉她。

这句话终于使她软化了，她走过来，弯下身子。我从车窗把手伸出去，握住她的手，她低头吻了我。然后，她一句话也不说，就站起来走开，走到草坪中间的时候，她忽然跑了起来。我看着她消失在屋子里，然后摇摇头，把车开走。

21

小小的胜利

The Goal

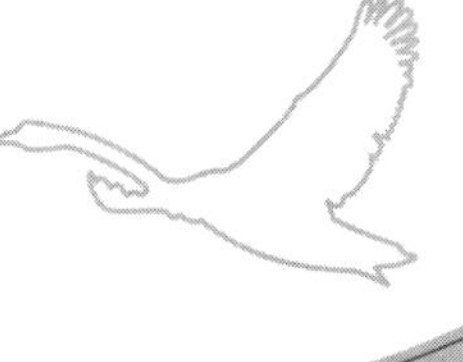

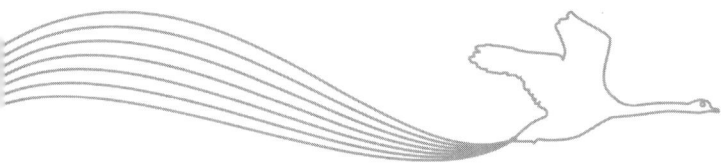

那天晚上，我在 10 点以前回到了家。虽然很沮丧，但是毕竟回到家了。我在冰箱里搜寻了一阵，想要找到晚餐，结果只能将就吃一点冷意大利面和剩下的豆子。我以剩下的一点伏特加酒配菜，在懊丧中，吃完这顿晚餐。

我一边吃，一边想，假如茱莉一直不回来，我该怎么办。假如老婆没有了，我是不是要开始和别的女人约会？我要在哪里和她们会面呢？我突然想象自己站在白灵顿假日旅馆的酒吧中，装出一副性感样子，和陌生女子搭讪。

那会是我的下场吗？我的天，而且过去搭讪用的老台词今天还行得通吗？

我认识的人里面，总有我可以约会的对象吧！

我坐在那儿，开始数着我所认识的每个可以约会的女人。谁会和我约会呢？我会想和谁约会呢？没有多久，名单就数完了。这时候，我想起一个女人。我站起来，走到电话旁边，盯着电话有 5 分钟之久。

我应该这样做吗？

我紧张地拨了电话号码，在电话铃声响起之前，又把它挂断，继续盯着电话筒。哦，管他的！顶多就是被她拒绝罢了，对不对？我再度拨了电话号码，电话响了大概 10 分钟，才有人听电话。

“喂？”是茱莉的爸爸。

“麻烦请茱莉听电话。”

他沉吟半晌，然后说：“请等一下。”

过了几分钟，茱莉的声音出现了：“喂？”

“嘿，是我。”

“罗哥？”

我说：“对，我知道现在已经很晚了，但是我想要问你一件事情。”

“假如是和离婚或回家有关——”

“不是，不是。我只是在想，当你还在考虑的时候，我们两个人偶尔见见面，应该无妨吧？”我说。

她说：“这个……我想没什么问题。”

“很好，你星期六晚上打算做什么？”我问。

她沉默了片刻，这时我仿佛可以看到她的脸上开始露出微笑。

她用开玩笑的语气问：“你是想邀我出去约会吗？”

“是的。”

她又沉默了好一会儿。

我说：“你愿意和我一起出去吗？”

“对，乐意之至。”她终于说。

“太棒了，就把时间定在晚上七点半如何？”

“我会等着你。”她说。

第二天早上在会议室中，我们找来了两个瓶颈的主任一起开会。当我说“我们”的时候，我指的是史黛西、唐纳凡、雷夫和我。史宾沙是负责热处理炉的主任，他年纪比较大，有一头浓密刚硬的卷发和挺直瘦削的身形。NCX-10 机械加工中心的主任是狄孟迪，他和史宾沙年岁相当，只是稍稍胖一点。

史黛西和雷夫两个人都熬红了眼睛。我们坐下来以前，他们提到为了今天这个会议，他们花了多大的工夫来准备资料。要列出延迟的订单倒是很容易，计算机就可以代劳，并且还可以根据延误的天数来排序。这不算什么，不到一小时就大功告成。但是，接着他们要从每个订单的原料账单上找出有哪些零件必须经过瓶颈设备的处理，同时还得弄清楚制造零件的原料库存还有多少，这花了他们大半夜的时间。

史黛西告诉我，这是她生平第一次真心感激计算机的存在。

我们每个人都拿到了一份雷夫手写清单的影印本，计算机报表上则列印着 67 笔记录，也就是我们目前积压的逾期订单总数，从延误天数最多的订单一直排到延误天数最少的订单。名单上的首位、迟交天数最多的订单比营销部门承诺顾客的期限已经晚了 58 天，情况最轻微的订单有三张，到目前为止只迟了一天。

雷夫说：“我们做了一番查证，目前逾期交货的订单有 90%都必须经由瓶颈来处理零件，而这些订单中，又有 85%目前都在装配部呆呆等候，因为必须等那几个瓶颈处理的零件到了以后，才能装配交货。”

“所以这些零件显然必须排在第一位。”我向这两名主任解释。

然后，雷夫说：“我们为 NCX-10 和热处理部门都列了一张名单，说明他们需要处理的零件有哪些，应该照什么优先顺序来处理，依然是根据从逾期天数最多到逾期天数最少的次序。一个星期以后，我们就能够借助计算机来列出这样的名单，而不需要再熬夜加班了。”

“太好了，雷夫，你和史黛西都表现得很棒。”我告诉他。然后，我转过头去，对史宾沙和狄孟迪说：“现在，你们两位的任务就是让工人照着名单的顺序来作业。”

“听起来很简单，我想我这边不会有问题。”史宾沙说。

“你知道，我们可能需要追踪其中一些零件。”狄孟迪说。

“那么，你们就去查查库存，有什么问题吗？”史黛西问。

狄孟迪皱着眉头说：“没有问题，你就是要我们处理名单上面的订单，对不对？”

我说：“对，就是这么简单。我不希望看到谁还在继续处理不在名单上的订单。假如催货员找你们麻烦，叫他们来见我。你们只要切实照着清单上的优先顺序工作就好了。”

他们两个人点点头。

我转过去，对史黛西说：“你明白叫催货员不要干扰清单上的优先顺序是多么重要的一件事吧？”

史黛西说：“好，但是你得答应我，你不会因为营销部门给你压力就随便更动名单上的顺序。”

“我以名誉保证。”我告诉她，然后我再对史宾沙和狄孟迪说：“我很认真地告诉你们，我希望你们了解，热处理部门和 NCX-10 是整个工厂最重要的两道工序，你们把这两道工序管理得怎样，很可能就决定了这个工厂到底有没有前途。”

“我们会尽最大的努力。”史宾沙说。

“我可以保证他们一定会尽力。”唐纳凡说。

开完会以后，到人事部门去和工会领导人奥当奴开会。我走进去的时候，人事经理杜林正紧握着座椅的扶手，和奥当奴争辩。

“出了什么问题？”我问。

“你很清楚问题出在什么地方：你为 NCX-10 和热处理部门定下的午餐休息新规定。”奥当奴说，“新规定违反了我们的合约，也就是第七个条款的第四段……”

我说：“好，好，先不要激动，奥当奴，也差不多是时候了，我们应该让工会知道工厂最新的状况。”

于是，整个早上我都在向他解释工厂眼前的困境，然后我告诉他我们目前的发现，以及为什么必须推动一些变革。

我总结："你明白吧，这个规定最多只会影响 20 人。"

他摇摇头。"我很感激你费这么多口舌向我解释，但是我们有一份合约在那里。假如我们为一件事情破了例，我们怎么知道你不会开始改变其他你不喜欢的条款呢？"他说。

我说："奥当奴，老实说，我不能承诺将来一定不需要做其他的改变，但是我们现在谈的重点是工作问题。我不是要求减薪或要你们在员工福利上让步，我要求的不过是多一点点弹性罢了。我们必须有足够的弹性来进行必要的变革，工厂才能赚钱。要不然，很简单，也许几个月以后，工厂根本就不存在了。"

"听起来好像你又在耍威胁的伎俩了。"最后他说。

"我只能说，如果你宁愿等几个月，看看我是不是在唬你们，那么一切就太迟了。"

奥当奴沉默了一会儿。

最后他说："我必须想一想，和其他人商量一下，我们会再给你回话。"

过了中午，我已经耐不住性子了，我急着想知道新的优先顺序到底行不行得通。我打电话找唐纳凡，但是他到工厂去了，不在办公室，于是，我决定亲自去工厂看看。

我先到 NCX-10 机器那里。但是，当我到那儿的时候，根本无人可问。由于这是自动化设备，大多时候，它都在无人照管之下运转。问题是，当我走到那里的时候，这部该死的机器却呆坐在那儿，没有在运转，而那里竟空无一人，没有人为机器进行转换。我简直气坏了。

我跑去找狄孟迪。"为什么那部机器停住不动？"我质问他。

他问了一下领班。最后，他回来报告。"我们没有物料可以生产。"他说。

"你是什么意思，没有物料？"我咆哮，"那么这里成堆的钢铁是什么东西？"

"但是你叫我们根据名单上的顺序来作业。"他说。

"你是说你们已经处理完所有延误的订单了吗？"

"没有，他们完成了最初的两批零件。正打算处理第三批零件的时候，却到处都找不到物料。所以，我们先关掉机器，直到物料出现再说。"

我真恨不得把他掐死。

狄孟迪继续说："你希望我们这么做，没错吧？你希望我们只处理名单上面的订单，而且完全按照顺序来作业，不是吗？你不是这么说的吗？"

最后我说："对，我是这么说的，但是你难道没有想过，当你没有办法处理其中一笔订单时，你可以先处理下一笔订单吗？"

狄孟迪看起来十分无助。

"你需要的物料到底在什么地方？"我问他。

"我一点头绪也没有，可能在好几个地方，但是我估计唐纳凡已经派人去找了。"

"好，现在听着，你叫工人进行转换，处理下一批你手上已经有物料的订单，要让机器一直保持运转。"

"是。"狄孟迪说。

我怒气冲冲地走回办公室，我要吩咐他们呼叫唐纳凡，查明到底是哪里出了问题。走到半路，我经过了几部车床，他正在那儿和领班奥图谈话。我不知道唐纳凡说话的语气如何，但是奥图显然十分沮丧。我停下来，站在那里等唐纳凡结束谈话。很快，奥图就走去召集所有的机械工，唐纳凡则向我走来。

我说："你知道刚刚发生的状况——"

"对，我知道，这是我跑来这里的原因。"

"出了什么事？"

"没事，只是标准作业程序而已。"他说。

结果，原来他们急于要 NCX-10 处理的零件已经在那儿等了一个星期，奥图一直在处理其他的零件，他不晓得这批要送到 NCX-10 的零件有多重要。对他而言，这批零件和其他零件没什么两样，而且从数量来看，更是无足轻重。唐纳凡到那边的时候，他们正在处理一大批货，奥图不想把机器停下来……直到唐纳凡向他解释整个情况。

"真该死，罗哥，我们重蹈覆辙了！"唐纳凡说，"他们完成了机器的转换，开始作业，然后我们又在中途插进来，要他们完成另一批货。情形就和过去一模一样！"

我说："不要激动，我们要好好想一想这个问题。"

唐纳凡摇摇头。“有什么好想的。”

“我们应该想办法弄清楚其中的缘由，刚刚是哪里出了问题？”我问。

“NCX-10需要的零件没有送到，也就是说，作业员没有办法处理他们应该处理的那批货。”唐纳凡没精打采地说。

“原因是非瓶颈的机器正在处理非瓶颈的零件，却因此耽搁了瓶颈要处理的零件。”我说，“现在，我们必须问自己：为什么会发生这种情况？”

“负责这里的家伙只是想办法让手里不要闲着，如此而已。”唐纳凡说。

“对，因为假如他没有让整个单位保持忙碌，上头就会有人跑过来，譬如像你这样的人就会对他们大呼小叫。”我说。

“对呀，因为假如我没有这样做，像你这样的人就会对我大呼小叫。”他说。

“好，我承认，但是即使这个家伙一直很忙，他没有帮我们达到目标。”我说。

“这个嘛……”

“他没有帮上忙，唐纳凡！你看。”我一面说着，一面指着那批即将送往NCX-10的零件，“我们现在就需要这批零件，而不是明天才需要，而那批非瓶颈的零件，我们可能几个星期，或者几个月以后才用得上，甚至永远都用不着。所以，当这个家伙继续处理非瓶颈的零件时，他实际上阻碍了我们交货和赚钱。”

“但是，他并不晓得这点。”唐纳凡说。

“完全正确，他没有办法分辨哪批零件重要，哪批零件不重要。”我说，“为什么呢？”

“因为没有人告诉他。”

我说：“直到你来了之后，他才明白，但是你不可能跑去每个地方，而这类的情况还是会层出不穷。所以，我们该如何让工厂里每个人都明白哪些是重要的零件呢？”

“我认为我们需要某种系统。”唐纳凡说。

“好，我们现在马上去研究出一套办法，避免出现这种状况。在想出其他办法之前，一定要让两个瓶颈部门的人都知道，要继续按照名单上的优先顺序作业。”

唐纳凡再和奥图谈了一次，让他晓得该怎么办，然后我们一起朝着瓶颈部门走去。

最后，我们回到办公室里，我看得出来，唐纳凡对于目前的状况还是觉得很不安。

“怎么了？你似乎还不太相信目前的做法是对的。”我说。

“罗哥，假如我们不停地打断作业流程，要他们处理瓶颈需要的零件，会发生什么状况呢？”他问。

“我们应该可以避免瓶颈闲置。”我说。

“但是，其他 98%的工作单位又会增加多少成本呢？”他问。

“先别担心这个问题，只要保持瓶颈的作业不间断就好了。”我说，“我相信你刚刚做的事是对的，你难道不觉得吗？”

“或许我做得对，但是我必须先打破所有的规定。”他说。

“那么，就打破那些规定吧。”我说，“或许打开始起，那就不是什么好规定。你知道我们老是得打断生产作业，来为急需的零件赶工。这次和以往不同的是，我们晓得要在外界的压力临头以前，提早处理这个状况。我们必须对我们的新策略有信心。”

唐纳凡同意地点点头，但是我知道只有在看到证据以后，他才会真的相信，老实说，我又何尝不是如此呢。

我们花了几天来研究解决这个问题的系统。星期五上午 8 点，就在工厂的第一班即将开始之前，我坐在工厂的餐厅里，看着员工鱼贯走进来，唐纳凡和我在一起。

在发生了几次误会之后，我认为越多人晓得瓶颈的道理和它的重要性，情况就会越好，因此我们召开了 15 分钟的员工大会，所有的领班和工人都必须参加。今天下午，我们会和第二班的工人开一次完全同样的会议，然后我会在深夜跑来，和第三班的工人谈一谈。当第一班的工人都到齐了以后，我站起来，开始讲话。

“大家都知道，我们工厂走下坡路已经有一段时间了。你们不晓得的是，我们现在就要开始改变这个状况了。今天，大家之所以在这里开会，是因为我们要介绍一个新的系统……一个会让工厂比过去更有生产力的系统。在接下来的几分钟里，我会简短地解释一下我们开发出这个新系统的背景，然后唐纳凡会告诉你们该怎么做。”

为了让会议在 15 分钟以内结束，我们没有时间详加解释，但是我拿沙漏来做比喻，简单地说明了什么是瓶颈，以及我们为什么要让大家优先处理会通过热处理部门和 NCX-10 的零件。至于我没有时间详细解说的部分，我们会在“工厂通讯”中解释，这份“工厂通讯”将取代过去的员工报纸，定期报告我们的最新进展。

接着，我把麦克风交给唐纳凡，由他来说明我们将把工厂里所有的物料排定优先顺序，因此每个人都知道该处理哪一批货。

“今天下班以前，工厂里所有的在制品都会被贴上有号码的标签。”他一边说，一边拿出样本给大家看，“标签分红色和绿色。红色标签表示这批货要排第一，任何贴了红色标签的物料都必须经由瓶颈来处理。因此，当一批贴了红色标签的零件送来你们单位时，你们必须立刻处理这批零件。”

唐纳凡接着解释他所谓的“立刻”是什么意思。假如工人正在处理另一批货，只要这批货可以在半小时内处理完毕，那么他们可以继续把它完成，但是必须在一小时之内开始处理贴了红色标签的零件。

“假如这批零件到的时候，你们正为别的零件进行转换，那么你们就应中断目前的工作，先处理这批贴了红色标签的零件。当你们处理完瓶颈需要的零件以后，你们就可以回头去完成原先的工作。”

“第二种标签是绿色标签。当你必须选择要先做贴了红色标签的零件，还是贴了绿色标签的零件时，你必须先完成贴红色标签的零件。到目前为止，大部分不需要经过瓶颈的在制品都会被贴上绿色标签，代表这些零件不需要通过瓶颈。即使这样，只有当你手边没有贴红色标签的零件在排队的时候，你才可以开始处理贴绿色标签的零件。”

“以上是关于颜色的优先顺序。但是假如你手边有两批货都贴了同样颜色的标签，你该怎么办呢？每个标签上面都会有一个号码，你应该优先处理号码数目比较小的零件。”

唐纳凡解释了诸如此类的细节，也回答了几个问题，然后我做了总结。

我告诉他们：“召开这个会议是我的提议，我之所以决定让你们放下工作来开会，是因为我希望每个人都同时听见相同的信息，我希望你们因此会比较明白工厂目前的状况。另一个原因是，我知道大家已经有很长一段时间没有听到任何关于工厂的好消息了，你们刚刚听到的事情会是个开端。唯有当我们开始赚钱以后，这个工厂的前途和你们的工作才能获得保障。你们可以做的最重要的事情，就是和我们一起努力，大家通力合作，让这个工厂继续营运下去。”

那天傍晚，我的电话响了起来。

“嘿，我是奥当奴，你们可以实施有关工人休息时间的新政策了，我们不会反对。”

我告诉唐纳凡这个消息，于是，这个星期的工作就在这小小的胜利中结束了。

星期六晚上 7 点 29 分，我把洗得干干净净、打了蜡、光可鉴人的别克轿车停在岳父母家门口的车道上，拿起座位上的花束，穿着一身簇新的约会装，走到草坪上。7 点 30 分，我按了门铃。

茱莉打开门。“哇，你今天很帅。”她说。

“你也很漂亮。”我告诉她。

的确如此。

我拘谨地和岳父母聊了几分钟，岳父问我工厂情形如何，我告诉他，看来我们正逐渐好转，并且提了一下新的优先顺序系统，以及这个系统会对 NCX-10 和热处理部门带来的影响。茱莉的爸妈面无表情地看着我。

“我们可以走了吗？”茱莉提议。

我半开玩笑地告诉岳母大人：“我会在 10 点以前送她回来。”

“很好。”岳母大人说，“我们会在家等着。”

22

老古董再度披挂上阵

The Goal

“全在这儿了。”雷夫说。

“不错嘛！”史黛西说。

“何止不错？要比不错好多了。”唐纳凡说。

“我们一定做对了什么事情。”史黛西说。

“对呀，但是还不够。”我压低声音说。

已经过了一个星期，我们聚集在会议室的计算机终端机前面，雷夫从计算机中调出已经在上个星期交件的逾期订单。

“还不够？至少已经有进步了。”史黛西说，“上星期，我们运出了 12 批货。对这个工厂而言，这个成绩很不错，而且这些全是我们延迟交货最严重的订单。”

“顺便提一下，我们现在延误得最厉害的订单只迟了 44 天。你们或许都还记得，我们的迟交天数最多曾经高达 58 天。”雷夫说。

“好哇！”唐纳凡说。

我走回会议桌，坐了下来。

他们的兴奋是有道理的，我们根据优先顺序和生产路线来贴标签的新系统运作得很不错。瓶颈很快就得到了所需要的零件，事实上，等着让瓶颈处理的零件一直增加，而随着瓶颈的加快处理，贴了红色标签的零件也可以比较快地抵达最后装配部（final assembly）。我们仿佛为瓶颈零件在工厂里装设了一条“特快通道”。

我们把品质管理作业提前后发现通过 NCX-10 的零件有 5%、通过热处理锅炉的零件中有 7%是不合格的零件。假如未来这个数字仍然维持不变，这样我们就把节省下来的时间转为额外的有效产出。

让工人在午餐休息时间继续操作瓶颈设备的新政策也生效了。我们不能确定这个措施为我们增加了多少生产力，因为我们不清楚过去损失了多少生产力，但是至少我们现在采取的是正确的措施。偶尔我还是听到 NCX-10 又闲置在那里，而且当时并非工人休息时间，唐纳凡应该设法找出原因。

以上措施综合作用的结果是，我们得以完成了最紧急的几笔订单，而且比平常一个星期交出了更多的货。几个星期以前，我们还跛着脚，现在我们已经能较平稳地走路了，当然我们应该要进步到慢跑才行。

回头再看一次计算机终端机，我发现他们全望着我。我说：“大家听着……

我知道我们跨出了正确的一步，但是我们必须加快进展的速度。上个星期我们完成了 12 笔订单，的确很不错，但是我们还有其他逾期交货的订单，尽管比起过去而言，已经少多了，但是我们还要表现得更好一点。我们真的不应该让任何订单延迟交货。”

他们全都离开计算机终端机，和我一起围坐在会议桌旁。唐纳凡开始告诉我，他们正打算把目前的做法修改得更好一点。

我说：“你这样做很好，但这些都是小地方。钟纳的其他建议现在进行得如何了？”

唐纳凡的眼睛转向别处。“呃……我们正在研究。”

我说：“星期三干部会议以前，我就要看到减轻瓶颈负担的方案。”

唐纳凡点点头，什么也没说。

“你会准备好吗？”我问。

“无论要克服多少困难。”他说。

那天下午，我在办公室里和品质管理经理蓝斯顿及负责内部沟通的芭芭拉开了个会。芭芭拉负责撰写内部通讯，向员工解释改革的背景和原因，我们在上星期发行了第一期。我今天找他们两个人来，是为了讨论一个新计划。

当零件经过瓶颈加工以后，它们和尚未经由瓶颈处理的零件看起来几乎一模一样，有时候，只有训练有素的工人细心检查之后，才能挑出个中差异。问题是，怎么样才能让工人分辨得出这种差异，而且能更慎重地处理这些零件，因此使最后装配完成及交货的产品才能有更多合乎质量水准。蓝斯顿和芭芭拉来我的办公室，就是为了讨论他们研究的结果。

“我们已经有了红色标签，因此我们知道这些零件位于瓶颈的生产路线上。我们现在需要的是一个简单的方法，让工人知道他们需要格外小心处理的是哪些零件——必须把这些零件当黄金一样看待。”芭芭拉说。

“这是个很适当的比喻。”

她说：“所以假如在瓶颈处理完零件以后，我们就直接在红色标签上贴黄色胶带如何？胶带会提醒工人把这些零件当黄金一般小心处理。同时，我会在公司里大力宣传，让大家都知道黄色胶带代表什么意思。另外，我们还会准备一些可以贴在公布栏的海报和可以让领班向工人宣读的公告，还有可以悬挂在工厂的旗

帜等。”

“只要贴胶带的动作不会拖慢瓶颈的作业速度，我觉得很好。”我说。

“我们想的办法一定不会阻碍作业的进行。”

“很好。另外，我关心的是，我不希望这只是一大堆宣传。”

蓝斯顿笑着说：“我完全能理解你的顾虑。目前，我们正有系统地搞清瓶颈及后续生产流程中发生质量问题的原因。我们一旦知道该往哪个方向改进，就会制定出可行的措施，以改善通过瓶颈的零件和工序。我们一制定出改善措施，就会推出训练课程，帮助大家学习新的做法。但是很显然，这要花一段时间。就短期而言，我们会要求所有单位在瓶颈生产路线上的现有作业步骤都经过反复的检查。”

我们讨论了几分钟，总体上，这些建议听起来都很不错。我告诉他们全速前进，并且经常向我报告进展的状况。

他们站起来，准备离开的时候，我对他们说：“做得很好。顺便问一下，我以为唐纳凡会来参加这个会议。”

“最近要逮到他很难。”蓝斯顿说，“但是我会向他简报我们刚刚讨论的内容。”

就在这个时候，电话铃响了。我一只手伸过去接电话，另一只手则向正要离开的蓝斯顿和芭芭拉挥挥。

“嘿，我是唐纳凡。”

“这时候才打电话来请病假，已经太晚了。你不知道你刚刚错过了一个会议吗？”我告诉他。

他一点都不在乎。“我有一些东西要让你看看！你有空散散步吗？”他说。

“应该可以，什么事啊？”

“呃……等你来了以后，我再告诉你，我们在进货仓碰面。”他说。

我走到进货仓，看到唐纳凡站在那里猛对我挥手，好像怕我看不见似的。那是不可能的事情。进货仓前面停着一辆拖着装货平台的卡车，平台上有个庞然大物，上面绑着灰色的防水布，有几个家伙正在操纵起重机，把这个庞然大物卸下来。当我朝着唐纳凡走去的时候，他们正把那东西举到空中。看到那灰色的庞然大物在半空中摇摇晃晃，唐纳凡以双手搁在嘴巴旁边，大声喊着：“小心！”

起重机终于慢慢地把货从卡车上安全地卸在水泥地上。工人把起重机的锁链解开，唐纳凡走过去，要那些工人把绑住防水布的绳子解开。“一分钟就好。”唐纳凡对我说。

我耐心地等着，但是唐纳凡忍不住跳下去帮忙。所有的绳子都解开以后，唐纳凡抓住防水布，然后兴致勃勃地把它揭开，露出藏在下面的东西。

他一边退后，一边指着我所见的最古老的一部机器说：“嗒——哒——”

“这是什么鬼东西呀？”我问。

“这是麦格马。”他说。同时一面拿起一块破布，抹掉上面的污痕。“新机器长得不是这副样子。”他说。

“我很高兴听到你这么说。”我说。

他说：“罗哥，麦格马正是我们需要的机器！”

“看起来，这部机器在 1942 年可能是最先进的机器，但是现在对我们有什么用呢？”

“我承认它当然比不上 NCX-10，但是假如你把它放在这儿。”他一边说，一边拍打着机器，“把那几部机器放在那儿。”他指着对面，“再把另外那部机器放那儿，几部机器加起来，就可以完成所有 NCX-10 能做的事情。”

我看看这几部机器，全都老旧而且闲置已久。我走到麦格马旁边，好好地检视这部机器。“这一定就是你上次告诉钟纳，我们为了存放零件而卖掉的那些机器。”

“你猜对了。”他说。

“这部机器简直就是古董嘛，其他几部机器也差不多。你认为它们真能达到质量要求吗？”我问。

“这些机器不是自动化设备，所以由于人为的失误，错误率可能会稍微高一点。”唐纳凡说，“但是假如你想要提高产能的话，这是最快的方法。”

我微笑着说：“这部机器看起来越来越顺眼了，你是在哪里找到这个东西的呀？”

“今天早上，我打电话给在另一个工厂工作的朋友，他说他们还有几部这类型的机器，而且让一部给我们，对他们来说，一点也不成问题。于是，我逮住一个维修人员，然后就开车到那里去看看。”

我问他：“这要花掉我们多少钱？”

“我们只需要付拖车的租金就好了。”唐纳凡说，“我朋友说，我们只要过去把它搬过来就成了，他会当作淘汰的设备注销掉。因为把机器卖给我们实在太麻烦了，反而需要处理一大堆公文。”

“这些机器还能用吗？”

“我们离开那儿以前，它还能动。我们就试试看吧。”他说。

维修人员把电源接上，唐纳凡按下了机器的开关，最初一秒，机器毫无动静，接着，我们就听到旧机器那种迟缓含混的马达转动声，老旧的风扇喷出阵阵灰尘。唐纳凡的大脸露出了笑容，转过头来对我说：“看来我们上路了。”

23

改革，再改革

The Goal

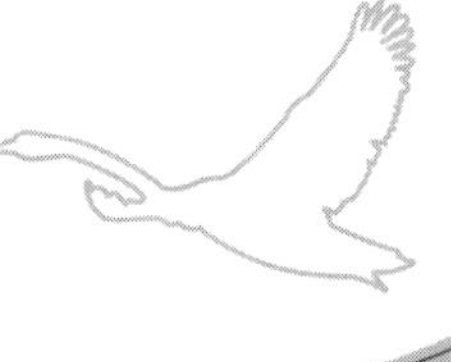

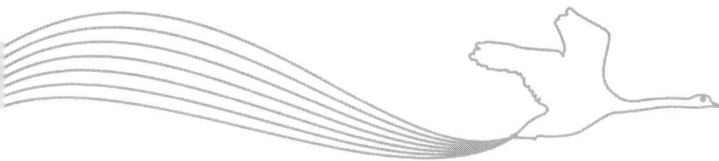

雨点不断打在办公室的玻璃窗上，外面的世界一片灰暗。我前面桌上放着一份由史麦斯发出的“生产力公报”，我刚刚才在待阅文件的篮子里看到这份东西，但是我连第一份公报上的第一段文字都没办法读完，只是呆呆地凝视着窗外的雨，思考着我和茱莉目前的状况。

我和茱莉就在那个星期六晚上有了一次约会，而且过得十分愉快。我们没有什么特别的节目，只是去看了一场电影，之后吃了一点东西，然后在回家的路上，开车经过一座公园，兜了兜风。很平静，但这正是我们需要的，能够无拘无束地和她在一起，感觉真好。我承认，起初我仿佛回到了高中时光，后来我觉得这个感觉也不错。凌晨 2 点，我才送她回岳父母家，我们在她家门口讲和了，直到她爸爸开亮了前廊的灯，我们才分手。

从那天晚上以后，我们经常见面。上个星期就见了好几次面，都是我开车去找她。有一次，我们约了在半路的餐厅碰头。尽管如此一来，每天早上起床上班这件事对我而言变得格外辛苦，但是我毫无怨言，我们在一起玩得很惬意。

我们之间有个默契，就是都不提离婚这档子事或关于婚姻的任何话题。只有一次在谈到孩子的时候，挑起了这个话题，我们都同意孩子一开始放暑假，就应该搬去和茱莉住在一起。我接着就试图把话题转到我们的婚姻上头，但是过去的争论很快重演，我立刻放弃，以保住眼前的和平。

目前的情况十分怪异，我们几乎又恢复了在我们结婚和“安定”下来以前的那种感情，只不过现在我们彼此都很熟悉。而暴风雨尽管暂时远去，却随时有可能回头突袭。

轻轻的敲门声打断了我的冥想，我看到芙露兰的脸孔在门口探了探。

“史宾沙在外面，他说他必须和你谈谈。”她说。

“什么事？”

芙露兰走进来，把门关上。她快步走到我的办公桌前面，对我小声地说：“我不晓得，但是我听说大约一小时以前，他和雷夫有一些争论。”

“哦，好吧，谢谢你事先告诉我，让他进来。”我说。

过了一会儿，史宾沙怒气冲天地走进来。我问他热处理部门发生了什么事情。

他说：“罗哥，你一定要叫那些搞计算机的家伙不要在我后面管东管西的。”

“你是说雷夫吗？你对他有什么意见？”

“他好像想将我变成一个小职员似的。他一直跟前跟后，问一堆愚蠢的问题，现在他又要我记录下热处理部门所有发生的状况。”

“什么样的记录？”我问。

“我不知道，他要我详细记录锅炉所有进出的物料：我们什么时候把东西放进锅炉，什么时候拿出来，每次花了多少时间，诸如此类的事情。我手边要做的事情可多了，没有空来烦恼这些。除了热处理部门，我还负责其他3个工作单位。”

“他为什么需要这些记录表呢？”我问。

“我怎么知道呢？我的意思是，就我的情况而言，为了满足每个人的要求，我们的公文作业已经够多了。我想雷夫只是想玩玩数字游戏罢了。假如他有时间这样做的话，我没意见，他尽管在自己的部门内这样做。我可是得操心我部门的生产力问题。”

我点点头，不让他继续抱怨。“好，我明白你的意思了，我会看看是怎么回事。”

“你不要让他再来烦我好吗？”他问。

“我会让你了解情况。”

他走了以后，我要芙露兰找到雷夫。令我费解的是，雷夫并不是那种会和别人起冲突的人，但是显然他令史宾沙非常沮丧。

“你找我？”雷夫站在门口说。

“对，进来，请坐。”我对他说。

他坐在我的前面。

“告诉我，你到底做了什么事，把史宾沙惹火了。”我问他。

雷夫转了转眼珠，说：“我只不过想准确地记录锅炉为每批零件加热的时间，我认为这个要求很简单。”

“你为什么要问他这些数字呢？”

雷夫说：“有好几个原因，其中之一是，我们手边的热处理数据似乎非常不准确。假如你说得没错，热处理部门对工厂这么重要，那么我们就应该掌握比较可信的统计数字。”

“你为什么认为目前的数据不准确呢？”

“因为看到了上星期的交货总数以后，我一直觉得有点儿不对劲。几天前，我曾经私下根据瓶颈可以产出的零件数预估了上星期的交货数量。根据我的估计，我们应该可以完成 18 ~ 20 笔订单，而不是只交出 12 批货。由于实际的数字和我的预估相差太远，起初我以为一定是我搞错了。于是我再次检查了我的计算，可是找不到任何错误，然后我发现我对 NCX-10 的估计和实际数字差不多，但是有关热处理的数据出现了很大的差异。”

“因此你会认为一定是原本的数据有问题。”

“对。”他说，“所以，我去找史宾沙，结果，哈……”

“结果怎么样？”

“我注意到几件很有趣的事情。从一开始，他就守口如瓶。最后，我问他，当时锅炉正在加热的零件什么时候处理完毕。我只不过想亲手得到一批货的处理时间，来对比看看是不是和标准数据差不多。他说这批零件可能在下午 3 点左右处理完毕，所以我就先离开，在 3 点左右再回去看看。但是当时那里一个人都没有，我等了 10 分钟左右，然后跑去找史宾沙。当我找到他的时候，他说他叫操作锅炉的助手先去忙另一件事情，他们一会儿就会回来，把锅炉里的零件卸下来。我并没有想得太多。然后，5 点 30 分左右，快下班的时候，我决定顺道去锅炉那里，问问看零件卸下锅炉的确切时间。结果同一批零件还待在锅炉里。”

“超过预订时间两个半小时以后，他们还没有把这批货卸下来？”我问。

“对呀。”雷夫说，“所以我找到山姆，就是第二班的领班，问他目前情况如何。他告诉我，那天晚上人手不够，因此要晚一点才能处理这批货。他说让零件在锅炉里待久一点无妨。我离开以前，看到他把锅炉关掉了，但是后来我发现他们一直到 8 点，才真的把零件卸下来。我不是想找麻烦，我只是觉得假如我们精确地记下每次热处理的时间，至少我们估计的数字会比较实际一点。我问了一下那边的工人，他们说，这类的延误在热处理部门经常发生。”

“真的!”我说，“雷夫……我要你收集所有你需要的数据，别担心史宾沙找你麻烦，还有，也同样收集一下 NCX-10 机器的数据。”

“我很乐意，但是这牵涉很多琐碎的工作。这正是我希望史宾沙和其他领班能把每批货进出的时间记录下来的原因。”雷夫说。

我说：“好吧，这件事让我来处理。谢谢你。”

“不用客气。”他说。

“顺便问一下，你刚刚提到还有另一个原因是什么？”我问。

“哦，那个原因可能不太重要。”

“还是告诉我吧。”

“我不能肯定我们真的能这么做，不过我想到的是，或许我们能想办法利用瓶颈来预测每批货的交货时间。”

我思索了一下可能性。

“听起来很有趣。想到什么办法的时候别忘了告诉我。”

唐纳凡坐在我办公桌前的椅子上，我则在他面前走来走去，问他炮轰雷夫发现热处理部门问题的经过。这件事让我非常生气。

但是，当我说完以后，唐纳凡说：“问题是，当锅炉在处理零件的时候，那些工人无事可做。你把零件放进锅炉里，把门关上，接下来的 6 小时或 8 小时，零件就一直在里面加热。你叫他们怎么办呢？光站在那儿无聊地玩手指吗？”

“我不管他们做什么，重要的是他们必须能快速地把货送进去和卸下来。在等候他们忙完其他事情才来卸货的那 5 小时里面，我们原本已经可以处理完另一批零件了。”

唐纳凡说：“好吧。要不然这样吧，当零件在加热时，我们把人手借给其他部门用，但是只要时间一到，我们就一定把他们叫回来，那么——”

“不行，结果大家只有在最初的两天会战战兢兢地照办，没过多久，又会恢复原状。我要锅炉工人随时待命，一星期 7 天，每天 24 小时，都有人在旁边准备装货卸货。首先，我要规定领班一定要专心负责热处理部门的事情，告诉史宾沙，下次我看到他的时候，他最好很清楚热处理部门的状况，否则我要狠狠踢他一脚。”

“但是，你知道你说的是每班都要两三个工人留守。”唐纳凡说。

“才两三个工人吗？”我问，“你忘了，浪费瓶颈的生产时间会让我们损失多少钱？”

“好吧，我同意你的话。说实话，雷夫在热处理部门发现的问题，就和 NCX-10 机器闲置的问题一样。”

“那里出现了什么情况？”我问。

唐纳凡告诉我，NCX-10 机器确实每次都会停工半小时左右，但是问题不是出在午餐休息时。假如他们正在为 NCX-10 进行转换的时候午餐时间到了，那两个工人会留下来，把工作做完才去吃饭。假如转换需要花很长的时间，他们就会轮流去吃饭，因此其中一个人会留下来继续工作。所以，碰到午餐时间，一切都不成问题。但是假如机器在下午停了下来，可能就会一直停在那里 20 分钟、30 分钟、40 分钟都不动，直到有人能腾出时间为它重新进行转换。原因是，转换组的人员正忙着处理其他机器，也就是非瓶颈的设备。

“那么，就采取跟热处理部门一样的措施。要一名机械工和一名助手在 NCX-10 机器旁随时待命，只要机器一停下来，他们就马上展开工作。”

“我举双手赞成，但是你晓得报表上的数字会怎么样，看起来好像我们增加了零件通过热处理和 NCX-10 的直接劳动成本。”

我靠着椅背说：“咱们一次只要专心打一场仗就好。”

第二天早上，唐纳凡在干部会议上提出他的措施和建议。第一、第二个措施和我们昨天讨论的问题有关，指派一名机械工和助手负责 NCX-10，并且派一名领班和两名工人驻守在热处理部门，每天三班都这么做。两个建议是关于减轻瓶颈负担的。假如我们每天能有一班工人重新操作那几部旧机器，NCX-10 所生产的那类型零件的产量就可以提高 18%。他提议，我们把一部分在热处理锅炉前排队等候的零件转包给城里的供应商来处理。

他报告的时候，我一直在想，刘梧听到了会有什么反应。结果，刘梧没有什么异议。

“了解了目前的状况之后，我认为如果要提高有效产出，增加瓶颈的人手是很合理的措施。假如业绩因此提升，而且现金流也随之增加，那么就能证明尽管多花了成本，我们并没有做错。我的疑问是，你要从哪里找到这些人力呢？”刘梧问。

唐纳凡说我们可以把被裁掉的工人找回来上班。

“不行，我们的问题是，事业部已经冻结了我们的人手，我们没有办法不经过上面批准，就自行召回工人。”

“工厂现有的人手中，有人能做这些工作吗？”史黛西问。

“你是说从其他部门拨几个人过来吗？”唐纳凡问。

我说：“当然啦，应该从非瓶颈部门拨人手过来。反正他们产能过剩。”

唐纳凡想了一分钟，然后他解释，要为热处理部门找到助手，不会有什么困难，而且我们的确还有几位老机械工，他们因为年资深而没有被裁掉，他们有能力操作那几部旧机器。但是，要为 NCX-10 凑出两人的转换小组让他伤透脑筋。“那么，其他的机器要由谁来进行转换呢？”他问。

“其他设备的助手应该已经懂得如何为他们的机器进行转换。”我说。

“好吧，或许可以试试看。假如我们调动人手的结果却把非瓶颈变成了瓶颈，那该怎么办？”

我告诉他：“最重要的是保持生产线上物料的流动。假如我们抽调了一名人手，却没办法维持生产线上物料的流动，那么我们就把他调回去，再从其他部门调人手过来。假如我们还是维持不了生产线上物料的流动，那么我们就没有其他的选择，唯有向上级说明，我们要不就是加班，要不就只有召回几个被裁掉的工人。”

“好，就这么办。”

刘梧预祝我们成功。

我说：“好，咱们就这么办吧。唐纳凡，你挑的一定要都是好手。从现在开始，我们抽调最优秀的人手到瓶颈部门。”

于是，就这么办了。

NCX-10 有了一组专人负责转换，麦格马和另外几部机器加入了生产行列，城里的供应商接到我们的热处理订单，简直乐不可支，至于我们自己的热处理部门，现在每班都有两个人随时准备为锅炉装货和卸货。唐纳凡重新调整了各单位的工作，而且会有一位领班常驻热处理部门。

对于领班而言，热处理部门是个小单位，在这里工作可不怎么光彩。热处理作业本身一点儿也不吸引人，而且手下只有两个工人可管，更令这份差事显得没什么大不了的。为了不让他们感觉好像被贬了，我刻意每班都去巡视热处理部门，和领班谈话的时候，我很明白地暗示他们，任何人只要提高了热处理部门的产出都会得到大大的奖赏。

没过多久，就发生了可喜的事情。一天清晨，我在第三班快放工的时候到工厂去。当时热处理部门的领班是个叫海利的年轻人。他是个高大的黑人，粗壮的手臂仿佛快把袖子撑破似的。我们注意到在过去几个星期中，他负责的夜班零件产量都比别人高 10%。通常值夜班的人都很少破纪录，我们开始怀疑是不是因为海利比较威武有力，所以才有这样的差别。于是，我亲自到那里去了解情况。

当我到达那里的时候，我看到他的两个助手并不是闲在那里没事做，而是在搬动零件，而锅炉前面已经整整齐齐地叠好两堆待处理的零件。我叫海利过来，想知道他们在干吗。

“他们在候命。”他说。

“什么意思？”

“他们在预先准备好锅炉要装的货。每堆零件都要在同样的温度下做热处理。”

“所以你把一批批可以同时处理的零件编排成新的组合。”我说。

“是啊。我知道我们或许不太应该这么做，但是我们需要这些零件，对不对？”

“当然，这样做无妨，你还是依照优先顺序处理这些零件吧？”我问。

“哦，是啊，来这边看看。”

海利带着我穿过了锅炉的控制台，走到一张破旧的桌子前面。他找到一张计算机报表，上面列着这个星期延误最严重的几笔订单。

“你看看第 22 号订单。”他指着报表，“我们需要 50 个经过 1 200 度高温处理的 50 个高压 RB-dash-11 零件。但是 50 个零件不会填满锅炉的容量，所以我们往下看，第 31 号订单需要 300 个护环，同样也必须经过 1 200 度的高温处理。”

“所以你把第 22 号订单需要的 50 个零件都放进去以后，再尽量装一些第 31 号订单需要的护环，能装多少算多少。”我说。

“对呀，我们只需要提早把零件分类，并且排成一堆，就可以快一点把它送进锅炉。”

“很聪明。”我说。

“假如有人肯听我的话，我还有一个更好的主意。”他说。

“什么主意？”

“现在无论利用起重机还是人力，我们装货、卸货的时间可能要花上一小时。假如有一个比较好的系统，时间可能缩短到只有几分钟。”他指着锅炉说，“锅炉有一个放零件的平台，我们利用轮轴把平台推进锅炉内。假如我们可以找到一些铁盘，在工程师的协助下，建成一个可以和原有平台互相替换的平台，那么我们就可以预先把零件堆在平台上，再利用堆高机堆高，一天就可以节省好几个小时，因此每个星期我们都能额外处理很多零件。”

我回头看看海利，告诉他：“海利，你明天晚上休假，我们会找人来替你的班。”

“听起来很棒。”他笑着说，“但是为什么呢？”

“因为我希望你后天值日班，我会要唐纳凡找个工业工程师来，和你一起把这些作业程序正式写下来，因此我们可以全天候照这样作业。”我告诉他，“继续多动动脑筋，我们很需要你的智慧。”

那天早上稍晚的时候，唐纳凡出现在我的办公室门口。

“嘿。”他说。

“哈罗，你有没有看到我给你的字条？关于海利的事情。”我问他。

“我已经处理了。”唐纳凡说。

“很好。同时等到上面一结束薪资冻结，就一定要给他加薪。”我说。

“好。”唐纳凡的脸上涌出笑容，然后他靠在门边。

“还有什么事吗？”我问。

“有个好消息要告诉你。”他说。

“多好的消息？”

“还记得钟纳问过我们，通过热处理部门的所有零件是不是真的都需要经过热处理吗？”唐纳凡说。

我告诉他我还记得。

“我刚刚才发现，有时候不是工程部门要求热处理，而是我们自己造成的。”他说。

“怎么说呢？”

他解释，大约在 5 年前，有人想要提高机械加工部门的效率。为了加速处理流程，他们扩大了机器裁切金属的幅度，因此每批零件通过机器的时候，不是被裁切掉 1 毫米，而是 3 毫米。但是裁切掉这么多之后，金属零件会变脆易碎，因此需要经过热处理。

“问题是，变得比较有效率的机器恰好是非瓶颈的设备，这些机器的产能已经足够了，即使我们减缓生产速度，还是可以满足需求。而假如我们恢复比较慢的工序，就不需要热处理。也就是说，我们可以为锅炉减轻 20%的负担。”

“这听起来简直是太棒了。”我告诉他，“工程部门会答应我们这么做吗？”

“这正是最美妙的地方，5 年前，是我们提出这项建议的。”

“所以，决定权完全在我们手上，我们什么时候要回复原状都可以。”

“对，我们不需要得到工程部门的批准，因为我们手上已经有经过核准的作业手册了。”唐纳凡说。

我同意他尽快实施这项改革。他离开以后，我坐在那儿，深深感到不可思议，我们居然可以靠着降低某些工序的效率来提升整个工厂的生产力。总部那些在 15 楼办公的家伙一定不会相信这种事。

24

问题蔓延了吗

The Goal

星期五下午，停车场上，第一班的工人纷纷钻进车里，动身回家。大门口照例又塞车了。我在办公室中处理自己的事情，突然之间，从半掩着的门口传来“砰”的一声巨响。

天花板的碎片弹了下来，我跳起来，察看自己有没有受伤，发现自己毫发无损以后，我在地毯上四处搜寻这枚偷袭的飞弹落在何处。结果发现是香槟酒的塞子。

门外响起一片笑声。一瞬间，每个人都涌进我的办公室，包括史黛西、唐纳凡（就是他把香槟带来的）、雷夫、芙露兰等几位秘书，还有其他一些人，甚至刘梧都跑来共襄盛举。芙露兰递给我一个咖啡杯，唐纳凡把它注满香槟。

“这是怎么回事？”我问。

“等到每个人手里都拿到酒以后，我会在举杯祝贺的时候告诉你这是怎么回事。”唐纳凡说。

更多的香槟酒被打开了，他们带来了整整一箱香槟，当所有的杯子都注满酒以后，唐纳凡举起他的酒杯。“来，大家一起举杯庆祝我们打破了工厂的交货纪录。”他说，“刘梧查了过去的记录，发现过去最好的成绩也不过是每个月完成 31 笔订单，总值200万美元。这个月我们打破了这项纪录，我们完成了57笔订单，价值……呃……取个整数的话，就是 300 万美元。”

史黛西说：“我们不只交出了更多的产品，而且我刚刚计算了我们的库存，我很高兴能向诸位报告，从上个月到现在，在制品的库存下降了 12%。”

“那么，大家就举杯庆祝工厂赚钱吧！”我说。

大家纷纷举杯。

“这香槟酒很特别，你挑的吗？”雷夫问唐纳凡。

“继续喝吧，越喝越有味道。”唐纳凡说。

我正准备喝第二杯的时候，芙露兰走到我身边。

“罗哥先生？”

“怎么样？”

“皮区来电话了。”

我摇摇头，不知道这个时候他打电话来会有什么事。

我走出去，拿起电话筒。“皮区，有什么我可以效劳的地方吗？”

“我刚刚和强斯谈过话。”皮区说。

我自然而然地抓起纸笔，准备记录又是哪笔订单引起客户抱怨。我等着皮区往下讲，但是他什么也没说。“出了什么问题？”我问。

“没有问题，事实上他很高兴。”皮区说。

“真的呀？为了什么事情高兴？”

“他说你最近为他完成了好几笔逾期交货的订单，我想你们付出了格外的努力。”

“这个嘛，可以说是，也可以说不是。我们改变了一些做法。”我说。

“我打电话来，大多是因为我知道出问题的时候，我对你穷追猛打，现在你们做对了事情，我和强斯也应该向你们表达谢意。”皮区说。

“谢谢你，谢谢你打电话来。”

“谢谢你！谢谢你！谢谢你！谢谢你！谢谢你。”史黛西把车停在我家门口的时候，我不停地说着，“你真好，肯开车送我回来，我是真心感谢你。”

她说：“不必客气，我很高兴我们总算有件事情值得庆祝了。”

她关掉引擎，我抬头望望，家里现在只留下一盏小灯还亮着。我很聪明，事先就打电话给妈妈，叫她不必等我吃晚饭。和皮区讲完电话之后，我们仍然继续庆祝。大约有一半的人一起出去吃晚餐。刘梧和雷夫很早就不胜酒力，但是唐纳凡、史黛西、我，还有其他三四个人坚持到底，吃过饭后，又到酒吧里痛饮。现在是凌晨一点半，我已经喝得醉醺醺的。

为了安全的缘故，我的车子还停在酒吧后面。史黛西几小时以前就改喝汽水了，她很豪爽愿意充当司机，送我和唐纳凡回家。10分钟以前，我们才把唐纳凡扶进他家的厨房，唐纳凡站在那儿发了一会儿呆，才向我们道晚安。假如他还记得的话，他明早应该要他太太开车送我们去酒吧取车。

史黛西下车走过来，打开车门，让我爬出车外。我歪歪斜斜地靠在车上。

“我从来没有看到过你笑得这么开心。”史黛西说。

“有很多事情值得高兴。”我说。

“希望你在干部会议上也能笑得这么开心。”她说。

“从现在开始，我在所有的干部会议上都会保持笑容。”我说。

“走吧，我一定要送你走到家门口。”她说。她扶着我的手臂，领着我走到门口。

到门口的时候，我问她：“要不要进来喝杯咖啡？”

“不用了，谢谢。时间很晚了，我最好赶快回家。”

“一定不要吗？”

“很肯定。”

我摸索着掏出钥匙，找到钥匙孔，把门打开，客厅里模模糊糊。我转过头去，对史黛西伸出手。“谢谢你给了我一个这么美好的晚上，我过得很开心。”

我们正在握手的时候，我不知怎么的向后踩空一步，失去了平衡。

“哇！”史黛西和我一起跌在地板上，滑稽的是（尽管结果不怎么笑得起来），史黛西觉得很可笑，她放声大笑，笑得眼泪都流了出来，我也跟着大笑。我们两个人在地板上滚来滚去，笑个不停。这时候，电灯突然亮了起来。

“你这个混账东西！”

我抬起头来，眼睛才刚刚适应了这突然的亮光，就看到她站在那里。

“茱莉，你在这里做什么？”

她一声也不吭，走到厨房去。我站起来，踉踉跄跄地跟在她后面，通往车库的门打开了，车库门口的灯也亮了。“茱莉，等一等！”

我走出去的时候，听到车库大门已经打开，茱莉钻进车子里，猛力关上车门。我走近一点，使劲挥着手，她开始发动引擎。

“我坐在那里等了你一整晚，忍受了你妈妈 6 小时的冷眼。”她透过车窗，向我大声咆哮，“结果你却醉醺醺地带着女人回家。”

茱莉快速倒车，出了车库，开上车道（与史黛西的车子恰好擦身而过），驶入了街道。我被独自留在车库的灯光下，车轮胎疾驶过柏油路面，传来刺耳的声音。

她就这么走了。

星期六早上，我一醒来，就呻吟了几声。第一声呻吟是因为夜里喝醉，第二声呻吟则是因为我想起了昨晚发生的事……

清醒过来以后，我穿上衣服，到厨房去倒杯咖啡。妈妈在厨房里。

“你晓得你太太昨天回来了吗？”我倒咖啡的时候，妈妈问我。

于是，我才知道发生了什么事。昨天晚上，我打电话回家之后不久，茱莉就出现了。因为她很想我，而且很想看看孩子，一时冲动就开车过来了。她显然想带给我一个惊喜，她也确实让我大吃了一惊。

后来，我打电话去岳父母家。艾达照例回答我："她不想再和你说话了。"

星期一，我才到工厂，芙露兰就告诉我，史黛西今天一上班，就到处找我。我才坐下来，史黛西就出现在门口。

"嘿，我能不能和你谈一谈？"

"当然可以，请进。"我说。

她似乎心事重重，坐下来的时候，回避了我注视她的眼神。

我说："关于星期五晚上，真对不起，你送我回家的时候，居然发生了那样的事情。"

史黛西说："没关系。你太太回家了吗？"

"呃，还没有，她要和她的父母一起住一阵子。"

"是因为我的缘故吗？"她问。

"不是，我们之间一直都有一点问题。"

"罗哥，我还是觉得应该负一点责任。要不然，让我和她谈谈好了。"她说。

"不，你不需要这么做。"我说。

"真的，我想我应该和她谈谈。她家的电话号码是多少？"她问。

我最后认为，或许还是值得一试，所以我给了史黛西我岳父母家的电话号码，她记了下来，并且答应今天就打电话给茱莉。然后，她仍然坐在那儿。

"还有别的事吗？"我问。

"恐怕有。"她说。

她停了一下。

"什么事呀？"

"我想你不会喜欢听到这个消息，但是我还蛮肯定……"

"史黛西，到底是什么事啊？"

"瓶颈蔓延了。"

"你所谓'瓶颈蔓延了'到底是什么意思呀？出现了传染病，还是怎么样？"

我问。

“不是，我的意思是我们有了新的瓶颈，甚至不止一个新瓶颈，我现在还不清楚。来，看看这个。”她手里拿着一叠计算机报表，走到桌子旁边，“这些是在最后装配部排队等候处理的零件。”

她和我一起把名单看了一遍。就如同往常一样，必须由瓶颈处理的零件依然短缺，但是最近缺货的还包括一些非瓶颈的零件。

她说：“上星期有一笔订单是要出 200 个 DBD-50。在需要的 172 种零件中，我们缺了 17 种零件，而其中只有一种贴了红色标签，其他都是绿色标签。红色标签的零件星期四就通过高温处理，星期五早上已经等在那儿了，但是其他零件还不见踪影。”

我往后一靠，捏捏鼻子说：“该死，这是怎么回事呀？我以为通过瓶颈的零件应该都会最迟才到达装配部。贴绿色标签的零件是不是缺原料呀？还是供应商出了什么问题？”

史黛西摇摇头。“不是，我在采购上没有碰到任何问题，而且这些零件全部的加工过程都是我们自己处理的，没有外包，因此绝对是工厂内部的问题。这是我觉得一定出现了新的瓶颈的原因。”

我站起来，在办公室里走来走去。

“或许有效产出增加以后，工厂的生产负荷加重，所以除了热处理和 NCX-10，其他产能的设备也不够了。”史黛西小声地推测。

我点点头。没错，听起来很有可能。现在瓶颈的生产力更高了，我们的有效产出上升，积压的订单越来越少。但是瓶颈的生产力提高了以后，我们对其他工作单位的需求也增加了。假如我们对其他工作单位的需求已经超过 100%，那么我们就造成了新的瓶颈。

我望着天花板说：“这是不是说，我们得重新再走一遍整个流程，想办法找出新的瓶颈？我们刚刚以为已经从泥沼中脱身了。”

史黛西把报表折起来。

我告诉她：“好，我希望你把细节调查清楚——究竟是哪些零件、有多少数量，以及有哪些产品会受到影响，这些产品会经过哪些生产路线，缺货的频率有多高等。同时，我会试试看找不找得到钟纳，看看他对这种情况有什么看法。”

史黛西离开之后，芙露兰想办法联系钟纳。我站在办公室的窗户旁，望着外面的草坪，静静地思考。在我们实施了新措施，提升瓶颈的生产力以后，库存下降了，我认为这是好现象。一个月以前，非瓶颈生产路线上的零件堆积如山，而且不停地在增加，但是在过去几个星期里，有些零件的库存逐步下降。自从我来这个工厂以后，上个星期是有史以来我们第一次不需要在成堆的零件中左闪右避，就可以直接走到装配部。我认为这样很好，但是现在发生了这种事情。

“罗哥先生，他已经在电话线上了。”芙露兰通过内线叫我。

我拿起电话。“钟纳？嘿，听着，我们又碰到麻烦了。”

“出了什么问题？”他问。

我说明了症状以后，钟纳问我，自从他离开了之后，我们采取了哪些措施。于是我描述了整个过程——把品质管理提前做，训练工人格外费心处理瓶颈零件，重新使用三部老机器，新的午餐休息规定，增加热处理的批量，在工厂里执行新的优先顺序系统……

“新的优先顺序系统？”他问。

“对。”然后我解释什么是红色标签，什么是绿色标签，以及整个系统如何运作。

钟纳说：“或许我最好亲自来看看。”

那天晚上，家里电话铃响的时候，我正好在家。

“嘿。”电话中传来茱莉的声音。

“嘿。”

“我应该向你道歉，很抱歉星期五晚上发生了那样的事情。”她说，“史黛西打过电话给我，我实在是觉得很不好意思，我完全误会了。”

“对呀，近来我们两人之间好像有很多误会。”我说。

“我只能说很抱歉，我开车去找你的时候，只想到你一定很高兴看到我。”

“假如你留下来，我是会觉得很高兴。事实上，假如我预先知道你要来，我会在下班后直接回家。”我说。

“我知道我应该先打电话，但是我一时兴起，就这么做了。”

“你不应该一直在那里等我。”我告诉她。

她说：“我只是认为你随时会到家，而你妈妈一直狠狠瞪着我。最后，她和孩子都上床了，一小时以后，我也在沙发上睡着了，直到你进来，才把我吵醒。”

“你想和我重新做朋友吗？”我问。我感觉得到她终于松了一口气。

“是啊，我们什么时候再见面？”

我提议星期五见面，她说她等不了那么久，结果我们约在星期三。

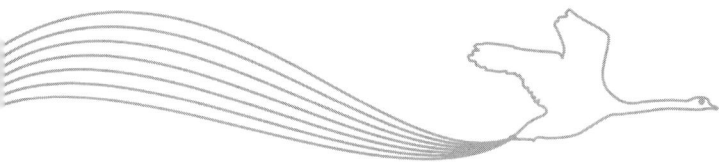

25

忙碌，不代表有效率

The Goal

这个场景似曾相识。第二天早上，我再度在二号登机门前面迎接钟纳。10 点以前，我们就抵达了工厂会议室，刘梧、唐纳凡、雷夫和史黛西都等在那儿。钟纳在我们面前走来走去。“我们先从几个简单的问题开始。”钟纳说，“首先我想知道的是，你们已经很清楚出问题的是哪些零件了吗？”

史黛西坐在会议桌旁，前面堆了一大堆文件，她手上拿着一张名单，似乎已经准备好应付围攻。她说：“对，已经查出来了。事实上，昨天晚上我一直忙着追踪和查证这些资料。结果，我发现出问题的零件有 30 种。”

钟纳说：“你确定物料都发出去了吗？”

“没错，”史黛西说，“他们已经根据排程把物料发出去了，但是在最后装配部还看不到这些零件，零件卡在新瓶颈那里了。”

“等一等，你怎么知道那真的是瓶颈呢？”

她说：“因为这些零件被耽搁了，我觉得一定是……”

“在骤下结论之前，我们先花半小时到工厂去，看看到底目前情况如何。”钟纳说。

于是，我们往工厂走去，几分钟后，我们站在几部铣床的前面。一旁是叠得高高的零件，上面都贴着绿色标签，史黛西站在那儿，指出最后装配部需要的是哪些零件。我们等着用的零件大部分都在这里，而且上面都贴了绿色标签。唐纳凡把领班叫来，然后把这个叫杰克的大个子介绍给钟纳认识。

“对呀，这些零件全在这里，等了两三个星期。”杰克说。

“但是我们需要这些零件，怎么没有人处理这批零件呢？”我说。

杰克耸耸肩。“假如你知道你需要的是哪些零件的话，我们就立刻动手。但是这样一来，就违背了你为优先顺序系统所定下的规矩。”

他指一指旁边另一堆物料。“看到了吧？”他说，“这些零件全贴了红色标签，我们必须先把这批做完，才能碰贴了绿色标签的零件。你是这样告诉我们的，没错吧？”

哦，我慢慢明白这是怎么回事了。

史黛西说：“你的意思是，贴了绿色标签的库存越堆越多，你却把所有的时间都花在处理要送去瓶颈的零件吗？”

杰克说：“对，大部分的时间。嘿，我们一天只有这么多小时，你明白我的意思吗？”

“你们一天花多少时间来处理瓶颈需要的零件？”钟纳问。

“或许 75%或 80%的时间吧。”杰克说，“明白吗，每一件要送往热处理部门或 NCX-10 的东西都必须优先处理，只要贴了红色标签的零件不停地送到。而事实上，自从新系统实施以来，这些零件一直源源不断地送来，我们就没有什么时间来处理贴绿色标签的零件。”

大家都默不作声，我看看零件，又看看机器，又看看杰克。

唐纳凡说出了我正想说的话。“我们现在该怎么办？是不是应该把标签全换过来？把缺货的零件全都改贴上红色标签？”

我颓丧地把双手一摊，说：“我想唯一的办法是赶工生产这批零件。”

“不对，这样解决不了问题。”钟纳说，“因为，假如你现在就靠赶工来解决问题，那么你以后会不停地重施故技，情况会变得更糟。”

“那么，还有什么别的办法呢？”

钟纳说：“首先，我希望大家一起去看看瓶颈，因为这个问题还有另一个考虑层面。”

还没看到 NCX-10 以前，堆积如山的库存已经先矗立在眼前。零件堆得高高的，要动用最庞大的起重机才能探到顶层。零件不只堆积如山，还好像一座有好几个高峰的高山，甚至比这部机器被称作瓶颈之前所堆积的库存还要高。每个零件上都贴着红色标签，本身也是庞然大物的 NCX-10，被这堆零件一遮，几乎快看不见了。

“我们要怎么走过去呀？”雷夫正设法找到穿过这堆库存的路。

唐纳凡说：“跟我来。”然后领着我们穿过了物料堆成的迷宫，走到机器旁边。

钟纳望着周围待处理的零件，对我们说：“你们知道吗，我只要看看这堆零件，就可以估计，这堆东西大概要花掉 NCX-10 一个月的时间才处理得完。而且我敢打赌，假如我们到热处理部门去看看，情况也差不多。告诉我，你们到底晓不晓得为什么这里会堆了这么多库存？”

“因为之前生产线上的每个人都优先处理贴红色标签的零件。”我说。

“对，这是一部分原因，但是为什么有这么多的库存都卡在这里呢？”钟纳问。

没有人回答。

“好，我想我现在需要解释一下瓶颈和非瓶颈之间的基本关系。”钟纳说。然后，他看着我说：“你还记得我以前告诉过你，每个人都忙碌不堪的工厂是非常没有效率的工厂吗？现在，你就会明白我的意思了。”

钟纳走到附近的品质管理站，拿起品质管理员用来标示不合格零件的粉笔。

他蹲在地板上，指着 NCX-10 说：“这里是瓶颈，这个叫什么 X 的机器，我们就叫它 X 好了。”

他在地板上写了个 X，然后他又指着走道上另一部机器。

“好几部不同的非瓶颈机器和工人会把零件喂到 X 口中，我们姑且把这些非瓶颈的资源称作 Y。现在，为了简单一点，我们一次只考虑一个瓶颈和一个非瓶颈资源……”

他用粉笔在地上画出：

Y→X

钟纳解释，产品中各零件的组合决定了这两种生产资源之间的关系，箭头则指出了零件从一种生产设备流向另一种生产设备的方向。我们可以随意地把任何一个非瓶颈设备看成提供零件给 X 处理的设备，因为无论我们挑的是哪个，它处理过的零件随后迟早都要通过 X。

“根据非瓶颈的定义，我们知道 Y 有多余的产能。也正因为 Y 有多余的产能，Y 满足需求的速度会比 X 来得快。假如 X 和 Y 每个月同样可以提供 600 小时的生产时数，由于 X 是瓶颈，你需要把 X 的 600 小时全部用来生产才能满足需求。但是同样要满足需求，你每个月只需要用到 Y 的 450 小时，也就是只占 Y 生产时数的 75%。当 Y 已经工作了 450 小时以后，你该怎么办？让它闲置一旁吗？”

唐纳凡说：“不会，我们会找其他的事情给它做。”

“但是 Y 已经满足市场需求了。”钟纳说。

唐纳凡说：“那么，我们就让它继续处理下个月的工作。”

“假如已经没有事情可以让它做呢？”钟纳问。

唐纳凡说：“那么我们就要发更多料给它。”

“问题就出在这里。”钟纳说，“这样一来，Y 多出来的生产时数会怎么样？它制造的库存一定要流播开去。Y 的生产速度比 X 快，而为了让 Y 有事做，流向 X 的零件一定比流出 X 的零件数量大得多。也就是说……”他走到堆积如山的零件旁边，把手一挥，下了结论："结果就是 X 机器前面的这一大堆库存。而且，当你们拼命塞物料逼这个系统生产而超过了系统把物料转化为有效产出的能力时，你们得到了什么呢？"

"过剩的库存。"史黛西说。

"完全正确，但是另一种组合的情形又会如何呢？当 X 供应 Y 零件时，情况会怎么样？"钟纳问。

钟纳在地板上用粉笔画着：

X→Y

"要得到我们需要的生产力，我们应该用掉 Y 的 600 小时中的几小时？"钟纳问。

史黛西回答："只用掉 450 小时。"

"没错。"钟纳说，"假如 Y 必须完全靠 X 来把它喂饱，Y 的最大生产时数就必须由 X 的产出来决定。而 600 个 X 的生产时数就等于 450 个 Y 的生产时数。在工作完这么多小时之后，Y 就没有东西可以生产了，而这种情形是完全可以被接受的。"

我说："且慢，我们工厂里也有由瓶颈的产出喂零件给非瓶颈设备生产的状况。例如，NCX-10 处理过的所有零件都要通过一个非瓶颈设备。"

"你是指其他的非瓶颈设备也喂零件给 Y 吧？在那种情况下，假如你让 Y 忙个不停，你知道会发生什么状况吗？"钟纳问，"看看这个图。"

他用粉笔在地上画了第三个图。

　　最
Y→后
　　装
X→配
　　部

钟纳解释，在这种情况下，有些零件不会通过瓶颈，全部的加工过程都由非瓶颈来完成，然后就直接由 Y 流向最后装配部。其他的零件则确实会通过瓶颈，因此这些零件会先经过 X 路线，然后一直到了最后装配部，才和通过 Y 路线的零件结合，装配为成品。

在实际状况中，Y 路线可能包括一个非瓶颈设备将零件加工后，供给另一个非瓶颈，接着又再供给下一个非瓶颈，一直这么层层加工，一直到了最后装配部。X 路线则可能有一系列的非瓶颈设备，把零件加工后，供给瓶颈设备，而瓶颈的产出又供给接下来一连串的非瓶颈设备来处理。钟纳说，就我们的情况而言，X 机器的下游有一组非瓶颈的机器，这些机器可以处理来自 X 或 Y 的零件。

“但是，为了让情况简单一点，我画的图形中只包含了这些组合中都需要的最少元素—— 一个 X 和一个 Y。无论系统中有多少个非瓶颈资源，假如你们纯粹为了让 Y 不要闲着而不停地塞工作给它，得到的结果还是一样。假如你们一直让 X 和 Y 工作个不停，系统的效率会有多高？”

“效率会高得不得了。”唐纳凡说。

“你错了。当 Y 产生的所有库存都到达最后装配部时会发生什么事？”钟纳问。

唐纳凡耸耸肩，然后说：“我们完成订单，把货运出去。”

“怎么可能呢？”钟纳问，“你们有 80%的产品都至少要用到一个瓶颈制造的零件。你要怎么取代迟迟没有出现的瓶颈零件呢？”

唐纳凡搔搔头说：“哦，对……我忘了。”

“所以假如我们没有办法装配，我们就又制造了成堆的库存，只不过这回过剩的库存不是堆在瓶颈前面，而是堆在最后装配部前面。”史黛西说。

刘梧也说：“对呀，而且只不过为了让机器不停地运转，我们又积压了上百万美元的资金。”

钟纳说：“明白了吧？我再说一次，即使 24 小时不停地工作，非瓶颈都不能决定有效产出的数量。”

唐纳凡问：“好吧，但是不需要瓶颈零件的那 20%的产品，又怎么说呢？我们还是可以在生产过程中表现高效率吧？”

“你这样想吗？”钟纳问。

他在地板上画了个这样的图：

Y→产品 A

X→产品 B

他说，这次 X 和 Y 各自独立运作，每条路线满足不同的市场需求。

钟纳问：“在这种情况下，系统可以用到多少 Y 的生产时数？”

“全部的 600 小时。”唐纳凡说。

“绝对不是。”钟纳说，“当然，乍看之下，我们好像可以 100%地用到 Y，但是再想想看。”

“我们只能做到市场需求能吸收的程度。”我说。

“对。根据定义，Y 会有多余的产能。假如你把 Y 的产能发挥到极致，又产生了剩余的库存，但是这次你得到的不是过剩的零件，而是过剩的成品。这里的制约因素不在于生产过程，而在于营销部门的销售能力。”

他一面说，我一面思考仓库中塞满的成品库存。这些库存里，至少有 2/3 是用通过非瓶颈的零件制造出来的产品。由于我们根据“效率”的原则来运用非瓶颈资源，我们制造了远超出市场需求的大量库存。而其他 1/3 的成品又如何呢？这些产品中包含了瓶颈零件，但是它们大多都在仓库中存放了好几年，早就落伍了。我们库存的 150 件成品中，假如每个月能卖出 10 件，我们就要笑了。所有包含了瓶颈零件、有竞争力的产品几乎都是一离开最后装配部就马上被卖掉，只有少数在卖掉以前，在仓库中暂存一两天，但是由于我们积压的订单太多，这种情况并不多见。

我看看钟纳，他为地板上的 4 个图形，都标上了号码。

（1）Y→X

（2）X→Y

（3）Y→最后装配部
X→

（4）Y→产品 A
X→产品 B

钟纳说："我们检查了包括 X 和 Y 的 4 种组合，当然，我们可以定出无限种 X 和 Y 的组合，但是我们只需要探讨这 4 种基本组合就够了，我们并不需要看过无数种 X 和 Y 的组合之后，才找得到放诸四海皆准的道理。因为，假如我们把这 4 种组合当作基本架构，就可以用它们来代表任何一种生产状态，只要搞清这 4 种组合中可能发生的各种状况，就可以归纳出真理。你们现在能不能告诉我，你们是不是已经注意到这 4 种组合有相似的地方？"

史黛西立刻指出，无论在什么情况下，Y 都不能决定系统的有效产出是多少。每当我们让 Y 的生产效率超越了 X 时，结果只会带来过剩的库存，而不是更多的有效产出。

"对，如果我们顺着这个思路走下去，那么合理的推论就是，我们可以定出一个放诸四海皆准的准则：非瓶颈资源的利用程度并不是由其生产潜力来决定的，而是由系统中的其他制约因素来决定的。"

他指着 NCX-10 机器说："你们系统的主要制约因素就在于这部机器。当你们给非瓶颈的工作量超越了这部机器的工作量时，你们不但没有提高生产力，反而制造出过多的库存，因此也就和目标背道而驰。"

唐纳凡问："但是，我们该怎么办呢？假如我们不让工人保持忙碌，就会产生人力的闲置，因此也就降低了我们的效率。"

"即使如此，又怎么样呢？"钟纳问。

唐纳凡大吃一惊。"对不起，你怎么能这么说呢？"

"转头瞧瞧后面吧！"钟纳说，"看看你们制造的那堆怪物，这堆怪物不是自己跑出来的，堆积如山的库存是由你们的决定一手造成的。原因是什么呢？原因在于你们错误地假设，以为必须让工人每分每秒都在生产，才算有效率，否则就要靠裁员来省钱。"

刘梧说："我们承认，要工人发挥 100%的效率，确实太不实际了，所以我们只要求他们达到可以接受的程度，如 90%的效率。"

"为什么 90%就可以接受呢？"钟纳问，"为什么不是 60%或 25%呢？除非你们根据系统的制约因素定出标准，否则这些数字就毫无意义。只要有足够的原料，你们可以要工人从现在到退休都保持忙碌，但是你们该不该这样做呢？假如想赚钱，就不应该这么做。"

这时候雷夫说：“你的意思是，要员工工作和从他们的工作中获利，完全是两码子事。”

“对，你的说法已经很接近我们可以从这 4 种基本组合推断出的第二个准则。说得更明白一点就是，启动资源（activating）并不等于有效利用资源（utilizing）。”

他解释，“有效利用”资源的意思是，运用资源的方式必须能推动系统迈向目标。而“启动”资源只不过好像按下机器的开关一样，无论这样做是不是能带来效益，机器都照常运转。所以，启动非瓶颈资源直到把它发挥到极致，是愚不可及的做法。“这些准则告诉我们的是，我们绝对不可以试图把系统中的每种资源都发挥到极致。追求局部效益的系统绝对不是好的系统，而是非常没有效率的系统。”钟纳说。

“好吧，但是了解这些道理，又怎么样帮助我们尽快拿到卡在铣床那里的零件，装配出成品呢？”我问。

钟纳说：“就根据刚才那两个准则，好好想想这里和铣床那里的库存是如何累积出来的？”

“我想我知道问题出在哪里了，我们发出物料的速度超越了瓶颈处理物料的速度。”史黛西说。

“正是如此。你一发觉非瓶颈设备没有工作做，就急忙发料给它们。”钟纳说。

我说：“没错，但铣床是瓶颈。”

钟纳摇摇头，说：“不对，铣床不是瓶颈，你后面这堆多余的库存可以证明这点。你看，铣床原本不是瓶颈，是你们把它变成瓶颈的。”

他告诉我们，随着有效产出节节上升，确实有可能制造出新的瓶颈。但是大多数的工厂都有许多额外产能，因此除非有效产出增加的数量非常大，否则不太可能产生新瓶颈。我们的有效产出只提高了 20%，所以我和他通电话的时候，他就觉得不太可能出现新瓶颈。

实际的状况是，当有效产出上升的时候，我们还无知地拼命发料，希望让所有的工人都忙个不停，结果就增加了铣床的负担，超越了它们的产能。于是，贴了红色标签、顺位优先的零件都加工完成了，但是贴绿色标签的零件越积越多，

所以我们不只是在热处理部门和 NCX-10 这两个瓶颈有了过剩的库存，而且由于瓶颈零件的数量太大，阻碍了另一个工作单位的物料流通，因此使得非瓶颈零件也无法到达最后装配部。

他说完以后，我说："好吧，我明白我们犯的错了。你能不能告诉我们，我们该如何解决这个问题？"

"我希望在我们走回会议室的途中，大家都好好想想这个问题，然后再讨论该怎么办。"钟纳说，"办法其实很简单。"

26

办法其实很简单

The Goal

晚上回到家之后，我才恍然大悟，解决办法其实很简单。我坐在餐桌旁，手上拿着纸笔，思索着白天发生的事情究竟有什么意义，这时候莎朗走进来。

“嘿。”她坐了下来。

“嘿，有什么事吗？”

她说：“没什么，我只是想知道你在做什么。”

“我在忙公事。”我说。

“我能不能帮忙？”她问。

“呃……我不知道，这件事有一点技术性，你可能会觉得很沉闷。”

“哦。”她说，“你想要我离开吗？”

我有一点罪恶感。“没关系，你想待在这里，就待在这里好了，想试试解决问题吗？”

“好啊。”她的脸上露出光彩。

我说：“好，我想想看该怎么讲给你听。你记得大卫和我上次参加的远足吗？”

“她不晓得，但是我晓得！”大卫冲入厨房里，猛然刹车，然后说，“莎朗对远足一无所知，但是我可以帮你的忙。”

我说：“儿子，我想你以后当推销员会大有前途。”莎朗愤慨地说：“我知道关于远足的事。”

“你根本没有参加。”大卫说。

“我听到你们谈这件事情。”莎朗说。

“好了，你们两个人都可以帮忙。问题是这样的：有一队小孩到树林里远足。贺比就在队伍的中央，我们已经找到贺比了，也把他的背包拿走，让他走快一点，但是他还是走得最慢。每个人都想超越贺比，但是假如这么做的话，队伍就会拉长，有些小孩可能会走丢了。因此，我们不可以把贺比调去其他的位置。现在，我们该怎么办，队伍才不会散开呢？”

他们两个人都若有所思。然后我说：“好了，现在到另一个房间去，我给你们10分钟的时间，然后我要看看谁的答案比较好。”

“赢的人有什么奖品？”大卫问。

“这个……任何合理的要求都可以。”

“任何东西都可以吗？”莎朗问。

“只要有道理。”我重复一遍。

于是他们就离开了，我享受了 10 分钟的安静，然后看到角落里有两张小脸在张望。

“准备好了吗？”我问。他们走进来，坐在我旁边。

“想听听我的主意吗？”莎朗问。

“我的方法比较好。”大卫说。

“才不是！”她告诉他。

“好了，够了！”我说，“莎朗，你的办法是什么？”

莎朗说：“找个鼓手（drummer）来。”

“什么？”

“你知道吗，就好像游行一样。”她说。

“哦，我明白你的意思了，游行的时候，大家之间的距离都不会拉大，每个人都踏着同样的步伐。”

莎朗高兴极了，大卫狠狠瞪了她一眼。

“所以，每个人都依照鼓声踏着同样的步伐。”我说，“当然，但是要怎么样才能让贺比前面的人不会走得太快呢？”

“让贺比担任鼓手。”莎朗说。

我想了一下，然后说：“这个办法还不错。”

“但是我的办法更好。”大卫说。

我转过头去。“好吧，聪明人，你的办法是什么？”

“把每个人都用绳子（rope）绑起来。”大卫说。

“绳子？”

“你知道，就像登山的人一样。你用一条很长的绳子，从腰部把每个人都拴在一起，这样一来，就没有人会落后，也没有人会加快速度，除非大家一起加快速度。”

我说：“嗯，这个办法很好。”

也就是说，整支队伍的长度即工厂的总库存量永远不会比绳子的长度还要长，而绳子的长度当然预先就决定好了，我们可以很精确地控制这个数字。每个人都必须以相同的速度前进。我看看大卫，不禁赞叹他的创造力。

“想想看，绳子就好像所有设备之间的实物联系，也就好像装配线一样。”我告诉他。

“对呀。”大卫说，“有一次你不是说，装配线是制造东西最好的方法？”

“对，是最有效率的制造方法。事实上，我们大部分的产品在做最后装配时，都用这个办法。问题是，我们没有办法把整个工厂都连成一条装配线。”

“哦。”大卫说。

“你们两个想到的办法都很好。假如把你们的想法稍微修改一下，就可以解决我们今天的问题了。”

“怎么改呢？”莎朗问。

“你看，要让队伍不要散开，其实并不需要让每个人都踏着完全一样的步伐前进，或者用绳子把每个人拴起来。”我告诉他们，“我们只需要让最前面的孩子不要走得比贺比快，这样一来，大家就会走在一起了。”

“那么，我们只需要把贺比和前面的小孩拴在一起。”大卫说。

“或者，贺比和前面的小孩之间有某种信号，当前面的人走得太快时，贺比就叫他等一下或走慢一点。”莎朗说。

“没错，你们都明白了。”我说。

“奖品是什么呢？”莎朗问。

我问：“你们想要什么呢？超级什锦比萨饼？还是去看一场电影？”

他们静静想了一会儿。“看电影好像不错，但是我真正想要的，是把妈妈接回来住。”

现在，才真是一片沉寂。最后大卫说：“但是假如你办不到，我们也可以理解。”

“我会尽力而为，那么，看电影的事怎么样呢？”

小孩上床以后，我再次坐在那儿想，茱莉到底会不会回来呢？和我的婚姻问题比起来，工厂的库存问题单纯多了，至少现在看起来还蛮简单的。我猜只要你想清楚了，每个问题都会变得很简单。事实上，我们要采取两个孩子想到的办法。“贺比”（瓶颈）必须告诉我们什么时候该让原料进入系统，只不过我们要借助计算机的辅助，而不是靠绳子或鼓手的帮忙。

于是，今天回到会议室以后，我们开始讨论，大家的共识是，我们显然发出太多物料了，其实我们不需要为了生产力而在瓶颈前面堆满两三个星期的物料。

“当我们一发现第一个非瓶颈设备无事可做的时候，我们不必急于发放红色标签零件需要的物料到生产线上，这样一来，铣床就会有时间来处理贴绿色标签的零件，我们现在缺少的零件终于会顺利抵达装配部。”史黛西说。

钟纳点点头，说：“对，你们应该做的，就是想办法根据瓶颈对物料的需求速度来发出贴红色标签零件需要的物料，而且必须严格遵守这个速度。”

接着我说：“很好，但是我们要怎么样推估每次发料的时间，才能让零件在需要的时候抵达瓶颈呢？”

史黛西说：“我也不确定，但是我明白你在担心什么。我们不想又制造出一个相反的问题，变成瓶颈没东西可做。”

“管他呢，即使我们从今天开始，不发料给任何贴红色标签的零件，都至少要再过一个月才会发生这样的事情。但是我知道你的意思，假如我们让瓶颈闲置，我们就损失了有效产出。”唐纳凡说。

我说：“我们需要的是某种信号，把瓶颈和物料发放的排程结合起来。”

接着让我大吃一惊的是，雷夫也发表了他的看法：“对不起，我只是随便想想。不过或许我们可以根据从瓶颈记录下来的数据推算什么时候该发料。”

我请他解释一下他真正的意思。

他说：“自从我们开始记录瓶颈的数据以后，我就注意到，我可以提前几个星期预测瓶颈在某个特定时间会处理什么零件。明白吗，只要我晓得有哪些零件在排队，然后查出每种零件的平均机器转换和加工处理时间，我就可以计算出每一批货离开瓶颈的时间。由于我们面对的只是一个工作单位，依存度比较低，因此我们可以把统计波动平均掉而估算得更准确。”雷夫继续说明，他从观察中发现，物料从第一个作业步骤到抵达瓶颈，大概需要两个星期的时间（或许加减一两天）。

“因此，瓶颈上游的各工序所需的转换时间和处理时间再加上两个星期，我就可以知道瓶颈还要多久才会处理我们刚发出的物料。而且每当有一批货离开瓶颈时，我们可以更新资料，计算史黛西什么时候该发出更多的红色标签物料。”

钟纳望着雷夫说：“太棒了！”

我说：“雷夫，说得好。说实话，你觉得我们可以计算得多精确？”

“我认为我们的误差可能是加一天或减一天，因此假如我们在每个瓶颈前面维持三天的零件库存，应该就很安全了。”

每个人都对雷夫十分佩服，这时候钟纳说：“但是雷夫，其实利用同样的信息，你还可以做更多的事情。”

“例如什么？”雷夫问。

钟纳说：“你还可以解决装配部面临的库存问题。”

“你是说，我们不但可以解决瓶颈零件过剩的问题，还有办法处理非瓶颈零件的问题？”我问。

“完全正确。”钟纳说。

但是雷夫说：“抱歉，我不知道怎么样才做得到。”

然后，钟纳就向大家解释，假如雷夫能根据瓶颈的数据决定发放红色标签物料的排程，他也可以拟订最后装配部的排程。当他晓得了瓶颈零件会在什么时候抵达装配部以后，他可以倒推回去，估计出每条生产路线该在什么时候发出非瓶颈零件的物料。这样一来，瓶颈其实决定了工厂里所有物料该在什么时候发出去。

我说：“这就和把瓶颈移到生产线最前端的效果一样，我一直想这么做。”

“对呀，听起来很不错。”雷夫说，“但是我要提醒你，我不敢说我要花多少时间才能让计算机把时间算出来，我的意思是，我大概很快就可以定出红色标签物料的排程，但是其他的数据就要等一会儿了。”

“哦，算了吧，雷夫，像你这样的计算机天才，应该马上就可以办到。”唐纳凡说。

“我可以很快得出一些东西，但是我没有办法承诺报出来的结果一定有用。”雷夫说。

我告诉他：“别紧张，只要我们可以减轻铣床的负担，短期内就没有大问题，你就可以争取到充裕的时间做一些更根本和彻底的工作。”

钟纳说：“你可以松一口气了，但是我可得去赶 35 分钟后起飞的班机，去芝加哥。”

“哦，糟糕。”我嘴里咕哝着，看看我的表，“我想我们最好动身了。”

这次的道别有点狼狈。钟纳和我冲出工厂，我超速了好几次，才及时把他送到机场。

钟纳说：“可以这么说，我对于你们这类的工厂特别感兴趣，所以假如你能一直让我晓得工厂的状况，我会感激不尽。”

我告诉他：“没问题，事实上，我也是这么打算的。”

“很好，那就以后再谈吧。”他说。

然后他就下了车，挥挥手，走进机场。我没有再接到电话，看来他应该赶上飞机了。

第二天早上，我们开了个会，讨论如何实施这个办法。但是还没有真正开始讨论以前，唐纳凡就叫停。“你们知道吗，我们可能会卷入一场大麻烦。”唐纳凡说。

“为什么？”我问。

“假如整个工厂的效率都降低了，怎么办？”

我说：“我想我们得冒一冒险。”

“对呀，但是假如我们真这么做的话，就会让很多人力闲在那儿。”唐纳凡说。

“对，可能偶尔会有一些工人没有事做。”我承认。

“那么，我们就让每个人站在那儿，什么也不做吗？”唐纳凡问。

史黛西问：“有什么不好呢？既然他已经在这里领薪水上班，让他闲在那里，不会增加我们的开支。无论他忙着生产零件或闲在那儿待命，都不会提高我们的营运费用。但是库存过剩会让我们积压一大笔资金。”

唐纳凡说：“好吧，但是我们的报告又该怎么办呢？到了月底，当皮区要决定我们的工厂到底要开或要关的时候，假如他看到我们的生产效率直线下滑，他可不会说什么好话。据我所知，总公司那些人一向很重视生产效率。”

房间里顿时一片寂静，然后刘梧说：“他的话有几分道理。”

有好一阵子，我耳边只响着冷气机嗡嗡的转动声，最后我说：“好吧，假如我们不采取一个能遏止库存增加并且根据瓶颈的需求来发料的系统，我们就错过了一个改善绩效、挽救工厂的大好机会。我不能只为了做个循规蹈矩的乖宝宝，为了给上面一个好印象，就畏首畏尾，眼睁睁地看着工厂倒下来。上面的评核标准和大多数的规章制度，都只是为了管理阶层的政治游戏而设的，根本不管对我们的影响是好还是坏。我认为我们应该按照计划办，假如生产效率下降的话，就让它下降好了！”

我勇气十足地说出了这番话，俨然是 19 世纪美国海军上将佛拉哥（Admiral Farragut）无畏敌军战火而发表的著名演说《该死的鱼雷》，其他人眼眶湿润了。

我告诉唐纳凡：“假如人力闲置的时间真的很多，别惊动任何人，只要确定这些数据不会出现在下个月的效率报告上就好了，懂了吗？”

“是，老板。”

27

这山还望那山高

The Goal

"……我的结论是，如果不是白灵顿工厂上个月的营收提高了很多，我们事业部还会持续第 7 个月的亏损。事业部其他的工厂要不就是只赚了一点点钱，要不就是继续亏损。所以尽管白灵顿厂大有改善，而且整个事业部今年因此第一次出现了盈余，在我们财务基础恢复稳定之前，我们还有很长一段路要走。"

费鲁士说完之后，皮区点点头，费鲁士坐了下来。所有的厂长都齐聚一堂，围坐在长长的会议桌旁，我坐在中间的位置。史麦斯坐在皮区旁边，当费鲁士把这个月的成绩归功于我们工厂的表现后，史麦斯对我怒目而视。我轻松地坐在椅子上，隔着大大的玻璃窗注视着外面的景致，初夏的艳阳照耀着整个城市。

5 月已经过去了。除了非瓶颈零件缺货的问题（这个问题已经解决了），这个月的成绩很可观。我们现在根据雷夫开发出来的新系统来分配所有物料发出的时间，而这个系统又是根据瓶颈的处理速度来进行推估的。目前，他在两个瓶颈都装设了终端机，所以处理库存时，最新的数据就会立刻被输入工厂的资料库中。有了新系统以后，我开始看到精彩的成果。

雷夫利用这个系统做了一些实验，他很快发现，我们可以预估一笔订单什么时候可以出货（误差只在一天左右）。根据这个推估，我们整理出一份报告给营销部门，上面列出所有的订单出货的时间。（我不知道营销部门的人相不相信这份报告，不过到目前为止，报告的时间表都很准确。）皮区说："罗哥，由于我们这群人里面，似乎只有你有一些改善绩效，所以今天就由你带头做报告。"

我打开报告的封面，开始说明重点。几乎就每个标准而言，我们这个月的成绩都很好。库存数量下降了，而且继续快速下降。由于停止发出一部分物料，我们不必被堆积如山的在制品压得透不过气来。零件都照预订时间抵达瓶颈，生产线上物料的流动比过去都要平顺许多。

至于效率又如何了呢？我们刚开始停发部分物料时，效率确实降低了，但是并不如我们所担心的那么严重，结果我们消化了过剩的库存。但是由于出货速度急遽上升，带动过剩的库存快速减少，现在我们又开始恢复分配原料给非瓶颈设备，效率正逐渐回升。唐纳凡甚至满怀信心地告诉我，他认为以后的效率会和过去差不多。

最好的消息是，我们清掉了积压已久的逾期订单。这似乎匪夷所思，但是我们确实迎头赶上了，不但客户服务水准有所提高，有效产出也上升了，我们的业务蒸蒸日上。真可惜我们准备的标准报告内容没有办法完整地描绘出目前的实际状况。

我说完以后，抬起头来，看到史麦斯正和皮区交头接耳，会议室安静了一会儿。然后，皮区对史麦斯点点头，面无表情地对我说："很好。"

接着，皮区要其他厂长报告。我坐下来，有点恼怒皮区的反应平平，而不像费鲁士那样喜形于色地赞扬我的表现。来开会以前，我觉得我们已经完全扭转了工厂的处境，因此我期待的反应不仅仅是"很好"这样的寥寥数语，只是摸摸头敷衍一下就算了。

但是，我得提醒自己，皮区并不了解我们改革的幅度有多大。我们应该让他知道吗？刘梧一直问我这个问题，而我告诉他，先不要，暂时先等一下。

我们可以去见皮区，向他做报告，把所有的牌都摊在桌上，要他做个决定。其实，我们终究会这么做，但是现在还不到时候，而且我想我的理由很充分。

我和皮区共事多年，我很了解他。他是个聪明人，但是没有什么创造力。几年前，或许他会容许我们这样尝试，但是现在就不一定了。我有个感觉，假如我们现在去找他，他会露出难看的脸色，要我们依照成本会计的规则来经营工厂。

我必须耐心等候，等到有充分的证据能证明我的方法（事实上，是钟纳的方法）真正有效再说，目前时机还不成熟，我们实在违反了太多规定，因此现在还不是说出实情的时候。

但是，我们等得到那一大吗？我一直问自己这个问题。皮区还没有收回关闭工厂的威胁。我原本以为在这次报告之后，他会公开或私下表示一下，但是他什么也没说。我看看坐在长桌另一端的皮区，他似乎心不在焉，这不像他的为人。其他人和他说话，他似乎都没怎么听进去，而史麦斯似乎正在建议他该说什么话。他到底在想什么？

午餐后一小时，会议就结束了。我早在会议结束前就决定，只要逮到机会，就要想办法和皮区私下谈谈。我跟着他从会议室走出来，然后问他有没有空，他邀我到办公室去谈。

"那么，你什么时候才要让我们脱身？"门关上了以后，我问他。

皮区坐了下来，我就坐在他对面，由于中间没有桌子相隔，我们可以坦率地聊聊。

皮区直直地看着我说："你为什么认为我会这么做？"

“白灵顿厂正力挽狂澜，我们可以再度为事业部赚大钱。”我告诉他。

他说：“真的吗？罗哥，你上个月的表现很好，你们往正确的方向跨步，但是你这个月能不能表现得一样好呢？而且第三个月、第四个月都交出同样的成绩单呢？所以我还要等等看。”

“我们会交出一张漂亮的成绩单。”我告诉他。

“老实说，你还没有使我相信这不是昙花一现。你们过去积压了庞大的订单，不可避免地，你们最后要交货。但是，你们采取了什么措施来降低成本的呢？我一点都看不出来。长期来说，必须把营运费用降低10%或15%，工厂才有钱赚。”

我觉得我的心开始下沉。最后我说：“皮区，假如下个月我们的成绩又进步了，你会不会至少延后提出关厂的建议？”

他摇摇头：“必须比你过去这段时间改善得更多才成。”

“需要多大的改善呢？”

“赚的钱比这个月还多15%。”他说。

我点点头。“我想我们办得到。”这时候，我注意到皮区脸上刹那间闪过一丝诧异。

然后他说：“很好，假如你办到了，我们会让白灵顿厂继续营运下去。”

我笑了，心里想：“假如我交出这张成绩单，除非你是白痴，否则才不会关掉我们的工厂呢。”皮区站起来，谈话结束了。

我把车飞快地开上州际公路，我猛踩油门，把收音机音量开得很大。我的肾上腺激素加速分泌，脑中的思绪飞得比车子还要快。

两个月前，我还以为等到这个时候，我早就四处寄出履历表了，但是皮区刚刚说，只要我们这个月也交出一张漂亮的成绩单，他就会让工厂继续营运。我们几乎办到了，只要再熬一个月，我们就可以挣脱困境了。

但是，15个百分点？

我们已经以惊人的速度处理掉积压的订单，因此交货的产品数量也相当可观，无论和上个月、上一季，或者去年相比，都相当可观。这为我们带来了一大笔收入，而且在账面上也显得很惹眼。现在我们已经清掉了所有的逾期订单，而且新订单的交货速度也比过去快得多……

我猛然醒悟，我可碰上大麻烦了。我要到哪里去找到足够的订单，才能有15%

的利润呢？

皮区不只要求我们这个月要有好的成绩，他根本就是要求我们交出令人难以置信的成绩单，他没有许下任何承诺，我却已经许下承诺，而且可能许下了太多承诺。我试图回想这个星期要交货的订单有哪些，并且在脑子里计算我们是不是有足够的生意来达到皮区要求的业绩。我担心我们目前拿到的订单数量还不够。

好吧，我可以想办法提前交货，把预订在七月的头两个星期交货的订单提前在六月交货。但是，接下来又该怎么办呢？我可能把所有的人拖进一个大洞里，使大家无事可做。我们必须拉到更多的生意。

不知道钟纳这一阵子都在什么地方。

我看看时速表，惊讶地发现我的时速接近 80 英里。我赶紧慢下来，把领带松开，我可不想在回工厂的途中把命送掉。我突然想到，回到工厂的时间差不多也是该下班回家的时间了。

恰好就在这时候，我经过一个标志牌，上面说再过两英里，就到了与通往橘林镇的公路交接的出口。对了，何不就这么办？我已经有好几天没见到茱莉和两个孩子了。自从学校放假以后，两个小孩就搬去和茱莉住在一起。

我开上接驳的公路，在下一个出口下了公路，在路旁的加油站找到公共电话，打了个电话回办公室。芙露兰接听电话以后，我告诉她两件事：第一，告诉唐纳凡、史黛西、雷夫和刘梧，会议的结果对我们而言还不错。第二，我今天不回办公室了。

当我抵达岳父母的房子时，受到热烈的欢迎。我和莎朗及大卫谈了好一会儿，然后茱莉建议我们一起去散散步。这是个宜人的夏日午后。

当我拥抱莎朗向她道别时，她在我耳边问：“我们什么时候才会一起回家？”

“我希望很快就会。”我告诉她。

尽管我向莎朗做了保证，她的问题却一直在我脑中萦绕，因为我自己也一直在问同样的问题。

我和茱莉信步走到公园中，散了一会儿步，我们坐在河边的长凳上，沉默了好几分钟。她问我有什么不对，我告诉她莎朗的问题。

“她不停地问这个问题。”茱莉说。

“真的吗？那你怎么回答她？”

茱莉说：“我告诉她，我们很快就会回家。”

我大笑。“和我的回答一样。你是说真的吗？”

她沉默了半晌，最后她对我绽开笑靥，真诚地说：“几个星期以来，和你在一起很有趣。”

“谢谢，彼此彼此。”我说。

她握住我的手，然后说：“但是……很抱歉，我还是不敢回家。”

“为什么呢？我们现在处得好多了。还有什么问题呢？”

“我们是处得很好，我也的确需要像这样和你在一起，但是假如我们回去住在一起，你也晓得会发生什么事情。头两天一切都很美好，但是一个星期之后，我们又会为同样的事情争辩。而一个月、六个月或一年后……你知道我的意思。”

我叹口气。“茱莉，和我一起住，真的有这么糟吗？”

她说：“不是糟，而是……我不知道该怎么说，你丝毫都不关心我。”

“但是我在工作上碰到各种各样的问题，我真的满脑子都是这些问题，你还期望我怎么样呢？”

“我期望你给我更多。你知道，在我小的时候，我爸爸每天总是准时回家，全家人总是一起吃晚饭，他晚上都待在家里。但是和你在一起，我永远不晓得发生了什么事。”茱莉说。

“你不能拿我和你爸爸来比较。他是个牙医，每天看完了最后一个病人以后，他就可以锁上诊所大门，准时回家。我的工作和他完全不一样。”

“罗哥，问题完全出在你身上。其他人也都上班，但是都准时回家。”她说。

“对，你有一部分说得对，我和其他人是不太一样。”我承认，“我一开始做一件事情，就会全力以赴，或许这和我的成长背景有关。看看我家吧，我们很少全家人一起吃晚饭，总得有人留下来看店。我爸爸订下的规矩是：有了这个生意，我们才有饭吃，所以生意永远摆在第一位。我们都明白这点，而且我们一起工作。”

“这除了证明我们两家人确实不同，还证明了什么呢？”她问，“我要告诉你的是，这件事带给我很大的困扰，而且困扰我很久了，因此，我甚至有一段时间根本不确定我是不是还爱你。”

“那么，你现在怎么确定你还爱我呢？”

“你想再大吵一架吗？”她问。

我把头转开，看别的地方。“不，我不想吵架。”我告诉她。

我听到她叹了口气，然后说："你看吧？什么都没变……对不对？"

有好一会儿，我俩谁也没说话。茱莉站起来，走到河边，我一度以为她又要跑掉了，但是她没有，她走回来，坐在我身边。对我说："18 岁的时候，我已经把整个人生都计划好了——念大学，拿教育学位，结婚，买一栋房子，生小孩，一件接着一件完成。我已经做好所有的打算，我想象我要什么样的瓷器，我想象我要的房子是什么样子，连地毯的颜色都构思好了，我还为小孩取好了名字……每件事都必须如愿以偿，对我来说，拥有这一切非常重要。但是现在……我的确拥有这一切了，只是有一点不太一样。而现在似乎也不重要了。"

"茱莉，为什么你的人生一定要符合这个……你脑海中这个完美的形象呢？"我问她，"你知道你为什么追求这些东西吗？"

"因为我成长的过程就是这个样子。你又怎么样呢？你为什么一定要成就伟大的事业呢？为什么你非得每天工作 24 小时呢？"她说。

一阵沉默。

然后她说："对不起，我只是觉得很困惑。"

我说："没关系，这是个好问题。我不知道我为什么不能安于当一个杂货店老板，或者朝九晚五的职员。"

"罗哥，不如我们把刚刚说的话忘掉算了。"她提议。

"不，我不觉得应该忘掉，恰好相反，我们应该再多问几个问题。"我说。

茱莉怀疑地看着我，问："像什么样的问题？"

"例如，婚姻对我们有什么意义？"我问她，"我认为婚姻的目标不是住在一栋完美的房子里，然后一切都照着时钟运转，你心目中的婚姻是以这个为目标吗？"

"我要求的不过是有个体贴一点的丈夫罢了，你谈目标干什么呢？当人们该结婚的时候就结婚了，没有什么目标的问题。"她说。

"那么，为什么要结婚呢？"我问。

"结婚是为了一份承诺……为了爱情……为了其他人结婚的所有相同的原因。罗哥，你问了一堆很蠢的问题。"她说。

"不管这些问题是聪明问题还是愚蠢问题，我之所以这样问，是因为我们已经一起生活了 15 年，却还不清楚我们的婚姻应该像什么样子！"我连珠炮似的说，

“我们只是这么过下去，做一些‘其他人都在做的事情’。结果，我们两个人对于生活应该像什么样子，却有着截然不同的假设。”

“我爸妈已经结婚 37 年了，他们从来不问任何问题。从来没有问‘结婚的目的是什么’，大多数人结婚，都只不过是因为他们相爱。”

“哦，那么这就足以解释一切了，是不是？”我说。

“罗哥，请不要问这些问题。”她说，“这些问题根本没有答案。假如我们像这样谈下去，会破坏了现在的一切。假如你想借这些话表示你对我们的婚姻有了其他想法——”

“我对你没有其他想法，但是，想不通我们之间出了问题的人是你。如果你试着用逻辑来思考一下这个问题，而不要拿我们和浪漫小说中的人物比较的话——”

“我不读浪漫小说。”她说。

“那么你是从哪儿得到这种对婚姻的看法的呢？”我问她。

她一声也不吭。

“我要说的只是，我们应该暂时抛开所有对婚姻的成见，好好看看我们的现状，然后应该想清楚我们想要的是什么，最后就朝着那个方向努力。”我告诉她。

但是茱莉似乎置若罔闻，她站起来。“我想我们该回去了。”她说。

回去的路上，我们两个人仿佛脸上都结了冰，沉默不语。我的眼睛注视着街道的一边，茱莉则注视着另一边。进门的时候，茱莉的妈妈邀请我留下来吃晚饭，但是我说我得回去了。我向孩子们道别，向茱莉挥挥手，就离开了。

我正要钻进车子里的时候，看到她追了上来。

“我们周末会再见面吗？”她问。

我微微地笑了：“会呀，当然，想起来很棒。”

她说：“很抱歉发生了刚才的情况。”

“我想我们得一直试下去，直到找对了方向。”

我们两个人都笑了。然后就言归于好。

28

缩短生产周期

The Goal

我回家的时候，太阳正开始下山，把天空染成一片玫瑰红。我拿钥匙开门的时候，听到里面的电话铃响了，我冲过去抓起电话筒。

“早安！”电话中传来钟纳的声音。

“早安？”从窗口望出去，夕阳快落到地平线下了。我大笑：“我正在欣赏落日余晖呢，你在哪里呀？”

“新加坡。”他说。

“哦。”

“我在旅馆里正好看到太阳慢慢升起。”钟纳说，“罗哥，我很不想打电话到家里来吵你，不过接下来几个星期，我都抽不出空来和你通电话。”

“为什么？”

“说来话长，我现在没有时间解释。但是我们将来一定可以找到机会详谈。”

“我明白了……”我很奇怪到底发生了什么事，不过我说，“真糟糕，这样一来，我就进退两难了，因为我原本想再度请你帮忙。”

“出了什么问题吗？”他问。

我告诉他：“不是，从工厂营运的角度而言，一切大致都还不错，但是我刚和事业部的副总裁开完会，他告诉我，工厂必须展现出更大幅度的改善才行。”

“你们还是不赚钱吗？”他问。

我说：“不是，我们又开始赚钱了，但是我们必须加快改革的速度，才能使工厂摆脱被关闭的命运。”

我听到电话依稀传来钟纳的笑声，他说：“如果是我，我不会太担心关厂的问题。”

“但是，从我上司的口中听出，他们的确很可能关掉我们的工厂。除非他改口，否则我不敢太看轻他说的话。”我说。

“罗哥，假如你想进一步改善工厂，我绝对支持你。既然在未来几个星期，我都抽不出空来和你通电话，我们干脆趁现在好好谈谈。先告诉我工厂的近况吧。”他说。

于是我一五一十地向他报告。我很怀疑我们是不是已经走到了理论的极限，因此我问他，还有什么可以尝试的做法。

他说：“还有什么其他的做法？相信我，我们才刚刚起步而已。现在我的建议是……”

第二天一大早，我就在办公室思考钟纳所说的话。窗外，是他已经在新加坡看过的朝阳。我走出办公室，想去倒杯咖啡，结果在咖啡机旁碰到史黛西。

她说：“嘿，我听说昨天总部的会议中，我们的表现还不错。”

我说：“还算不错，但是我恐怕还要一段时间才有办法让皮区相信工厂的长期营运不会有问题。不过，我昨天和钟纳谈了一下。”

“你有没有告诉他我们的进展呀？”她问。

我说：“告诉了，他建议我们尝试他所谓的‘合乎逻辑的下一个步骤’。”

她的脸上露出笑容。“什么呀？”

“把非瓶颈处理的批量缩小一半。”我说。

史黛西思索我的话时，倒退了一步。“但是，为什么要这么做呢？”她问。

我微笑着说：“因为我们会赚到更多的钱。”

“我不明白。”她说，“这样做对我们会有什么好处？”

“嘿，史黛西，你可是负责控制库存的，你应该告诉我，假如批量减半的话，会发生什么事情。”我说。

她啜几口咖啡，同时很专心地皱着眉头思索这个问题，然后她说：“假如我们把批量减半，那么我们随时都只有一半的库存在生产线旁等候加工，因此要维持工厂的营运，我们也只需要投注一半的资金在待处理的在制品上。假如我们可以和供应商谈好的话，我们就可以把所有的库存减半，而一旦我们把库存减半，那么无论在任何时候，工厂里被套牢的现金数目就会大大减少，因此也减轻了现金流的压力。”

她每说一句话，我就点点头，最后我说：“完全正确，这只是其中一部分好处。”

她说：“但是，要完全得到其中的好处，我们必须要求供应商提高供货频率，并且减少每次供货的数量。这样一来，我们在采购上就又得讨价还价了，而且我不确定所有的供应商都会愿意这么做。”

我告诉她：“那么，我们就要想想办法。但是，他们最终都会赞成这个做法，因为这样做对他们也有好处。”

“但是，假如我们缩小批量，不就表示会增加转换的次数吗？”她怀疑地注视我。

“当然啦，这个你不用担心。”

“不用——？”

“对，不必担心这个问题。”

“但是唐纳凡——”

“即使需要增加转换的次数，唐纳凡那里也不会有问题。”我说，“此外，除了你刚刚说的好处，还有其他立竿见影的好处。”

“什么好处？”她问。

“你真的想知道吗？”

“当然啦。”

“好，你来安排一个部门主管会议，我会向大家说明。”

由于我硬塞了安排会议这个差事给她，史黛西给我的回报是，把会议安排在中午，而且在镇上最昂贵的餐厅里召开，当然，午餐的花费就全报在我的账上了。

坐下来用餐的时候，她说：“我有什么办法呢？大家都只在这个时间有空，对不对？”

“对。”唐纳凡说。

我没有生气。他们最近无论在工作的质和量上都表现优异，我不能抱怨偶尔被敲一顿。我直截了当地告诉大家我和史黛西今天早上讨论的事情，并且立刻谈到其他还有哪些好处。钟纳昨天说的话有一部分是关于工厂中每件物料所花费的时间。假如你从物料一进入工厂就开始计算，一直到物料变为成品运出大门为止，所有的时间可以分成四部分。

第一部分是转换的时间，也就是当资源为处理零件做各种准备时，零件等候的时间。

第二部分是处理的时间，这段时间花在把零件变成更有价值的东西上。

第三部分是排队的时间，也就是当资源忙着处理其他零件时，零件排队等候的时间。

第四部分是等候的时间，也就是零件花在等待上的时间，但不是为了等待资源，而是为了等待其他零件，以便一起装配为成品。

钟纳指出，任何零件所耗费的时间中，转换和处理时间都只占一小部分，但是排队和等候会消耗掉大部分的时间。事实上，在工厂里，零件大半的时间都花在排队和等候上。

对于通过瓶颈的零件而言，排队占了大半时间，因为零件会在瓶颈前面排大长龙，等待瓶颈处理。对于只通过非瓶颈的零件而言，等候则占据了大半时间，因为它们为了等待从瓶颈来的零件，只好在装配部前面守候。也就是说，不论在哪种状况下，瓶颈都掌控了零件在工厂耗费的时间，换句话说，瓶颈控制了库存和有效产出。

我们过去一直是根据常用的经济批量公式（Economical Batch Quantity，EBQ）来确定批量。昨天晚上，尽管没有时间在电话里详细说明原因，但是钟纳告诉我，经济批量公式里隐藏了很多错误的假设。他要我好好想想，假如我们把批量减半，会发生什么事情。

假如我们把批量减半，处理每批货的时间便会减半，也就是说，排队和等候的时间也减半。这些时间全部减半以后，我们就减少了零件在工厂耗费的时间，零件在工厂耗费的时间降低以后，就……

“整个产品生产周期就缩短了。而且，由于零件成堆地在那里等候的时间缩短，零件流动的速度也就更快了。”我说。

“而由于订单处理的速度加快，客户拿到货的时间也加快了。”刘梧说。

史黛西说：“不止如此，而且由于生产周期缩短，我们对市场的反应也就变得更快。”

“完全正确！假如我们对市场的变化反应更快，我们在市场上就能占据优势。”我说。

“也就是说，由于我们交货速度更快，也就能吸引到更多的客户。”刘梧说。

“我们的业绩上扬！”我说。

“红利也增加！’史黛西说。

“哇！哇！先冷静一下。”唐纳凡说。

“怎么了？”我问。

“转换时间又怎么样呢？”他问，“你把批量减半，但是这样一来，转换的次数就增加了一倍。直接劳动成本又怎么说呢？我们必须减少转换来压低成本。”

“好，我知道会碰到这个问题。”我说，“现在是我们好好考虑这个问题的时候了。昨天晚上，钟纳告诉我，关于每小时在瓶颈损失的时间，还有一个对应的原则。你还记得吧？每在瓶颈损失一小时，就等于整个系统损失了一小时。”

“对，我也记得。”唐纳凡说。

我说：“他昨天给我的原则是，在非瓶颈设备省下的每小时都是虚幻的。”

“虚幻的！”他说，“这话怎么讲？在非瓶颈上节省的每小时都是虚幻的？节省了一小时就是节省了一小时！”

“不对，不是这样。”我告诉他，“既然我们等到瓶颈准备好才开始发料，非瓶颈现在就有了闲置的时间。因此在非瓶颈设备上增加几次转换完全没有关系，因为我们所做的只不过占了一部分机器闲置的时间罢了。在非瓶颈设备上节省转换时间，完全不会让整个系统变得更有生产力，我们所节省的时间和金钱只不过是假象。即使我们把转换的次数加倍，都不可能消耗掉所有的机器闲置时间。”

“好吧，好吧，”唐纳凡说，“我认为我现在明白你的意思了。”

“钟纳说，我们首先应该把批量减半，然后他建议我说服营销部门推出新的促销宣传计划，向客户承诺我们会提早交货。”我说。

“我们办得到吗？”刘梧问。

我告诉他：“由于我们原先采取的措施，例如，优先顺序系统，以及让瓶颈变得更有生产力等措施，已经大大缩短了生产时间，把产品的生产周期从三四个月降到了两个月以下。假如我们再把批量减半，你觉得我们的反应速度可以变得多快？”

在我们争辩的时候，有个人一直哼哼哈哈、模棱两可。最后，唐纳凡终于承认：“好吧，假如我们把批量减半，那么就表示零件处理时间也会减半，这样一来，生产时间应该不是6~8个星期，而变成四个星期左右……有时候甚至只需要三个星期。”

“假设我去营销部门，让他们向客户承诺三个星期交货？”我问。

“哇！等一下！”唐纳凡说。

“对呀，放我们一马吧！”史黛西说。

“好吧，那就四个星期。”我说，“这样很合理，对不对？”

“对我来说很合理。”雷夫说。

“嗯，……好吧。”史黛西说。

“我想我们应该冒这个风险。”刘梧说。

“那么，你愿意和我们一起许下承诺吗？”我问唐纳凡。

唐纳凡说：“这个嘛……我举双手赞成提高红利，管他呢，就试试看吧！”

星期五早上，我再度驾着车子上路，朝着总公司驶去。旭日映照在优尼公司的玻璃窗上，发出炫目的光彩，美丽的景象让我暂且抛开内心的忐忑不安。今天早上，我要到强斯的办公室和他面谈。我打电话给他的时候，他一口答应见我，但是当我提到我想谈的事情时，他的声音却显得意兴阑珊。我想我得费很大的工夫才能说服他同意我们的计划。所以，我一面开车，一面紧张地咬着手指甲。

强斯的办公桌与众不同，只不过是架在四只钢脚上的一片玻璃罢了，他往后靠在椅背上时，每个人都能清楚地看到他脚上的名牌休闲鞋和丝质短袜。我想这可能是他特意设计的。

他问：“……你们近况如何呀？”

“目前一切都进展得很好。说实在的，这正是我想和你谈谈的原因。”我说。

强斯立刻换上一张毫无表情的脸孔。

我告诉他：“听着，我要把全部的牌都摊在你前面。我刚才说一切都很好，不是吹牛。你也知道，我们已经清掉了所有的逾期订单。从上个星期开始，我们工厂已经开始根据正常交货期来生产。”

强斯点点头，说：“对，我也注意到，最近客户不再打电话来向我抱怨交货延迟了。”

我告诉他：“我想说的是，我们真的让工厂转亏为盈了，看看这个。”

我从公事包里拿出了一份最新的客户订单报表，上面显示了我们承诺的交货日期，雷夫估计的出货日期，以及产品确实的出货日期。

强斯琢磨这份清单的时候，我告诉他：“你看，我们可以预计，在未来 24 小时之内的什么时候产品可以运出工厂。”

“对，我晓得，这些就是出货日期吗？”

“当然。”

“真不简单。”强斯说。

“假如你比较一下最近的几笔订单和一个月以前的订单，你可以看到我们的生产时间已经大幅缩短了。四个月的生产周期不再是金科玉律。目前从签约到出货，平均只有两个月的时间。现在请你告诉我，你觉得这样是不是能帮助我们抢占市场？”

“当然可以。”强斯说。

“那么，假如换成四个星期呢？”

“什么？罗哥，别开玩笑了，四个星期？”他说。

“我们办得到。”

“算了吧！”他说，“去年冬天，当我们所有的订单都直线下跌时，你们答应在四个月内交货，结果拖了六个月！现在你却告诉我，从签约到交货，只要四个星期就够了！”

“假如办不到的话，我不会大老远跑来找你。”我告诉他，暗自祈祷我们没有算错。

强斯仍然固执己见，不肯相信。

“强斯，老实说，我需要更多的生意。”我告诉他，“我们清掉了逾期订单以后，目前手上的订单越来越少，我必须为工厂争取到更多的工作。我们两个人都知道现在外面不是没有生意可做，而是很多生意都给竞争对手抢去了。”

强斯眯着眼睛看着我。“你真的可以在四个星期内交出 200 件 Model 12 或 300 件 DBD-50 的订单吗？”

我告诉他。“试试看吧，给我五份订单，该死，给我十份订单，我会证明给你看。”

“假如你搞砸了，我们的信用怎么办？”

慌乱中，我低头看着玻璃桌。“强斯，我和你打赌，假如我食言的话，我会为你买一双全新的古奇皮鞋。”

他大笑，摇摇头，然后说：“好吧，就这么说定了，我会把话传下去，凡是你们工厂的产品，我们都承诺六个星期的交货期限。”

我开始抗议，强斯举手制止我。

“我知道你信心十足。假如有任何新的订单，你可以在五个星期之内交货，我会买一双新鞋给你。”

29

成本会计的矛盾

The Goal

万籁俱寂，月光从窗口透进卧室。我看看钟，现在是清晨 4 点 20 分，茱莉躺在我身边沉睡着。

我以手支着头，凝视茱莉。她深棕色的秀发散在洁白的枕头上，熟睡的面容在月光下显得分外美丽。我就这样注视了好一会儿，好奇地想，她梦里会是什么样的情景。

我是从噩梦中惊醒的。梦中，我在走道上跑来跑去，皮区则驾着那辆鲜红的奔驰轿车追着我。每次他快要撞上我的时候，我都躲到机器中间，或者跳上一辆起重机。他透过车窗，对着我大嚷，说我们的财务状况还不够理想。最后，他在出货部门逮到我。我的背抵着一堆纸箱，无路可走，而奔驰轿车则以 100 英里的时速向我冲过来，我用手挡住车灯刺眼的光芒。就在皮区快要逮到我的时候，我醒了过来，发现梦境中的车灯其实是洒落在脸上的月光。

我现在毫无睡意，还念念不忘今晚和茱莉在一起时，我试图抛在脑后的问题，又不愿吵醒茱莉，于是我悄悄地溜下床。

今天晚上，只有我们两个人在家。起初，我们没有计划要干吗，后来我们想起来，今天晚上家里只剩下我俩，没有人会来打扰。于是我们买了一瓶酒、一点乳酪和一些面包，甜甜蜜蜜地在家里共度一晚。

我站在漆黑的起居室中，从窗口往外望，似乎整个世界都在沉睡，唯有我独醒。我很气恼自己居然会失眠，但是我没有办法抛开脑中思考的问题。

昨天我们开了个干部会议，会上有一些好消息，也有一些坏消息。实际上，好消息居多，其中最引人注目的是，营销部门为我们争取了很多新订单。自从我和强斯谈过之后，我们赢得了六七个订单。此外，我们在工厂中采取的措施也使生产效率上升了，而不是下降。我们根据热处理部门和 NCX-10 的生产进度来发放物料以后，效率稍稍降低了一阵子，但那是因为我们正在消耗过剩的库存。当我们用完了多余的库存以后（有效产出增加以后，多余的库存很快就用完了），效率就再度提升。

接着，两星期以前，我们开始把批量减半。当我们减少了非瓶颈设备的批量后，生产效率依然维持不变，而且似乎工人比过去还要忙碌。

这是因为发生了一件很棒的事情。在我们把批量减半以前，经常可以看到许多工作单位人员被迫闲在那里，因为即使我们正在逐渐消耗多余的库存，他们手边还是没有零件可以处理。原因是这些单位通常必须等候前一个单位处理完一大批零件以后，才有办法动工。除非催货员要求，否则物料管理员都会等到整批零件处理完之后，才会把它运到下一个工作站。事实上，目前的状况依然如此，只不过现在批量减小了，我们可以更快地把零件运到下一个工作站。

我们过去的做法往往把非瓶颈变成了暂时的瓶颈，因此造成下游的工作单位无事可做，也导致生产效率低下。现在，即使偶尔需要让非瓶颈闲置一旁，实际的资源闲置时间仍然比过去少多了。自从我们把批量减半以后，工厂里的生产流程平顺多了。更奇怪的是，我们的资源闲置时间不如以往那么碍眼了，而且分散成很多次，每次时间都很短。过去工人几小时都在那里闲晃的情况已经不见了，现在他们每天等候零件的时间可能只有 10 ~ 20 分钟而已。从任何人的角度来看，情况都大大地改善了。

更好的消息是，目前的库存是工厂有史以来的最低纪录。假如你现在走到工厂中，你一定会吓一大跳。过去堆积如山的零件和组件，现在都只剩一半了，仿佛我们曾经派了成队的货车，把所有的东西一搬而空。这是因为我们把多余的库存全变成成品运送出去了。当然，整个故事中最重要的部分是，我们并没有让工厂重新堆满在制品。目前，生产线旁唯一看得到的在制品是眼下正需要的零件。

可是，还是有坏消息，我正想到这里的时候，听到后面响起了脚步声。

"罗哥？"

"对，我在这里。"

"你一个人坐在黑暗中干吗？"

"我睡不着。"

"怎么回事？"

"没什么。"

"那么，你为什么不回床上睡觉呢？"

"我只是在思考一些事情。"

她沉默了一会儿。我听到她走到我旁边。

"是工厂的问题吗？"她问。

"对。"

“我还以为一切都好转了。”她说，“出了什么问题？”

“问题和我们计算成本的方式有关。”我告诉她。她在我旁边坐下来。“你为什么不告诉我是怎么回事呢？”她说。

“你真的想听吗？”我问。

“真的。”

于是我告诉她，表面上看起来，似乎由于较小的批量引致转换次数增加，导致我们的零件成本上升了。

“哦，我看这可不太妙，是不是？”她说。

“从政治的角度来看，的确不妙。但是从财务的角度来看，一点关系都没有。”我说。

“为什么？”她问。

“你知道为什么成本看起来好像上升了吗？”我问她。

“不知道。”她说。

我站起来，把灯开亮，找到纸笔：“好，我举个例子给你听。假设我们的批量是 100 个零件，转换需要 2 小时，也就是 120 分钟，而每个零件的加工时间是 5 分钟，因此我们每个零件都要投资 5 分钟的加工时间。再加上 2 小时的转换时间除以 100，也就是每个零件的平均转换时间 1.2 分钟。根据会计师的算法，这个零件的成本就是 6.2 分钟的直接劳动成本。现在，假如我们把批量减半，转换时间仍然保持不变，但是现在分摊时间的零件数量只有 50，而不是 100，所以每个零件现在的投资是 5 分钟的加工时间，再加上 2.4 分钟的转换时间，总数是 7.4 分钟的直接劳动成本。所有的计算全都是根据直接劳动成本。”

然后，我解释成本计算的方式。首先是原料成本，然后是直接劳动成本，最后是“成本负担”，基本上就是直接劳动成本乘以一个因数，而在我们工厂的状况，要乘以 3。所以，在账面上看来，假如直接劳动成本上升，成本负担就会上升。

“所以，只要转换的次数增加，制造零件的成本就上升。”茱莉说。

“表面上看来是这样。但是事实上，这对我们的实际费用没有丝毫影响。我们没有多雇一些人，我们也没有因为转换的次数增加而增加额外的成本。实际上，由于我们批量减半了，零件的成本还因此下降了。”

“下降？怎么会下降呢？”

"因为我们减少了库存，增加了产品销售的收入。所以，我们有更多的产品可以分摊同样的成本负担和同样的直接劳动成本。由于我们以相同的成本，制造和销售了更多的产品，我们的营运费用不但没有上升，反而下降了。"

"成本计算方式怎么可能出错呢？"她问。

我说："原本的计算方式是假设工厂里所有的工人随时都在工作，因此为了增加转换次数，你必须雇用更多的工人。其实并非如此。"

"你要怎么办呢？"她问我。

我抬头望望窗外，太阳已经冉冉上升到邻居的屋顶，我握住她的手。

"我现在要怎么办？我要带你出去吃早餐。"

我抵达办公室的时候，刘梧走进来。

"还有更多坏消息要让我知道吗？"我开玩笑。

他说："我想我可以帮你摆脱生产成本的困扰。"

"真的吗？怎么做？"

"我可以修改我们用来计算零件成本的基准，也就是不照公司规定我们采用的过去 12 个月的成本因数，而采用过去 2 个月的数目作为因数。这样会对我们大有帮助，因为过去 2 个月，我们的有效产出增加了很多。"

"对呀。"我也觉得这样大有可为，"对呀，这样可能会行得通。事实上，过去 2 个月也比过去 12 个月，更能反映出我们的实际状况。"

刘梧说："是呀，你说得没错，但是根据公司的会计政策，我们不能这样做。"

"好吧，但是我们有充分的理由，工厂和过去大不相同了，我们的情况的确好转了。"

"罗哥，问题是费鲁士绝不会接受这种说法。"刘梧说。

"那么，你为什么还要提出这个建议呢？"

"假如费鲁士知道的话，他绝对不会同意。"刘梧说。

我慢慢地点点头："我明白了。"

"我给你的数字，乍看起来，可能看不出什么名堂。但是假如费鲁士和他的助理们检查这些数据的话，他们立刻就会看穿我们的花样。"

"你的意思是，我们最后可能陷入水深火热之中。"我说。

“对，但是如果你还是想冒冒险……”刘梧说。

“这样可能会为我们多争取到几个月的时间，来表现出我们真正的经营能力。”我帮他把话说完。

我站起来，一面来回踱步，一面斟酌这件事。

最后，我看着刘梧说：“我没有办法一方面让皮区看到我们的零件成本上升，一方面又要说服他工厂这个月的表现比上个月好得多。反正假如他看到这些数字，认为我们的成本一直上升，我们同样也会很惨。”

“所以你想试试看？”刘梧问。

“当然。”

“好吧，要记住，假如我们被逮到的话——”他说。

“不要担心，我会勤练踢踏舞的。”

刘梧走出去的时候，芙露兰用内线电话告诉我，强斯在线上，我拿起电话。

“嘿！”我向他打招呼，我们已经变成老朋友了，几个星期以来，我们几乎每天都通电话，“有什么事吗？”

“还记得我们的老朋友柏恩赛吗？”强斯问。

“我怎么可能忘掉亲爱的柏恩赛呢？他还在埋怨我们吗？”我说。

“不再抱怨了。”强斯说，“事实上，目前我们和柏恩赛的公司还没有任何生意往来，我之所以打电话给你，是因为几个月以来，他们第一次表示有兴趣向我们买东西。”

“他们感兴趣的是什么东西啊？”

“Model 12。”他说，“他们需要 1 000 个。”

“太棒了！”

“先别高兴。”强斯说，“他们要在月底以前拿到所有的货。”

“那就是两个星期以后。”我说。

强斯说：“我晓得。负责这件事的业务员已经查过仓库了，我们只有 50 件 Model 12 的库存。”

显然，他的意思是，假如我们想接这笔生意的话，我们必须在月底前制造出剩下的 950 件产品。

“这个嘛……强斯，我告诉过你，我想要多接生意，而且自从我们谈过之后，你也帮我们签回不少好订单。但是两个星期交出 1 000 个 Model 12，未免太苛刻了一点儿。”

他说：“罗哥，老实说，打电话给你的时候，我也觉得我们对这笔生意大概无能为力了。但是，我只是觉得应该让你知道这件事，说不定你晓得什么我不知道的状况。毕竟对我们而言，1 000 个产品代表了 100 多万美元的业绩。”

我说：“对，我明白这点。他们为什么赶着要这批货呢？”

强斯说，他做了一点调查，结果发现这笔订单原本是交给我们的头号竞争对手，他们生产和 Model 12 类似的产品。但是合约签了五个月以后，他们还是没办法交货，而且这个星期的状况显示，他们根本不可能如期交货。

“我认为柏恩赛回过头来找我们，是因为他们听说我们现在能快速交货给其他客户。”他说，“老实说，我估计他们简直不知道该如何是好。真该死，假如我们有任何办法接下这笔生意，这真是挽回颜面的好方法。”

“我不知道，我也想重新接到他们的订单，但是……”

他说：“最重要的是，假如我们在淡季就有先见之明，预先制造一批 Model 12，存放在仓库，我们就做得成这笔生意了。”

我禁不住窃笑，因为假如是在几个月以前，我可能也会同意这种讲法。

强斯还在说：“真是太糟了，除了这笔订单，可能还有一笔大生意。”

“多大的生意？”

“他们强烈暗示，假如我们能完成这笔订单，我们可能变成他们优先考虑的供应商。”强斯说。

我沉默了半晌。“好吧，你很想接下这笔生意，对不对？”我问。

“想得不得了，但是真的不可能……”

“你什么时候必须向他们回话？”我问。

“今天下班前，最晚也只能拖到明天。”他说，“你为什么要问呢？你真的觉得我们办得到吗？”

“或许有办法。我会看看现在的情况如何，然后打电话给你。”我说。

我一挂断电话，就召集了唐纳凡、史黛西和雷夫到我的办公室开会。大家都到齐了之后，我告诉他们强斯说的事情。“假如是在平常，我会觉得这根本就不可能。但是在正式拒绝之前，我们先好好想想。”

大家都望着我，而且心里很清楚，这个会大概又在浪费时间了。

我说："大家就想想看我们有没有什么可以做的，好不好？"

整个上午，我们都在忙这件事情。我们先评估物料的状况，史黛西负责检查原料库存，雷夫则很快地估计，等到物料一到手，我们要花多少时间才能生产出 1 000 个成品。11 点以前，他已经算出瓶颈每天可以为 Model 12 产出 100 个零件。

雷夫说："所以就技术上而言，接下这个订单不是不可能，但是我们必须其他什么都不做，只为柏恩赛的订单赶工。"

"不，我不希望这样做。"我告诉他，我不希望只为了讨好一个客户，就把其他的客户关系全都弄丢了，"试试看有没有其他办法。"

"什么办法呢？"唐纳凡问，他坐在会议桌上，就像一块木头一样，丝毫不带劲。

我说："几个星期以前，我们把批量减半，结果我们缩短了零件在工厂里的生产时间，提高了有效产出。假如我们把批量再减半，会怎么样？"

雷夫说："哇，我没有想到这个方法。"

唐纳凡倾着身子说："再减半？对不起，罗哥，我认为这样不会对我们会有什么帮助，至少对于这么大量的订单不会有什么帮助。"

雷夫说："你知道吗，有几笔订单，我们原本计划提前交货。我们可以在优先顺序系统中为一些这样的订单重新排程，令它们可以按承诺交货期出货，而不是提前。这样一来，瓶颈就可以给我们多一点时间，而不致令任何人受损。"

"说得好，雷夫。"我告诉他。

"但是无论如何，我们还是没有办法完成 1 000 个产品，至少没有办法在两个星期以内完成。"唐纳凡推断。

我说："好，那么假如我们减少批量，在不耽误其他订单准时出货的情况下，我们两个星期内可以完成多少件 Model 12？"

唐纳凡露齿一笑，说："我想不妨查查这个数字。"

"我可以查查看。"雷夫边说边站了起来，准备去计算机室。

唐纳凡的兴趣终于被挑起来了，他说："我最好和你一起去，把情况弄清楚。"

当雷夫和唐纳凡研究这个最新可能性的时候，史黛西带来了有关库存的新消息。她很确定无论是从库存，或者从供应商那里，我们都可以在几天内拿到所有需要的物料，只有一种物料例外。“Model 12 需要的电子控制器会有问题，我们仓库里没有这么多库存，而且我们也不具备制造这种控制器的技术，无法自己生产。我们已经在加州找到了一个供应商，可以供货，遗憾的是，他们说，这么大量的货假如把运送时间计算在内的话，要四个星期到六个星期以后，才有办法运到。我觉得要不还是算了。”

“先别忙，史黛西，我们正在考虑改变策略。他们每个星期可以给我们多少控制器？”我问她，“他们多快可以把第一个星期的货交给我们？”

“我不知道，但是分批交货的话，我们或许就拿不到折扣了。”史黛西说。

“为什么不能有折扣呢？我们还是答应买同样数量的控制器，只不过分批交货而已。”

“那么，运输成本就会增加。”她说。

“史黛西，我们现在谈的是上百万美元的生意。”我告诉她。

“好吧，但是卡车至少要三天到一个星期，才有办法把货运到。”她说。

“这些零件体积又不会很大，那么，我们何不用空运呢？”我问。

“这个嘛……”史黛西沉吟着。

“你可以查查看，不过我怀疑空运费是不是就会吃掉 100 万美元生意的利润。但是假如我们拿不到这些零件，就接不到这笔生意。”我说。

“好吧，我会问问看有什么替代办法。”她说。

那天快下班的时候，我们还在辛辛苦苦地查证所有的细节，但是我手上掌握的资料已经给我足够的信心打电话给强斯了。

“我们决定请你去和柏恩赛打交道。”我告诉他。

“真的吗？”强斯兴奋地说，“你们要接下这笔生意吗？”

“在某些条件下。”我说，“首先，我们不可能在两个星期内交出所有 1 000 个产品，但是我们可以连续四个星期，每个星期都交给他们 250 件。”

“他们或许会接受这个条件，但是你们什么时候可以开始出货？”强斯问。

“他们下订单的两个星期之后。”我说。

“你确定办得到吗？”强斯问。

“我们说什么时候出货，就什么时候出货。”我告诉他。

“你这么有自信？”

“对。”

“好吧，好吧，我会打电话给他们，看看他们有没有兴趣。但是罗哥，我希望你不是空口说白话，因为我不想重新跟这些人惹上麻烦。”

几个钟头以后，家里的电话铃响了。

“罗哥？成功了！我们拿到订单了！”强斯在我的右耳边大声嚷嚷。

我的左耳仿佛听到几百万美元在收银机上叮叮当当响着。

强斯继续说：“你知道吗？他们甚至宁可分批交货，而不要一次拿到一大批货！”

我告诉他：“好，太好了，我们会立刻动工。你可以告诉他们，两个星期以后，我们就会把第一批的 250 个 Model 12 运出去。”

30

该来的终于来了

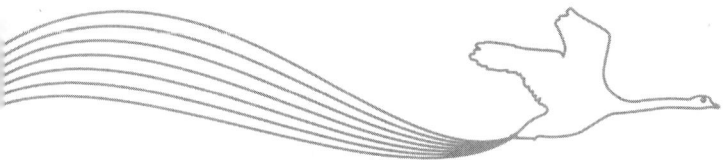

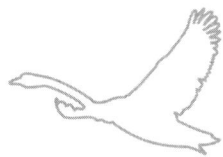

新月份开始的时候，我们开了个干部会议，除了刘梧，大家都到齐了，唐纳凡告诉我，刘梧一会儿就会进来。我烦躁不安地坐在那儿，为了不把会议的时间花在空等刘梧上，我问了问目前的出货状况。

“柏恩赛的订单情况怎么样？”我问。

“第一批货准时运出。”唐纳凡说。

“剩下的货呢？”我问。

“没有什么大问题。”史黛西说，“控制器晚一天收到，不过我们还有足够的时间装配，不至于耽误出货的时间。至于这个星期的零件，供应商已经准时交货。”

我说：“很好。关于减少批量的新措施，有什么新消息吗？”

“生产线上物料的流动现在更顺畅了。”唐纳凡说。

“太棒了！”我说。

就在这个时候，刘梧走进会议室。他迟到是因为他正在计算上个月的营运数字。他坐下来，直直地看着我。

“怎么样啊？”我问，“有没有达到 15%？”

他说：“没有，确实的数字是 17%，有一部分要归功于柏恩赛，接下来的这个月情况看起来也很不错。”

然后，他开始概括说明我们在第二季度的表现。我们现在的确转亏为盈了，库存只有三个月前的 41%，有效产出则加倍增长。

“我们真是走了很远的路，对不对？”我问。

第二天，当我吃完中餐，回到办公室的时候，办公桌左上角放着两个印了“优尼器具事业部”标志的白色信封。我拆开其中一个信封，翻开硬邦邦的信纸，上面只有短短的两段文字，下面则附了皮区的签名，内容是恭贺我们接到了柏恩赛的订单。我拆开另一封信，发现发信人也是皮区，也同样的言简意赅，这封信正式下令，要我为即将在总公司举行的工厂绩效评估会议做准备。

我读第一封信就开心地咧开了嘴，现在嘴巴张得更大了。三个月以前，第二封信会把我推入恐惧的深渊，因为尽管皮区没有明讲，但是我估计这个绩效评估会议将会决定工厂未来的命运。我一直预期会有一次正式的评估，但是现在我不再害怕了，而是欣然迎接这天的到来。我们有什么好担心的呢？这是宣扬我们绩效的大好机会！

营销部门向其他客户宣传了我们的事迹之后，我们的有效产出直线上升，库存和过去简直不能相比，还在继续下降。由于我们接到的订单越来越多，分摊之后的产品单位成本降低了，营运费用也随之下降。我们现在真的赚钱了。

接下来的这个星期，我和人事经理杜林出差了两天。我们到圣路易去，和事业部的劳工关系部门及其他的工厂主管开了个秘密会议。讨论的内容大半都集中在如何要工会在薪资问题上让步。对我而言，这是个令人沮丧的会议，在白灵顿，我们并不需要降低工资，所以我对于会议中提出的种种建议毫无兴趣，我知道这些做法会引起工会抗争，结果可能导致罢工，从而扼杀我们在市场上的收获。这个会议开得极没有成效，最后也没能形成什么决议。于是，我回到白灵顿。

下午 4 点左右，我走进办公大楼，柜台边的小姐挥手把我拦了下来，她说唐纳凡希望我一回来就找他。我叫他们呼叫唐纳凡，几分钟后，他就匆匆地走进我的办公室。

“什么事啊？”我问。

“史麦斯。”他说，“他今天跑来这里了。”

“他跑来这里！为什么？”我问。

唐纳凡摇摇头，说：“还记得几个月前，他们说要来拍那卷录像带吗？”

“后来取消了。”我说。

“计划又复活了，只不过主角换成了史麦斯。由于他现在是事业部的生产力经理，因此要代替格兰毕发表演说。今天早上，我正站在 C 走道的机器旁边喝咖啡时，看到那群拍摄人员走进来。我还没弄清楚他们来这里干什么，史麦斯已经走到我身边。”

“工厂里有没有人事先知道他们要来？”我问。

他告诉我，负责内部沟通的芭芭拉晓得这件事。

“她完全没有想到应该告诉别人吗？”我说。

“他们临时才通知我们要来拍摄的事，由于你和杜林都出差去了，芭芭拉就自己处理了，她通知了工会，做了所有必要的安排。她发了一份函件给我们，但是我们在今天早上才收到。”

“真是自作主张。”我嘀咕着。

他继续告诉我，史麦斯的拍摄人员在其中一个机器人前面架设好摄影机，不是负责焊接的机器人，而是负责堆移物料的机器人。很快，他们就觉得其中一定有问题，因为机器人闲在那里，无事可做，旁边没有等待处理的库存，也没有任何工作给它做。

在一卷关于生产力的录像带里，当然不可能让机器人呆呆地站在背景中，什么也不做，机器人必须忙着“生产”才行。所以，唐纳凡和他的助理花了一小时在工厂里到处搜寻机器人可以处理的零件。史麦斯已经等得不耐烦了，所以开始四处闲逛，他很快就注意到几件事情。

“当我们带着物料回去找他的时候，他开始问一大堆关于批量的问题。我不知道该怎么回答，因为我不知道你是怎么告诉总公司的，所以……呃，总而言之，我只是觉得你应该晓得这件事。”

我觉得胃部又是一阵绞痛，就在这个时候，电话铃响了，我拿起电话，是费鲁士从总公司打来的。他告诉我，他刚刚和史麦斯谈过话。我让唐纳凡先离开，等到门关好以后，我和费鲁士谈了几分钟，然后就去找刘梧。

两天后，总部派来了一个稽查小组，领军的是事业部的助理财务总监郭维兹，他的年纪五十岁开外，握手的力量好像要捏碎你的骨头似的，他也是我所见过的最不可亲近的人。他们大大咧咧地走进来，占据了会议室，然后几乎立刻就发现我们改变了计算产品成本的基准。

郭维兹从试算表上抬起头来，从眼镜上方瞪着我们，说：“这完全不合规定！”

刘梧支支吾吾地说：“对，或许我们的做法没有完全遵照公司政策，但是我们有理由把最近两个月的数据当作计算基准。”

我补充说明：“事实上，这样更真实地反映了我们的状况。”

“很抱歉，罗哥先生，我们必须依从标准政策。”

“但是，工厂已经和从前不一样了！”

坐在会议桌旁的五个会计师全都对着我和刘梧猛皱眉头，最后我摇头放弃，和他们申述毫无用处，他们只晓得抱住会计标准不放。

稽核小组重新计算了数字，这下子我们的成本显得上升了。他们离开以后，我试图赶在他们前面，打电话给皮区解释，但是皮区出城去了。我又试试找费鲁士，他也不在。秘书提议把我的电话转接给史麦斯，似乎目前他是总公司唯一留守的主管，但是我断然拒绝了。

接下来一个星期，我一直在等待总部的炮轰，却平安无事。刘梧接到了费鲁士的书面斥责，警告他以后要严守公司政策，并且还正式命令我们根据旧的成本标准，重新撰写季度报告，并且在绩效评估会议之前，就把报告送去总部。但是皮区仍然什么都没说。

一天下午，我和刘梧在一起讨论修正后的季度报告。我像个泄了气的皮球一样，根据旧标准算出的数字显示，我们不可能达到 15%的目标。我们记录下来的净利数字只有 12.8%，而不是刘梧原先计算的 17%。

“刘梧，不能把数字弄得更漂亮一点吗？”我恳求。

他摇摇头，“从现在开始，费鲁士会详细检查我们交去的每份报告。我只能做到这里为止了。”

就在这个时候，我听到办公室外传来一个声音，而且声音越来越大。“呜啪……呜啪……”我看看刘梧，刘梧也看看我。

“是直升机的声音吗？”我问。

刘梧走到窗户旁，往外望。“没错，而且直升机正要降落在我们的草坪上！”他说。

我走到窗边，正好目睹这架红白相间的直升机落地，螺旋桨卷起飞扬的尘土和碎草。螺旋桨慢慢停下来的时候，机门打开了，两个人走了出来。

“走在前面的那个人好像是强斯。”刘梧说。

“是强斯没错。”我说。

“另一个人是谁呀？”刘梧问。

我先没认出来。我注视着他们穿过草坪，走过停车场。走在后面那个高大、白发的男人庞大的身躯和昂首阔步的架势，使我回想起很久以前参加过的一场会议。

“哦，上帝！”我说。

“我想上帝应该不必靠直升机下凡吧。”刘梧说。

“比上帝还要糟糕，那个人是柏恩赛！”我说。

刘梧还来不及张口，我已经冲出门外，直接冲进史黛西的办公室。她和她的

秘书，以及正在和她开会的几个人，全都站在窗口张望，每个人都看着那架该死的直升机。

“史黛西，赶快，我需要马上和你谈一谈!”

她走到门边，我把她拉到走廊上。“柏恩赛的订单现在情况如何？”我问她。

“我们两天前运出了最后一批货。”

“准时吗？”

“当然啦。”她说，“就像前一批货一样，一点问题也没有。”

我又跑了起来，边跑边回头跟她说：“谢谢!”

“唐纳凡!”我大喊一声。

他不在办公室里，我在他秘书的桌边停住脚步。

“唐纳凡跑到哪里去了？”我问她。

“他可能去上厕所了。”她说。

我往厕所的方向冲去，冲进厕所以后，发现唐纳凡正在洗手。

我问他：“柏恩赛的订单有没有碰到什么质量问题？”

唐纳凡猛然见到我，吓了一跳，他说：“没有，就我所知，没有。”

“那么，那笔订单有没有出现其他任何问题？”我问他。

他伸手拿张纸巾，把手擦干，“没有，整批货像时钟一般，准时运出去。”

我往墙上一靠，“那么，他究竟跑来这里做什么？”

“谁跑来这里做什么？”唐纳凡问。

“柏恩赛，他刚刚和强斯一起下了直升机。”我告诉他。

“什么？”

“跟我来。”我告诉他。

我们跑去柜台，但是没有见到他们。

“强斯先生刚刚有没有和一位客户走进来？”我问柜台边的小姐。

她说：“你是指从直升机下来的两个人吗？他们穿过这里，走进工厂了。”

唐纳凡和我一起快步穿过走廊，走进工厂。一位主任从走道另一端看到我们，不等我们开口，就用手一指强斯和柏恩赛走去的方向。走过去的时候，我看到他们就在前面。

柏恩赛和每个他看到的工人握手，真的！他和他们握手，拍拍他们的手臂，和他们谈话，而且脸上还挂着微笑。强斯伴随着他，柏恩赛一握完手，强斯就紧跟着握住那只手。他们四处为每个人打气。

最后，强斯看到我们走过来，他拍拍柏恩赛的肩膀，和他说了几句话。柏恩赛咧开大嘴，大步朝着我们走过来，伸出双手。

“我要特别向你道谢。”柏恩赛大声说道，“我原本想把最精彩的部分留到最后，但是你打破我的如意算盘了。你好吗？”

“很好，柏恩赛先生。”我说。

“罗哥，我跑来这里，是因为我想和你手下的每个工人握手。”柏恩赛高声说，“我们那笔订单，你们的表现简直太棒了，太棒了！其他那些浑蛋签下订单五个月后，都还没有办法完成，而你们却在短短五个星期之中就全部做到了。你们一定费了很大的力气！”

我还来不及说话，强斯就插进来说：“今天柏恩赛和我一起吃中饭的时候，我告诉他你们怎么样停下手边一切工作来赶他的订单，这里的每个人怎么样为他的订单尽了最大的努力！”

我说：“对，我们只是尽了最大的努力。”

“你不介意我继续前进吧？”柏恩赛问。

“不介意，请便。”我说。

“不会影响你们的效率吧？”柏恩赛说。

“不会，不会，尽管往前走，没关系。”我说。

我转过头去看唐纳凡，然后低声说：“叫芭芭拉立刻带照相机来这里，叫她多带些底片过来。”

唐纳凡朝着办公室快步走去，强斯和我跟着柏恩赛继续往前走，和每个人握手。

我注意到强斯非常兴奋，当柏恩赛走到前面，听不见我们谈话时，强斯转过头来问我：“你穿几号鞋？”

“十号半。你干吗问这个？”我问。

“我还欠你一双皮鞋。”强斯说。

我说：“不要紧，强斯，别担心这个问题。”

“罗哥，我们下个星期要和柏恩赛的下属会面，商讨一份 Model 12 的长期合

约—— 一年 10 000 个产品！”

这个惊人的数字吓得我几乎站不稳。

强斯继续说：“我一回去，就要召集我所有的下属，发动一场新的促销活动，宣传你们在这里所做的每项改革，因为在整个事业部里，你们是唯一能准时产出高质量产品的工厂。以你们这样的生产效率，我们可以把其他人赶出市场！多亏你的努力，我们终于尝到了胜利的滋味。”

我听了十分高兴，“谢谢你，强斯，但是实际上，我们并没有为柏恩赛的订单花费额外的力气。”

“嘘！别让柏恩赛听到。”强斯说。

我听到后面有两个工人谈着。

“这是怎么回事呀？”

“不晓得，我想我们一定做好了什么事。”

工厂绩效评估会议的前夕，我已经排练过我的口头报告，也准备好十份书面报告，除了想象可能出现的问题，已经没有其他事情可做了。于是，我打了个电话给茱莉。

我说：“嘿，明天早上我得去总公司开会。因为橘林镇刚好顺路，我今天晚上先过去找你们，你觉得怎么样？”

“好哇，听起来很棒。”她说。

于是，我提早离开办公室，上了公路。

当我朝着州际公路开去的时候，白灵顿镇就在我的左边连绵成一片。“把我买下来！”的招牌还高高悬挂在高耸的办公大楼顶楼，在我视线所及的范围内，生活在小镇上的 3 万多人显然还浑然不觉，明天事关小镇经济前景的大事就要盖棺论定了。大多数的小镇居民素来对这个工厂和我们做的事情都毫无兴趣，也许要到我们关厂的那一天，他们才会感到生气和愤怒。而假如我们的工厂继续经营下去呢？那么就没有人会在乎，更没有人会知道，我们曾经经历过什么样的考验。

不管赢或输，我知道我已经尽力而为了。

当我抵达岳父母家的时候，莎朗和大卫跑过来迎接我。脱掉西装，换上了休闲服以后，我和两个孩子掷了一个钟头飞盘。等到我们玩累了，茱莉提议我们两个人单独出去吃晚饭。我感觉得到，她有话想对我说。我略加梳洗之后，我们就出发了。开车经过公园的时候，茱莉说："罗哥，我们在这里停一会儿好吗？"

"为什么？"我问。

"上一次我们来这里的时候，一直没有散完步。"她说。

于是，我把车子停在路边，到公园里散步。我们慢慢走到河边的长凳，坐了下来。

"你明天要开的是什么会？"她问。

"是工厂的绩效评估会议，事业部的大老板会决定工厂的命运。"我说。

"哦，你认为他们会有什么决定？"

"我们没有完全做到我对皮区的承诺。由于产品的成本计算标准的问题，其中有一组数字看起来不如实际状况那么好。你还记得我告诉过你的事情吧？"

她点点头。我却摇摇头，仍然为稽核的结果愤愤不平。

"但是即使如此，我们上个月仍然表现得很好。只不过从账面上看起来，不如实际状况那么棒而已。"我告诉她。

"你不认为他们还想关闭工厂吧？"她问。

我说："我想不会。除非他们是白痴，否则不会只因为成本上升就宣判我们无药可救。即使根据错误的衡量基准，我们都还是赚钱的。"

她把手伸过来，握住我的手，"那大早上你真好，还带我出去吃早餐。"

我微笑着说："在清晨 5 点听我信口开河以后，你应该得到这样的回报。"

"你那天和我谈的事情，让我明白我是多么不了解你。我真希望过去几年，你曾经多告诉我一些事情。"她说。

我耸耸肩，"我不知道我为什么没有那样做。可能我以为你不会感兴趣，或者我不想让你操心。"

"我也应该多问你一些问题。"她说。

"我那么晚下班，没有给你太多问问题的机会。"

"在我离家以前，每次你加班的时候，我真的都把问题往你身上推，我不相信事情和我有关，我在内心深处，老是以为你拿加班来当作避开我的借口。"她说。

"绝对不是，茱莉。当所有的危机都出现时，我一直以为你一定明白这些事情有多重要。"我告诉她，"对不起，我应该让你多了解一点。"

她捏捏我的手，说："我一直在思考上次坐在这里的时候，你对婚姻的看法。

我必须承认，你说得对。长久以来，我们只是生活在一起，而事实上，却越行越远。我看着你越来越投入工作中，为了补偿失去你的空虚，我就把时间投入布置家里及和朋友交往上。我们忽视了真正重要的事情。”

我注视着阳光下的她。NCX-10 坏掉那天我回家的时候，她头发染成的恐怖颜色已经逐渐褪去，她的头发现在又浓又直，恢复了过去的深棕色。

她说：“罗哥，我现在希望花更多的时间和你在一起，而不是更少的时间，对我来说，这一直是个问题。”

她转过头来，用那双蓝色的大眼睛凝视着我，我又恢复了久远以前对她的感觉。

“我终于明白为什么我不愿意和你一起回白灵顿的家了。这不只是那个小镇的问题，尽管我确实不太喜欢那个地方。问题是，自从我们分居以后，实际上我们在一起的时间反而更多。我的意思是，我们住在一起的时候，我觉得你好像视我为理所当然。现在你会送花给我，你特地跑出来找我，你花时间和我、和孩子相处。我知道我们不可能永远像这样下去，看来我爸妈已经有点厌倦这样的安排了，但是我还不想结束这个状态。”

我开始高兴起来。我说：“至少我们很肯定我们不想分开。”

“罗哥，我还是不清楚我们的目标是什么，或者应该是什么，但是我们都晓得，我们对彼此都有某种需要。我想要莎朗和大卫都长大成为好人，我也希望我们彼此都能满足对方的需要。”

我用手环绕着她，告诉她：“就起步而言，这是个值得努力的目标。听着，或许说起来总是比做起来容易，但是我会尝试不再把你视为理所当然。我很想要你回家，但遗憾的是，我的工作压力还在，而且永远也不可能消失。我没有办法忽视我的工作。”

“我从来没有要求你忽视工作，只要你不忽视我和孩子就好了，而且我真的会试着了解你的工作。”她说。

我笑了。

“你还记得很久以前，我们刚结婚的时候，当时我们两个人都在上班，下班回家以后，我们会聊几小时，互吐苦水，互相安慰，那时候感觉真好。”

“然后，孩子就出生了，再后来，你就开始加班。”她说。

“对呀，我们就不再那么做了。我们应该刻意养成这个习惯，你觉得如何？”

“听起来很棒。罗哥，我知道你一定觉得，我就这样离开你，真是十分自私，我只是暂时发狂了，真对不起——”

“不，你不必道歉。我应该更关心你一点。”我告诉她。

“但是，我会试着补偿你。”她说。然后她笑了几声，继续说，“既然我们开始回忆过去，或许你还记得我们第一次吵完架的时候，我们相互承诺，永远要试着从对方的角度来看事情，而不是只从自己的角度出发。回想起来，在过去几年，我们很少这样做。我愿意再试试看，假如你也愿意的话。”

“我也愿意。”我说。

我们拥抱了很久。

“所以……你愿意再嫁给我吗？”我问她。

她靠在我的臂弯中说：“我愿意再度尝试任何事情。”

“你晓得吧，以后的日子也不会很完美，我们还是会吵架。”我说。

“而且，我有的时候还是会对你有一些自私的要求。”

“管他呢！”我告诉她，“咱们去拉斯维加斯，找个法官证婚吧。”

她大笑，“你是说真的吗？”

“今晚可不成。”我说，“我明天早上要开会，明天晚上如何？”

“你是说真的！”

“你离开以后，我把薪水全存在银行里，过了明天，正是好好花它一笔的时候！”

茱莉笑着说：“好吧，就这么决定！”

31

最后的审判

The Goal

第二天早上，差几分到 10 点的时候，我走进优尼公司办公大厦 15 楼的会议室。史麦斯坐在长桌的另一端，旁边坐着郭维兹，另外还有一群幕僚环绕着他们。

我说："早安！"

史麦斯脸上挂着微笑，抬头看看我，说："把门关上，然后我们就可以开始了。"

"等一等，皮区还没到呢。"我说，"我们应该等等他吧？"

"皮区不来了，他在开另一个会。"史麦斯说。

"那么，我希望把这个会延到他有空的时候再开。"

史麦斯冷冷地看着我。

"皮区特别要我主持这次会议，然后向他提出建议。"史麦斯说，"所以，假如你想要为你的工厂申辩的话，我建议你现在就开始，否则，我们只好根据你的书面报告下结论了。"

郭维兹告诉我："你们的产品成本增加了，我想你需要稍微解释一下。我尤其想知道，为什么你没有好好遵守公司关于批量的规定。"

回答之前，我在他们面前踱来踱去。怒火慢慢上升，我努力克制住怒气，思索这个情况所代表的意义。我一点也不喜欢目前的状况，皮区绝对应该出席这个会议，而且我预期会向费鲁士本人，而不是向他的助理做报告。但是，听起来史麦斯已经得到皮区的首肯，担任我的法官、陪审员，甚至还很可能是我的执刑者。我推断，还是马上开始报告比较保险。

我最后说："好，但是在我开始报告工厂状况之前，我想先问个问题，优尼器具事业部的目标是降低成本吗？"

"当然啦！"史麦斯不耐烦地说。

"不对，事实上，这不是目标。"我告诉他们，"优尼器具事业部的目标是赚钱，你们同不同意？"

郭维兹坐直了身子，然后说："没有错。"

史麦斯姑且对我点点头。

我说："我要证明给你们看，不管在标准衡量指标的评估下，我们的成本看起来有多高，事实上，我们的工厂比过去任何时候都赚钱。"

于是，我开始报告。

一个半小时以后，我正在解释瓶颈对库存和有效产出的效应时，史麦斯打断

了我的话。

“好，你花了很多时间解释这件事情，但是我看不出这有什么重要性。或许你们工厂里的确有几个瓶颈，而且你们也找到了瓶颈的位置，很好。但是，我当厂长的时候，我们得应付四处出现的瓶颈。”史麦斯说。

“史麦斯，我们面对的是错误的基本假设。”我说。

“我看不出来你面对了任何基本问题，这些充其量不过是简单的常识罢了，我这样说已经很仁慈了。”史麦斯说。

“不，这不只是常识而已。我们每天所做的事情都违背了大多数人惯用的制造业传统原则。”我告诉他。

“例如什么原则？”郭维兹问。

“根据传统的成本会计原则，我们首先应该让产能和需求保持平衡，然后必须维持生产线上物料的流动。”我说，“其实我们根本不应该试图平衡产能，我们反而需要多余的产能。我们真正该遵守的原则，是让流量和需求保持平衡，而不是让产能和需求保持平衡。”

“其次，我们的奖励措施通常根据的假设是，任何一个工人的人力运用程度完全取决于他的潜能有多大。由于依存关系的缘故，这个假设完全错误。”我告诉他们，“任何非瓶颈资源究竟能使系统赚多少钱，不是由它自己的潜能所决定的，而是由系统中的其他制约因素决定的。”

史麦斯不耐烦地说：“这又有什么差别呢？当一个人工作的时候，我们就从利用他而得到好处。”

我说：“不对，而且这正是第三个错误的假设。我们假设‘有效利用’资源和‘启动’资源是同一件事，事实上，启动一个资源和有效利用一个资源完全是两码事。”

我们就这样争辩下去。

我说瓶颈损失了一小时，就等于整个系统损失了一小时。史麦斯说瓶颈损失了一小时，就只不过是那种资源损失了一小时而已。

我说非瓶颈节省了一小时，其实毫无价值。史麦斯则说，非瓶颈节省了一小时，就是为那种资源节省了一小时。

史麦斯说：“你所有关于瓶颈的论点，说什么瓶颈暂时限制了有效产出，也许你的工厂证明了这点，但是瓶颈对库存没有什么影响。”

“完全相反，史麦斯。”我说，“瓶颈主导了有效产出和库存的数量。我要告诉你，我们在工厂中发现的是，我们选错了绩效衡量的指标。”

郭维兹手一松，笔掉了下来，在桌上滚来滚去，发出噪声。

“那么，我们该怎么衡量工厂的绩效呢？”郭维兹问。

我告诉他：“用赚不赚钱来衡量。根据这个衡量标准，我的工厂现在变成优尼器具事业部表现最好的工厂，而且很可能是整个产业中最好的工厂。当其他人都亏损累累的时候，我们却赚到钱了。”

“你们暂时赚到钱了，但是假如你真的照这样管理工厂，我看不出你的工厂赚钱还能赚多久。”史麦斯说。

我想要开口，但是史麦斯把声调提高，压过了我的声音。

“事实上，你的产品成本提高了，而当成本上升时，利润自然会下降。就这么简单。我呈给皮区的报告就要以这点为基础。”史麦斯说。

后来，我孤零零地留在会议室里，史麦斯和郭维兹都已经离开了。我瞪着打开了的公事包，然后一拳捶过去，把它关起来。

我走出会议室，朝着电梯走去的时候，嘴巴里还一直数落着他们的冥顽不灵。我按了“往下”的按钮，当电梯门开的时候，我却没进去，而是回到走道上，朝着角落的办公室走去。

皮区的秘书美姬看着我走过去，我大步走到她身边，她正在整理回形针。

“我必须见皮区。”我告诉她。

“直接进去吧，他正在等你。”她说。

我走进办公室的时候，皮区向我打招呼：“哈，罗哥。我就知道你没有见到我以前是不会离开的。请坐。”

我一坐下来，就开始说话：“史麦斯会呈给你一份对工厂不利的报告，我觉得在你下任何结论以前，应该先听听我的看法。”

“说吧，告诉我究竟是怎么回事。坐下来，我们不赶时间。”

我继续陈述，皮区把手肘撑在桌上，双手在脸孔前面交叉握着。当我终于讲完了以后，他说：“你把这些事情全向史麦斯解释了吗？”

“详详细细地解释了。”

“他的反应怎么样？”他问。

“他根本听不进去，他一直说，只要产品成本上升，利润最终都会下降。”

皮区直直地盯着我的眼睛说：“你不觉得他说的话有几分道理吗？”

“不对，我不认为如此。只要我控制住营运费用，而且强斯一直很满意，我看不出利润除了会一直上升，还会出什么其他状况。”

“很好。”他说，然后他通过电话对美姬说，“你能不能请史麦斯、费鲁士和强斯都到这里来。”

“怎么回事啊？”我问他。

“别担心，等着瞧就是了。”他平静地说。

没过多久，他们就全在会议室坐了下来。

“史麦斯！”皮区转过头去，对着他说，“今天早上，你听完了罗哥的报告，也看到了所有的财务报表，身为事业部的生产力经理，同时也当过厂长，你有什么建议？”

“我认为从现在起，罗哥应该遵守规定。”史麦斯郑重其事地说，“而且，应该立即开始整顿他的工厂，要不然就太迟了。罗哥的工厂生产力一直恶化，产品成本上升，而且他们还不遵守标准作业程序。我想必须立刻开始整顿才行。”

费鲁士清清喉咙，我们都看着他，他说：“但是过去两个月来，这个工厂赚了钱，而不是亏了钱，为整个事业部带来了大笔现金，你对这点又要怎么解释呢？”

“这只是暂时的现象，在不久的将来，我们就会看到大笔的亏损。”史麦斯说。

“强斯，你有没有什么话要补充？”皮区问。

“当然有。罗哥的工厂是唯一能创造奇迹的工厂，也就是说，能在惊人的短时间内交出符合客户需求的产品。你们一定都听过柏恩赛拜访工厂的事情。有这样一个工厂在后面支援销售部门，我的下属才能出去好好地冲业绩。”

“对，但代价是什么呢？”史麦斯反驳，“他把批量减到远低于机器的标准处理量，把整个工厂全投进去处理一笔订单。长远来说，这会带来什么影响？”

“但是，我并没有把整个工厂投进去处理一笔订单！”我遏制不住我的怒气，“事实上，我们没有延误任何一笔订单，所有的客户都很满意。”

“奇迹只会在神话中出现。”史麦斯依然冷嘲热讽。

大家都默不作声，最后我忍不住了：“那么，最后的宣判是什么，你们要关掉我的工厂吗？”

皮区说：“不，绝对不是。你以为我们会这么昏庸，竟然会关掉一座金矿吗？”

我大大地松了一口气，这时候，我才注意到，我刚刚一直屏住气。

史麦斯涨红了脸说：“身为事业部的生产力经理，我觉得有责任表示抗议。”

皮区不理他，转过头去问费鲁士和强斯：“我们要现在说，还是要等到星期一？”

他们都笑了起来。然后皮区说：“史麦斯，今天早上我请你代我主持会议，是因为我们要和格兰毕开会。两个月以后，我们三人都要往上升一级，开始领导整个集团，格兰毕让我们自己决定选谁当事业部的下一任主管。我们三人已经决定了。恭喜你，罗哥，你将成为我们的接班人。”

回到工厂的时候，芙露兰递给我一张字条：“是皮区的留言，怎么回事啊？”

“召集所有的人，我有好消息要宣布。”我微笑着说。

皮区的留言说：“我建议你利用剩下的两个月好好准备，你还有很多东西该学，大人物。”

最后，我终于抽出空来，打电话给身在纽约的钟纳，向他报告最新的发展。尽管他为我感到高兴，却似乎一点也不惊讶。

“这段时间以来，我光顾着担心如何挽救工厂，如今，却变成要为三个工厂操心。”我说。

钟纳说：“祝你幸运。继续好好干下去。”

在他挂断电话之前，我急忙用绝望的声音问他：“我恐怕光靠运气还不够，我已经黔驴技穷了，你能不能来这里帮帮我？”我花了两小时找到钟纳，可不是仅仅为了听他的贺词。老实说，我被这个新职位给吓坏了。管理一个工厂是一回事，管理包含了三个工厂的事业部不只意味着三倍的工作量而已，而且意味着要同时担负起产品设计和营销的责任。

“即使我有时间，我都不认为这是个好主意。”我听到他那令人失望的回答。

“为什么？到目前为止，不是都很管用吗？”

“罗哥。”他严肃地说，“当你逐渐往上爬，肩膀上的责任越来越重时，你应该学会越来越依靠自己的力量。要求我帮忙，只会达到相反效果，增加你的依赖性。”

我拒绝接受他的观点：“你不能继续指导我吗？”

他回答："可以，但是你应该先弄清楚你到底想学什么，等你想通了，再打电话给我。"

我不轻易放弃："我希望学习如何经营一个有效率的事业部，这不是很明显吗？"

"过去，你希望学会如何管理一个有效率的工厂，现在你希望学会如何管理一个有效率的事业部。"钟纳的声音显得很不耐烦，"我们都知道，一定还不只这些。到底你想要学什么东西？难道你说不出来吗？"

"我真正想学的是如何管理，不管是管理工厂、事业部、公司，或者任何形式、任何规模的组织。"我迟疑了一下，又加了一句，"如果能学会如何管理我的人生也不错，但是恐怕我要求的太多了。"

"为什么会太多呢？"出乎我意料的是，钟纳这么回答，"我想每个有头脑的人都想学会如何管理人生。"

"那好，我们该从哪里着手呢？"我急切地问。

"现在，你的第一个作业是弄清楚有效的管理需要哪些技巧。"

"什么？"我几乎说不出话来。

"别这样，我没有要你开发出这些技巧，我只是要你弄清楚有效的管理究竟应该包括哪些技巧。当你找到答案的时候，再打电话给我。罗哥，恭喜你升官！"

32

“常识”管理

The Goal

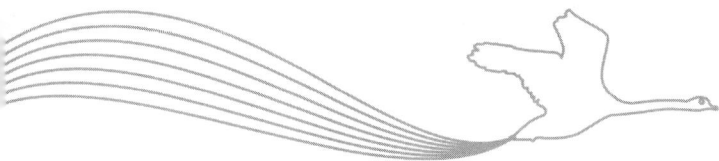

“我真为你感到骄傲，只要再往前跨三步，我们就办到了。咱们为这个喝一杯吧？”

茱莉勉强装出的热情触动了我内心深处相同的感觉。“不，我不想。”我拒绝举杯庆祝，你可以想象，这是很不寻常的举动。

茱莉默不作声，只是慢慢放下酒杯，身体稍稍往前倾，盯着我的眼睛。显然她在等我解释。

在压力下，我开始慢慢说话，试图用言语表达出混乱的思绪：“茱莉，我实在不觉得我们应该庆祝，至少不是像你说的那样，好像在举杯庆祝一次空洞的胜利。我觉得你一直都说得很对，这次升迁又算什么呢，只不过是在恶性竞争中得了一分罢了！”

她的反应是：“嗯！”

我太太往往不必开口，就可以把自己的意思表达得淋漓尽致，我可没这本事。我一直在这里胡说八道，“恶性竞争”“空洞的胜利”……我到底在鬼扯什么呀？但是，我为什么觉得不该举杯庆祝这次升官呢？

“为了这次升迁，我们家付出了太大的代价。”我最后说。

“罗哥，你对自己太苛刻了，这次危机不管怎么样都会发生。”茱莉说，“我最近想了很多，面对事实吧，假如当初你放弃努力，失败的感觉会破坏了我们婚姻中一切美好的部分。你应该为这次升官感到自豪，你没有踩在别人头上爬上去，而是靠公平竞争来赢得胜利。”

当我回想起这段经历时，脊背禁不住起了一阵凉意。我当时深陷泥沼，工厂面临倒闭的威胁，近600名员工即将加入失业者的长龙，我的事业几乎坠入深渊，而更糟糕的是，过长的工作时间把我的婚姻推向破裂边缘。简单地说，我当时几乎要从一个行情看涨的明星变成平庸的流浪汉。

但是，我没有放弃。尽管面对横逆，我依然继续奋斗。而且我并不孤单，钟纳让我明白了基于常识（因此颇具争议性）的管理方法，这个方法很有道理，因此我的班底非常支持我的做法。这个过程很有趣，真的很有趣！过去几个月，简直是一场狂风暴雨，我们打破了美国企业界每条原则，但是我们成功了。我们让工厂转亏为盈，而且由于我们表现得太优异，我们挽救了整个事业部。现在，茱莉和我就坐在餐厅里庆祝。我即将升为事业部主管，也就是说，即将调职，或许这是茱莉这么支持这件事的原因。

我举起酒杯，满怀自信地说：“茱莉，让我们为这次升迁喝一杯。不是因为我又向金字塔顶端迈进了一步，而是要为这次升迁背后的真正意义喝一杯，这是对我们这段坎坷而宝贵的经历最大的肯定。”

茱莉绽开了笑靥，我们举杯互碰，发出清脆的响声。

我们带着愉快的心情，开始浏览菜单。“这是我们两个人共同的庆典。”我喜悦地说。过了一会儿，我的语调一转，带着些许落寞：“事实上，钟纳的功劳比我大。”

“你知道吗，罗哥，你就是这样。”茱莉显得很困扰，“你工作得这么卖力，而现在你却想把功劳算在其他人头上！”

“茱莉，我是说真的，钟纳给了我所有的答案，我只不过是个执行的工具而已。尽管我也希望不要这么想，但事实就是如此。”

“不对，这和事实相差太远了。”

我在椅子上不安地扭动：“但是……”

“罗哥，别再胡说八道了。”茱莉坚定地说，“故作谦虚根本不像你的作风。”

她举起手来，制止我说话，然后继续坚持：“没有人把现成答案送到你的手上。告诉我，罗哥先生，有多少个晚上，你殚精竭虑，直到成功地找到答案才肯罢休？”

“不少个晚上。”我微笑着承认。

“你看到了吧！”茱莉想要结束这个话题。

我大笑：“不，我没有看到。我很清楚钟纳没有直接给我答案。事实上，在那些漫漫长夜（和长日）中，我还为了这点诅咒过他很多次。茱莉，虽然他选择了用一针见血的问题来表达他的想法，却丝毫改变不了这个事实。”

茱莉没有继续和我争辩，招来侍者，开始点菜。她做得对，这样的讨论只会破坏了这个美好的晚上。

直到我忙着享用美味的牛肉时，才逐渐厘清了我的思绪。钟纳引导我们找出来的答案——解决方案，本质是什么呢？这些解决方案都有一个共同的特性，都很符合一般常识，也直接呼应我过去所学到的一切。假如不是因为我们必须苦思冥想才能找到解决方案，我们会有足够的勇气实施这些方案吗？很可能不会。假如不是源自我们在辛苦挣扎中所获得的信念，也就是在过程中发展出来的对问题的责任感，我不认为我们会大胆地实施这些方案。

沉思中，我抬起头来，看看茱莉的表情，她似乎一直在等我开口。

她问：“为什么你自己不能想出解决方案呢？在我看来，你的解决方案似乎是一般常识，为什么没有钟纳的问题来引导，你就想不出来呢？”

“问得好，问得好，老实说，我大概不知道答案。”

“罗哥，别告诉我，你从来没有这样想过。”

“对，我想过。”我承认，“我们心里都有这个疑问。这些解决方案看起来没什么了不起，但是过去多年来，我们的做法恰好背道而驰。而且，其他的工厂到现在还坚持这种过时的、毁灭性的做法。或许马克·吐温说得对，‘常识其实一点都不平常’。”

“你还没有回答我的问题。”茱莉不会轻易让我解套。

我求饶：“忍耐一下，我真的不知道答案。我甚至不确定我晓得‘常识’这两个字的意义。当我们说某件事只不过是‘常识’的时候，你觉得我们的意思是什么？”

“不公平，你只是用另一个问题来回答我的问题。”茱莉拒绝了我反问的明显企图。

“为什么不行？”我再试了一次。

她的嘴唇一动也不动。

我竖起白旗：“好吧，到目前为止，我能想到的只是，我们说某件事是常识的时候，只不过因为那件事符合了我们的直觉。”

她点点头表示同意。

我继续说：“这个回答只不过把你的问题再推进一步，也就是说，当我们认为某件事是常识时，至少在直觉里，我们一定一直都明白这件事的道理。那么，为什么往往都要等到受到外力刺激以后，我们才会明白我们在直觉上早已知道的道理呢？”

“这正是我原本要问的问题！”

“对，我知道。或许其他事情掩盖了这些直觉的推论，其他一些不算常识的事情。”

“那又会是什么样的事情呢？”

“或许是通行的做法。”

“有道理。”她微笑着吃着她的晚餐。

过了一会儿，我说："我必须承认，钟纳以问问题来引导我们找出答案，以'苏格拉底式的作风'抽丝剥茧地掀开通行做法的真面目，这个方法确实十分有效。我曾经试图向其他人解释我们找到的答案，却徒劳无功，尽管他们像我们一样迫切地需要解答，事实上，假如不是费鲁士能够理解我们在财务上的改善成效，我的做法可能会惹上麻烦。你知道吗？传统做法在我们脑海中根深蒂固的程度简直令人诧异，我们一直照着别人教我们的方法去做，却从来不花点时间自己好好思考。'不要给答案，只要问问题就好！'我应该好好如法炮制。"

茱莉看起来不怎么感兴趣。

"怎么了？"我问。

"没什么。"她说。

"'不要给答案'绝对有它的道理。"我试着说服她，"当你试图说服某个盲目遵循通行做法的人时，直接把答案讲出来会毫无效果。事实上只有两种情况，要么就是他不了解你的意思，要么就是他了解你的意思。第一种情况不会带来什么坏处，他们只会把你的意见当耳边风。第二种情况可能还更糟糕，他们或许了解你的意思，但是他们会把你要传达的信息看得比批评还要糟糕。"

"什么叫'比批评还要糟糕'？"她不解。

"就是建设性的批评。"我苦笑着，想起史麦斯和郭维兹的严厉反应，"尽管你说的话有道理，但是别人永远不会原谅你暗箭伤人。"

"罗哥，不需要你说服我也知道，当我想要说服某人的时候（尤其是我丈夫），直接给答案是没有用的。但是，我还是不相信单问问题会更有效。"

我思考了一下，她说得对。每次我单问问题的时候，别人就会把它理解为傲慢，更糟的是，认为我只不过是在挑毛病。

"所以在挑战通行的做法之前，还是应该三思而后行。"我幽幽地下了结论。

茱莉忙着享用美味的乳酪蛋糕，我也跟进。

咖啡送上来之后，我又有兴致继续讨论了："茱莉，这样做真的这么糟吗？我不记得曾经为难过你！"

"你在说笑吧？你不只顽固得像头驴子一样，而且你还把这样的基因遗传给两个小孩。我敢打赌，你一定也给过钟纳不少苦头吃。"

我想了一会儿："没有，钟纳的情形有点不一样。每次我和钟纳谈话的时候，我都直觉地晓得他不只对要问的问题胸有成竹，他甚至对于我会提出什么问题都了然于心。所以，苏格拉底的方法一定不只是问问题而已。我可以告诉你的是，随兴运用这种方法很危险，相信我，我曾经尝试过。这就好像掷出一把锋利的回旋棒一样，终究伤了自己。”

然后灵光一闪，我明白了，应该请钟纳教我的正是这种技巧：怎么样说服其他人，怎么样把通行的做法抽丝剥茧，怎么样克服人们对改革的抗拒。

我告诉茱莉我和钟纳上一次通电话时说的话。

“很有趣。”她最后说，“你绝对应该好好学学怎么样经营你的人生。但是亲爱的，你要小心一点，别忘了苏格拉底的下场，他被迫喝下毒药。”

“我不打算喂钟纳毒药。”我仍然十分兴奋，“茱莉，每次钟纳和我讨论工厂问题的时候，我总觉得他能预期我的反应。事实上，这个问题困扰了我好一阵子。”

“为什么？”

“他怎么有时间学这么多东西呢？我不是指理论，而是他对于工厂内部的运作竟然有这么深入的了解。据我所知，他大半辈子没有在工厂里做过一天事。他是个物理学家。我简直不敢相信，象牙塔中的科学家居然会懂得那么多生产线上的细节。这其中一定有什么奥秘。”

“罗哥，如果真是这样的话，那么你应该不只请钟纳教你苏格拉底的方法，而要他教你更多东西。”

33

交换位置

The Goal

刘梧是我的首要目标，假如我没有办法说服他加盟，基本上，我已经输了这场仗。不过要说服他可不容易，他已经快退休了，我也知道他投入了很多时间在社区工作上。我深深地吸了一口气，然后走进他的办公室。“嘿，刘梧，现在有空吗？”

“有空。有什么我可以效劳的地方吗？”

完美的开场，但是不知怎么，我没有胆量直接切入主题：“我只是很想知道你对未来两个月的预估是怎样的。依你看，我们如果想继续保持战果，会不会有问题？虽然现在问题已经没有那么严重了，但我还是不愿意让史麦斯有一点点挑毛病的机会。”

“今天晚上你可以高枕无忧了。根据我的计算，我们下两个月很轻易地就可以跨过 20%的净利的门槛。”刘梧说。

“什么？”我简直不敢相信自己的耳朵，“刘梧，你是怎么回事呀？你是从什么时候开始相信营销部门那套乐观的预估的？”

“罗哥，近来我变了很多，但是我还不至于相信营销部门那一套。事实上，我的预估还是以略微下降的订单为基础来计算的。”

“那么，你是怎么从帽子里变出这只兔子来的呢？”

“先坐下来，我需要花一点时间解释。我要告诉你几件很重要的事情。”他说。

显然我又要听到一些不老实的会计花样了。“好吧，说说看。”

刘梧翻弄文件的时候，我找张椅子舒服地坐了下来。两分钟以后，我开始不耐烦了：“怎么样啊？”

“罗哥，我们曾经怪罪错误的成本计算方式让我们的净利看起来只有 12.8%，而不是我们认为的实际数字 17%以上。我知道你对这件事很生气，但是我发现，还有一个更严重的会计错误。这个错误和我们计算库存的方式有关，但是我很难解释清楚。或许我试着用资产负债表来说明。”

他停顿了一下，这次我耐心等候。

“或许我应该先从问问题开始。”他说，“你同不同意库存是一种负债？”

“当然啦，每个人都明白这个道理。即使我们从前不明白这个道理，过去几个月的经验都告诉我们，库存其实就是负债。假如生产线像过去一样堆满库存，你想我们还可能这么快地处理订单吗？你难道还没注意到，我们的质量已经改善了，加班时数也减少了，更不用说，我们现在几乎都不需要赶工了！”

“对呀！”他仍然低头看着文件，“库存绝对应该算负债，但是在资产负债表上，我们却被迫把它归在哪个会计科目之下呢？”

“老天爷，刘梧！”我气得跳脚，“我知道财务衡量指标一向脱离现实，但是这太离谱了——居然把负债列在资产下面？我从来不曾真正了解这里面的含义……告诉我，这对我们的损益有什么影响？”

“影响要比你想象的大得多，罗哥。我反复检查了好几次，但是数字确实会说话。你看，我们根据生产成本来评估库存的价值，而这些成本不只包括了我们买原料的钱，同时也包括了制造过程中产生的附加价值。

“你知道在过去几个月中，我们做了什么事吗？唐纳凡只专心生产拿到了订单的产品，史黛西也根据这个原则来发料，我们把工厂里一半的在制品和 1/4 的库存成品用完了。由于我们没有采购新的原料来补充，我们省下了一大笔钱，而现金数字清楚地显示出这个效果。但是在账面上，库存所代表的资产减少了，原因是减少采购而节省下来的现金只能弥补部分的差距。在这期间，每当我们减少库存的时候，产品成本和我们所减少的库存的原料成本之间的差异，在账面上都变成了净亏损。”

我困难地咽了咽口水：“刘梧，你的意思是说，我们因为做对了事情而受到惩罚吗？降低多余的库存在账面上会被解释为亏损？”

“对。”他回答，仍然低头看着账簿。

“那么告诉我，造成的影响有多大——用数字来表示的话？”

“过去三个月来，我们实际的净利都超过 20%。”他镇定地说。

我瞪着他，简直不敢相信我的耳朵。

“但是看看好的一面，既然现在库存都稳定地维持在一个比较低的水平，以后我们就不会再受到这个账面效应干扰了。”他胆怯地说。

“真谢谢你了。”我用嘲讽的口气说完，就转身准备离去。

走到门口的时候，我转过身来问他：“你是在什么时候发现了这个现象的？你什么时候发现我们实际的净利其实超过了预定目标？”

“一个星期以前。”

“那么，你为什么不告诉我呢？在绩效评估会议中，我可以很有效地运用这些数据。”

“不，罗哥，你根本没有办法运用这些数据，这样做只会打乱了你的报告。你看，每个人都以这种方式来评估库存，甚至税务机关都是这么要求的，你毫无翻身的机会。但是，我确实和费鲁士深入讨论了这件事，他完全明白我们的情况。”

“原来如此，你这个老狐狸。现在我才明白为什么费鲁士变得这么友善。”我说，然后又坐回位子上。

我们相互笑看了一会儿，然后刘梧静静地说：“罗哥，我还有一件事想和你谈谈。”

“另一颗炸弹吗？”

“也可以这么说，但这件事是个人问题。费鲁士告诉我，他将追随皮区调职。我知道你会需要一个好手来担任事业部的财务总监，一个在事业部的各个领域都有经验的好手。我只差一年就要退休了，而且我懂得的知识都很老套。所以……”

我对自己说，该来的终于来了，我必须在他表示不想追随我调升之前制止他。一旦话说出口，再想挽回就会困难许多。于是，我打断他的话：“等一等，刘梧。看看我们过去几个月的成就，你难道不觉得……”

“我想说的正是这件事。”他反过来打断我的话，“从我的角度来看，我几乎一辈子都在收集数据，整理财务报告，我认为自己只扮演供给数据的角色，是个公正客观的旁观者。但是过去几个月的经历告诉我，我大错特错。我不是个公正的旁观者，而是一直盲目地遵循错误的程序，却没有进一步了解这样做会带来什么深远的负面影响。”

“我最近想了很多，我们当然需要财务衡量指标，但我们不是只因为需要衡量指标而有衡量指标，我们其实是因为两个不同的原因而需要这些指标。第一个原因是控制——了解公司朝着赚钱的目标达到了什么程度。第二个原因可能还更重要，衡量指标应该引导组织的各个部分，达到整个组织的最大效益。我认为，很明显，我们的衡量指标都不符合这两个原因。”

“就拿我们刚刚的谈话为例好了。我们都很清楚工厂已经大幅改善了，但是错误的衡量指标几乎都在谴责我们的绩效。我定时交出效率报告和产品成本报告，但是现在我们都很清楚，这些报告导致上面采取了对公司不利的措施。”

我从来不曾听过刘梧讲这么多的话。我同意他讲的每句话，但是我坠入了云雾中，不知道他究竟想表达什么。

“罗哥，我不能到此为止，我不能在这个时候退休，帮我一个忙，带着我和你一起上任。我想要把握这个机会来设计新的衡量系统，一个能改正我们目前做法的系统，让这个系统照我们的期望运作，这样一来，财务总监才能对自己的工作感到自豪。我不知道我会不会成功，但是至少给我机会试一试。”他最后说。

我还能说什么呢？我站起来，伸出手：“一言为定！”

回到办公室后，我请芙露兰打电话找唐纳凡。有刘梧和唐纳凡当左右手，我就可以集中心力在我比较不熟悉的工程和营销领域上。营销部门该怎么办呢？我唯一欣赏的营销好手只有强斯，难怪皮区决定把他带走。

电话铃响了，是唐纳凡：“嘿，罗哥，我正在和史黛西和雷夫讨论事情，我们讨论得正热闹，你要不要过来加入？”

“需要花多久时间？”我问。

“不晓得，可能一直讨论到下班吧！”

“那么我就不参加了。但是唐纳凡，我需要和你谈谈。你能不能过来谈几分钟？”

“当然可以，没有问题。”

他立刻走进我的办公室：“有什么事吗，老板？”

我决定打开天窗说亮话：“你想不想掌管整个事业部的生产工作？”

他唯一的反应是发出一声长长的“哇”，然后坐在椅子上看着我，不再开口。

“怎么样，唐纳凡，很惊讶吗？”

“你看呢？”

我走过去，倒杯咖啡，他在我的背后，开始说了起来：“罗哥，我不想要那个差事，至少现在不想要。你知道吗，如果是一个月以前，我会用双手紧紧抓住这个职位，不肯放手，这远超出了我的期望。”

我一手端着一杯咖啡，困惑地转过身去：“怎么回事，唐纳凡，你现在害怕了吗？”

“你很清楚我不会害怕。”

“那么，上个月究竟发生了什么事情，居然会改变了你的看法？”

“柏恩赛。”

“你是说他向你挖墙脚吗？”

他纵声大笑：“不是，罗哥，完全不是这么一回事，是我们处理柏恩赛紧急订单的方式改变了我的想法。我从这件事的处理过程中学到了很多，所以我现在宁可继续待在这个工厂里，把我学到的东西进一步发扬光大。”

我诧异不已。我还自以为了解这些人。我原本预期要说服刘梧简直不太可能，结果他几乎恳求我给他这个差事。我以为唐纳凡这边不会有任何问题，结果他却拒绝了我的提议。真是令人摸不着头脑。“你最好解释一下。”我把咖啡递给他。

唐纳凡在椅子里动来动去，椅子发出抗议的怪声。假如我继续待在这个工厂，我会为他特别订购一张大椅子。最后他说：“你难道没有注意到，柏恩赛的订单是多么独特吗？”

“是啊，我从来没有听说过哪家公司总裁会特别去向供应商的工人道谢。”

“对呀，对呀，这件事也很特别，但是看看整个事件的发展吧。先是强斯打电话给你，为客户提出一个几乎不可能达成的要求。连他自己都不相信有可能实现，客户也不相信。而从表面看来，的确也不可能。但是我们好好地研究了一番，我们考虑了瓶颈的产能，我们考虑了供应商的限制，然后提出了一个很不寻常的提议。”

“我们既没有说‘不好’，也没有像过去一样，不管三七二十一，先一口答应，到时候却迟迟交不了货。我们修改了这笔交易的内容，提出了比较可行的建议，结果客户反而更喜欢修正后的提议。”

我说：“对，我们表现得很好，尤其后来还带来一大笔生意。但是，情况很特别。”

“很特别是因为我们通常不会采取主动，但是或许我们可以想办法把它变成一个标准。你难道不明白吗？事实上，我们主导了一次交易，我们这群生产部门的人主导了一次交易。”

我想了一下，他说得没错，现在我开始明白他的用意了。

唐纳凡可能误会了我的沉默所代表的意义，他说：“对你而言，这可能没什么大不了，你总是把生产和销售看成同一条环链中的两个环节。但是反观我呢，我一直在工厂里埋头苦干，以为我的责任就是救火。我看不起狡猾的业务员，认为他们只会向客户做出虚幻的承诺。对我来说，这次事情带给我很大的启示。”

“你看，针对每个产品，我们都给业务部一个刻板的生产时间，所以假如没有成品库存的话，他们就用这些数字来承诺客户交货日期。没错，有时会有一些出入，但是通常相差不远。或许我们应该找到另一种方式，或许生产时间应该根据瓶颈的负担，并且视每份订单的情况而定。或许我们不应该把客户要求的交货数量当成非一次全部供应不可。”

“罗哥，我想要继续研究这个问题。事实上，我和史黛西、雷夫正在讨论这个问题。我们一直在找你，你应该和我们一起讨论，这个问题很有趣。”

听起来的确如此，但是我目前还没有办法陷在这个问题中，我得继续为新职位做好准备。“再告诉我一次，你到底想做什么？”我说。

“我们想让生产部门变成争取好交易的主导力量，让客户的需求和工厂的产能配合得天衣无缝，就好像柏恩赛的情况一样。但是你看，为了达到这个目标，我必须继续留在这里。只要我们还没有完全了解该怎么做，只要我们还没有开发出新的作业程序，我们都必须更深入地研究所有细节。”他说。

“所以，你想做的是找出适当的制造过程。我明白了，这个工作很有趣。但是唐纳凡，这一点儿都不像你，你是从什么时候开始对这些事情发生兴趣的呀？”

“自从你强迫我们重新思考做事方式以后。看到了过去几个月发生的事情以后，你觉得我们还需要其他证据吗？我们过去一直依赖直觉，按照业界通行的做法来做事，于是工厂慢慢走下坡。后来，我们投注时间下去，根据基本原则，重新检验做事方式。结果你看看，我们打破了多少陈规陋习！工人的生产满负荷——可以远远抛到窗外去了；批量拼命加大——也可以抛到窗外，不管它了；只因为我们有物料，有人力，就分派工作——也可以置之不理；例子多得不胜枚举。但是你看看结果如何，假如不是亲眼看到，我简直不敢相信！”

“对，罗哥，我想留下来，继续完成你已经展开的工作。我希望当下一任厂长，你让我们几乎改变了每条生产规则，你强迫我们把生产看成满足销售的方式，现在我想要改变生产在争取营业额上所扮演的角色。”唐纳凡说。

“很好。但是，唐纳凡，当你推敲这些制造过程的时候，你能不能考虑一下，把整个事业部的工厂也都看成你的责任？”

“没问题，老板，我会教他们一两个诀窍。”

“为这个喝一杯吧。”我们举起咖啡互祝。

“你建议找谁来接你的位子呢？”我问他，“老实说，我对那些主任没什么好印象。”

“我同意你的话。最好的人选是史黛西，但是我想她答应的概率不大。”

“我们何不过去问问她呢？干脆把史黛西和雷夫叫过来，讨论一下你的主意。”

“你总算找到他了。”史黛西对唐纳凡说。她和雷夫一起抱着一堆文件，走进房间。

“对，史黛西，而且你们的点子看起来很不错。不过，在讨论那件事之前，我们还有其他事情想和你讨论。我们刚刚才谈定了，唐纳凡会接我的位子，担任厂长。所以，由你来接他的位置，担任生产部经理如何呢？”我说。

“恭喜你，唐纳凡，这是意料中的事。”他们都和唐纳凡握手。

由于史黛西没有回答我的问题，我继续说：“先想一想，不必现在回答我。我们都知道你很喜欢目前的工作，而且生产部主管要面对种种人事问题，对你来说是一大负担，但是我们两个人都认为你在这个位子上会表现得很出色。”

“一定会。”唐纳凡在旁边助阵。

她镇定地看着我说：“昨天晚上睡觉前，我还躺在床上祈祷，希望能得到这个位子。”

“成交了。”唐纳凡大声嚷嚷。

“既然你接受了这个职位，能不能告诉我们，你为什么这么想坐上这个位子？”我问。

“物料部门主管的工作似乎开始变得很沉闷，没有什么货需要催，没有紧急事件需要处理……我从来不知道你这么喜欢刺激。”唐纳凡说。

“不，我不喜欢。但是我很满意我们的新方式，根据瓶颈消耗物料的速度来推算物料发放时间的原因。但是你很清楚我害怕什么，万一出现了新的瓶颈，该怎么办呢？”

“我们目前的做法是，每天都检查装配部和瓶颈前面排队的零件，我们称为‘缓冲’（Buffer）。我们之所以勤于检查，是为了确保所有根据排程应当来到的零件都在那儿，中间没有出现任何‘洞’。我们认为，假如出现了新的瓶颈，就至少会在其中一个缓冲出现了一个‘洞’。我们花了不少时间才做得白璧无瑕，现在这个办法运作得很平顺。”

“你看，每当缓冲出现了一个‘洞’的时候（而我指的缓冲还不只是当天必须处理的物料，而是包括以后两三天的工作量），我们都会跑去检查发生零件拥塞现象的部门。然后……”

“然后，就催他们赶工！”唐纳凡插嘴。

“不，不是这样。我们不会打断原本的转换工作，或者点燃火头，我们只会告诉那里的领班，我们希望他们接下来优先处理哪批货。”

“很有意思。”我说。

“对呀，而当我们了解到，每次我们拜访的都是同样的六七个工作单位时，就更有趣了。这些单位不是瓶颈，但是他们在生产流程中的位置使他们变得非常重要。我们称这些单位为‘产能制约资源’（Capacity Constrained Resource，CCR）。”

“对，我完全清楚。这些领班现在几乎全依赖你的下属来为他们的工作设定优先顺序。但是史黛西，你还没有回答我们的问题。”唐纳凡说。

“我就快讲到正题了。你们看，近来这些‘洞’变得越来越危险，有时候太严重了，以至于装配部必须大大偏离既定的生产排程，而且显然 CCR 的领班越来越难准时供货。雷夫一直告诉我这些工作单位还有充足的产能，或许平均而言，他说得没错，但是我恐怕额外增加的任何销售量都会把我们推到一场混乱之中。”

所以这才是真正的炸弹，它一直在我脚底下蠢蠢欲动，我却浑然不觉。我一直拼命压迫营销部门签下更多订单，但是根据史黛西刚刚的说法，这样做可能会摧毁整个工厂。她一面说，我一面试着消化她的话。

史黛西继续说：“你难道不明白我们的改革范围太狭隘了？我们一直努力提高瓶颈的生产力，但是我们该做的是同时提高 CCR 的生产力，否则我们就会碰到‘互动的’瓶颈。”

“你们看，关键不在于物料部门。假如互动式瓶颈出现的话，不可避免地将引起一场混乱，整个工厂都必须赶工。”

“那么，你有什么建议吗？”我问。

“主动权在生产部门手上。我们不应该只在时间还充分的时候运用管理缓冲的技巧来追踪缺货的零件，而应该用它来集中局部改善措施的焦点。我们必须确定我们在 CCR 上所做的改善，足以防止它们变成瓶颈。罗哥，唐纳凡，这正是我这么想要这份工作的原因。我想要确定物料部门主管的工作会保持刻板沉闷，我想要示范如何带动局部的改善，我还想让你们看到我们从已有的资源中还可以再挤出多少有效产出。”

“你呢，雷夫？现在换你来吓吓我了。”接下来我问雷夫。

“这话怎么说？”他以他一贯平静的语气说。

“似乎每个人心目中都有个心爱的计划，摊开你的底牌吧！”

他微微地笑了：“我没有底牌，只有一个愿望。”

我们都以目光鼓励他继续说下去。

“我逐渐喜欢上我的工作，我觉得自己是团队的一分子。”

我们都点头表示同意。

“现在，不再只有我和计算机并肩作战，试图弄清楚那些不正确或过了时的数据。现在，大家真的需要我，而我也觉得有所贡献。但是你知道吗？我想这一切转变，至少是和我有关的转变，都是非常根本的转变。我的档案中储存的是数据，而你通常要求的是信息，我过去总把信息看成做决策需要的数据，我承认，对大多数的决策而言，我提供的数据都不怎么管用。还记得我们试图找到瓶颈的那次吗？”他挨个看看我们每个人，“我花了四天的时间才不得不承认，我根本找不到答案。那时候我才开始明白，信息是另一样东西。信息就是问题的答案。我越有办法回答问题，就越成为团队的一分子。瓶颈的概念真的对我帮助很大。今天工厂所遵循的是计算机出的排程。”

“你问我有什么愿望，我希望开发出一个系统，协助唐纳凡达到他的目标，大幅减少达成每次销售所需要的时间和精力。我希望开发出一个系统，帮助史黛西管理缓冲，甚至协助局部的改善工作。我希望开发出一个系统，帮助刘梧以更有效的方式衡量各部门的绩效。你看，我就像其他人一样，也有我自己的梦想。”雷夫侃侃而谈。

34

新官上任的难题

The Goal

天色已晚，小孩很快进入梦乡，茱莉和我一起坐在厨房里，手里各自端着一杯热茶。我告诉她今天在工厂里发生的事情，她说她觉得十分有趣。

我很喜欢这样，每天晚上和茱莉一起重温白天的情况确实也帮助我把问题融会贯通。

“你有什么看法？”我最后问她。

“我开始明白，钟纳警告你不要越来越依赖他是什么意思了。”她回答。

她的话让我思索了一下，但我还是不明白，“怎么说呢？”

“或许我错了，但是你给我的印象是，你不太确定刘梧真能开发出有效的新财务衡量系统。”

“没错。”我微笑。

“对你来说，新的衡量系统很重要吗？”

“你在说笑吗？我想不出有任何事情会比这件事情更重要。”

“所以，假如不是钟纳拒绝继续问问题，你现在就会打电话给他，想从他那里得到更多的提示，对不对？”

我承认：“很可能会，这件事确实很重要。”

她继续说：“那么，唐纳凡的想法又怎么样呢？你觉得他想做的事情也很重要吗？”

“如果他成功了，将会带动一场革命，我们肯定会在市场上占据一大片江山，从此就不必再担心销售量不够的问题。”

“你觉得他成功的概率有多大？”

“恐怕不太大。啊，我明白你的意思了。对呀，我也会带着这些问题去向钟纳求助。而史黛西和雷夫的问题也一样，这些问题全都是重要问题。”

“那么，当你开始管理整个事业部时，还会出现多少新的问题？”

“你说得对，茱莉，钟纳也说得对。今天，我也有同样的感觉。当他们每个人都具体描绘出目前的梦想时，我也在想，我的梦想又是什么呢？我的脑中不停想到的是，我必须学会如何管理，但是我到底要如何为钟纳的问题找到答案呢？管理需要的技巧有哪些？我真的不知道，茱莉，你觉得我现在该怎么办？”

“工厂里所有的人都亏欠你很多。”茱莉摸摸我的头发说，“他们都以你为荣，他们也应该如此。你塑造了一个很好的团队，但是两个月后，当你去事业部走马上任的时候，这个团队就要解散了。你为什么不好好利用剩下来的时间，和他们坐下来，讨论你刚刚提出的问题呢？反正你离开了以后，他们还有很多时间处理自己的问题。无论如何，假如你有了纯熟的管理技巧，他们要达到目标也会容易许多。”

我静静地看着她，她才是我真正的顾问。

于是，我照着顾问的话去做。我把他们全部找来，向他们解释，如果他们想自由自在地专注在实现自己心爱的目标上，前提是整个事业部必须经营得很好，而为了让事业部经营得很好，事业部主管必须晓得自己在干什么。我坦白招认，既然我对于如何好好经营事业部简直是一片茫然，他们就最好动动脑筋，帮帮我。因此，除非发生什么紧急状况，否则我们要花整个下午来一起分析应该如何经营事业部。

我决定会议要从最天真的问题开始讨论。他们最初可能以为我丧失了所有的自信，但是我必须告诉他们，我面对的问题是多么重要。否则我最多只会得到一些零碎、模糊的建议。

“我上任以后，首先应该做哪件事情？”我问他们。

他们面面相觑，然后唐纳凡说：“你应该先拜访史麦斯的工厂。”

等大家止住了笑声后，刘梧说我应该先见见我的部属：“大多数人你都认识，但是你从来没有和他们合作过。”

“开会的目的是什么呢？”我天真地问道。假如我在其他场合问这个问题，他们一定会认为我显然对管理一无所知，但现在他们继续和我玩这个游戏。

“你应该先收集一般的资料。”刘梧回答。

“你知道吧，如入口在哪里，厕所的位置……”唐纳凡说。

“我不觉得和那些人开会很重要。”史黛西打断了他们的笑声，“财务数字也只能显示一小部分真相。你应该弄清楚大家对现状的看法。他们觉得哪里有问题，相对于我们的客户，我们目前在市场上占据了什么位置。”

“谁和谁之间有矛盾？”唐纳凡又在那里打趣，接着他用比较严肃的语气说，“你也必须对那里的政治气候有一点感觉。”

“然后呢？”

“然后，你或许要巡视各个工厂，拜访几个大客户，或者重要的供应商。你必

须掌握全貌。”唐纳凡继续说。

当重担落在别人肩上时，要提出建议是多么轻松的事啊。好吧，聪明人，该换我出牌了，我平静地说：“对，你们刚才建议的都是一般人奉命去整顿一个组织时会采取的行动。我现在用系统的方式把你们刚才的话重复一遍。哪里有彩色的马克笔？”

我抓起一支红色的马克笔，转过身去，对着白板。“你们刚才指出，第一步是发掘真相。我召开一次干部会议，然后我发现了什么事情？哦，我找到了真相。”我画了个红色的圆圈，“这里还有三个比较小的圆圈，这里有个小圈圈，然后那里还有两个重叠的圆圈。现在，我们找另一位经理谈谈，这样做应该会很有帮助。他说，你看，这个圆圈不像你们想象得那么大，而看看这里，左上角应该有两个更大的圆圈。现在，另一个人又告诉我们，还有一些长方形值得注意。我们查了一下，没错，这里有一个长方形，这里、这里和这里也各自有一个长方形。我们有了一点进展，真相开始点点滴滴地揭露出来。”

他们实际看到的是，白板上画得密密麻麻的，就好像小孩从幼儿园带回家的图画一样。

仿佛他们还没听懂，每个人都显得很迷惑，于是我决定说得更明白一点。“差不多该是和另一位经理谈谈的时候了，我们必须了解一下那里的政治气候。哦，太有趣了，那里也有一些绿色的圆圈，甚至还有绿色的星星。这里有一个看不出形状的东西——管他呢，我们以后再讨论这个问题。现在，咱们去巡视工厂，拜访客户和供应商。我们又找到更多有趣的真相。”我一面说着，白板上已经填满了相互重叠的各种形状。

“既然我们掌握了全部的真相，我们可以从这里开始。”我最后下了结论，把马克笔放下来，“然后呢？”

白板的画面花得一塌糊涂。我深深吸了一口气，拿起电话，吩咐他们送来更多的咖啡。

没有人开口说话，甚至连唐纳凡都缄口不言。

过了一会儿，我说：“现在，不要把这个问题看成个人的问题。假设我们都是一个委员会的成员，我们被指派的任务是‘弄清楚到底情况怎么样’，你们会建议我们从哪里着手？”

他们都笑了，假装大家都属于同一个委员会，似乎让每个人都自在许多。我心里想，这纯粹是“身为团体一分子的安全感”，大家共同分摊责任，没有一个人会特别受到责怪。

“雷夫，你要不要描述一下委员会所采取的行动？”

“他们或许还是从相同的地方着手先挖掘真相。而就像你刚刚生动示范的一样，他们会同样陷入这个五颜六色的泥沼中。但是罗哥，还有什么其他办法吗？假如不知道目前的情况，又没有充足的数据，你怎么有办法采取任何合理的行动呢？”雷夫很忠于他的专业，对他而言，了解现状和掌握计算机档案中一个个条理分明的数据，是同样的意思。

唐纳凡指指白板，咯咯笑了几声。“你称这团乱七八糟的东西叫了解现状吗？算了吧，罗哥。我们都很清楚，所谓挖掘真相的无聊工作会持续下去，直到委员会用尽了所有收集更多真相的法子。”

“或者已经没有时间了。”史黛西苦笑着。

“对，当然。”唐纳凡表示同意，然后他转头对着我们结束了他的话，“你们认为身为委员会成员的我们，下一步该怎么办？我们都晓得委员会不能就这样交出一团混乱的东西。”

他们全部笑起来，我觉得很高兴，他们终于开始明白我面对的是什么样的问题了。

“现在该怎么办呢？”史黛西开着玩笑，“他们可能会想办法把这堆庞大的资料整理出一些头绪。”

刘梧同意：“很可能这么做，迟早会有位委员建议他们根据形状大小来排列。”

唐纳凡说：“我不赞成。要比较不同形状的大小十分困难。他们可能会决定根据形状的不同形态来分类。”刘梧似乎不以为然，唐纳凡解释：“他们可以根据形状究竟是圆圈、三角形或星星，来整理数据。”

“那四个不规则形状该怎么办呢？”雷夫问。

“它们可以自成一类，当作例外来处理。”

“对，当然啦，我们之所以不断地修改程式，往往是因为不停地出现例外。”

“不对，我有个好办法。”刘梧固执地说，“他们或许会根据颜色来分类，这样就不会出现模糊不清的情况。我知道了。”感觉到唐纳凡准备反驳，他赶紧说下去，

“我们首先照颜色分类，在同一种颜色中，再根据形状来分类，然后在每个小类中，我们再用大小来分类。这样一来，每个人都会很高兴。”刘梧老是有办法找到大家都能接受的妥协方案。

雷夫接住他抛出的球。“这个主意很棒。现在，我们就可以把这些发现以统计图表的形式提出报告。这会是一份精彩的报告，假如我们运用最新的绘图软件的话，效果更棒。我保证最少会有 200 页。”

“对呀，一份精彩而深入的调查报告。”我的话中带刺，我们全都沉默地坐在那儿，咀嚼着我们刚刚自修得来的宝贵教训。

过了一会儿，我说：“你们知道吗，最糟的还不是我们花了很多时间整理一份浮夸无用的报告，这种‘安排事情的适当方式’心态会带来其他害处。”

“怎么说呢？”刘梧问我。

“我是指大家对于不断变来变去的公司政策，应该都不陌生。公司起先根据产品种类来决定政策，接下来又改为根据各部门的功能，最后又来个政策大转弯等。后来有感于公司浪费了太多钱在这些重复的力气上，于是改为更中央集权的方式。10 年后，又希望鼓励企业家精神，因此回过头去，重新实施权力下放政策。几乎每家大公司的政策都在不停地变化，每 5~10 年就从中央集权转变为分权政策，然后又再回头采取中央集权。”

唐纳凡说：“对呀，身为公司总裁，每当你不知道该怎么办，每当事情不顺的时候，你永远可以重新洗牌——把公司重组。”他继续嘲讽，“这样做一定成功！这次重组一定可以解决我们的问题！”

我们大眼瞪小眼，假如不是很清楚他说的是事实，我们可能会大笑起来。

最后我说：“唐纳凡，你说的话一点也不好笑。对于应该如何扮演事业部主管的新角色，我脑子里唯一比较具体的想法，就是从重组事业部出发。”

“哦，天哪，不要！”他们全发出呻吟。

“好吧。”我转回头，面对着那片已经不再那么白的白板，“那么，除了重新排列组合，我们应该拿这堆五颜六色的形状怎么办？直接处理这堆东西显然太不实际了，第一个步骤一定是根据某种秩序、分类法来排列这堆资料。或许我们可以不要写报告或把公司重组，而采取不同的起步方式，但当务之急必须将这堆混乱的资料理出头绪。”

当我看着白板的时候，一个新的问题深深困扰着我："我们可以用多少种不同的方式来排列组合这堆资料？"

"我们显然可以依照颜色来排列。"刘梧回答。

"或者按照大小。"史黛西补充。

"或者按照形状。"唐纳凡不放弃他原本的建议。

"有没有其他的可能性？"我问。

"当然有。"雷夫说，"我们可以把白板划分成一个假想的格子，然后依照坐标来排列这些形状。"看见我们一脸困惑，他解释："我们就可以根据形状在白板上的相对位置，架构出许多种不同的排列组合。"

"多么伟大的创意啊！"唐纳凡嘲讽地说，"你们知道吗，我宁可采用飞镖策略，把飞镖丢出去，然后根据飞镖的落点来排列形状。这些五花八门的方法都同样没有意义。我上一个提议至少还稍微有一点儿用。"

我坚定地说："好吧，伙伴们，唐纳凡的前一个提议确实理清了我们正在讨论的问题，目前的情况是，我们其实一点儿也不了解自己在做什么。假如我们只是想随便找个排列的秩序，那么有很多选择，但是这样一来，我们花这么多心力收集了这么多资料，又有什么意义呢？所以，除了有能力以一沓沓厚厚的报告来加深别人的印象，或者又来一次公司重组，借此掩饰我们根本不了解自己在做什么，我们从这件事还学到了什么呢？这种先收集资料，再进一步熟悉资料的法子，似乎只是在原地打转，根本就徒劳无功。算了吧，要解决这个问题，我们需要别的办法。还有其他提议吗？"

没有人接腔，我说："今天到此为止，明天继续讨论。同样的时间，同样的地点。"

35

混乱中建立秩序

The Goal

“怎么样，有没有人想出什么好点子，有任何突破吗？”我竭尽所能，以最愉悦的声音开场。其实，我真正的感觉绝非如此，昨天，我整个晚上都辗转反侧，想要找个比较好的开场白，但是怎么都想不出来。

“我有个主意。”史黛西说，“不能算突破，但是……”

“等一等。”雷夫说。这倒很新鲜，雷夫居然会打断别人的话。

雷夫的声音带着歉意，开始解释：“在换个角度讨论之前，我希望先回到昨天的讨论上。我想我们太匆忙就决定了资料分类没有用。我可以继续说吗？”

“请便。”史黛西说，似乎松了一口气。

雷夫局促不安地说：“呃，你们都晓得，哦，也许你们还不晓得，我念大学的时候，副修化学。我对化学懂得不多，但是我一直记得一个故事。昨天晚上，我把以前上课抄的笔记翻出来看，我估摸你们也会觉得这个故事很有趣。这个故事是关于一位杰出的俄国化学家，名叫门捷列夫的，故事发生在一百多年前。”

他看到我们都专心聆听，变得自信多了。雷夫是个顾家的男人，他有三个小孩，所以大概很习惯讲故事。

“从一开始，远在古希腊时代，当时的人就假设，在五花八门的各种物质中一定有一组简单的元素构成了所有的物质。”他说故事的声音带着丰富的感情。

“希腊人天真地以为，这些元素就是空气、土壤、水和……”

“火。”唐纳凡把话接过去。

“完全正确。”雷夫说。

我心里想，雷夫的天才一直都被埋没了，有谁料得到，他竟然是个说故事高手。

“后来有人证明了土壤不是物质的基本元素，因为土壤是由好几种不同的基本矿物质所组成的。空气也是由不同的气体所组成的，甚至连水都是由更基本的元素——氢和氧所组成的。到了 18 世纪末，希腊人天真的假设终于寿终正寝，因为化学家拉瓦谢证明了火不是物质，而是一种过程，一种氧化的过程。”

“经过很多年以后，由于化学家努力研究的结果，发现了许多基本元素。到了 19 世纪中叶，已经找到了 63 种化学元素。这种情况就好像我们的着色白板一样。许多不同颜色和大小的圆圈、长方形、星星和其他形状漫无秩序地填满了白板，显得一团混乱。”

“曾经有许多人试图为这些元素排序，但是都劳而无功。后来大多数的化学家都放弃了，把心思放在更深入地研究元素组合的特性上，希望创造出其他更复杂的东西。”

唐纳凡评论：“有道理，我喜欢想法实际的人。”

“没错，唐纳凡。”雷夫对他微笑，“但是有一位教授声称，在他的眼中，这种情形是见树不见林。”

“说得好。”刘梧说。

“于是，这位在巴黎教书的俄国教授决心致力于研究元素之间的基本秩序。假如是你们的话，你们会怎么做呢？”

“形状在这里完全不管用了。”史黛西看着唐纳凡说。

“为什么？你为什么这么讨厌形状？”唐纳凡质问。

“不可能的，有些元素是气体，有些元素是液体。”史黛西说。

“对，你说得没错。”唐纳凡到底是唐纳凡，他继续说，“但是，颜色又怎么说呢？你喜欢颜色，对不对？有些气体有颜色，如绿色的氯气，而我们也可以说，其他元素的颜色都是透明的。”

“说得好。”雷夫说，对他们的嘲弄置之不理，“遗憾的是，有些元素没有固定的颜色，如纯碳多半呈现黑墨色，但偶尔会变成闪亮的钻石。”

“我比较喜欢钻石。”史黛西还在开玩笑。

我们全笑了起来，然后我呼应雷夫的手势，试着提出一个答案：“我们可能需要找一个以较多数据作为基础的衡量尺度，这样在排列元素的时候，才不会被批评为太主观了。”

“很好。”雷夫说。他可能错把我们当成他的孩子了，“你认为可以拿什么来当衡量指标呢？”

我说：“我没有修过化学，怎么会知道呢？”但是，我不想把雷夫给惹恼了，所以我又说：“或许是元素的比重、导电性，或者更古怪一点，一个元素和氧之类的基本元素结合的时候所吸收或释放出来的卡路里数量。”

“不错，真的不错。门捷列夫基本上也采取了同样的方式。他选择了一个衡量指标，这个衡量指标不会因为温度或物质状态改变而跟着变动。那就是原子量，也就是某元素一个原子的重量与最轻的元素——‘氢’，一个原子的重量比。这个数据为门捷列夫提供了独一无二的元素辨认工具。”

“真了不起。”唐纳凡禁不住赞叹，“和我猜想的一模一样，现在他就可以根据原子量来排列所有的元素，就好像叫士兵排队一样。但是，这样做有什么好处呢？这样做可能产生什么实际的作用吗？就像我先前所说，小孩子喜欢玩玩具士兵，假装在做一件非常重要的事情。”

雷夫回答：“不要那么快下结论。假如门捷列夫没有继续往下研究，我会接受你的批评，但是他进一步往下走。他没有把这些元素依序排列成一行，他注意到基本上每第七个元素就表现出相同的化学特性，只是强度不断上升。因此，他把元素排成有七栏的表格。”

“这样一来，所有的元素都依照递增的原子量排列，同时在每一纵行中，你也可以找到强度递增的相同化学特性。举例来说，表格上的第一列是锂。锂是最轻的金属，假如你把它放到水里面，就会变热。下面是钠，放到水里面会燃烧起来。第一行第三个元素是钾，会在水里起更强烈的反应。最后是铯，即使在一般的空气中都会燃烧。”

“很好，但是和我想的一样，只不过是小孩的把戏罢了，哪有什么实用性呢？”唐纳凡直率地提出批评。

“有很多实用的可能性。当门捷列夫构成了元素表的时候，并不是所有的元素都已经找到了，因此表格上还有一些空位，靠他自己‘发明’的元素来填满，借着这个分类法，他能够预测这些元素的原子量和特性。你不能不同意，这个成就真的很伟大。”雷夫说。

“当时的科学界对他的发现有什么反应？”我好奇地问，“很多人对他‘发明’的新元素一定抱着怀疑的态度。”

“何止怀疑而已，当时，门捷列夫简直是整个科学界的笑柄，尤其当时他的元素表还不像我刚才描述的那么井然有序。氢不在任何一列中，而是漂浮在表格上方，有几列的第七行是一片空白，因为没有一个元素适合放在那个位置，有的位置则挤进了好几个元素。”

史黛西不耐烦地问：“所以，最后结果如何？他的预测都实现了吗？”

“对。”雷夫说，“而且准确得惊人。后来又过了好几年，但是都在门捷列夫还在世的时候，所有他预测的元素都找到了，他所‘发明’的元素最后一个被找到

的时间是他提出预测的 16 年后。他预测那会是一种暗灰色的金属，结果果然没错；他预测原子量会在 72 左右，实际上则是 72.32；他认为元素的比重是 5.5 左右，实际上则是 5.47。”

“我想再也没有人笑他了。”

“当然没有，他们的态度进而变为赞赏，而今天修化学的学生也把他的周期表看成好像十诫一样的基本道理。”

“我还是觉得这个故事没什么。”我那顽固的接班人说。

我觉得不能不开口了：“最大的好处可能是，因为有了门捷列夫的周期表，大家不再浪费时间寻找元素。”我转过头去，对唐纳凡说：“你看，分类法帮助他们一举决定了究竟有多少元素存在于世上。在周期表上添增任何新元素，都破坏了原本一目了然的秩序。”

雷夫尴尬地咳了几声：“抱歉，罗哥，不过情况不是这样的。在周期表被接受之后十年，科学家又发现了好几个新元素，也就是惰性气体。结果周期表其实应该有八列，而不是七列。”

唐纳凡得意地插嘴：“我就说嘛，即使这个方法行得通，我们还是不能百分之百地相信它。”

“冷静一点，唐纳凡。你不能不承认雷夫的故事对我们而言有很大的启示。我建议我们都问问自己，到底门捷列夫把化学元素分类的方式和我们把五颜六色的形状排序的尝试有什么不同？为什么他的方法威力无穷，而我们的方法却似乎没有什么章法？”

雷夫说：“正是如此，我们毫无章法可循，而他的方法……”

“怎么样？很有章法吗？”刘梧帮他把话说完。

“算了，这不算什么答案，我只是在玩文字游戏罢了。”雷夫赞同地说。

“当我们说毫无章法或有章法的时候，我们真正的意思是什么？”我问。

由于没有人接腔，我继续说：“事实上，我们究竟在找什么？我们想要寻找的是排列这些事实真相的秩序。我们想找的是什么样的秩序呢？是外力强加在这些真相上的秩序，还是我们想要揭示的其实是真相内在的秩序，也就是已经存在于其中的秩序？”

雷夫变得十分兴奋：“你说得对。门捷列夫显然揭示了元素的内在秩序。他并没有说明为什么会形成这种秩序，那要再等 50 年，当科学家发现了原子的结构时，大家才恍然大悟。但是他找到的当然是元素的内在秩序。这是他的分类法有这么大的威力的原因。任何分类法如果只是想把某种秩序加之于事实之上，那么它唯一的用处就是，让你因此可以用某种次序、表格或图形来表达这些资料。换句话说，可以帮助你准备一堆没用的报告。"

他热切地说下去："你们看，当我们试图排列这堆形状时，我们没有揭示任何内在的秩序，因为那堆随意堆砌而成的资料之间根本不存在什么内在的秩序，这是我们的一切努力都毫无章法且无济于事的原因。"

"你说得对，雷夫。"刘梧冷冷地说，"但是，这并不表示在其他的情况下，也就是内在秩序确实存在的情况下（如管理事业部），我们不会犯同样的错误。我们可能一再浪费时间在一些人为、外在的秩序上，从而延误时间。大家面对事实吧，你认为罗哥和我会怎么对待这堆你们建议收集的资料。从我们工厂的做法看来，我们可能会这么做——玩一堆数字和文字游戏。问题是，我们现在应该采取什么不同的做法呢？有人知道答案吗？"

看到雷夫陷入沙发中，我说："如果我们能找到事业部所发生的各种状况的内在秩序，自然会大有裨益。"

刘梧说："对，但是我们要怎么样找到内在秩序呢？"

唐纳凡追问："当我们撞见内在秩序的时候，我们怎么知道我们已经找到了呢？"

过了一会儿，刘梧说："回答这个问题之前，或许我们应该先问一个更基本的问题——在形形色色的事实真相中，究竟是什么东西构成了内在的秩序？看看门捷列夫面对的元素好了，这些元素看起来各不相同，有些是金属，有些是气体，有些黄色，有些黑色，没有两个元素完全相同，然而元素之间仍然存在着类似的特性，罗哥画在白板上的形状也一样。"

他们继续争辩，我却心不在焉，刘梧的问题一直在我脑子里打转："我们要怎么样找到内在的秩序呢？"他问话的语气仿佛只是口头上问问罢了，好像答案一定是不可能，但是科学家确实找到了许多事物的内在秩序……而钟纳就是一位科学家。

我打断他们的谈话："假设这是可能的，假设确实有一种技术，可以让我们找到内在的秩序呢？这种技术不就是一种有力的管理工具吗？"

刘梧说："毫无疑问。但是光做白日梦又有什么用呢？"

详详细细地告诉茱莉白天发生的事情以后，我问她："你今天做了什么事？"

"我在图书馆待了一阵子。你知道吗？苏格拉底根本没有写下任何东西，他的对话录事实上都是由他的学生柏拉图写的。这里的图书馆管理人员真好，我很喜欢她。总之，她推荐了几本对话录，而我已经开始读了。"

我简直不敢相信："你读哲学书！为什么？不是很乏味吗？"

她对我笑笑："你提到苏格拉底的方法可以说服别人，我对哲学一向敬而远之。但是为了学会怎样说服我那固执的老公和小孩，我愿意下苦功。"

"所以，你开始读哲学。"我还在努力接受这个事实。

"你说得好像这是个惩罚。"她大笑，"罗哥，你有没有读过苏格拉底的对话录？"

"没有。"

"其实没有那么乏味，写得好像故事一样，还蛮有趣的。"

"到目前为止，你读了多少？"我问。

"我还在努力钻研第一部——普洛塔高洛斯（Protagoras）。"

"我明天很有兴趣听听你的评语。"我怀疑地说，"假如你还是觉得很有趣，那么或许我也读读看。"

"对呀，等到太阳打西边出来的时候。"她说。我还来不及回话，她就站起来说："上床睡觉吧。"

我打着呵欠，和她一起走进卧室。

36

成本世界与有效产出世界

The Goal

由于史黛西和唐纳凡必须处理一些出了问题的订单，我们的会议延迟了一会儿。我很好奇，到底出了什么情况，难道我们又碰到麻烦了吗？难道史黛西关于“产能制约资源”的警告真的应验了吗？她一直很担心销售量上升的问题，当然，尽管销售量进展很慢，却一直稳定上升。我打消了这个想法，不会，这只不过是物料经理开始移交工作时，必然发生的冲突罢了。我决定不插手，假如真有什么严重的情况，他们自然会来向我报告。

我们目前做的事情并不容易。尽管唐纳凡斩钉截铁地告诉我，他已经被改造了，但我们都是行动派，找寻基本步骤几乎违反了我们的本性。

所以，当他们终于都在会议室坐定了以后，我提醒他们今天的议题是什么。假如我们想要把这里的改革运动推广到整个事业部，就必须先弄清我们的做法。重复讨论具体的措施没有什么用，不仅每个工厂的情况都各不相同，而且你怎么可能挑战销售部门的局部效率，或者把产品设计的批量缩小呢？

今天只有史黛西有意见要发表。她的想法很简单，钟纳以前强迫我们从“公司的目标是什么”这个问题着手，那么我们现在也应该从“我们的目标是什么”出发，这里的“我们”不是指个人，而是泛指一群经理人。

我们不喜欢这个题目，觉得太理论化了。唐纳凡打了个呵欠，一副很无聊的样子。刘梧回应了我无声的要求，自愿接手玩游戏。

他微笑着说：“很简单。假如公司的目标是‘从现在到将来，都越来越赚钱’，那么，我们的职责就是要努力让事业部达到目标。”

史黛西问：“你办得到吗？假如目标包括了‘越来越’这几个字，我们能达到目标吗？”

“我明白你的意思了。”刘梧仍然微笑着回答，“不行，我们当然不能达到一个无限量的目标，而是必须努力让事业部迈向那个目标。你说得对，这个目标不是一蹴而就的，必须有赖我们不断地努力。我应该修改一下我刚才的答案。”于是他一个字一个字地念着：“推动能使事业部持续改善的流程，才算善尽职守。”

史黛西转过头来，对我说：“你想知道该从何处着手，我想我们应该就从这里开始。”

“怎么做呢？”唐纳凡提出了每个人心中的疑问。

“我不知道。”史黛西说。当她看到唐纳凡脸上的表情时，她防卫地说，“我没有说我有了重大突破，只不过想到个主意罢了。”

“谢谢你，史黛西。”我说。然后，我转过去面对大家，同时指着白板上还没擦掉的涂鸦说，“我们必须承认，这个观点和先前的观点很不一样。”

我们又卡住了。唐纳凡的问题当然正中要害，所以我把白板擦干净，用大字写上“持续改善的流程”，希望借此推动讨论。

这样做没有太大的帮助，大家瞪着白板，沉默了一阵。

“有什么意见吗？”最后我问，结果正如我所料，唐纳凡说出了大家的感觉。

“我对这几个大字简直厌烦透了。无论到什么地方，都听到同样的事情。”他站起来，走到白板前面，然后装出小学一年级教师的腔调说，“持续……改善的……流程……”

回到座位上，他说：“即使我想把它忘掉，我都忘不掉。史麦斯的备忘录中到处都是这个句子。顺便告诉你，罗哥，他不停地发这类备忘录给我们，而且越来越多。即使只是为了省钱，为了节省一点纸张，你能不能想办法叫他停止这个做法？”

“等我找到适当的时机再说。但是，不要岔题了，假如我们的讨论没有成果的话，那么我当上事业部主管以后，唯一的好处就只不过是停止发备忘录罢了。别这样，唐纳凡，老实说出你的不满吧！”

要鼓励唐纳凡说实话并不难。他说：“我们公司里每个工厂都至少推行过四五个使人烦厌的改善计划了。如果你问我的话，结果只造成消化不良。不信你到生产线提出新的改善计划试试看，马上就会看到反应如何。工人已经开始对这几个字过敏了。”

“那么，你有什么建议呢？”我在火上继续浇油。

“延续这里的做法。”他对着我大吼，“我们没有推动任何正式改善计划，但是你看看我们成就多大。不是说大话，但是假如你问我，我们的成就才是真正的成就。”

“你说得对。”我试图平息我撩拨起的这座火山，“但是唐纳凡，假如我们想要在事业部重复相同的经验，我们就必须一针见血地指出我们的做法和别人的做法有什么不同。”

“我们没有推出这么多改善计划。”他说。

史黛西回答：“不对，我们采取了很多行动，如在生产线的制造过程上、在衡量基准上、在质量上、在局部流程上，更不用提我们在发放物料给生产线的流程上所进行的一切改革了。”她举起手来，制止唐纳凡插嘴，然后下了结论：“没错，我们没有称呼这些措施为改善计划，但是我不信只因为我们没有为这些计划取名字，就会有这么大的差别。”

“那么，你觉得为什么那么多人失败了而我们却成功了？”我问她。

“很简单。”唐纳凡插进来说，“他们光说不做，我们却实际去做。”

“现在是谁在玩文字游戏啊？”我让他闭嘴。

“我认为，关键在于我们对‘改善’这两个字有不同的诠释。”史黛西若有所思。

“怎么说？”我问。

“她说得很对！完全是衡量指标的问题。”刘梧脸上发亮。

唐纳凡对大家说：“对会计师而言，什么都和衡量指标有关。”

刘梧站起来，开始踱方步。我很少看到他这么兴奋，大家都耐着性子等候。

最后，他转头过去，在白板上写下：

有效产出　库存　营运费用

然后，他转过头来，对我们说：“无论在什么地方，‘改善’几乎都被解释为节省成本。大家把力量都集中在降低营运费用上，仿佛这是最重要的指标。”

“还不止如此。”唐纳凡插嘴，“最重要的是，在我们工厂里，我们改成把有效产出看成最重要的衡量指标。对我们而言，改善的意思不是节省成本，而是增加有效产出。”

“你说得对。”史黛西附议，“整个瓶颈的概念都不是为了降低营运费用，而是着眼于提高有效产出。”

“你想告诉我们的是，”我慢慢地说，一面消化他们的话，“我们已经改变了这几件事情的重要度。”

刘梧说：“正是如此。过去成本最重要，其次是有效产出，库存远远落在第三位。”他微笑着补充：“甚至严重到库存会被当作资产。在我们的新尺规上，就完全不同了。有效产出最重要，然后就是库存，因为库存会影响有效产出，最后才是营运费用。而我们的数据显然也支持这个理论。”刘梧把证据拿出来，“有效产出和库存都改变了几十个百分点，而营运费用只下降了不到两个百分点。”

我说：“这是很重要的一课，你的意思是，我们已经从‘成本世界’跨入了‘有效产出世界’。”

沉默了几分钟以后，我接着说：“你们知道吗，这下子又挑起了另一个问题。改变不同衡量指标的重要性，从一个世界进入另一个世界，毫无疑问都代表了文化的转变。大家面对现实吧，这正是我们必须经历的改变——企业文化的转变。但是，我们要怎么样让整个事业部经历同样的文化转变呢？”

我去倒杯咖啡，唐纳凡和我一起：“罗哥，你知道吗，我们还是漏掉了什么。我觉得我们所采用的方式很不一样。”

“怎么不一样？”

“我不知道，但我可以告诉你的是，我们从来没有宣布任何改善计划，改善措施完全是适应需要而产生。不知怎么的，对我们来说，下一步该怎么走，似乎一直都很明显。”

“我想也是如此。”

我们花了好长一段时间，一项项列出了我们采取的行动，并且逐项检验每个行动是否符合我们的新尺规。唐纳凡一直沉默不语，后来突然跳了起来。

“我逮到这个浑蛋了！我想到了！”他大声嚷嚷。

他走到白板前面，抓起一支马克笔，在“改善”这两个字旁边重重画了个圆圈。他连珠炮似的大喊：“持续改善的流程。刘梧对衡量指标的执着逼迫我们专注于‘改善’两个字上。难道你们不明白，真正的浑蛋其实是‘流程’两个字？”他在“流程”这两个字旁边画了好几个圆圈。

“假如刘梧对衡量指标很执着，那么你一定是对流程很执着了。”我有一点被激怒了，“希望你的执着和他的一样有用。”

“当然啦，老板。我知道我们分析问题的方式不一样，而不只是衡量指标不同而已。”他回座位的时候，还乐得很。

“你可不可以解释一下啊？”史黛西柔声地问。

“你还不懂吗？”唐纳凡惊讶地问。

“我们也不懂。”我们都面露困惑之色。

他看看每个人，发现我们不是在开玩笑，于是他问：“什么是流程？我们都晓得，流程就是我们依序遵循的一系列步骤，对不对？”

“对……”

“那么，有没有人可以告诉我，我们应该遵循哪个流程？在我们‘持续改善的流程’中，我们遵循了哪个流程？你们认为推动好几个改善计划算一个流程吗？我们并没有真的进行了什么改善计划，我们所做的只是跟着一个流程走，事实是这样。”

“他说得对。”刘梧静静地说。

我站起来，和唐纳凡握握手。每个人都向他微笑。

然后刘梧问：“那么，我们遵循了什么样的流程呢？”

唐纳凡没有马上回答，最后他说：“我不知道，但是我们绝对是跟着一个流程走。”

为了避免他太尴尬，我很快接腔：“我们可以把它找出来，既然我们一直照着做，要把它找出来应该不会太难。大家一起想想看，我们做的第一件事是什么？”

大家还来不及回答，雷夫就说：“你们知道吗，这两件事之间其实是相关的。”

“哪两件事？”

“在罗哥所谓的‘成本世界’里，我们最关心的是成本问题。处处都要耗费成本，每件东西都会让我们花钱。我们过去一直把这个复杂的组织看成很多个环，而控制每个环都很重要。”

“能不能请你直接把话说明白？”唐纳凡不耐烦地说。

“让他说完。”史黛西也没好气地说。

雷夫不管他们，继续冷静地分析：“假如我们根据环链（chain）的重量来衡量环链，每个环都变得很重要。当然，假如每个环都很不一样，那么我们就会应用20/80帕雷托原理（Pareto principle）——20%的因素造成了80%的结果。仅仅拿我们都很熟悉的帕累托原理这个事实来看，刘梧说得对，我们都身在‘成本世界’中。”

史黛西用手压住唐纳凡，防止他打岔。

雷夫接着说：“我们都了解改变衡量尺规的重要。因此我们选择有效产出作为最重要的衡量指标。我们从哪里得到有效产出呢？从每个环上头吗？不是，只有在所有制造过程的最末端，才会得到有效产出。唐纳凡，你看，最重要的是有效产出，就好像从考虑环链的重量转变为考虑它的强度一样。”

“我还是看不出什么名堂来。”这是唐纳凡的反应。

雷夫不肯罢手。“什么东西决定了环链的强度？”他问唐纳凡。

“最弱的一环，聪明人。”

“那么，假如你想要改善环链的强度，你首先应该做什么事情？”

“找到最弱的一环，指出瓶颈的所在！”唐纳凡拍拍他的背。

“答案就在这里！真聪明！”他又拍拍他的背。

雷夫被拍得弯下了腰，不过他眉飞色舞，我们也一样。

之后的工作就很简单了，和先前相比，问题变得简单许多。我们没多久就把流程清楚地写在白板上。

步骤一：找出系统的瓶颈。

（毕竟我们当初辨认出热处理部门和NCX-10是工厂的瓶颈并不是太困难。）

步骤二：决定如何挖尽瓶颈的潜能。

（这部分很有趣。例如，机器不应该在午餐时间休息等。）

步骤三：其他的一切迁就上述决定。

（确定每件事都能迁就制约因素的节奏，如红色标签和绿色标签等。）

步骤四：给瓶颈松绑。

（把旧机器找回来，恢复不那么“有效”的旧生产线。）

步骤五：假如步骤四打破了原有的瓶颈，那么就回到步骤一。

我看着白板，就这么简单，纯粹只是普通常识而已。我再度怀疑，我们过去怎么一直都看不明白，这时候史黛西开口了：“唐纳凡说得对，我们当然是跟着这个流程走，而且我们重复了不止一次，甚至我们必须处理的瓶颈本质也已经改变了。”

“你说的‘瓶颈的本质’是什么意思？”我问。

她说：“我是指重大的改变，例如，瓶颈从机器骤然变成了截然不同的东西，如变成了需求不足的市场。每次我们经过了这五个步骤的循环时，瓶颈的本质都改变了。瓶颈起先是热处理部门和 NCX-10，然后就变成了物料发放系统——还记得上次钟纳在这里的时候，情况如何吗？接着市场变成了瓶颈，我恐怕很快瓶颈又会回到生产线。”

“你说得对。不过，称呼市场需求或物料发放系统为瓶颈，好像有点奇怪，我们何不把它改称为……”我说。

“制约因素（constraint）？”史黛西提议。

我们修改了白板上的用词，然后就坐在那儿欣赏我们的杰作。

“我要怎么样才可以继续保持这么高昂的士气？”我问茱莉。

“永远不满足，嗯？”然后她以充满感情的声音对我说，“罗哥，为什么你要把自己逼得这么紧呢？难道对你来说，一天开发出五个步骤，成就还不够大吗？”

“当然足够了，还不只足够而已，能找到每个人都在寻找的流程，晓得怎么样有系统地追求持续的改善，这是很大的成就。但是茱莉，我谈的是别的事情。我们怎样才能继续快速地改革工厂？”

“出了什么问题？看起来好像一切都很顺利呀！”

我叹了口气：“也不尽然。我不可再积极争取订单了，因为我们很害怕额外的销售量会制造出更多的瓶颈，而让我们重新陷入赶工的噩梦中。另外，我没有办法要求公司让我增聘人手或购买机器，因为目前的财务状况显示我们还没有能力这样做。”

“瞧我这没有耐性的老公！”她大笑，“你好像也只有坚持到底，等到工厂赚了足够的钱，可以进行更多的投资时再说。不管怎么样，亲爱的，很快就要换唐纳凡来为这些问题绞尽脑汁了。差不多也该是换其他人呕心沥血的时候了。”

“也许你说得对。”话虽这么说，我仍然不是口服心服。

37

昨日是，今日非

The Goal

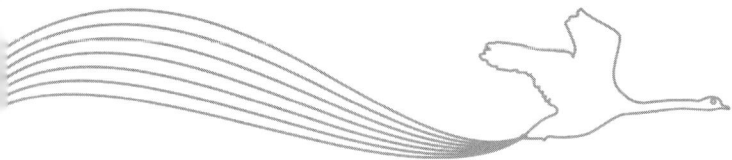

雷夫一坐定，就说：“一定有什么地方不对，我们还是漏了什么。”

“什么？”唐纳凡气势汹汹地逼问，准备防卫我们的新发明。

“假如步骤三没有错的话……”雷夫一个字一个字慢慢地讲，“假如我们必须调整所有的工作来迁就我们在制约因素上所做的决定，那么……”

“别这样，雷夫。”唐纳凡说，“你说‘假如我们必须迁就’是什么意思啊？我们必须让非制约因素迁就制约因素，这不是毫无疑问的事情吗？假如不是为了让其他一切迁就我们在瓶颈的工作上所做的决定，你在计算机上报出的那些排程又是怎么回事呢？”

雷夫带着歉意说：“我不怀疑这点，但是当制约因素的本质改变的时候，我们会预期所有非制约因素的作业方式也发生重大的改变。”

“听起来很有道理。那么，你在担心什么呢？”史黛西以鼓励的语气说。

雷夫说：“我不记得我们曾经有过这样的改变。”

“他说得对。”唐纳凡低声说，“我也不记得有过这种改变。”

“我也不记得。”过了一会儿，我也附议。

“也许我们当时应该修正作业方式。”唐纳凡若有所思。

“我们检查看看。”我说。我接着问：“制约因素第一次改变是在什么时候？”

“当有些贴绿色标签的零件太晚抵达装配部的时候。”史黛西笃定地说，“我还记得，我们那时候很担心新的瓶颈出现了。”

“对。然后钟纳跑来，告诉我们那不是新瓶颈，而是制约因素已经转变为我们发放物料到生产线的方式。”

“我还记得当时的震惊，我们限制了物料的发放，即使因此使工人无事可做都在所不惜。”唐纳凡评论。

“而且我们很担心‘效率’会因此降低。回头看，我很惊讶当时我们居然有勇气这么做。”刘梧也加上他的注解。

我说：“因为这样做很合理，我们才这么做。实际情况也证明我们做得对。所以雷夫，至少在这个例子里，我们的确牵动了所有的非制约因素。可以继续往下讨论了吗？”

雷夫没有作声。

“还有什么事情使你觉得困扰吗？”我问。

他说：“有，但是我说不出来。”

最后史黛西说：“怎么回事，雷夫？你、唐纳凡和我一起为制约因素拟定了工作清单，然后你再让计算机根据那份清单，算出所有物料的发放日期。我们绝对改变了非制约因素作业的方式。请注意，我们把计算机也当成非制约因素之一。”

雷夫不安地笑了。

史黛西继续说：“然后，我要下属根据这份计算机清单来做事，他们的作业方式起了很大的改变，尤其是当时领班给了他们很大的压力，拼命向他们要一些工作来做。”

唐纳凡说：“但是你不能不承认，最大的改变还是在生产线上。对大多数人而言，要接受事实，认清我们真的不想让他们分分秒秒都在工作，实在很不容易。不要忘了，当时大家对裁员都还抱着很大的恐惧。”

“我想这样做大概没错。”雷夫不再追根究底。

“我们当时采取的办法，后来怎么样了？”刘梧问，“知道吧，我是指红色标签和绿色标签。”

“没有怎么样。”史黛西回答，“为什么我们需要改变这个做法呢？”

“谢谢你，刘梧。这正是我一直很困惑的事情。”雷夫转过头去，对史黛西说，“还记得我们一开始为什么要采用这些标签吧？我们想要建立起清楚的优先顺序。希望每个工人都晓得哪些零件比较重要，必须立刻处理，哪些零件相对不重要。”

史黛西说：“没错，原因正是如此。哦，我明白你的意思了。过去我们发放物料只是为了让生产线有事做，而现在我们发放的每件物料基本上都同样重要。让我想一想。”

大家都思考了几分钟。

“哦，该死！”她呻吟着。

“怎么了？”唐纳凡问。

“我现在才明白这些标签对我们的作业有什么影响。”

“怎么样？”唐纳凡催促她赶快讲。

“我觉得很不好意思。我一直抱怨我们的问题出在那六七个产能制约资源上，我不断地提出警告，甚至要求限制接单的数量。现在我才明白问题是我亲手造成的。”她说。

“解释给我们听，史黛西。你想得比我们快。”我要求。

“没问题。你们看，绿色标签和红色标签在什么时候才有用？只有当工作单位前面大排长龙，工人必须在各项工作之间选择时才有用，这时候，他们总是先处理贴了红色标签的零件。”

“那又怎么样？”

史黛西继续说：“最长的队伍往往都出现在瓶颈前面，在那里，标签根本无关紧要。产能制约资源前面也会大排长龙，这些设备供给瓶颈某些零件——贴红色标签的零件，但是它们处理更多的贴绿色标签的零件，而这些零件都会直接抵达装配部，不会通过瓶颈。今天，他们先处理贴红色标签的零件，因此当然就延迟了贴绿色标签的零件抵达装配部的时间。一直等到零件已经延迟得很厉害了，装配部的缓冲明显出现一些洞了，我们才发现这个问题。然后，也唯有到了那时候，我们才改变这些工作单位的作业优先顺序。基本上，也就恢复了绿色标签的重要性。”

“所以你想告诉我们。假如取消标签，情况反而会更好？”唐纳凡的诧异表露无遗。

“对，正是这个意思。假如我们取消标签，要工人根据零件抵达的先后顺序来工作——先来先做，这才是正确的作业程序，缓冲出现的洞会减少，我的下属不必再追踪零件在哪里卡住了，而且……”

“而且领班也不必经常重新设定优先顺序。”唐纳凡替她说完。

我想要确认我所听到的话：“史黛西，你确定关于产能制约资源的警告只是假警报吗？我们能够放心接下更多的订单吗？”

她说：“我是这么认为的。这样一来，我最大的疑惑就迎刃而解了，为什么瓶颈的缓冲只出现这么少的洞，而装配部的缓冲出现的洞却越来越多。顺便提一句，洞越来越多，表示我们终究会碰到产能不足的问题，但是时间不是现在。我会立刻处理掉那些标签，你们明天就看不到标签了。”

“嗯，这次的讨论很有用，大家继续讨论，我们什么时候打破了第二个制约因素？”

“当我们开始提前出货的时候。”唐纳凡回答，“当我们能提前三个星期出货的时候，就表示制约因素不再是生产，而是市场。订单不足限制工厂赚到更多的钱。”

刘梧表示同意："对。你们的看法如何？我们对非制约因素有没有采取任何不同的措施？"

"我没有采取不同的措施。"唐纳凡说。

"我也没有。"雷夫说，"嘿，等一等。假如热处理部门和 NCX-10 不再是制约因素了，我们为什么还一直根据它们的进度来发放物料呢？"

我们面面相觑。真的，怎么会这样呢？

"还有更滑稽的事情。我们的计算机怎么也显示这两个工作单位还是制约因素，因此经常让它们负荷 100%的工作量呢？"

我看看史黛西："你知道这是怎么回事吗？"

她承认："恐怕我的确知道，今天真是霉运当头。"

"我一直觉得很奇怪，为什么我们的成品库存没有以更快的速度减少。"我说。

"请你们哪位告诉我这是怎么回事，好吗？"唐纳凡不耐烦地问。

"请说，史黛西。"

"别这样，别这样望着我。和堆积如山的成品奋斗了这么久之后，难道你们不会和我采取同样的做法吗？"

"采取什么做法？"唐纳凡坠入了雾中，"请你不要再玩猜谜游戏，好吗？"

"我们都知道，让瓶颈的工作不停顿是多么重要。"史黛西终于开始解释，"记住，'在瓶颈损失了一小时的生产时间，就等于整个工厂损失了一小时'。所以，当我明白瓶颈的负担已经减轻时，我下令增加生产，累积成品库存。真笨，我现在才明白这样做真笨，但是至少现在我们每种成品都维持六个星期的供应量，不像过去，某种产品堆积如山，其他产品却一个也找不到。"

刘梧说："很好，也就是说，我们很容易就可以摆脱这批库存。罗哥，要小心不要速度太快，要记住这会对盈利带来什么影响。"

现在轮到史黛西困惑不解了："为什么我们不应该尽快摆脱这堆库存呢？"

我不耐烦地说："先别管这件事，刘梧等一下可以解释给你们听。现在我们应该先修正这五个步骤，我们都知道雷夫说得对，我们的确漏掉了什么。"

"能不能让我来修改？"史黛西胆怯地问，然后走到白板前面。

她回到位子上的时候，白板上写着下面几行字。

步骤一：找出系统的制约因素。

步骤二：决定如何挖尽制约因素的潜能。

步骤三：其他的一切迁就上述决定。

步骤四：给制约因素松绑。

步骤五：警告！！！！假如步骤四打破了原有的制约因素，那么，就回到步骤一，千万不要让惰性引发系统的制约因素。

看完了白板上的字，刘梧感叹："比我想象中还要糟糕。"

我很惊讶："恰好相反，比我想象得还好。"

我们对看一眼。"你先讲。"我说，"为什么你说比你想象中还糟糕？"

"因为我唯一的指导原则都不管用了。"

他发现我们还是一头雾水，就跟着解释："我们目前所做的一切改革，所有我们打破的金科玉律，都有一个共同点，就是都根源于成本会计。局部效率、最优批量（Optimum batch size）、产品成本、库存估值，这些问题的根源都相同，我也很容易就接受了新的概念。事实上，我一直很怀疑成本会计的可信度。别忘了，成本会计是 20 世纪初的产物，当时的情况和今天大不相同。事实上，我开始开发出一个很好的指导原则，那就是——凡是源自成本会计的，都一定不对。"

我微笑着说："很好的指导原则，但是现在你的问题是什么呢？"

"你看不出来吗？现在问题严重多了，问题不再只是成本会计而已。我们在零件上贴红色标签和绿色标签，不是因为成本会计，而是因为我们明白瓶颈的重要性。史黛西下令累积成品库存，是因为她想确定瓶颈的产能不会被浪费掉。过去我以为要经过很长的时间才会产生惰性，现在我发现惰性不到一个月就出现了。"

"你说得对。"我忧郁地说，"每当制约因素被破解的时候，就改变了周围的情况，因此根据过去的经验来推论现在该怎么办，是很危险的事情。"

史黛西补充："事实上，即使用来给制约因素松绑的措施，都必须再三推敲才行。"

"该怎么做呢？"唐纳凡问，"我们不可能随时都对所有的事情质疑。"

"我们还是漏掉了什么。"这是雷夫的结论。

绝对漏掉了什么。

"罗哥，轮到你来解释了。"刘梧说。

“解释什么？”

“为什么你认为情况比你想象中好得多？”

我笑了，该是宣布好消息的时候了。

“我们一直没有办法在盈利上再出现一次大突破，原因是什么呢？除了我们自以为产能不足，没有其他原因。现在我们知道情况不同了，我们还有很多备用产能。”

我们到底有多少备用产能呢？“史黛西，目前热处理部门和NCX-10的工作量有多少并非来自真正的订单？”

史黛西小声地说：“20%左右。”

“太好了。”我开始摩拳擦掌，“我们有足够的产品可以进攻市场。我明天早上最好就开车去总公司，和强斯来一次推心置腹的谈话。刘梧，我一定会需要你的帮忙，雷夫，要不然你也插一手，而且要带着你的计算机，我们展示一点东西给他们看。”

38

打破惯性

The Goal

清晨 6 点，我抵达工厂接刘梧和雷夫。我们后来决定的这个办法最好，否则要分别到他们的住处去接他们的话，我就得在 5 点离开家。不管怎么样，我们在总公司可能只会待几小时，所以下午应该还会回来上班。

我们几乎都没有怎么交谈。雷夫在后座忙着敲他的笔记本电脑，刘梧似乎还在梦中。我采用自动驾驶，因此我的脑海里忙着模拟和强斯的对话。我一定要说服他为我们多争取一些订单。

昨天忙着找出有多少备用产能时，我只看到好的一面，现在我怀疑我是不是在要求他们创造奇迹。我在脑子里重新计算了一下。为了填满我们的产能，强斯必须拉到 1 000 万美元以上的额外订单，要他把自己逼得这么惨，简直是不切实际。

所以，单靠压榨和恳求无济于事，我们必须想出一些新点子，而到目前为止，我脑袋空空，什么点子也没有。希望强斯能想到一些聪明的主意，他应该是销售专家才对。

当我们进入那间小会议室时，强斯说："这位是帕施基先生，他是我们顶尖的业务员之一，工作认真，非常专业，而且创意十足。我想你们互相认识一下，会很不错。你不介意他和我们一起讨论吧？"

我微笑着说："恰好相反，我们很需要创意。我希望你们能为我的工厂争取额外的生意，价值 1 000 万美元的订单。"

强斯大笑："开玩笑，你们这些搞生产的人真是玩笑专家。帕施基，我说得没错吧？要和工厂厂长打交道，还真不容易。有的人要我说服客户同意涨价 10%，有的人要我依原价帮他们卖掉老旧的垃圾，但是罗哥，你最厉害，1 000 万美元!"

他继续笑个不停，但是我没有陪他一起笑。

"强斯，好好动动脑筋，你必须为我的工厂多找一些订单，1 000 万美元的订单。"

他止住笑，看看我："你是说真的，罗哥，你是怎么了？你知道现在要多拉一些生意是多么困难的事，外面是狗咬狗的世界，连一份小小的订单，大家都拼了命抢，而你谈的是多拿到 1 000 万美元的生意。"

我不忙回答，只是靠在椅子上，看着他。最后我说："听好，强斯，你只知道我的工厂已经改善了，却不知道我们改善的幅度有多大。我们现在可以在接单后

两个星期出货，我们已经证明了我们不再延误订单，连一天都不会延误。我们现在反应很快，而且十分可靠。我们的质量也改善了很多，我相信我们的质量目前在市场上是数一数二的。我不是在做广告，这全是事实。”

“罗哥，这一切我都明白，我从最佳的消息来源——客户那里听来的。但是向客户推销东西需要花时间，公信力无法在一夕之间就建立起来，而是一个渐进的过程。顺便告诉你，你实在不应该再抱怨了，我为你们争取到的订单越来越多。有耐心一点，不要逼我创造奇迹。”

“我还有 20%的备用产能。”我说，让这句话在空气中回荡。

强斯没有什么反应，我明白他看不出这两件事有什么关联。“我需要增加 20%的销售量。”我解释给他听。

“订单不是吊在树上的苹果，我不可能一走出去，就顺手摘几个给你。”

“一定还有一些生意是因为质量要求太高，或者交货期限太短，而被你回绝了，替我把那些订单找回来。”

“你可能还不清楚这次的不景气有多严重。”他叹口气，“现在任何订单我都接受，只要能使我们继续运作就行。尽管我晓得日后会带来很多麻烦，但是目前的业绩压力实在太大了。”

“假如竞争真的这么激烈，市场真的那么不景气，那么客户一定会拼命压迫你们降价了？”刘梧以他一贯平静的语气问道。

“‘压迫’这两个字还不足以形容，说‘威胁’更恰当一点。千万别告诉别人，但是你可以想象吗，在有些情况下，甚至连赔本的生意我都做。”

我开始看到隧道尽头的亮光：“强斯，他们要求的价格有时候比我们的成本还低吗？”

“有时候？他们一直都这样。”

“那你怎么办？”我追问。

“我还能怎么办？”他大笑，“我尽量解释，有时候还居然管用。”

我用力咽了咽口水，然后说：“我愿意以低于成本 10%的价格接单。”

强斯没有马上回答，他们的红利是根据销售金额来计算的。最后他说：“还是算了。”

“为什么？”

他没有回答，我追问："为什么算了？"

"因为这样做很愚蠢，完全不合乎商业逻辑。"他疾言厉色地说，然后再把声音放柔一点，"罗哥，我不知道你脑子里在打什么主意，但是我告诉你，所有的把戏很快就会被当面拆穿，你为什么要自毁大好前程呢？你一直表现优异，为什么要搞砸了呢？此外，假如我们答应一个客户降价，没有多久，其他客户就会发现这件事，并且提出同样的要求。到时候，我们怎么办呢？"

他说得有道理，这场争论显示，我原先误以为看到了隧道尽头的光芒，其实只不过是火车头的车灯罢了。这时候，在意想不到之处却伸来了援手。

"詹格勒和我们的老客户没有任何牵连。"帕施基迟疑地说，"此外，他要的量太大了，我们总可以拿这个当借口，告诉其他客户，他是因为量大才拿到特别折扣的。"

"算了！"强斯简直在咆哮，"那个浑蛋几乎想不费分文拿到我们的货，更不要说，他还要我们负责把货运到法国去。"

他转过头来对我说："这个法国佬简直厚颜无耻到了令人难以置信的地步。我们谈判了三个月，调查了彼此的信用，也都同意了所有的条件，这些全都要花时间。他要求知道所有你能想象得到的技术细节，而且我们谈的还不是一两个产品，而是几乎整个系列的产品。当时，他对价格毫无怨言。直到最后，就是两天以前，当一切都达成协议以后，他传真给我，告诉我他不能接受我们的价格，并且提出他的价码。我以为他的要求和平常差不多，希望拿到一成的折扣，或者考虑到他愿意采购的量这么大，给他一成五的折扣，但是不，这些欧洲人的观念好像很不一样。举例来说，你曾经创造过奇迹的 Model 12 这个产品，售价是 992 美元，而我们当初是以 827 美元的价格卖给柏恩赛的，他们也是大客户，而且同样需要很大的量。结果这个法国佬现在居然敢要求 701 美元的价格。你听到了吗？701 美元。现在你明白了吧？"

我转过身去问雷夫："Model 12 的物料成本是多少？"

"334.07 美元。"刘梧毫不迟疑地说。

"强斯，你确定接这份订单对国内客户不会有任何影响吗？"

"除非我们自己大肆宣扬。就这点而言，帕施基说得没错，没有影响。但是这个想法太荒谬了。我们为什么要浪费时间来讨论呢？"

我看看刘梧，他点点头。

“我们愿意接单。”我说。

强斯没有反应，我再重复一次：“我们愿意接单。”

“你能解释一下这到底是怎么回事吗？”他挤出这几个字。

我回答：“很简单。我告诉过你，我们有备用产能。假如我们接下这个订单，唯一的生产成本只有物料成本。我们会收进来 701 美元，但只需要付出去 334 美元。也就是说，每个产品赚了 378 美元。”

“实际上是每件赚 366.93 美元，而且你没有把货运费算进去。”刘梧纠正我的数字。

“谢谢你的提醒。平均每件的空运费是多少？”我问强斯。

“我不记得了，不过不会超过 30 美元。”

“我们能不能看看这笔订单的详细资料？”我问，“我特别感兴趣的是他们需要的产品种类、每个月的订购量，还有价钱。”

强斯盯住我半晌，然后转过头去吩咐帕施基：“把资料拿来。”

帕施基走出去以后，强斯困惑地说：“我不明白，你想要以低于美国本土的售价，甚至比成本还低的售价，把产品卖到欧洲去，而你还说这样可以赚大钱？刘梧，你是财务总监，你觉得他的话有道理吗？”

“有道理。”刘梧说。

看到强斯一副可怜相，我抢在刘梧之前解释。这时候单靠财务上的计算来说明成本概念的谬误没有什么用，只会使强斯更加困惑。我决定从另一个角度来说明这个问题。

“强斯，你喜欢去哪里买日本相机，东京还是曼哈顿？”

“当然是曼哈顿啦！”

“为什么？”

“因为在曼哈顿买比较便宜，大家都知道这件事。”强斯信心十足地说，他是识途老马，“我晓得四十七街有个地方可以杀到很好的价钱，比在东京便宜一半。”

“你觉得为什么在曼哈顿买反而比较便宜呢？”我问他，然后又自己回答了问题，“啊，我们知道运输费用一定是负数。”

大家都笑了起来。

“好吧，罗哥，你说服我了，我还是不明白，不过假如日本人也这么做，那么一定是有利可图的。”强斯终于说。

我们差不多花了三小时来计算确切的数字，我把刘梧和雷夫抓来，真是明智之举。

我们先计算这笔大订单将带给瓶颈的负荷——没有问题。我们还逐一检查了七个比较有问题的工作单位——有两个单位可能接近危险地带，但是我们还应付得来。然后我们又计算了财务效益——耀眼的数字让人眼睛一亮。最后我们终于准备就绪了。

“强斯，我还有一个问题。我们要怎么样才能确定这名欧洲制造商不会引起一场价格战？”

“不必担心。”强斯不认为这是问题，“既然价格低得如此荒谬，我至少要他承诺一年的订单。”

“这样还不够。”

“你又开始找麻烦了，我就知道事情不可能真的这么顺利。”强斯说。

“不是这样，强斯。我希望这笔生意能够成为我们打入欧洲市场的滩头堡，假如来一次价格大战，我们可受不了。我们一定要在价格之外找到其他优势，让别人很难和我们竞争。告诉我，欧洲一般的供货时间是多久？”

“和这里差不多，8～10个星期。”他回答。

“很好，那么就答应那个法国佬，假如他承诺每年都采购这个数量，我们就会在接到传真订单的三个星期内，交出合理的数量。”

他震惊地问：“你是说真的吗？”

“我非常认真。顺便告诉你，我可以立刻交货，我们的库存量足以供应第一批货。”

“反正命是你自己的。”他叹了口气，“管他呢，反正你很快就是事业部的大老板了。假如你没有给我进一步的消息，我明天就传真给他，你可以把这笔生意看作成交了。”

直到离开停车场以后，我们才真的放下心中巨石，又过了15分钟，大家才安静下来。也就是说，刘梧和雷夫再详细地验算了一遍数字，偶尔有一点错误，幅度都不会超过几百美元。和这笔生意庞大的金额比起来，这点小误差不算什么，但是刘梧非要这样做才放心。

我不想为这点小事烦心，只想引吭高歌。

行至半途，他们才得到了满意的答案。刘梧宣布了最后的数字，这笔订单会为工厂带来的净利是惊人的七位数字，但是这丝毫不会阻止他把数字精确地计算到小数点后面第二位。

“真是笔赚钱的交易。想想看，强斯原本还打算放弃……这个世界真奇怪呀！”我说。

刘梧的结论是：“我很确定的是，你绝不能依赖营销部门来解决营销问题，他们比生产部门还拘泥于老旧过时的通行做法。居然要由我来告诉这些人他们太迷信成本会计了，你可以想象他们会有什么反应！”

“对呀！”我叹口气，“从今天的表现看来，对这些家伙不能有什么奢望。尽管如此，你知道吗，那个帕施基可能有两把刷子。”

“很难说。”他评论，“尤其是强斯把他管得死死的。罗哥，你要怎么做呢？”

“做什么啊？”

“改革整个事业部呀！”

我的兴奋顿时被这盆冷水浇熄了。刘梧真该死，为什么偏要提这件事呢？

“上帝可怜可怜我。”我说，“昨天我们还在谈惰性，抱怨我们自己的惰性，想想看，比起我们未来要面对的整个事业部的惰性，我们的情况真是小巫见大巫。”

雷夫大笑，刘梧唉声叹气，而我则深深同情我自己。

尽管这个星期我们大有进步，但可以确定的是，我还是靠直觉来管理。就拿昨天来说吧，假如不是雷夫凭直觉警告我们，还是有什么不对劲，我们就错失了这个大好机会。或者拿今天来说吧，我不是几乎要放弃了？幸好刘梧把我们拉回正确的轨道上……

我必须想清楚我该精通哪些管理技巧，否则真是太冒险了。我必须专心修炼这些技巧，并且晓得该从哪里着手……

或许我的手中一直掌握着这把钥匙，我在餐厅里和茱莉是怎么说的？我的耳边响起自己说过的话：“钟纳怎么有时间学这么多东西呢？据我所知，他这大半辈子没有在工厂里做过一天事。他是个物理学家。我简直不敢相信，象牙塔中的科学家居然懂得那么多生产线上的细节。”

就在这时候，“科学家”这个概念又出现了一次，当刘梧和雷夫争辩着资料分类的用处时也曾经提到这个概念。我自己提出了答案：一个人要怎样找到内在的秩序呢？刘梧的问法好像这只是个措辞上的问题，好像答案一定是不可能有，但是科学家的确找到了事物的内在秩序……而钟纳就是个科学家。

很明显，有关管理技巧的答案就隐藏在科学方法中。但是，我能怎么办呢？我没办法自修物理学，我对数学懂得不多，甚至连一页物理学都看不完。

或许我不需要这么做，钟纳曾经强调他不是要我开发出方法，只是要我清楚地界定管理技巧应该包含哪些东西。或许通俗科学读物就足够了？至少我可以试试看。

我应该去图书馆挖掘资料，牛顿是第一位现代物理学家，或许我该从这里着手。

我坐在办公室里，把脚跷在办公桌上，茫然地瞪着前方。

整个早上，我只接了两次电话，都是强斯打来的。第一次电话是通知我，他已经和法国佬签订了合约，他很自豪的是讨价还价的结果，他拿到的条件比我们原先预期的还要好。他成功地以我们的弹性和对订单的快速回应要到了比较高的价钱。

他第二次打电话来是想知道，他能不能用同样的概念向国内客户拉生意。也就是说，争取以全年固定采购量为基准的长期合约，而我们也承诺在有需要时，可以三个星期就交货。

我向他保证，我们这边不会有问题，鼓励他就这样进行。

他兴奋极了，我却恰好相反。

每个人都很忙碌。推动这笔大订单可让他们忙坏了，我是唯一无事可做的闲人，我觉得自己好像很多余。那段电话铃声响个不停、我必须解决层出不穷的问题、每天时间都不够用的日子，跑到哪里去了？

那些电话和会议全都是为了救火，我提醒自己，现在没有火了，自然也就不需要救火了。现在，每件事情都进行得很平稳，简直太顺利了。

事实上，让我烦心的是，我很清楚我应该做什么，我应该确定目前的状况会一直维持下去，每件事都能预先考虑，因此不会突然又有哪里冒出大火。但是，这也就表示我必须为钟纳提出的问题找到答案。

我站起来，离开办公室。走出去的时候，我告诉芙露兰："假如真的有人找我的话，我会在公共图书馆中。"

"今天就到此为止。"我合起书本，站起来伸伸懒腰，"茱莉，咱们泡杯茶喝吧？"

"好主意，我一分钟以后就过来。"

"你真迷上了这本书。"当她走过来，和我一起坐在餐桌旁的时候，我说。

"对，这本书真有趣。"

我递给她一杯热腾腾的茶："古希腊哲学的哪些地方让你觉得这么有趣？"

她大笑："不是像你想象的那样。苏格拉底的对话录真的很有趣。"

"既然你这样说的话，好吧。"我毫不隐瞒我的怀疑。

"罗哥，你的成见是错的，这本书完全不像你想象中那么乏味。"

"那么，它到底在讲什么？"我问。

"这个嘛，很难解释。你为什么不自己读读看？"

我说："也许有一天我会试试看，但是目前我要读的东西够多了。"

她喝了一口茶："你找到了你想找的东西了吗？"

"不算找到。"我承认，"通俗科学读物不会直接告诉你管理技巧是怎么回事，但是我开始看到一些有趣的事情。"

"是吗？"她鼓励我继续说下去。

"物理学界研究一个主题的时候，和工商界的做法大不相同。他们不是一开始就收集一大堆资料，相反，他们从几乎是随意选择的一些现象、有关生命的一些发现着手，然后提出假设。这是最有趣的部分，所有的假设似乎都以一个基本关系为基础：如果……那么……"

最后这句话不知怎么使得茱莉坐直了身子。"继续讲。"她热切地说。

"他们实际的做法是，以合乎逻辑的方式从假设中推出不可避免的结果。他们会说：'如果'假设是正确的，'那么'根据逻辑，另一个事实也必然成立。有了这些逻辑上的推论，他们就得出了一系列其他现象。当然，他们最主要的心力是花在证明他们预测的结果是否真的存在上面。当越来越多的预测得到证实的时候，显然就越来越能证明基本的假设是正确的。举例来说，阅读牛顿发现地心引力的过程就非常有趣。”

“为什么？”她的语气仿佛她早已知道答案，但是急切地想从我口中亲耳听到答案。

“许多事情开始串联起来，很多我们从来不认为相关的部分，开始彼此串联，产生意义。一个简单的因素可能就会引发许多不同的结果。你知道吗，茱莉，这就好像从混乱中建立秩序，还有什么比这个更美呢？”

她两眼发亮，问我：“你知道你刚才描述的是什么吗？就是苏格拉底的对话录。他们用的方法完全相同，都借着同样的逻辑关系‘如果……那么……’。或许唯一的不同是，苏格拉底所谈的和物料无关，而和人类行为有关。”

“很有趣，非常有趣，想想看，在我的领域，即管理、物料及人类行为都涉及。假如这个方法对两者都有用，那么或许钟纳的技巧就是以它为基础的。”

她思考了一会儿：“可能你说得对，但是假如你说得对，那么我愿意打赌，当钟纳开始教你这些技巧时，你会发现这些不只是技巧，而是思考的方法。”

我们两个人都陷入深思。

“下一步该往哪里走呢？”茱莉问。

“我不知道。”我回答，“老实说，我不认为我读的这些书真的能让我比较清楚该如何回答钟纳的问题。还记得他说的话吗？‘我没有要你开发出这些技巧，我只是要你弄清楚究竟应该包括哪些技巧。’恐怕我已经跳到下一个步骤了。要弄清楚究竟应该学哪些管理技巧，必须从我自己的需求出发，先研究我目前的管理方式，然后再想办法找出我应该如何管理。”

39

还是盲人摸象

The Goal

“有人打电话找我吗？”我问芙露兰。

出乎我意料的是，她回答：“有，是皮区，他想和你谈谈。”

我打电话找到皮区：“嘿，皮区，有什么事吗？”

“我刚接到你上个月的报表，恭喜你呀，你的确让我们彻底明白了，我从来没有看过这么耀眼的表现。”

“谢谢。”我高兴地说，“顺便问一下，史麦斯的工厂表现如何？”

“非报一箭之仇不可，嗯？”他大笑，“正如你所料，他在指标的数字上一直有进步，但是财务状况越来越糟，出现了赤字。”

我实在忍不住：“我告诉过你，这些指标全都见树不见林。”

“我知道，我知道。”他叹口气，“事实上，我觉得我一直都明白。但是看来像我这样的老顽固，在没有见到白纸黑字的证据以前，是不会死心的。现在我终于看到结果了。”

“也差不多是时候了。”我心里想，不过对着电话，我只说，“那么接下来呢？”

“我打电话给你，正是因为这个缘故。罗哥，我昨天整天都和费鲁士在一起。他似乎很同意你的看法，但是我听不懂他在说什么。”皮区的声音听起来很着急，“我曾经一度以为所有关于‘产品成本’和‘变异数’等乱七八糟的东西我都了如指掌，但是经过了昨天之后，我发现原来我并不明白，我需要找个人用平常的话解释给我听，如你就很适合。你懂得这些东西吧？”

我回答：“我想我懂，其实很简单，只不过是……”

“不，不。”他打断我的话，“不要在电话上解释，反正你本来就要来这里一趟，只剩下一个月了，你应当熟悉一下新职务。”

“明天早上可以吗？”

“没问题。”他回答，“还有罗哥，你得解释一下你对强斯做了什么，他到处嚷嚷，说假如我们以低于成本的价格把东西卖出去，我们会大赚特赚。真是胡说八道。”

“明天见。”我笑着说。

皮区终于要放弃他心爱的指标了！我一定要告诉大家这件事，他们绝对不会相信。我走到唐纳凡的办公室，他不在，史黛西也不在。他们一定在生产线上，我请芙露兰找找他们，同时我跑去告诉刘梧这个消息。

史黛西打电话到刘梧的办公室找我。“嘿，老板，出了一点问题，我们能不能半小时以内过来？”

“不急。”我说，“没什么重要事情吧？慢慢来。”

“我可不这么想，这件事恐怕很重要。”她说。

“你在说什么呀？”

她说：“我担心的事情可能发生了。唐纳凡和我半小时以后到你办公室谈，好吗？”

“好。”我困惑地说。

“刘梧，你知道是怎么回事吗？”我问。

他说：“不知道。除非你指的是史黛西和唐纳凡上个星期以来一直忙着当催货员。”

“这样吗？”

“我长话短说。”唐纳凡为简报总结，“已经有 12 个工作单位在计划之外加班了。”

史黛西接着说：“情况已经失控了。昨天，有一批货延迟了，今天还有三批货一定会延迟。根据雷夫的说法，我们的情况会越来越严重。他预测到月底以前，我们大约有 20%的订单都会延迟出货，而且不只延迟一两天而已。”

我瞪着电话，不出几天，这个怪物就会成天响个不停，充斥着客户愤怒的抱怨声。假如我们的记录一直很糟糕，客户就会习以为常，并且以提高库存和预留缓冲时间来保护自己。但是现在我们把他们宠坏了，他们已经习惯了我们的优异表现。

情况比我想象的还要糟糕，严重的话，可能会毁掉整个工厂。

怎么会发生这种事呢？我是在哪里走错了路？“怎么会这样？”我问他们。

“我告诉过你。”唐纳凡说，“第 49318 号订单进度停滞，因为……”

史黛西制止他：“不对，唐纳凡，细节不重要，我们应该找到核心问题。罗哥，我想一定是我们的接单数量超过了我们的产能。”

我说：“显然如此。但是为什么会这样呢？我以为我们事先都查过了，瓶颈应该有足够的产能，我们也检查了你说的七个容易出问题的工作单位。我们的计算有错误吗？”

“有可能。”唐纳凡回答。

而史黛西的反应却是：“不太可能。我们检查了好几遍。”

“那么……”

“那么，我不晓得。”唐纳凡说，“但是没关系，我们必须立刻采取行动。”

“对，但是采取什么行动呢？”我有一点不耐烦了，“如果我们不晓得原因是什么的话，我们能做的只是胡乱出招罢了。那是我们过去的处理方式，我原本希望我们已经学会比较好的方法了。”我把他们的沉默当作同意，继续说：“打电话给刘梧和雷夫，然后到会议室去，大家应该集思广益，弄清楚到底是怎么一回事。”

会议开了不到一刻钟，刘梧就说：“咱们打开天窗说亮话。唐纳凡，你真的认为一定要让工人加这么多班吗？”

“经过前几天的赶工，我相信即使加班，我们都赶不上原定的出货时间。”唐纳凡说。

“原来如此。”刘梧很不开心，“雷夫，你认为到了月底，即使加了班，还是会有很多订单延迟出货吗？”

“假如我们想不出好办法来解决这种混乱的话，就毫无疑问。我不能告诉你实际的金额是多少，那要看唐纳凡和史黛西决定加多少班和为哪些订单特别赶工，但是总金额会在 100 万美元左右。”雷夫很有把握地说。

“真糟糕，我得修改我的预估数字了。”刘梧说。

我狠狠瞪了他一眼，他想到的就只有这个，修改预估数字！

“我们能不能谈谈真正的问题？”我冷冷地说，他们全都转过头来等我说下去。

我说：“好好想想你们刚才说的话，我看不出来有什么大问题。显然我们太不自量力了，因此我们需要考虑的就是怎样补救。就是这么简单。”

刘梧点头同意，唐纳凡、史黛西和雷夫却继续摆出一张扑克脸，一副我冒犯了他们的样子。我一定说错了什么话，但是我不知道错在哪里。

“雷夫，瓶颈的负荷超过了多少？”我问。

“瓶颈没有负荷过量。”他冷冷地说。

“那里没有问题。”我说，“那么就……”

“他没有这么说。”史黛西打断我的话。

我说：“我不明白，假如瓶颈没有负荷过量，那么……”

史黛西依然面无表情地说：“瓶颈间歇地出现无物料可加工的情况，然后就来了一大批货。”

唐纳凡接下去说：“然后，我们别无选择，只有加班。整个工厂都是这种状况，就好像瓶颈不停地改变位置。”

我静静地坐着，现在该怎么办？

“假如只是像决定哪些地方负荷过量这么简单的问题，你不认为我们自己就可以轻易解决吗？”史黛西说。

她说得对，我对他们应该更有信心。“对不起。”我低声说。

我们静静地坐了一会儿，然后唐纳凡开口了：“我们不能靠改变优先顺序和加班来解决问题，我们已经试了好几天了。这样做或许能挽救几笔订单，却让整个工厂陷入混乱之中，而且引起更多的订单出问题。”

“蛮干只会使我们在原地打转，这是我们要召开这次会议的原因。”

我接受了他们的批评：“好吧，显然我们必须系统地分析问题，有谁想到该怎么开始吗？”

“也许我们应该先分析只有一个瓶颈时的状况。”雷夫迟疑地提议。

“为什么？现在情况恰好相反，我们面对的是许许多多不断移动的瓶颈。”唐纳凡提出反对的意见，显然他们已经讨论过这件事。

我没有其他建议，其他人也没有，于是我决定试试雷夫的直觉，过去这招好像管用。

“请继续讲下去。”我对雷夫说。

他走到白板前面，拿起板擦。

“至少不要把五个步骤擦掉。”唐纳凡抗议。

“这些步骤似乎帮不了什么忙。”雷夫不安地笑着，“找出系统的制约因素。”他念着，“目前，这不成问题，问题出在瓶颈乱跑。”

尽管如此，他还是把板擦放下，在海报纸上画了几个圆圈。

“假设每个圆圈代表一个工作单位。”他开始解释，“生产工作从左边流动到右边。假设这个工作单位是瓶颈。”他在其中一个圆圈中间写上 X。

“很好。”唐纳凡嘲讽地说，“接下来呢？”

“现在，容我介绍墨菲进场。”雷夫冷静地回答，“假设墨菲直接击中了瓶颈。”[墨菲是指墨菲定律（Murphy’s Law）：“一切可能发生的麻烦，都必然会发生。”——编者注]

“那么我们唯有全心全意地诅咒了，因为我们损失了有效产出。”唐纳凡啐道。

雷夫说：“完全正确。但是当墨菲击中的是瓶颈之前的地方呢？会发生什么情况？在这种情况下，流向瓶颈的零件暂时停住了，瓶颈无事可做，我们的情形不正是如此吗？”

“不完全是。”唐纳凡不理会这个讲法，“我们的作业方式从来不是这样，我们都会确保瓶颈前面有一点库存，所以即使上游的资源停顿了一会儿，瓶颈仍然可以运作。事实上，雷夫，那里的库存太多了，以至于我们必须间歇地停止发料到生产线上。别这样了，你在计算机上不也是这么做吗？为什么我们要一再重复每个人打心里头都已经知道的事情呢？”

雷夫回到座位上：“我只是很怀疑，我们真的知道应该在瓶颈前面堆积多少库存。”

“唐纳凡，他的话不无道理。”史黛西说。

“当然有道理。”雷夫真的给惹恼了，“我们希望每个瓶颈前面都保留三天的库存。起先我们在瓶颈需要零件之前两个星期就发料。结果发现，时间提前太多了，所以我把它砍掉一半，变成一个星期，一切似乎都很好，现在却又出问题了。”

“那么，就回复两个星期。”唐纳凡说。

“不行。”听起来雷夫十分沮丧，“这样一来，生产时间会超出我们目前的承诺。”

“有什么差别呢？”唐纳凡大吼，“无论如何，我们都食言了。”

“等一下，等一下。”我打断他们的争吵，“在采取任何激烈的动作前，我需要知道得清楚一点。雷夫，先回到你原本的描述。正如唐纳凡所说，我们在瓶颈前面确实保留了一些库存。现在，假设瓶颈之前的某个地方被墨菲击中了，然后怎么样？”

雷夫不耐烦地说：“然后，流向瓶颈的零件就停住了，但是瓶颈仍然可以利用囤积在它前面的零件，继续生产。当然，这样就会把库存消化掉，所以假如我们起初囤积的零件不够，瓶颈可能很快会停工。”

史黛西说：“还是有些地方不对劲。根据你刚才的说法，我们确保瓶颈工作不会中断的办法就是制造更多的库存，而且库存的数量必须能支撑到上游资源解决了墨菲的问题。”

“对。”雷夫说。

“难道你看不出来，这不可能是答案吗？”史黛西说。

“为什么？”雷夫不明白，我也没听懂。

“因为克服上游出现的问题所花的时间并非一成不变，我们近来没有碰到什么大灾难，所以假如过去这么多的库存就足以保护瓶颈，现在一定也没有问题。不对，雷夫，问题不是出在库存不够，而是出现了到处跑的新的瓶颈。”

“我想你说得对。”

雷夫可能已经被史黛西说服了，我却还没有。我说：“我觉得也许还是雷夫说得对，我们应该顺着他的想法，再多思考一下。我们刚才说当其中一个上游资源产量减少的时候，瓶颈就开始消化它前面的库存，而一旦我们改正了上游的问题，上游的所有资源该怎么办呢？别忘了，我们唯一能确定的事情就是墨菲会再度进攻我们。”

史黛西回答：“在墨菲再度进攻以前，所有的上游资源都必须重新在瓶颈那里囤积库存。但是这样做会有什么问题呢？我们供给的生产物料很充裕。”

“我担心的不是物料问题，而是产能问题。你看，当我们解决了上游停工的问题后，上游资源不只要供应瓶颈目前的消费量，同时还要重新制造出充分的库存。”

唐纳凡说：“没错，也就是说，有时候非瓶颈的产能必须高于瓶颈。现在我明白了。我们之所以会有瓶颈和非瓶颈，不是因为我们的工厂设计得很差，而是不得不如此。假如上游资源没有备用产能，我们就不可能把任何瓶颈发挥到极致，原因是物料供应会不足。”

“对。”雷夫说，“问题是，我们到底需要多少备用产能呢？”

“不对，这不是问题。”我温和地纠正他，“就好像你先前的问题‘我们到底需要多少库存’也不是问题一样。”

“我明白了。”史黛西脸上挂着深思的表情，“我们必须有所取舍，我们在瓶颈保留的库存越多，上游资源要赶上进度所需要的时间就越充裕，因此平均来说，它们需要的备用产能也就越少。相反，库存越少，需要的备用产能就越多。”

唐纳凡接着说：“现在，情况就很明朗了。新订单改变了原本的均衡状态。我们接了更多的订单，新订单没有把任何资源变成新的瓶颈，却大幅减少了非瓶颈的备用产能，而我们却没有相对增加瓶颈前面的库存来弥补消耗。”

大家都同意这个说法。正如往常一样，当最后的答案浮现时，不过是普通常识罢了。

“好，唐纳凡，你认为现在该怎么办？”

他思考了好久，我们都默默等待。最后，他对雷夫说：“我们只对极少数的订单承诺了很短的交货期，你有没有办法经常地挑出这类订单？”

“没问题。”雷夫说。

“好。继续提前一个星期发料给这些订单，至于其他的订单，则提前两个星期发料，希望这样就足够了。现在我们必须为瓶颈和装配部重新制造充分的库存。史黛西，我要你采取一切必要的措施，让所有的非瓶颈资源在周末赶工，不要接受任何借口，这是紧急状况。我会通知业务员，在我们有进一步消息以前，对客户承诺的交货期暂时都不要少于四个星期，虽然这样会不可避免地危害到他们的新促销计划。”

我就这样亲眼看着唐纳凡接过了我的棒子，现在谁是老板显然毋庸置疑，我真是既骄傲，又忌妒。

“唐纳凡接班接得很顺利。”走进办公室的时候，刘梧对我说，“至少这部分没问题了。”

“对呀。”我表示同意，“但是我真不愿意看到他第一次当家做主就要采取消极的措施。”

“消极？你为什么这样说？”刘梧问。

“他被迫采取的所有动作走的都是错误的方向。当然他别无选择，替代方案更糟糕，但是……”

“罗哥，可能我今天脑子不太灵光，但是我真的不明白，你说走的都是错误的方向，到底是什么意思？”

“你还不明白吗？”情势的发展真是把我惹火了，“现在要业务员重新对顾客承诺四个星期的交货期，将不可避免地出现什么结果？别忘了，两个星期以前，我们才特地跑去说服他们承诺两周就交货，当时他们还半信半疑。现在恐怕他们会把整个计划都撤销了。”

“要不然我们还能怎么办呢？”

“也许毫无办法，但是这改变不了最后的结果，有效产出终究会下降。”

“我明白了。”刘梧说，“更重要的是，加班的情况又恶化了，让整个工厂周末赶工会花掉我们这季全部的加班预算。”

“忘掉加班预算吧。等到唐纳凡必须报告财务状况的时候，我已经当上事业部总裁了。增加加班支出就等于增加了营运费用，重点是有效产出会下降，营运费用会上升，而扩大缓冲也就表示增加了库存。每件事情都和我们原本的计划背道而驰。”

“是啊！”他同意。

我说：“我一定在哪里犯了错，错误引起了现在的反弹。你知道吗，刘梧，我们还是不知道自己在做什么，我们往前看的能力和盲人没什么两样，我们只是忙着应付，而没有事先规划。”

“但是你必须同意，我们的反应能力比过去强太多了。”

“刘梧，这样讲无济于事，我们发展的速度也比过去快多了。我觉得我好像只靠后视镜来开车，每次都在千钧一发的时候才修正行进方向。这样不够好，绝对还不够好。”

40

当自己的钟纳

The Goal

我和刘梧一起从总公司驾车回来，两个星期以来，我们每天都要跑一趟。我们的心情实在不太好。现在我们已经掌握了事业部现状的所有相关细节，而整个情况实在不怎么妙。唯一表现出色的是我们的工厂。不，我现在应该习惯把它看成唐纳凡的工厂，而且工厂的表现也不只出色而已，这样说实在太轻描淡写了，我们的工厂简直像个救世主。

唐纳凡成功地在客户抱怨之前就控制住整个局面。他还需要多花一点时间赢回业务员的信心，但是有我在旁边加一把劲，不必多久，就会万事大吉。

这个工厂太出色了，结果有一段时间，害得我和刘梧都走错了方向。我们根据事业部的报告得到的印象是，情况还不错。但是当我们把唐纳凡的工厂剔除开来，深入分析事业部的情况时，真实的图像才浮现出来。这个图像一点儿也不美，简直就是大难临头。

“刘梧，我想我们做了我们都知道不该做的事情。”

他说：“你在说什么呀？你根本什么事情都还没做。”

“我收集了一大堆资料，上吨的数据。”

“对，而且这些资料都有一个问题。”他说，“老实说，我从来没有看过这么散漫的地方，每份报告都漏掉具体的辅助性资料。你知道我今天还发现了什么吗？他们甚至没有一份报告说明逾期的应收账款有多少。资料倒不是完全没有，但是你相信吗，资料居然散布在至少三个不同的地方。你怎么可能以这种方式营运呢？”

“刘梧，这不是重点。”

“这样吗？你知道，只要留心一点，我们可以把逾期的应收账款期至少缩短四天！”

“这样就可以挽救事业部吗？”我嘲笑他。

“不行，但是会有一点帮助。”他微笑着说。

“这样吗？”刘梧没有搭腔，我继续说，“你真的相信这样就帮得上忙吗？刘梧，我们到目前为止，学到了什么？当你要求这个职位时，自己说过什么话，你还记得吗？”

他生气地说：“我不知道你在说什么，你难道不希望我把明显的错误改正过来吗？”

我要怎么解释给他听呢？我紧接着问：“刘梧，就算你成功地把逾期的应收账款缩短四天，但是有效产出、库存和营运费用又会因此改善多少呢？”

“只会有一点点改善。”他说，“但是最主要的效益还是在现金上，你不应该看轻四天的现金。除此之外，要改善整个事业部，必须靠很多小小的步骤。假如每个人都尽到自己的责任，加起来的力量就足以成事。”

我默默地开车，刘梧说的话不无道理，但是不知怎么的，我认为他错了，绝对错了。

“刘梧，帮帮我。我知道改善事业部需要靠许多小小的改善集合而成，但是……”

“但是怎么样？”他说，“罗哥，你太没耐性了。你知道他们是怎么说的，罗马不是一天造成的。”

“我们没有几百年的时间。”

刘梧说得对，但是我不应该焦急吗？我们过去是靠耐性来挽救工厂的吗？然后我明白了。对，我们需要很多小小的改善措施，但是这并不表示我们可以就此满足。我们必须谨慎选择我们要专心致力的项目，否则……

“刘梧，我问你，如果单纯为了适应内部需要，必须改变我们衡量库存的方式，你需要花多少时间？”

“实际作业不是大问题，只要几天的工夫就够了，但是假如你指的是需要解释所有的细节，告诉主管改善措施会如何影响我们的日常决策，那又另当别论了。假如采取密集作业的话，大概几个星期吧。”

现在我可以理直气壮了：“你认为我们目前衡量库存的方式，对事业部现有的成品存量，冲击会有多大？”

“很大。”他说。

“多大呢？”我逼他，“可以给我一个数字吗？”

“恐怕不行，恐怕甚至连给你一个有意义的评估都办不到。”

“我们一起试试看。你有没有注意到事业部成品增加的情况？”我说。

“注意到了，但是何必大惊小怪呢？本来就会这样，销售量下降，利润压力越来越高，所以他们生产库存成品，制造虚假的库存利润。我明白你的意思了，我们可以把成品增加作为一个指标，借此衡量我们评估库存价值的方式会带来多大的冲击。”

“很好，拿这个和你应收账款缩短的四天相比，你应该专注在哪项工作上？”我穷追猛打，“更重要的是，对有效产出会有什么影响？”

“看不出来。”他回答，“我可以很清楚地看到对现金、库存、营运费用的影响，却看不出对有效产出的影响。”

“这样吗？为什么他们没有推出新产品？你还记得他们提出的理由吗？”

“记得。”他慢慢地说，“他们相信推出新产品会逼他们宣布目前库存的旧产品已经过时了，因此对他们的盈亏数字是致命的一击。”

“所以，我们就继续销售旧产品，而不是新产品。我们不断丢掉市场，但是这样做总比将旧产品在会计账上报销要好得多。你现在明白评估方式对有效产出的影响了吧？”

“对，我明白了。你说得对，但是罗哥，你知道吗？只要花一点点额外的力气，我想我们可以鱼与熊掌兼得。我可以研究我们评估库存价值的方式，同时也要他们多花一点心思在应收账款上。”

他还是不明白，但是我想我现在知道该怎么应付了。

“工厂的指标又要怎么办呢？”我问他。

“那才真是大麻烦。”他叹了口气。

“这件事会造成什么损害呢？比四天稍微严重一点吗？至于业务部还是根据正式的‘产品成本’和理想利润来判断市场机会，又怎么说呢？更糟糕的是，他们会寻找任何能以高于变动成本的价格卖出去的东西，这里又会带来什么损失呢？而我们和其他事业部之间的移转价格（transfer price）又怎么说呢？那才是真正的致命伤。你还想再多听一些吗？”

“停，停，停！”他举手投降，“你说得够清楚了。我一直想解决应收账款的问题，只不过是因为关于这个问题，我很清楚该怎么办，而其他的问题……”

“害怕吗？”我问。

“老实说，的确有点害怕。”

“我也害怕，我也害怕。”我嘀咕着，“我们应该从哪里着手？接下来该怎么办？应该把哪件事列为优先，哪件事第二？简直是吓坏人了。”

他说：“很明显，我们需要有个流程。真糟糕，我们开发出来的那五个步骤结果居然不对。不……等一等，罗哥，不是这样。到最后，问题不是出在到处乱跑的瓶颈，而是我们对现存的瓶颈没有足够的保护措施。或许我们还是可以利用那五个步骤？”

“我不觉得可以，不过还是不妨试试。我们应该回工厂去试试看吗？”

“当然。我需要打几次电话，不过没什么问题。”

我说：“不行，今天晚上我有事情。”

“你说得对。这件事很重要，但是不紧急。我们可以等到明天再做。”

刘梧读出白板上写的字。“找出系统的制约因素。要把这个当作第一步吗？”

“我不知道。先考虑一下这个步骤原本的逻辑吧。你还记得当初是怎么得出这个步骤的吗？”

他说：“大概记得。好像和我们把有效产出当成最重要的衡量指标有关。”

“我想这样还不够，至少就初步的分析而言，还不够。我们再试试看，从基本原则开始想起。”

“我举双手赞成。”他唉声叹气，“但是你说的基本原则是什么东西呢？”

“我不知道，大概是我们毫不犹豫就接受的道理吧。”

“好，我想到一个了。每个组织都为了某个目标而创办，我们不是只为了组织的存在而创办了我们的组织。”

“对。”我大笑，“尽管我认识一些人，他们似乎完全忘掉了这点。”

“你是说华盛顿那些人？”

“他们也是。不过我刚刚想到的是我们公司，但是管他呢，我们继续讨论。另一个基本事实是，任何一个组织都是由一群人组成的，否则就不能称为组织。”

“对。”刘梧说，“但是，我不明白像这样的讨论有什么用处。我可以列出很多关于组织的正确叙述。”

“没错，你或许可以这么做，但是看看我们已经得出的结论。假如任何组织都有它最初创办的目标，而且任何组织都是由一群人组成的，那么我们可以推论，必须综合众人的努力来达到组织的目标。”

“这么说有几分道理。”刘梧说，“否则我们就不需要创办组织了，单靠个人的努力就足够了。然后呢？”

我继续说：“假如我们需要综合众人之力，那么任何个人对组织目标的贡献有多大，有很大部分要视其他人的表现而定。”

“对，这点很明显。”然后他苦笑了一下，“对每个人而言都很明显，但是我们的衡量系统除外。”

尽管我完全认同他的意见，我还是不理会他的最后一句评论。“假如需要综合众人之力，而且一个环的贡献要依赖其他环的表现，我们就不能忽视一个事实，组织不只是把一连串的环堆在一起，而且应该把组织看成一个环链（chain）。”

“或者至少是个网。”

“对，但是你看，我们可以把每个网看成由多条各自独立的环链组成。组织越复杂，也就是各个环之间的相互依存度越高，各自独立的环链数目就越少。”

刘梧不想在这上面花太多时间：“你说是，就是吧。但是这点不那么重要，重要的是，你刚刚证明了我们应该把组织看成环链。我可以从这里引申，既然环链的强度是由最弱的一环来决定的，那么改善组织的第一步，就要从最弱的一环开始做起。”

我纠正他：“或者是最弱的那几个环开始做起。别忘了，组织可能是由好几个各自独立的环链所组成的。”

他很不耐烦地表示同意：“对。但是正如你刚才所说，在复杂的组织里，各自独立的环链不会太多。好吧，罗哥，你想拿衡量指标怎么办？”

“衡量指标？”我惊讶地说，“你怎么会突然提到衡量指标？”

“我们昨天不是都同意，错误的衡量指标是事业部最大的制约因素吗？”

唐纳凡说得对，刘梧对衡量指标简直有一种偏执。

“衡量指标绝对是个大问题，但是我还不认为它是制约因素。”我心平气和地说。

“这样吗？”刘梧大吃一惊。

我肯定地说：“对。我们大部分的产品都已经落后于竞争者了，这难道不算大问题吗？工程部门把计划永远不可能准时完成看成天经地义的事情，这种态度难道不是更严重的问题吗？而营销部门又怎么说呢，你看到了任何一份足以扭转乾坤的营销计划吗？”

“没有。”他笑着说，“事实上，我所看过的所有长期计划都是一派胡言。”

我滔滔不绝，今天和我谈问题，简直就像打开了水坝的闸门一样。“等一等，刘梧，我还没说完。总公司到处弥漫的心态，又要怎么说呢，就是自以为是，委过于人的心态。你有没有发现，每次我们问到不太妙的状况时，每个人几乎都立刻责怪别人？”

“怎么会没有注意到，罗哥，我明白你的意思。到处都是严重的问题，我们的事业部似乎充斥着一堆制约因素，而不是只有几个制约因素。”

“我还是认为只有少数几个制约因素。刘梧，你难道不明白，我们提到的每件事情之间都有紧密的关联吗？缺乏合理的长远策略、衡量指标有问题、产品设计落后、生产时间过长、推卸责任的心态、冷漠，所有这些都彼此相关。我们必须从核心问题着手，找出所有问题的根源，找出制约因素的真正意义就在这个地方。重要的不是把害处依照严重性一一列出来，而是要找出所有问题的根源。”

“我们该怎么做呢？我们要怎样找出事业部的制约因素呢？”

我说：“我不晓得，但是如果我们在工厂办得到，我们在事业部一定也办得到。”

他思索了一会儿，然后说：“我不这么认为。我们在这里很幸运，面对的是实物上的制约因素，是生产瓶颈，情况很简单。但是到了事业部，我们必须面对的是衡量指标、政策、作业程序，许多都牵涉行为模式的问题。”

我不赞成他的话：“我不觉得有什么不同。我们在工厂里也需要面对你说的这些问题。想想看，即使在工厂里，制约因素从来都不是机器。对，我们到现在还是称热处理部门和NCX-10为瓶颈，但是假如它们真的是瓶颈的话，我们怎么可能使它们的生产量倍增呢？我们怎么可能在不投资扩充产能的情况下，就提高了有效产出呢？”

“但是我们几乎改变了它们所有相关的作业方式。”

我说：“我就是这个意思。我们改变了哪些作业方式呢？”我学他说话的腔调，“衡量指标、政策、作业程序，许多都牵涉行为模式的问题。刘梧，你不明白吗？即使在工厂里，真正的制约因素都不是机器，而是政策。”

“对，我明白，但是还是不太一样。”他固执地说。

“有什么不一样？举个例子。”

“罗哥，你一直把我逼到死角，又有什么用呢？你难道看不出其中一定有很大的差别吗？假如没有的话，究竟什么是事业部制约因素的本质，我们怎么会毫无头绪呢？”

他的话使我哑口无言。“对不起，你说得对。你知道吗，也许我们真的很幸运。

实物的制约因素帮助我们把注意力集中在真正的政策制约因素上。事业部的情况就完全不同了。在那里，我们有多余的产能，我们有多余的工程资源，却完全被浪费掉了，而且我相信市场需求一定也很充分。我们只是不晓得该如何整合我们的行动，好好利用所有的资源。”

平静下来以后，刘梧说：“这就把我们带到真正的问题上了，我们该如何找出系统的制约因素？我们要如何针对最严重的错误政策开刀？或者用你的话来说，我们该如何找出核心问题，也就是找出带来所有恶果的唯一根源呢？”

我同意：“没错，就是这个问题。”

我看着白板，补充了一句：“这里写的东西还是有效。第一步是找出系统的制约因素。我们现在所了解的是，我们也必须晓得找寻制约因素的技巧。就是这个，我们找到了。”

我兴奋地站了起来：“要回答钟纳问的问题，这就是答案。我现在就要打电话给他。你可以想象我的第一句话就是，钟纳，我想请你教我找出核心问题的方法。”

我正准备转身离开，刘梧说：“罗哥，我恐怕你还是高兴得太早了一点。”

“为什么？”我问，我的手已经放在门把上了，“还有什么好怀疑的，你觉得这不该是我要学的第一件事情吗？”

他说：“不，这点我倒是相信。我只是觉得，你可能应该多问他一些问题。只了解核心问题，可能根本不够。”

我冷静下来：“你又说对了。只是我找答案找得太久了，所以一下昏了头。”

“我明白，相信我，我明白。”他微笑着说。

我坐下来：“好，刘梧，你觉得我还应该请教钟纳什么？”

他回答：“我不知道，但是假如这五个步骤还有效的话，也许你应该请他教我们实现这五个步骤的技巧。我们已经发现我们需要其中一个技巧，何不继续讨论其他四个步骤呢？”

“好主意。”我兴致勃勃地说，“我们继续讨论下去。下一步是，”我读着白板上的字，“‘决定如何挖尽制约因素的潜能’听起来没什么道理，为什么要试图挖尽一个错误政策的潜能呢？”

“假如制约因素是一件实物的话，就有道理，但是既然我们也处理过政策上的制约因素，我们最好继续往下看。”刘梧同意我的话。

“其他的一切迁就上述决定。”我一个字一个字念出来，“我对这点也有保留。假如制约因素不是实物的话，这个步骤也毫无意义。第四个步骤是‘给制约因素松绑’。嗯，我们该拿这个步骤怎么办？”

刘梧问：“有什么问题呢？假如我们找到了错误的政策，我们就应该改变政策。”

“多棒啊，你说得倒简单。”我冷嘲热讽，“改变政策！改成什么政策？要找到适当的替代方案真那么容易吗？也许对你来说是如此，对我来说可不是。”

他笑着说：“对我来说，也不容易。我知道成本会计是错误的，但是这并不表示我现在很清楚该用什么方法来代替成本会计。罗哥，我们应该如何改正错误的衡量指标或政策？”

“首先，我想你需要灵感，有一些突破性的想法。钟纳谈到的管理技巧一定就包括了激发这种灵感的能力。否则这些技巧不可能为凡人所用。你知道吗，刘梧，茱莉说我慢慢会发现我面对的不只是技巧问题，而是一种思考过程。”

刘梧同意：“现在的确越来越像是如此。但是单单能提出创意本身还不够，更大的阻碍是要证明这个想法真的能解决所有的问题。”

“而且没有制造出新的问题。”

“真的有可能吗？”刘梧很怀疑。

“一定有可能，假如我们希望能事事都预先规划，而不是只等到出事的时候才被动地反应的话。”我一面说，一面想到了更好的答案，“对，刘梧，一定有可能。看看我们争取销售量的解决方案吧，结果如何呢？由于那笔法国来的订单，我们让整个工厂有两个星期没有好日子过，而且扼杀或至少延迟了两个很好的促销计划。假如我们在执行计划以前就先有系统地思考，而不是只靠事后之明的话，我们就可以避免很多问题。不要告诉我这是不可能的。我们其实已经掌握了所有的事实，我们需要的只是有个思考过程逼迫我们，同时引导我们去预先研究我们的做法。”

“我们要朝什么方向改变呢？”刘梧说。

这句话让我险些坐不稳：“对不起，你说什么？”

“假如第一个思考过程能让我们回答这个问题‘应该改变哪些事情’，第二个思考过程就应该能让我们回答‘要朝什么方向改变’，我已经知道第三个思考过程应该是什么了。”

“对，我也知道了。‘应该如何改变’。”我指着第五个步骤，又加了一句，“由于我们可以预期事业部的惰性一定很强，最后一个步骤可能是最重要的步骤。”

“对。”刘梧说。

我站起来，开始踱步。“你明白我们现在要求的是什么吗？”我兴奋得不得了，“我们要求的是最根本的事情，但同时我们要求的几乎是整个世界。”

“我听不懂。”刘梧静静地说。

我停下脚步，看着他说：“我们要的是什么？我们要的其实就是能回答下面三个问题的能力——‘应该改变哪些事情？’‘要朝什么方向改变？’‘要如何改变？’根本上，我们要的是经理人最基本的几项能力。想想看，假如一个主管不知道该如何回答这三个问题，他还能被称作主管吗？”

刘梧的表情显示他明白了。

我继续说：“同时，你能想象即使在非常复杂的环境里，都有能力一针见血地指出核心问题，代表什么意义吗？能够拟订能真正解决所有问题的解决方案，并总结分析，而不会制造出新的问题，代表什么意义？更重要的是，能平稳地进行像这样的重大改革，而且不但不会引起抗拒，反而激发改革的热情？你能想象拥有这种能力，会是什么景象吗？”

“罗哥，你已经做到了，你在我们工厂已经都做到了。”

“你的话可以说对，也可以说不对。”我回答，“对，我们都做到了。不对，刘梧，假如没有钟纳的指导，我们今天可能都得另外找工作了。现在我明白为什么他不愿继续当我们的顾问。钟纳明白地告诉我，我们应该学会在没有外力协助的情况下，自己具备这样的能力。我必须学会这些思考过程，只有到了那时候，我才真正尽到了我的职责。”

“我们可以，也应该当自己的钟纳。”刘梧一面说，一面站起来，然后这个自制力很强的人吓了我一大跳，他以双臂环住我的肩膀，然后说，“能为你工作，我感到十分荣幸。”

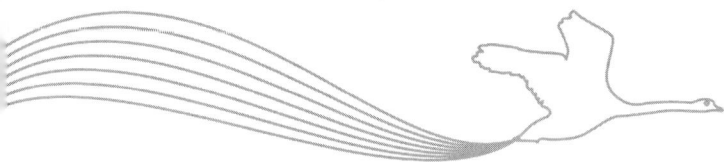

《财富》杂志对高德拉特博士及相关人士的采访报道

The Goal

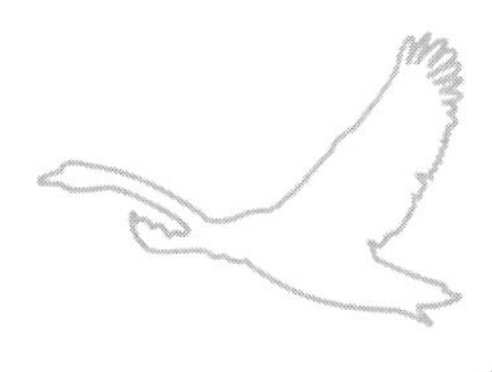

大卫·伟福，《财富》杂志小企业版总编

伟福：“《目标》一书出版于20年前，现在，企业运作方式已经出现了很大变化，旨在改善运作的新而强有力的方法，如精益生产和六西格玛，已得到广泛传播，强调降低生产所需时间和提高准时交货率已经成为普遍做法，甚至《目标》一书所强调的‘企业持续改善的流程’，现在每个机构都视为理所当然的了。我想问的第一个问题是,《目标》到今天还具有实用性吗？”

高德拉特：“科学家怎样判断知识是否具有实用性呢？我认为关键在于选择一个实施了所有时下不同管理学说的大机构，包括你提到的新方法，而在这个机构中，这些学说被广泛使用，甚至因而形成了体制化的组织，如正式的‘黑带’中心。下一步就是，在机构中选择一个重要部门，运用你正在审视的新知识。换言之，在这个大公司的一个工厂中实施TOC。然后比较这个工厂和其他工厂的业绩。现在我们就可以这样下结论，如果业绩没有大差别，我们就可以确定那项新知识没有实用性，但如果差别很明显，就有实用性，差别越大、越明显，实用性就越强。”

伟福：“您是否做过这样的实验？如果做过，可否告诉我们结果怎样？”

高德拉特：“我比较幸运，不必亲自做这类实验，因为《目标》的很多读者都给我写信，跟我分享他们的成果。就从我多年以来收到的读者来信中，选出比较贴近我们话题的一封，既然谈实用性，就得选一封比较新近的，写信人要在一家很大的机构中的一个工厂中实施TOC，而这个机构有黑带，信件还应当比较这个工厂和公司其他工厂。你可以自己判断，这样的一封信是否真正符合我们的要求。”

道·康宁公司　保健产业部

密西西比州海姆罗克市格林诺北大街635号　邮编：48626

2004年5月20日

亲爱的高德拉特博士：

我想告诉您，使用了您在《目标》和《绝不是靠运气》两本书中介绍的工具后，我们的机构取得的成果。

在一位同事给我一本《目标》的时候，我任职的工厂情形和书中罗哥的工厂情形很相似。那是1998年，工厂的准时交货率大约是50%，库存超过100天，我们要对客户实行配额制度，因为我们没办法满足订单的需求。另外，管理层给6个月期限，要我们扭转形势，要不就拿掉30%的工作量并裁掉40%的员工，我的部门的情况跟整个工厂差不多。

读了《目标》之后，我立刻意识到，单靠个人是不能解决我的部门及我们工厂的问题的。我订购了几本《目标》，和同事一起把书分发给生产经理、厂长和制造及质量工程师。每个人都急切地想解决问题，我们找出了我们部门中的瓶颈，开始将资源集中在那里。我们的工厂里没有工会，很多工人对我们的新尝试也很感兴趣，因此我就给所有下属每人一本《目标》，6个月的最后通牒到期的时候，我的部门和另一个部门已经开始取得了巨大的成果。工厂避过了劫数。但是，人们期待我们能够持续改善，在其后的五年中，我们在打破瓶颈方面继续努力，每次瓶颈移动，我们就进攻新的瓶颈，干得相当不错。最后，就像《目标》中描述的那样，瓶颈跑到工厂外了，而我们老早就预料到这是会发生的，于是先向我们的销售和营销部门灌输新概念。

最近，我离开了生产部门，但是走之前，我的部门的成绩是：生产所需时间压缩了大约85%，通过人员的自然流失，操作人员减少约35%，不需要解雇员工，在制品和成品库存降低约70%，准时交货率从50%提高到约90%，物料处理所需时间砍掉了一半。我们的工厂和事业部做得也不错。而我呢，升了职，还得到了奖赏。就像很多其他公司一样，道·康宁公司在过去的五年中也多次缩减规模，每次减员，我们的工厂和业务部门受到的影响都很小，或者毫发未伤地安然度过。我深信，如果不是读了《目标》和《绝不是靠运气》，并且遵循其中的方法，今天的情况就会很不一样。我们要做的工作还很多，而我们的事业部是唯一真正信奉《目标》的部门，我希望，我在六西格玛的新角色中可以进一步运用您的工具和方法。

感谢您在西拉斯博士代我转交给您的书上签名。我深感荣幸。

谨启

罗伯特·凯恩 P. E.
六西格玛黑带
道·康宁公司
生命科学/专业化学企业

伟福：“不一般，但是为什么道·康宁公司中只有一个业务单元在使用 TOC？困扰我的是信中的人说到五年的时间，如果 TOC 真的如此有效，为什么没有扩展到其他的业务单元呢？是不是因为‘非此地发明’综合征呢？”

高德拉特：“在我们深层次探讨组织心理学之前，先让我们看一看事实。我们所谈论的是一个在一家大公司的一个角落中工作的中层管理人员，那么。如果在五年的时间内，这个人还不能让整家公司实现重大的范式转移，那又有什么奇怪的呢？还有，就像你在信中读到的那样，他取得了不错的进步。他已经到了一个更有影响力的职位。”

伟福：“但是，即使时间充裕，一个中层管理人员是否就能够影响他的整家公司呢？”

高德拉特：“能。但是，当然了，能够做到这点的人需要有很强的毅力和耐心。”

伟福：“是什么让您这么肯定一定有可能办到？”

高德拉特：“你需要什么样的证据才会相信这是可能的呢？”

伟福：“我想请您举一个中层管理者的例子，这个人在一家大公司中工作，成功地将《目标》一书中的技术进行制度化的应用，我是说在董事会中形成制度。”

高德拉特：“通用汽车可以说是世界上最大的制造公司之一了，您可以去采访凯文·库斯，从他那里你可以得到最好的证据。”

（高德拉特的采访未完待续）

采访凯文·库斯——通用汽车北美装配厂有效产出及模拟主管

伟福：“是什么驱使您从《目标》中寻求帮助？”

库斯：“那要追溯到大约 15 年前，当时我刚刚在普渡大学获得电气工程学硕士学位，回到卡迪拉克底特律-汉姆特拉姆克装配厂做控制工程师。在我一年半之前离开工厂的时候，工厂才刚刚开始生产，当我回去的时候，他们还没有达到生产目标，实际上甚至还差得很远。您可能可以想象得到，每个人都因为达不到目标而很气馁，也做了大量努力来改善系统，但是收效甚微。

我也打不起精神来。我提出的解决办法对工厂的生产很少有明显的影响，也不清楚到底是什么原因。大约在同一个时间，通用汽车研究部的大卫·云德维尔来给拉利·蒂波特做了一个介绍，当时拉利还是工厂厂长。大卫当时推荐了一种据他称可以改善工厂产量的研究工具，当时拉利被打动了，并让我去见大卫，看看能不能在汉姆特拉姆克使用这种工具。当我到了沃伦的通用汽车技术中心研究大楼时，大卫就跟我解释了瓶颈是什么，以及他的工具怎样找到瓶颈。他给了我一本《目标》，说如果我想了解瓶颈及如何提高有效产出，就应当读读这本书。

我就把书拿回家，马上就开始读了起来。第一件令我惊奇的事就是这本书竟然是用小说体写成的；第二件是对罗哥工厂里发生的事情，我很有共鸣。到了凌晨两点我才不得不把书放下睡觉，第二天就把整本书给看完了。我想马上应用书中的概念，所以就开始从我们的系统中收集数据并输入。一个星期之后，我可以十分肯定自己找到了瓶颈。令人吃惊的是，瓶颈还就在不到 20 英尺外的地 方，就在我办公室外面的生产线上！”

伟福：“问题在哪呢？”

库斯：“是一道工序，他们往轿车顶部安装一种毛毡状的物料——很大、很笨拙的样子。我们的数据显示，事故约每 5 分钟出现一次，而平均的修复时间是大约 1 分钟。我很惊诧生产线的停顿竟然如此频繁，琢磨可能是数据出了错吧。于是就跑去看。结果呢，的确是这样，我们看着操作员每处理 5 件，就把生产线停下来，走开，再拿起 5 件这种巨大而笨拙的东西——东西并不重，但是很大——把它们拖过来，重新启动生产线，继续安装。每处理 5 件，操作员就得停下生产线。在我们查究这件事之前，有没有认为这是一个大问题呢？没有。这并不像生产线上有什么机器坏掉了而让生产停顿一小时那么严重。我们虽然只损失了一分钟，但是每处理 5 件就会发生一次。

我们立刻就看出来，为什么物料不能放得离生产线更近一些，原因是监工的办公室挡住了路。我们记起以前曾经有人提出过，要求搬掉这间办公室，却被认为不是急切的事，也就不了了之了。那么，现在我就把办公室搬掉了。然

后呢，看看吧，整个工厂的有效产出都提升了，这确实是出人意料的，因为经验告诉我们这不可能。然后我们就用软件找出下一个瓶颈，再接再厉，直到每天都能平稳地达到有效产出目标。这对工厂的运营来说，确实是一个很大的变化。”

伟福：“您有没有把您的心得介绍给其他的通用汽车工厂？”

库斯：“有啊。在中央办公室管理层参观工厂的时候，我们就演示了这个工艺流程，显然很多通用汽车的工厂都不能达到有效产出目标。最终，我离开了底特律-汉姆特拉姆克厂，到中央办公室任职，帮助建立一个事业部小组去实施这个方案。17 年后，我当上了通用汽车的行政主管，管理所有北美工厂的工艺流程，后来又拓展到包括未来生产设计的模拟。”

伟福：“这些都和 TOC 有关吗？”

库斯：“是的，但是还涉及其他工艺。您得明白模拟，明白怎样预测有效产出，明白未来设计中的瓶颈所在。我还在教一个为期两天的课程，而 TOC 是我们做事的基础。我们可以到一个工厂去，训练全体员工怎样使用 TOC 的概念，我也经常事先发《目标》给他们，要求在培训前读完。现在生产部没有接受过培训的人已经不多了。我的内部客户现在一般都非常精于 TOC、瓶颈、数据收集和分析，因此我几乎不需要再去兜售 TOC 概念了。举个例子，安装瓶颈软件要先收集数据，这项工作就令我们忙不过来。我是负责通用汽车北美区的，这星期，我在中国和欧洲的人员也在处理此类问题。”

伟福：“您对 TOC 概念的运用，这些年有什么变化？”

库斯：“最初我们发现，我们所处理的问题的方案都是手到擒来的，你可以看看我给你讲的第一个例子，很显然办公室挡住了路，解决办法就是把它搬走。过了一段时间，要找到解决问题的方法就变得更难了，不是说就解决不了，而是说您可能用得上更科学的技巧。现在，我可能要用统计学上的方法，而不是凭简单的观察来了解工作站的问题是怎样发生的。

另外，我们最近在做的一件事就是，将我们在《目标》中了解到的东西应用在新厂房和生产线的设计上。实际上，我们在问题出现之前就把它们解决掉了。高德拉特并没有花很多时间来探讨 TOC 的这种应用，但是我们掌握了他的概念，并因地制宜地用来解决我们的问题，对我来说，这就是美妙之处。如果你能理解方法背后的逻辑和原因，你就可以持续不断地灵活运用这种方法。”

伟福：“这很有意思，您在 15 年前发现的一种用来思考生产问题的有效方式，现在仍然对您有效，您觉得奇怪吗？”

库斯：“说奇怪也不奇怪。TOC 制约法是一种科学而合乎逻辑的思维方法，正因为这点，当游戏发生变化的时候，你总能回到这个逻辑上面来。一开始，我们只需要找到瓶颈所在，跑去问上三四个问题，然后就知道要去哪里和干什么。而现在，我们干的是改变整个制造流程的设计，以保证出来的流程从一开始就是最好的。但是 TOC 背后的逻辑——像冲突图、现状图以及为了寻找制约因素而必须问的问题，所有这些仍然都没有变，完全适用。

我认为，很多其他管理方法的问题在于，一旦问题的第一层消失了，危机就不再存在，我们就说：‘好，大功告成了！’而在 TOC 的世界中，你会这样问自己：‘制约因素跑到哪里去了，我们下一步要怎样做才能打破它呢？’所以，我们永无休止。

我很希望能够跟你说，我一开始告诉别人这些概念，整个机构就马上进入了新的范式。但事实是，要让这个概念运行起来，要花上很多年的时间，而现在改善的空间仍然是巨大的，特别是像通用汽车这样大的公司。这很像吉姆·科林斯在《从优秀到卓越》中探讨的飞轮概念，要让飞轮转起来，需要花上一段时间，但是眼下的运转速度就已经相当不错了！”

继续对高德拉特的采访

伟福：“道·康宁公司花了 5 年时间才把 TOC 从一个部门传播到整家企业，而在通用汽车，则花了 10 年时间才在全北美确立下来，是不是总要花上多年的时间才能从源头扩展到整家公司呢？”

高德拉特：“不一定。这要取决于是由谁来发动。如果是由一个中层管理人员发动，当然要比由高层管理人员发动要花上更多的时间。令人惊异的是，与机构

是否复杂关系不大，在十分庞大复杂的机构和相对简单的机构中，要让 TOC 成为主流文化所需的时间差不多。”

伟福：“您能举一个例子吗？”

高德拉特：“为了证明我的观点，让我们举一个极端的例子。例子中的机构不但庞大复杂，而且要面对极大的变数——美国海军陆战队的一个维修站。这个维修站负责给直升机做大修。维修站很大，有几千人；很复杂——要把直升机拆到最小的零件，连漆也要用砂纸擦去，所有该修的都得修，所有该换的都得换，然后再把整个飞机重新组装起来。要保证从原飞机中取出的零件放回原来的飞机里。更为复杂的是，要同步进行两个本质上完全不同的操作模式。分拆线/装配线是多项目运作。向线上供料的维修车间也是生产车间．项目和生产必须协同运作。而真正的挑战是整个运作要面对极大的变数——分拆并检查直升机之前，不可能知道具体的工作内容。到处都是出人意料的情况，简直是一场噩梦。但是指挥官不到一年时间就推行了 TOC，而实施措施如此稳固，以至于他的接班人到今天还在不断地执行他启动的持续改善计划。”

采访美国海军陆战队退休上校、西埃拉管理技术经理　罗伯特·利维特

伟福：“您曾负责在海军陆战队中实施一个 TOC 项目，是吗？”

利维特：“是的，当时我在北卡罗来纳切利角的海军航空站里当指挥官。我开始在那里实施 TOC，后来他们继续至今。作为上校，我就像掌控着一个价值 6.25 亿美元的公司，手下有 4 000 人。人人都说政府总是后知后觉，我不知道是不是真是这样，我个人认为，政府让我这样的人有机会试试不同的做法。”

伟福：“告诉我们您是怎样实施的。”

利维特：“我们不能按时交付 H-46。H-46 是一种 25～30 年机龄的波音直升机，在海军陆战队中被广泛用于攻击支援。因为这种飞机很老旧，经常需要维修，只要飞机库中待修的飞机数量超过 10 架，就意味着等候执行任务的飞机至少少了一架。我们议定的交货时间一般是 130 天，实际上我们要平均花上

190 ~ 205 天。”

伟福：“听起来你们好像出了问题。”

利维特：“的确有问题。因此我们实施了‘关键链’，最后将维修中的飞机数目从 28 架减少到 14 架，客户接受了，交货时间从 200 天降低到大约 135 天，这本身就是一个巨大的改善。但是，我们开始这个进程的同时，他们又加入了 30 天的机舱除锈工作。我们把这 30 天的工作量也纳入了 135 天的交货期中。也就是说，我们将原先的 230 ~ 240 天减少到了 135 天。”

伟福：“为什么这种方法成功了，而其他方法却失败了呢？”

利维特：“我们审视了很多项目管理解决方案，包括物料资源计划（MRP），而 TOC 在多个角度都是可行的，如建立团队精神、了解变数等，它植根于科学的思维，从机构的整体角度解决问题，它检视整个系统后会说：‘嘿！只要你找到关键的杠杆支点，就能够获得巨大的收益。’然后，你就可以回去找下一个杠杆支点，或者制约因素。”

伟福：“你是否花了很长时间才找到制约因素？”

利维特：“不，没有，在 120 天之内，我们已经开始见到成效了。”

伟福：“你找到的制约因素是什么？”

利维特：“是排程——制定排程的方式。最大的问题就是我们使用手上资源的方式。简直毫无道理，评估员实际的工作大概只要 2 天，实际却花了 14 天。我们想知道当中因由，问题是怎样出来的？为什么排程员定出排程，然后推倒重来？”

伟福：“收支情况有改善吗？”

利维特：“嗯，政府的运作模式是，每年我们根据既定的飞机数量得到拨款。我们很快就把积压已久的工作清理了，甚至还多出了几架飞机。那里的新指挥官告诉我，他们每年的产量都在增加。”

伟福：“您能再举一个例子吗？”

利维特：“我还在西科斯基飞机公司维修部机尾螺旋桨片组中实施了TOC。我们平均要花73天来完成一个尾部螺旋桨桨片，而生产线上的尾部螺旋桨桨片数量多达75~80片。嗯，改革后，生产线上只有30多片，而交货期只约28天。”

伟福：“这项改善花了多长时间才见到成效？”

利维特：“三个月。现在你明白为什么我正尝试建立一个提供TOC服务的咨询机构了。”

继续对高德拉特的采访

伟福：“我得说，所有我遇到的读过《目标》的人都跟我说，他们同意书中传递的信息。看起来，明显有很多读者相信TOC构建基于扎实的常识，那么为什么大家不立刻开始实施TOC呢？是财务经理们从中作梗吗？”

高德拉特：“根本不是，认为财务管理人要维护成本预算的想法是完全错误的。实际上，财务经理是唯一在TOC产生之前就已经察觉到成本会计失误的那类管理者。另外，在几乎任何一家公司中，财务副总是少数能够看到企业全景的主管之一，对于那么多只注重局部效益、不顾全局的决定，他们感到极为懊恼。跟你说的恰恰相反，很少有财务经理反对TOC，相反，在大部分TOC实施项目中，他们是推动者。”

伟福：“这实在难以置信。我可不可以采访一位如此开明的财务经理呢？”

高德拉特：“你想采访多少就有多少。就像我所说的，这样的财务经理是常见的，而不是特例。”

对图书印刷业人士、密歇根州德克斯特市托马斯-舒尔公司财务副总格雷格·米德的采访

伟福：“请介绍一下托马斯-舒尔公司”。

米德：“我们公司坐落于密歇根州的德克斯特市，就在安娜堡附近。我们的客

户中 40%是大学出版社，我们可以说是小印量印刷商，就是说我们的印量在200~10 000册。我们的公司还推行员工持股计划——大约98%的股票由员工持有。我们的员工人数曾高达300人，现在是280人。”

伟福：“我知道你公司里的每个人都读过《目标》。”

米德：“我要求所有员工都必须读。”

伟福：“从上到下所有人？”

米德：“是的。”

伟福：“那么借助《目标》的帮助，您想纠正什么问题呢？”

米德：“我们的主要问题是准时交货率，还有员工的部门心态。他们很难超越自己的部门责任去思考问题，每个人的思路都是部门性的。”

伟福：“你能够改变这种情况吗？”

米德：“能。开始之前，我们的准时交货率大约是70%，推行TOC策略和做法之后，我们提高到了95%。”

伟福：“您的第一步就是让每个人都去读《目标》。是吗？”

米德：“是的。这是第一步，下一步就是引进一位TOC顾问，我们让30人参加一个为期三天的TOC制约法训练课程。然后，领导小组找到制约因素，接着开始按照五步骤来做。”

伟福：“您找到的制约因素是什么？”

米德：“在我们的企业中，主要有两个投资领域，一个是印刷部，一个是装订部。我们基本认定印刷部就是制约因素，并开始按照这个思路来管理企业。当我们聚焦于这个制约因素，并令其他一切迁就它时，我们就开始打破部门之间的藩篱了。这需要花大量的教育培训。我们为员工制定了自己的内部课程，一般我们把一个三天的课程压缩到一小时，然后让每个员工都去上课，课程涉及制约因素管理、迁就、加快工作流程、改掉局部思维等。”

伟福："您对印刷部做出了怎样的改变？"

米德："我们建立了一批小组，查看我们生产的不同产品，研究我们是怎样使用印刷机的，并开始挑战背后的假设。我们出两类书，一种是平装本，一种是硬皮精装本，我们有供纸和网络印刷机。我们开始制定规则，规定哪类书应该由哪台机器生产，使设备的产能最大化，满足客户的需求。

建立新的标准使我们消除了浪费，数额之大实在令人惊异。以前，为了满足客户需要，我们的工作总是要重做，实际上，这样做却使我们落后得更远。重新挑战我们所有的假设，这会迫使我们自律，促进印刷部每台机器的有效运用，令生产线上物料的流动更稳定。"

伟福："您怎样让员工参与进来呢？"

米德："托马斯–舒尔公司的员工能够影响他们专业领域中的运作标准和工作流程。当思维完全着眼于局部时，每个人都希望工作的设计对自己最有利，这就造成了混乱。在我们实施 TOC 之前，任何决定都要经过漫长而烦琐的争论，如果我们想要改变，就得把 12 个人全都弄到一个屋子里，尝试就每个细节都达成妥协才行，但从来都没法让每个人都满意。每个人都读过《目标》之后，大家都明白了我们所做的每一件事，都不应该再基于局部效益的思维了。所以，比如说，如果一项工作要在装订部中多花一点时间，没问题，只要这对主要制约因素（印刷部）是有利的就行了。最终，我们拿到了想要的有效产出。"

伟福："作为一个财务经理，您的具体贡献是什么？"

米德："TOC 制约法是以打破成本会计所造成的藩篱为出发点的，而我们的机构则在很大程度上是成本驱动的，就像很多制造业企业，公司的每件事都以成本系统的角度来考量。在这方面我开始提供附加价值——开发新的衡量工具，取代传统的成本工具。我相信这推动机构产生了真正的变化。在销售方面，我们还在努力，但已经取得进展，即放弃了成本世界的销售和评估方法。"

伟福："是怎么发挥效力的呢？"

米德："成本会计的方法将公司划分为多个部门，分摊间接的杂项开支，但是，

TOC 说，你们所有人就是一个快乐的大家庭，有固定开支，也有变动开支。原料是变动开支，其他就是固定开支。你坐在那里，把所有的时间都用来考虑印刷部要用多少电，空调和冷气需要供应多大空间，装订部和预压部又要用多少，办公室还要多少，是不会帮助你打理好企业的。”

伟福：“因为这会让你偏离目标。”

米德：“就是！目标就是满足客户需要，以及工作的流动及时。当我们开始聚焦于工作的流动，尽量利用印刷部的产能，而其他一切尽量迁就时，我们就能逐渐提高准时交货率。关键问题在于你怎样衡量机构的表现。其实有两种方法。”

伟福：“是什么呢？”

米德：“高德拉特谈到开发一个管理制约因素的工具。我们的工具叫 TCP（Throughput Contribution Per Press Hour），即制约因素每小时的有效产出贡献。如果市场不是制约因素，你就根据 TCP 的数字来选择产品和客户，这样就可以增加盈利。当然，这要假设制约因素不在市场上。”

伟福：“那么，什么时候制约因素会跑到市场去呢？”

米德：“对于这点，我们设计了另一个内部衡量标准，把它叫作 CRH（Contribution Margin Per Resource Hour），即资源每小时的收益，我们只是想抓住代表客户支付价值的时数。我们拿有效产出（就是售价减原料）除以花费的时数，得到一个对整个机构都有效的衡量标准。我们到底干得怎样，这个标准给了我们很大启发。”

伟福：“您是指它帮助确认您已经在怀疑的东西，还是发现您以前不知道的东西？”

米德：“两者都有。它可以确认为某些类型客户进行的工作难度比较大，我们的生产代价比较大——它能够明确地指出来，它还告诉我们科技会怎样影响我们的利润率。我是说，我们大部分的书都转成 PDF 文档了，而使用 PDF 文档比起传统方法，成本的差别是不可想象的。情况就是，市场逼得我们不得不全面降价，

但是用老办法做事就无利可图。哼！白干！传统方法出来的产品，人们却只愿付PDF的价钱，那根本不行。现在的情况是：市场成了新的制约因素，在艰难的经营环境中，销售在下滑，我们却有盈利，还相当多。”

伟福：“员工持股计划有帮助吗？是不是能够使员工的利益与目标更加一致呢？”

米德：“这要看个人情况了。还差10年就退休的人，当然对股票价值更感兴趣，在这里干了三到四年的人，看重的就是个人奖金了。所以，实际上我们开始发团队奖金而不是个人奖金。现在，我们正在将报酬和表现脱钩。以后的表现将全部基于团队层面来衡量。”

伟福：“您说以前有300名员工，现在数量是280人，是生意环境不好，还是提高效率所致？”

米德：“两者都有。生意环境并不优越，但同时，我们所做的一些改革释放了产能，员工流失我们也不会招新人替代，这就增加了盈利。没有裁员，我们只是不找人替代辞工的人。我们在不同部门间调动员工。”

伟福：“印刷部还是制约因素吗？”

米德：“嗯，制约因素转移到装订部去了。”

伟福：“市场制约因素又怎样呢？”

米德：“是啊，我们拥有的产能，比市场愿意给我们的订单要高得多。这就是问题了。我认为我们已经准备好，在市场火起来的时候我们有能力应付。为此，我们要做三件事：第一，我们得满足速度和交货的要求；第二，我们得维持利润，才能维护设备，以及提供客户期望的质量；第三，我们必须有一个愿意全心全意投入的员工队伍，他们每天都高高兴兴地来这里工作，明白为什么他们在这里，为了什么而干活。TOC就能够让我们做到这三点。”

继续对高德拉特的采访

伟福：“又回到我前面的问题。为什么大多数《目标》的读者都不马上实施TOC呢？”

高德拉特：“TOC 是建立在一个认识之上。那就是每个复杂的环境或系统都是基于固有的简单性（Inherent Simplicity）的，而管理、控制、改善系统的最佳方法就是利用这种固有的简单性。这就是为什么制约因素是杠杆支点，为什么TOC 聚焦五步骤的威力是那么的大。但是，我们要记住的是，这是一种重大的范式转移，而人们往往要在苦于无路可走时才愿意做范式转移。

据我观察，我可以告诉你，《目标》的读者主要都是在三个条件都满足的时候才会放手去实施。第一个条件是有真正的压力必须改善，但是仅此一点远远不够。第二个条件是他们很明确地看到，在现有的范式中是找不到解决方案的，也就是说，所有其他的办法他们已经都试过了。第三个条件是有一股力量推动他们踏出第一步，这种东西可能是一本工具书（如 *Production the TOC Way*），也可能是一门课程、一个模拟器，或者一位顾问。”

伟福：“您能不能告诉我一个三个条件都具备的情形呢？”

高德拉特：“坦率地说，一旦认定了这三个条件，就很容易在每个个案中印证它们。只需要问对问题，共同的特征就显露出来了。实际上，甚至不需要问引导式的问题，只是倾听就够了。”

对持续改善公司顾问斯图尔特·维特的采访

伟福：“我知道你在成为顾问之前就接触到《目标》了。”

维特：“是这样的。我当时在俄亥俄州辛辛那提市一家叫作欧玛特维加的小制造公司做运营副总裁，有个人给了我一本书，建议我读一读。我就读了，发现很有意思，很有道理，然后就把它放回到书架上了。”

伟福：“我以前曾听说过很多这样的故事。”

维特："是的。当时我还没有准备好马上用上当中的概念。那家公司雇用我，就是想改善运营，取得增长，更有效率等。我说服总裁聘请了一家咨询公司，说：'这些事情我可以办到，但是我们如果有人帮忙就会更快办到。'因此我们就聘请了桑顿公司，他们的人员进来了。我们把所有东西都重新安排、精简。他们看了看我们用的软件，给了一些建议。我们给了他们 12 万美元，而 6~8 个月之后. 就开始见到了成果。每个人都很高兴，因为我们把交货期从两周降低到了一周。简直是太棒了！问题是销售和营销方面也出现了同样的改观。同期的订单量也增加了 40%，当产品流向商店，把我取得的进展也流失了。我释放出来的产能的两倍也不足以应付这些额外的订单，我就又回到以前的起点了。"

伟福："你们当时制造什么东西？"

维特："石油工业使用的原子测量装置。从根本上说，是一种非接触式的测量系统，有点像盖格计量器。"

伟福："那么，你就又回到原来的处境了。"

维特："是的，我花了这么多钱和时间，我懂的东西都已经做了，不能把所有东西再重新安排一遍了，我不能从软件中找到什么新点子了。我已经雇了我所知道最好的顾问。"

伟福："是的，那么你怎么办了呢？"

维特："我去加利福尼亚州的保时捷机械学院报了名，那是我生命中倒霉的日子，我是业余赛车手，有句话说得好：'当你飙车时，车在跑道打滚、滑离跑道，不代表你犯了什么错，这只代表你钻进一个角落，暂时没有足够的智慧脱身而已。'当时我就是这样看自己——我不是干这种活的材料，肯定是缺少了什么东西，但我想不出是什么。"

伟福："您当时多大年纪？"

维特："那是 10 年之前，也就是在我 30 岁出头的时候。机械学院的那段日子并不是浪费时间. 我当时学到的东西，现在还在用。我为自己的汽车进行维修，就省了 600 美元，但是，在我出发到学院之前，有人说：‘在圣荷西有一家软件公司，成立的目的就是支持《目标》中提出的规则。还有，高德拉特学会最近刚开始出售一个相关的自学工具，你可能会感兴趣。’到了机械学院，课程很有趣。然后，我在圣荷西停留了一阵，看了看那个软件，在回家的路上完成了附上的作业。我特别兴奋，星期一上午，我召集了所有员工，说：‘这就是我们要做的，我们不会有什么损失，看来有可能做到，虽然看来似乎太简单了，就让我们试试吧。’他们不是很信服，实际上，他们很怀疑，我已经把他们折腾得够呛了。‘又来了，哼！’”

伟福：“这是他们第一次接触 TOC 吗？”

维特：“是的。长话短说，我们花了大约一个月的时间阅读培训材料，这包括导师手册和给所有参与者的作业本。我一步步读完导师手册，他们则看完了作业本，最后他们说：‘我想你是对的，我们可以办到。’我们就开始了，大约两周之后，我们开始看到了一些改善，交货时间开始缩短，准时交货率开始上升。最初我以为这只是侥幸。”

伟福：“是什么让您改变了看法？”

维特：“一个月以后，我手下的一个焊工跟我说：‘老板，我想我的数据搞错了，我一直测量到的交付时间大概都是一天半。’我说：‘怎么会这样？’我们的订单更多了，其间我还解雇了一个人，所以我们的资源少了，又没有买任何新机器，所以我告诉他：‘好吧，让我查查看，再告诉你是怎么一回事。”’

伟福：“你检查数据的时候有什么发现？”

维特：“我告诉焊工：‘知道吗？你是对的，数据错了，交付时间是不到一天。’同样的资源，订单量多了 40%，但只用了交货期中的一小部分。我们办到了，花了两个月，500 美元。公司有 100 年历史，而那两个季度的业绩是历史上最好的。有一个部门以前每个月要亏损 100 万美元，而现在在每个月要盈利 100 万美元。如果不是亲眼所见，我永远都不会相信。”

伟福：“做出如此巨大的成就，您是挖尽了什么制约因素的潜能的呢？”

维特：“实际上，我们处理了三个，一个制约因素是关于我们要把东西外发，在测量设备的管子外面加上一个保护层，这是营销部提出的一道工序，现在已经演化成制约因素，因此，我们得多找一两个供应商应付工作量。”

伟福：“其他制约因素呢？”

维特：“另一个是切割管子的锯子，我们把一些工作分流到一台闲置的机器上，这个锯子运转的速度是原来的锯子的一半，没有人愿意用它。但是我们找到了适合它处理的物料，它提供的产能就足以令制约因素松绑了。之后，油漆部就是下一个制约因素，我们做了几件事，这时候，制约因素转移到了工程部。我们等着几种新产品从那里出来，这就是第三个制约因素。”

伟福：“您是否认为 TOC 是一个无止境的过程？换句话说，是否总会有下一个制约因素要你找出和挖尽？”

维特：“从理论上说，它可以永远继续下去，但是从我看到的，在一家企业中可能经过一两个循环后，制约因素会在生产部松绑，然后，可能会转移到工程部，之后你就可以在工程部应用关键链将制约因素松绑，而下一个制约因素可能就是市场，一般是现有的市场。除非你是可口可乐或通用电气，否则大概不会有可能在市场中取得主导地位，因此你仍然可以找到发展空间。最终，在多数情况下，光凭运用 TOC 产生的能力，你就可以对一向认为不可企及的市场发起进攻。在那个时候，你大概就会用尽全力了。或者制约因素又回到生产部门了。这是有可能的。但到那时，你肯定已懂得怎样处理了。”

伟福：“好，那么之后你就离开公司了，是吗？”

维特：“实际上我去格朗特·桑顿待了两年，进一步掌握其他 TOC 技巧，并与那维斯达国际一起合作，将我所知的应用于一个墨西哥工厂的企业资源计划实施项目。这份工作我做了两年，墨西哥去了很多次，体重增了 40 磅，从不运动，但工作很有乐趣。之后我到一家咨询公司工作，头一个月，我就被派去实施一个有关 TOC 的项目，那是田纳西克拉科斯维尔的一个工厂，生产供钢铁业使用的石墨电极。工厂很大，已经运作了很长一段时间，已然是世界上同类工厂中最好的

了。厂方给我们提出了一个挑战：‘如果你可以使这里有所改善的话，我们就会考虑在其他地方实施你的办法。”’

伟福：“实施的规模大吗？”

维特：“十分庞大。感觉好像半个田纳西州那么大，看起来好像无从下手。因此我们就组成了一个小组，包括我本人和另一个人，还有工厂的几个人，进行和我在欧玛特维加的培训班一样的训练，概念、点子都一样，唯一不同的是环境。这次有了软件系统，我们要集成五个不同的软件系统。我们找出了制约因素，做了必须做的事，比如保证前面有缓冲，保证维护人员充分重视制约因素。如果有事故，他们就可以立刻处理。我们在制约因素前面放上一个品质检查，这样，在这个点上，就可以防止我们浪费时间去处理品质不良的电极。”

伟福：“结果怎么样？”

维特：“准时交货率没有变化。这家公司在这方面已经做得相当不错了，到我们完成的时候，做得依然很出色。但是，之前他们可以交货，是因为他们的库存要比需求大，架子上塞满电极，摆得到处都是。那么，您明白了，我们没有给交货带来麻烦，准时交货率仍旧是 100%，但库存少了 40%。他们对此十分满意，因为这实际上盘活了 2 000 万美元的资金，这些钱可以用在企业运营的其他地方。基于这些结果，有一天在一个大型会议上，公司的首席执行官站起来说，我们要在全世界推行这个办法。我们从西班牙、巴西、意大利和南非请代表到克拉科斯维尔来，组成一个全球实施团队。这个团队已经成为非凡改善和客户高度满意的经典案例。”

伟福：“那么这就是你现在的工作吗？TOC 相关的顾问工作？”

维特：“是的。”

伟福：“你把 TOC 视作多个工具中的一个，还是作为问题寻找解决方案的主要方法？”

维特：“大概还有第三种方法，如果我受邀参加客户的初步会议，我采取的方式可能会和我的同事不同。他们会问：‘我有一系列服务，你要当中哪项？’我呢，就是问问题，就像书中的钟纳一样。这有助于我鉴别有没有让我发挥的空间。一般说来，我会试着帮助客户明白，如果解决的是核心问题，而不是很多人关注的表面征兆，几乎可以肯定拿到好的结果。”

继续对高德拉特的采访

伟福：“TOC 有什么局限？TOC 能否应用于服务企业？”

高德拉特：“能，但是……而这个‘但是’是很大的。

首先让我说一说这个‘能’，是的，任何系统都建基于固有的简单性，从这种意义上讲，制造业和其他企业（包括服务业）之间就没有什么区别。是的，利用固有的简单性，就是遵循 TOC 聚焦五步骤：找出制约因素，并决定怎样挖尽它的潜能等。

这个‘但是’是基于这样一个事实，即决定中怎样实施聚焦五步骤中每一步的具体内容，并不是小事一桩。在《目标》一书中，我介绍了大体概念，并通过具体的生产程序证明了这个概念的有效性。在《绝不是靠运气》中，我解释了需要什么样的思维方法来制定具体程序，以实施五步骤的每一步。作为教学范例，我演示了如何运用思维方法来开发多个制造业企业的销售程序。因此，制造业企业不但有方法和概念可用，而且有了具体程序。对于大多数服务业企业来说，具体的程序是没有的，因此，如果要在服务企业中实施 TOC 的话，得按照上述思路，首先要制定出具体程序，这个任务当然相当大。”

伟福：“那您为什么不写一本给服务企业用的书呢？”

高德拉特：“你知道，服务企业的概念涵盖完全不同的企业类型，范围很广，企业间的差别并不亚于服务业和制造业之间的差别。所以，你所说的就不是一本书，而更像个图书馆了。”

伟福：“您能不能举一个在服务业实施 TOC 的例子？任何类型的服务业都可以。”

高德拉特："让我们先看一个既不设计也不制造什么的公司，也就是一个服务企业，但是这家企业也要处理看得见摸得着的产品，这家公司供应办公用品。"

伟福："办公用品的经销商？"

高德拉特："是的。但是在你去采访他们之前，我首先要强调一点：TOC 配销管理（Distribution Management）的具体程序早已制定出来了，并在很多公司中得以验证。但是这家公司还是要大量运用思维方法来制定具体步骤，以确定适当的市场定位。"

采访荷兰百年办公用品供应企业弗尔·康托尔前总经理　帕特里克. 霍夫斯密

伟福："您是什么时候第一次接触《目标》的？"

霍夫斯密："我曾经是一家印刷公司的股东之一，相当大的公司。有几百人，40 台印刷机，那时我上了一个课程，有人跟我解释借方和贷方的区别——我是个技术工程师，所以需要人来解释一下，在班中，我成了老大难. 所以老师就给了我一本《目标》。他跟我说：'这正适合你读，因为其他的书对你来说都没有任何用处。'我饶有兴趣地读完了此书，认为自己终于找到能给我解释清楚企业问题的人了。"

伟福："看起来《目标》的主要吸引力在于它很容易接近。"

霍夫斯密："是的，《目标》不深谈公司运营的财务难题，实际上，它令这个话题变成枝节了，对我来说，它带来一个重要信息，那就是，我可以完全不用听那些经济学博士的伟论了——如果他们解释不清企业运作的来龙去脉，就可以不去管它！这是我对 TOC 制约法的第一个感悟。之后，有人拿了一篇报道给我看，说的是高德拉特将到荷兰开研讨会，我就去了。在研讨会上，高德拉特跟我们说，他刚刚把钟纳课程的价格从 1 万美元提高到了 2 万美元，因为如果不提价，高层管理人员就不来了。我就跟他说：'我肯定会来的，即使原来的价钱也会来。'他说对我有一个更佳的方案给我，如果我想上课，可以来，并可在实施后取得的巨大成果令学费相比之下变得微不足道时，才付钱。"

伟福：“不错的交易。”

霍夫斯密：“是啊，极棒的交易。我就去了美国的纽哈芬市，他在那里设立了高德拉特学会，我在那里上了课，但并没有马上用上所学的东西，一年后，我出席了一个钟纳提升工作坊，在西班牙。高德拉特的记性很好，当遇到我的时候，他问我：‘嘿，你付学费了吗？’我说：‘没有，我看不出有什么理由要付钱。’于是他邀请我作进一步谈话。有朋友警告过我要小心点！星期一早上，我们在鹿特丹进行谈话，那真是个沉重的上午。我所有的功课. 所有做过的事，对他来说都是无关紧要的。问题在于，我只看着自己的公司，试图找出生产瓶颈，而过剩的产能如此之多，制约因素明显在市场上！但对我来说，这是要我跳出框框去思考，我从来没有想到过，TOC 制约法也可以用于公司围墙之外！”

伟福：“这是可以理解的，因为《目标》讲的就是生产问题。”

霍夫斯密：“是的，所以我就是个看不到全局的笨人之一。之后，高德拉特跟我解释了更广阔的图景和更大规模的应用。他慢慢地迫使我去思考——有时甚至要冲我吼叫：‘用脑想！’真是个沉重的上午。在高德拉特的《绝不是靠运气》一书中，他讲述了这个故事——就是那个糖果包装机的例子。最终，我们赚到了钱，说真的，是赚到了大钱。后来，我发现拥有公司 50%产权的侄子干的事情不多，拿的钱却超过了我们商定的数目，所以，我们就决定将公司一分为二，由我来分，由他决定拿哪一半。我没有想到他会想留下一直由我来管理的印刷业务，而把一直由他负责的办公用品供应业务留给我。”

伟福：“当时你了解办公用品行业吗？”

霍夫斯密：“不，根本一无所知。公司很大，在荷兰要排到第四或第五位，但是亏得很厉害，竞争一下子变得很激烈，当时主要在打价格战。其他公司悄悄地给荷兰的小企业寄手册，封面上的价格比我这个批发商能够拿到的价格还要低。情形实在可怕。我们的老客户都突然关心起价格来了，他们会说：‘我们要付这本手册封面上价格的两倍给你，怎么可能呢？’”

伟福：“听起来情况好像无法挽回了。”

霍夫斯密：“是的，非常非常艰难。我们有四五千个客户，20 名销售员，我们能想到的也无非是降价，但只有在非降不可的产品上降。这不是长久之计，但是其他所有人都是这么干的，因此，办公用品供应产业的传统运作方式就完全不复存在了。我们得参加办公用品供应的竞标——这是从来就没有过的事儿——要与三四个对手竞价。在过去，办公用品的订单给当地表现较好的一家企业就行了，现在每个人关注的都是价格。”

伟福：“那么你怎么办了呢？”

霍夫斯密：“我们开始构建高德拉特所称的现状图。当然这次我没有犯只关注我们公司本身的错误，而是关注客户的情况：为什么这个客户会对价格抱怨不休呢？经过漫长的思考，并与销售人员进行大量讨论之后，唯一的结论就是，客户认为这是降低办公用品开支的唯一方法，对于存储产品、把东西送到大楼中需要的人手中，这些巨大的成本他不得不承受。我知道这会给客户带来什么乱子，大多数要用到办公用品的办公室里，打开抽屉，办公用品比超乎任何人想象的都要多。但同时，他们却吵着要某样东西，要求坐计程车在短得不可想象的时间内送到他们手里。在鹿特丹，我们把送货时间已经降到了 4 小时，不是 24 小时，只是 4 小时的送货时间，对办公送货简直是疯狂的要求。又不是要救命！

因此，我们向客户提出：可以接管这个棘手的活，在要求的时间把指定的设备、物品送到需要的人手里。我们给他们提供了装满办公用品的橱柜，橱柜和里面的东西都归我们所有，用品供特定的工作人员使用，拿出去的东西就视为已经出售，留下的还属于我们。每周我们会为这些橱柜补货，他们查核我们的运作也很容易，更为重要的是，我们可以提供关于每个部门的具体数据，指出某些物品消耗得比较快。比如，你可能每隔三个月才需要一把新剪刀，而不是每周。”

伟福：“那么是否有偷窃的情况出现呢？”

霍夫斯密：“嗯，我们不把这称作偷窃，而称作过度消耗，但是实际就是偷窃了。所以，突然之间，负责办公用品的人就可以更好地找到不守规矩的员工了。他对谁用了多少根铅笔并不感兴趣。谁都知道人们会把铅笔带回家，通常不是故意的，也花不了多少钱。打印机用的硒鼓的问题更大。所以当硒鼓被盗窃得比较

厉害的时候，我们建议他们买大一些的打印机，这我们也能供货，这样就和家里用的打印机不一样了，诸如此类的事情。但是这些橱柜是特别大的一项发明，虽然客户可能要多花 20%～25%的钱，但是向员工提供办公用品的总成本下降了50%，因为他们不会再出现像放错地方、库存过多之类的内部问题了，所以他们也不计较每件物品的要价了。当我几年前把公司卖出去的时候，为公司估值花了很长的时间，因为他们不敢相信我们的附加价值竟然会那么高。”

伟福：“数字是多少呢？”

霍夫斯密：“业内正常的毛利润一般是大大低于 20%，高于 20%就比较可疑了，而我们是在 30%以上，这就很不一样了。我们没有向客户谋取不合理利润，他们对我们的服务都十分满意。”

伟福：“你是怎样把这个概念推销给客户的呢？”

霍夫斯密：“我们有一个部门专门和财务总监联系，而不是与一般负责办公用品采购的人打交道，如果你找搞采购的人推销这个办法，他会害怕自己职位不保。我们拍了一个短片，演示他们办公室现在的情况，人们是怎么吵着要办公用品之类的，还会讲，如果由我们负责他们的库存，问题就迎刃而解了。效果确实很棒。30%的推销拜访都成功了，而我们的办公用品要价就不再是个问题了。”

伟福：“每个客户的反应都是这样的吗？”

霍夫斯密：“也不尽然。也有一些客户更关心价格，我们也不会把他们赶跑，而会给他们完全不同的条件。我们告诉他们，如果价格最重要，你就得大量采购，也不能计较送货期：‘你能拿到最低的价钱，但是你得排队。’如今，橱柜系统的一个好处就是我们可以提前一周知道采购需求。我是说，上周客户用到的东西我就不会在检查的当天就补货的，我在下周才补货。所以我几乎不再需要任何库存。我的供应商可以在一天内送货，但是我有一周的时间，所以现在我就可以选择以价格作为采购原则，可以把一般的订单和那些只谈价格的较大客户的订单结合到一起，以最有利的价格采购。”

伟福：“对于你来说，那几年肯定令你很满意。因为你发现了这种做生意的新办法。”

霍夫斯密：“是的，那几年确实很开心，因为你赢了竞赛。当然，最初我的规模还很小，全国的第四、第五位，我很害怕大些的公司会模仿我的橱柜系统。”

伟福：“他们模仿了吗？”

霍夫斯密：“有，有那么一点儿，但是他们没弄明白，真的很有意思。第一，他们准备供应橱柜，但是客户不但要买里面的内容，还要买橱柜。他们不愿意寄卖，而这正是我的方法取得成功的关键。所以，一开始就有很大的差别。第二，他们不明白我的补货系统，要把橱柜装得够满，你才能应付两周的消耗。他们提出的东西完全不同，我们立刻就可以向客户指出，如果接受我们的竞争者，你还是要自己做，还是要负责。但是，跟我们又怎么样呢？比如说当你换打印机的时候，你不用告诉我，我会发现你不再使用这种硒鼓了，我会调整的。这些硒鼓很贵，你想负管理这些硒鼓的责任吗？这就是寄卖的主要不同之处。”

伟福：“后来，你有没有发现新制约因素，令业务更向前发展？”

霍夫斯密：“后来，制约又回到了公司之内。新的制约因素形成了：我们可以用多短的时间来测量及安装一个新橱柜？最初，我们一天只能做两三个橱柜。客户得排队等着拿橱柜。我们的排队名单有三个月那么长，所以我们又加了一个人干这份工作。没什么大不了的。由我们负全责，我们可以按照自己想要的速度增长。在一个人人都嚷着价格的竞争中，这点很有意思。其他行业也有这样的例子。比如说，如果你去一个特别好的餐馆，餐馆就不会在意价格。未来三个或四个月都已经订满了，他们可傲慢得很。我们也遇到这情况！生意好嘛！想一想，当初我们有那么多竞争对手，那么多难题，20个灰心丧气的推销员，不知道该做什么才好。现在，我们找到了这个简单的解决方法，我很惊奇的是，直到今天为止，竟然都没有人能够真正效仿我们。”

伟福：“如果你没有接触到高德拉特的理论，你会有这个突破吗？”

霍夫斯密："如果没有接触到的话，首先，我就不可能知道这一难题该从何下手。因为我在印刷公司工作，我侄子在办公用品公司工作，我从来就没想到我们会交换角色。但是，我确实知道他们的亏损有多大。那时，我深信，只要我应用TOC制约法，就能够想出解决问题的方法。我花了三四周的时间才有个头绪，明白情况怎样，怎么解决。那个月，我都没有任何动作，不断告诫自己：'好的，不要慌，不要慌，不要着急，只要没有找到突破的点子，我就不会做任何改变。'我就坐在那里思考并与大家探讨我们怎样解决问题的方案，直到我成功。这就是TOC制约法的优点之一。你知道，在这种情况下，最终你会找到突破的点子的。"

伟福："你只需要找到它。"

霍夫斯密："是的。我做得越来越好了。高德拉特花了大约5分钟时间就可以找到制约因素并定出如何打破它，而我通常需要一周。慢而对，总比以前快而错好。我经常引用一个有趣的故事，故事讲的是两个人在打猎，搜索了几天，他们终于听到老虎的声音，他们想：'啊，太棒了！'他们就去拿枪，却发现忘了带子弹，其中一个人就打开背包，抓起跑鞋，另一个就笑着说：'你觉得你能跑得过老虎吗？'那个人说：'我不需要比老虎跑得快，比你跑得快就够了！'"

继续对高德拉特的采访

伟福："你能不能再给我举一个例子？举一个与实物生产品无关的服务型企业可以吗？"

高德拉特："如果要了解一类服务业企业与另一类服务业企业之间有何区别，我建议你采访一个银行和一个财务顾问公司。然后，再采访一个类型明显不同的服务企业——一家医院。"

采访联邦证券银行前首席执行官、美国中西部一家银行的主管　李查德·普茨

伟福："你是怎么想到要把《目标》中描述的原则应用于银行业的？"

普茨："一天晚上，我从洛杉矶坐飞机回家，记起在库帕-里布兰德（Coopers and Lybrand）做顾问时的时光，当时和一些打理制造生意的人一起工作。那是我

第一次接触到《目标》。我就开始想，如果你留意银行业的运作，比如说，银行处理贷款申请的流程，你就会发觉，它实在跟制造业没有什么两样。为什么我不能把制造业中有用的东西用在银行业中呢？过程是一样的，我们只是贴上了不同的标签而已，因此我就开始尝试。”

伟福：“员工怎样看？”

普茨：“最初他们很怀疑。我把所有直接向我负责的人叫到会议室，我分发《目标》给他们，对他们说：‘伙计们，我们每周五都会见面，会乐和乐和，吃饭等，并探讨一下，怎么把《目标》中的概念演绎到银行中。’我看着坐在一边的财务总监，他脸色很难看，我说：‘吉姆，有什么不对劲吗？’他说：‘是啊。’我说：‘什么问题？’他说：‘书后面没有索引，怎么找东西呢？’我说：‘读一读吧，这是小说。’最后他成了我们中 TOC 概念最强烈的拥护者，但当时是满腹狐疑的。”

伟福：“你是怎样入手解决问题的呢？”

普茨：“传统上，银行业内部的难题是你怎样对付当局加在银行身上的管制性制约因素。银行满是管制性规条，如果你真的按照规定的衡量标准来进行管理的话，银行就会倒闭。如果你向监管当局提出来，他们就会发笑。有大量规条是自相矛盾的。立法当局把它们加插到银行法当中，有时候所持的理由表面上看来很充分，或者令人们相信它们是针对当时某些特定情况的。”

伟福：“你说的是不是不让银行从事某些业务的规定？”

普茨：“是的，还有某些贷款组合的规定，你应该怎样进入某市场之类的东西。”

伟福：“保持资产比率等？”

普茨：“你明白了。我们采取了稍微不同的做法，我们认为必须找到市场真正的制约因素。运用了 TOC，我们发现这跟服务水平及如何为客户解决问题有关，而跟我们提供的具体产品却关系不大。所以，最终我们将整家银行定向为专为客户解决问题，部分的解决方案——打破冲突的激发方案——是为每个客户提供个人理财服务，而不是只为富人服务。银行一般认为，如果你只有 10 万美元，就不值得花时间为你提供这项服务，但如果你有 1 000 万美元，那就不同了。我们发现，只有 10 万美元的人其实不会花你很多时间，他根本就不会常来，因此，我们就不担心这个，而集中力量于怎样更好地管理我们跟所有客户的关系。结果是，人们一有财务问题就会来找我们，如果我们解决不了问题，至少也可以向他们介绍其他人。我们向他们提供好建议，因为我们没有自私的想法。我们所求的，只不过是让我们管理他们的现金，大多数人都接受了这点，并且还加上了贷款服务。”

伟福：“你是不是还有规模颇大的抵押生意？”

普茨：“是的，我们跟 300 多家银行有联系，遍布全国。花旗银行和美国银行把抵押生意转给我们。运用 TOC 来拓展业务，也让我们发现，大多数借贷者都把提供贷款的银行看作他们自己的银行。所以，不管是甲、乙、丙或任何其他投资者还是借贷者，我们都希望能为他们提供服务。建立客户关系要比贷款本身更有价值。

另外，这些日子更好办了。以前，要一项抵押贷款得到批准，必须没完没了地等待，因为你得准备很多东西来满足监管机构。我们看了看，就说：‘这里的冲突是什么呢？’我们画了冲突图和现状图，发现只有三件事决定贷款行不行，如果我们只集中于这三件事，以后再担心怎么把其他东西塞进上交的档案中，我们就可以加快速度。实际上，我们把审批时间缩短了差不多一半，这使我们很受房产经纪和抵押经纪商欢迎，也给我们带来了更多的生意。”

伟福：“TOC 对出纳员跟客户日常的互动有什么影响？”

普茨：“大多数出纳员都说他们也要好好运用 TOC。嗯，出纳员要做些什么事呢？事实上，他们不需要懂得绘画未来图，因为他们的日常工作不涉及未来图。但是，出纳员经常要化解冲突。出纳员身在前线，处理储蓄和贷款问题，客户会跑来对他们说：‘这个没有用，收支不平衡，他们把事情搞砸了。’出纳员要解决这些问题。所以，我们教他们画冲突图，发给他们冲突图制作表，是 50 页、8.5 英寸×11 英寸的本子，每页后面都有说明，万一他们忘掉怎么画时可以帮帮他们。然后，出纳员就可以在与客户交谈时，把冲突填上，解决问题，然后撕掉这一页，做下一个。他们在全银行都在这样做。”

伟福：“听来好像你得到的一个主要结论，就是本来认定的制约因素——监管制度——其实并非真正的制约因素。”

普茨：“是的，我走进专门负责迎合监管当局要求的人员的办公室，说：‘杰夫，我有个主意。’他就指指墙上的海报，大声说：‘你能够梦想到的，都有规条来监管它。’”

伟福：“但是，即使在这样的环境里，你也找到了发展的方法。”

普茨：“我们干的是在银行业中闻所未闻的事。事实上，监管当局到我们这里来的次数要比其他银行多得多，因为其他银行总给他们打电话，说：‘他们肯定在做什么违法的事情，你们得查一查。’”

采访行政服务部主管、英国纽卡素“积极解决方案公司”创始人戴维·哈里森

伟福：“请介绍一下‘积极解决方案公司’。”

哈里森：“我们向独立财务顾问业提供管理及行政服务，至今我们帮助了755位这类人士迎合金融服务监管机构的规定，收取佣金等。这就是我们建立的公司，最近我们把公司的60%股份卖给了世界上最大保险企业之一的Aegon集团。”

伟福：“你是怎么运用《目标》的呢？”

哈里森：“有几方面。第一，也是最重要的，现在我们运用聚焦五步骤已成为习惯了，我们做其他事情之前，先找出问题的制约因素，这好像成了我的口头禅——‘在往前走之前，让我们先找出制约因素’。

除此之外，我们工作的很大部分就是找独立财务顾问加盟，我们希望更多人加入我们的机构，而负责招募的人就是我们的业务顾问。英国高德拉特机构的欧德·科汉帮助我们建立流程，定出细致的步骤，帮助我们开发软件，用来追踪每一位业务顾问的工作进展。在任何时候，都有150～200人在跟业务顾问商谈加入‘积极解决方案公司’，每个人就是一个项目，这样就简化了流程，也能让我们的业务顾问考虑问题时更合乎逻辑。”

伟福：“比起你看过的其他管理技术，TOC制约法有何不同之处？”

哈里森：“我认为，它很容易用。就像我刚才讲的，我用得最多的就是聚焦五步骤，企业中出现的很多问题都起于缺乏集中点。我想，如果要形容‘积极解决方案公司，可以将它看作一个非常有重点的机构。我们不希望成为万能的机构，任何时间，我们只盯住当时最赚钱的领域。五年来，我们一直都在处理同一制约因素。”

伟福：“制约因素是……？”

哈里森：“制约因素是我们根据业务发展速度招募适合人才的能力。我们手上的人越多，我们就越赚钱，很多公司到了大约 300 个顾问就停下来了，他们说，招募人手已经不再是制约因素了，应当作的就是提高这些人的生产力，或者从金融产品开发机构身上打主意。但是我们的集中点一直是，只要你招募的人能赚钱，为什么要停止招募呢？就是因为招募难度没有降低吗？嗯，事实上，也没有越变越难，只是日常工作而已。当然，我们可以根据财务状况把现有人数冻结，不再往前走。”

伟福：“这就是你的重点吗？”

哈里森：“这就是我们的重点。我们已经找出制约因素，现在让我们挖尽它的潜能，最大限度地利用它。因此，我们轻而易举地拥有了全英国该行业最佳招募机器之一。我们招募的方式与所有竞争对手都不同，他们会发广告、收购企业，而不是用我们的方法去一个人一个人地招募。起初，我们增长的速度好像很慢，但是因为我们的招募方法正确，失败的例子就不多。这就是 TOC 的优点，如果你努力找出制约因素，你就开始明白这些事情了。”

伟福：“你有没有想过，下一个制约因素是什么？”

哈里森：“当然想过了。现在，仍然有市场可以让更多的独立财务顾问加盟我们公司。在英国，这类人员有 25 000 人，而我们旗下只有其中的 1 000 人不到。鉴于这 25 000 人的能力有高下之分，再者，不是所有人都会加盟我们。总有一天，我们会发觉，增加人手要花的力气会过高，不值得，不如把力气放在其他事情上。好，就在这时候，你说：‘计划改变了，新计划中的制约因素是什么呢？’坦白说，是留住客户的钱的能力。目前，我们做的就是把客户转介绍给各种各样的金融服务开发机构，钱会到这些机构手中，然后一部分钱会以佣金或服务费方式回到我们这里。在新方法下，我们实际上就是要让客户把钱交给我们，然后我们再把一部分钱交基金经理和人寿保险公司。那么，我们一旦成长到某一规模，制约因素就会开始移动，我们会有一个品牌，并拥有足够的资金来推广这一品牌，所以要人加盟就不再那么费劲了，在这个时候，制约因素就转移了。”

采访安托万·凡·塞尔达医生

南非比勒陀利亚大学一家医院

伟福：“你并不是个典型的高德拉特信徒，对吧？”

塞尔达：“我是有双重职务的大学教授——我是比勒陀利亚大学内科医学部主任，也是比勒陀利亚学术医院内科医学部主任。1992 年我受邀参加高德拉特在比勒陀利亚的一个课程，不是由他本人开的，而是由高德拉特学会的分会举办的。那时我对 TOC 制约法一无所知，也没有读过《目标》，参与其中可能主要还是出于好奇。”

伟福：“你想寻求怎样的帮助呢？”

塞尔达：“这样说吧，我当时坐在办公室里，托着下巴，有点沮丧，周围是一摞摞的文件和信函。我打开了一封信，又是邀请我参加课程的，但当我把它扔进废纸篓里的时候，我一下子看到了课程的价钱，它引起我注意。换算成南非货币，大约 18 000 元。我想，课程这么值钱，就值得看看，这是个为期两周的课程，讲的是生产管理，邀请函是寄给工程学院的，误投到了医学院，大学教授可以免费出席。由于我对自己部门中的一些管理问题十分头疼，下周我正好轮休，我就打了电话报名，我本来计划只参加一周，因为我的空闲时间就只有这么多，但对方说我必须参加两周的全部课程，我就说：‘好，那我就来看看吧。’”

伟福：“你去了吗？”

塞尔达：“第一周我去了，课程是讲生产及当中的逻辑。《目标》一书对这一逻辑着墨不多，如现状图之类的东西，但后来出版的《绝不是靠运气》就多得多了。正是逻辑吸引了我，因为我当时正灰心丧气，我在管理一个医学部，但是我从来没有接受过管理培训，对于管理问题，我毫无见识，突然间，我看到这可能是分析我们部门的一个方法。”

伟福：“关联在哪呢？”

塞尔达：“我们系统一片混乱，人人忙忙碌碌，但说不出所以然——就像《目标》里讲的那样。课程提及《目标》，我就买了一本，一个晚上就读完了。我想，书中所说的，就是我面对的环境，混乱的系统不一定只出现在工厂，人来人往的医院也有，可能是一大群自以为是的医生所在的部门，这就需要管理。这种相似之处令我吃惊。

现在我可以更确切地回答你的问题。你接触 TOC 制约法之前，看看你身处的系统，当中的因果关系是不明显的，换句话说，系统很混乱，你没法控制。但突然间，它变成了一个可以用某些关键点——杠杆支点——来分析的系统，你明白好好管理这些关键点就可以控制这些系统，而不只是靠一些表面的、救火式的行动。不要忘记，那是 20 世纪 90 年代初，当时系统理论之类的观念尚未走到前台成为时尚学说的一部分。虽然 TOC 制约法不谈系统理论，但它已经提出了一个主张，即通过一些关键的杠杆支点来管理复杂的系统。”

伟福：“最后你是不是参加了全部两周的课程？”

塞尔达：“是的，之后我就回到了医院。我想讲两点，第一，我的心态发生了变化。以前我觉得事事棘手，太复杂，没法管理，而现在我看到，如果我正确地分析系统，就可以管理它。这是我第一个重要突破，之后我把这个教给了很多人，他们也获得了突破。总是有解决方案的，我们终于找到了！第二，我们的门诊部，就像当时的大多数医院门诊部一样，甚至和现在世界上很多地方的门诊部一样，总被低效率和长长的候诊名单困扰。我们越花气力来应付效率问题，投入系统的钱越多，候诊名单就越长。英国全国卫生体系也有同样的问题。在我的部门中，医生处理病人的流程可以看成一条生产线，就像《目标》中讲的那样。当然，其中各步骤所需时间有所不同，人也不是机器。这些我都得承认，但是，我还是看到了相似之处。”

伟福："你从何入手解决问题？"

塞尔达："我和门诊部经理坐下来，告诉她《目标》一书所表达的原则，我们两个人，主要是她，花点时间找出了我们的制约因素。我们意识到，安排好约见，但医生或病人到时却没有来，我们就损失了大量产能，失去的时间是不能挽回的。于是我们就制定了一个电话清单，把它叫作病人缓冲，在病人接受诊治之前的一两天，我们打电话给他们，确保他们能按预约时间到医院来，如果来不了，我们就让其他病人替补。结果，产能的损失减少了。我们当时的候诊清单的排队时间有八九个月长，在行业中是很常见的。事实上，目前，英国一些医院的候诊清单的时间超过了一年。我们在大约在六个月内，就把排队时间降至不到四个月，这大约是当时南非大多数医院排队时间的一半。"

伟福："你们的医院是公立医院吗？"

塞尔达："是的，我们是国家卫生体系的一部分。换句话说，是非营利性的，病人只需支付一小部分服务费用。后来，我和南非的高德拉特学会联手进行顾问工作，面对一家很大的私营医院，有 600 张病床，是一家兼具神经外科及高科技的旗舰医院。那里的问题是手术室产能损失，由此产生的负面效应就是医生不断离职，加盟其他私营医院，情况很严重。我们发现，部门不应以自己为先，只顾局部效益，而应该问自己：'我可以做点什么事来达到医院更远大的目标——增加医院在病人处理上的流量？'相关的概念并不复杂。但实施时，动员员工就花了两个月时间，跟他们开会，每个人都制定一个行动计划，旨在保证更多病人会更快速有效地流过医院的系统。实施开始后的一年内，这家医院由原来 20%的财务预算赤字，转变为开始盈利。"

伟福："那么，你自己就成了高德拉特学会的顾问了？"

塞尔达："是的。20 世纪 90 年代初，我在一个高德拉特论坛上展示我们医院门诊部的成绩，这是第一个关于 TOC 制约法在医学界的应用报告。高德拉特聆听了我的报告之后，就邀请我以学术界会员的身份加入高德拉特学会。我的主要工作还是在大学里，但也参与高德拉特学会的顾问工作，我在采矿业中做了不少工作，都跟医疗无关！那纯粹是 TOC 制约法的应用，紧跟书本上的概念，这些活动提高了我的管理能力。”

伟福：“一名医生给采矿公司当顾问，那是怎么一回事？”

塞尔达：“你这个问题很有意思，我是内科医生，不是外科医生。换句话说，我是动脑筋的人，不是动手的人。这说法有点滑稽，但说到底，作为内科医生，诊断就是主要任务。而诊断的整个过程，不管对象是病人还是机构，都是科学方法的应用。高德拉特说他的 TOC 制约法只是科学方法的应用而已。所以，为采矿公司诊断难题及寻找解决方案的人是内科医生，可以说是很自然的了。其实，高德拉特学会使用的一些教材也参照医学模式——问接受培训的顾问：‘医生是怎么对待问题的？’这为他们诊断机构内的问题提供了借鉴。”

伟福：“这很有意思。高德拉特说过，他生命中最高的目标就是教这个世界怎样去思考。”

塞尔达：“是的。而且，在我认识他的 14 年里，他所做的事情都显示出他并不是在开玩笑。TOC 制约法就是讲思维方法的，可以说是逻辑学的一部分。换句话说，是科学方法。”

伟福：“这些有没有让你成为一个更好的医学教师？”

塞尔达：“这是肯定的。我跟你说过，诊断病人和诊断企业是同一回事，但是医生通过观察其他医生来学会诊断，而不是以一种科学方法来传授的。诊断过程当然在教授，但诊断的哲学就没有像 TOC 制约法那样传授了。传统的方式是，看着我怎样做。而我实行的方法是，让我们先看看科学方法是怎样进行的。然后看看我们能不能应用在病人身上。大多数学生都很乐于接受这一点。”

继续对高德拉特的采访

伟福：“这就行了。”

高德拉特：“还有一个案例，有如皇冠上的明珠，至少是我眼中的明珠，就是 TOC 在教育界的应用。对，在幼儿园和小学中的应用。你难道不认为不需要等到我们都成年了才在周围环境中灌入一些常识吗？”

采访凯西·苏尔肯

“TOC 与教育”机构首席执行官

一个致力于教学生 TOC 思维方法的国际性非营利机构

伟福：“你是中学老师，不是厂长，《目标》一书怎会跟你教导孩子扯上关系呢？”

苏尔肯：“嗯，一切要从大约 15 年前说起，当时我是一家中学的老师，同时也当过志愿监护人。当时我搞了一个志愿儿童数学项目，我丈夫教我怎样管理它。项目很成功，参与率达 100%。我问他：‘我下一步干什么呢？去另一家学校吗？’他回答：‘凯西，你得另找一个目标了。’六个月后，他说，‘有一本书，你一定要读读，我们在办公室里传阅，所有看过的人都在书的后页签上名字，表示值得推荐。’这就是我接触《目标》的经过。六个月不到，我给高德拉特写了一封信，信的开头说：‘亲爱的高德拉特博士，如果你走进拉克中学校长弗兰克·弗勒的办公室，你会发现他的桌子上有一本《目标》，它背后有一个故事……’接下来，我谈及我怎样运用那些点子和概念来推动这个项目。”

伟福：“你有没有收到高德拉特的回信？”

苏尔肯：“我在四天之内就收到了，还有一本他的书的最新修订本。大约一周后，我收到了高德拉特学会总裁鲍勃·福克斯的信，提出要给奖学金让我去上钟纳课程，我就去了。后来，我还上了一个钟纳培训师课程。然后，我回到学校为儿童开一个 TOC 实验班。到年底，我教的孩子们已经在使用 TOC 思维方法了，十分出色。他们是你见过的孩子中最懂得运用苏格拉底式学习方法的学生及其他小孩的老师，对我来说，这证明 TOC 对孩子是有效的，也让我进入了我现在的角色。”

伟福：“这是一个 TOC 的课程，还是使用 TOC 方法来教授其他内容的课程？”

苏尔肯：“是一个关于世界文化的课程，谈的是从不同观点看事物，与 TOC 的观念当然非常一致。我们运用 TOC 的方法来推动课程，之后我们又开了思考技巧课程，内容纯粹是 TOC 的。课程中，我们用冲突图等概念分析日常生活中的冲突。”

伟福："你怎么证明孩子接纳了这些概念？"

苏尔肯："举个例子吧，有一天，我为学生朗读《目标》一书中童子军到郊外旅行的那一段，之后我让他们填一个评估报告，问他们'这和实际生活有什么关联？最为脆弱的一环在哪里？'之类的问题，我并不是想考他们，只是想知道他们有没有明白。当天晚上，我审阅他们的答案，发现有一半人明白，一半人不明白。第二天回去，我又问他们：'决定链条强度的因素是什么？'我要一位叫麦克的男孩子回答，我知道他未学懂，他支吾了好一会，还是说不清。我也不知道怎样向他提问才可以引导他说出答案，所以我望向其他学生，知道如果叫已学懂的约翰，他就会把答案直接告诉麦克，但我不想这样。所以我说：'谁也不能告诉麦克答案，但你们可以问麦克一个问题，引导他找出答案。'这时。另一学生举手了，她说：'还记得我们画的快教与慢教冲突图吗？关于怎样保证每个人都学懂，而又让学得快的同学不会感到沉闷的问题。'在这一刻，我知道效果出来了。他们开始向麦克发问，引导他找出答案，每个人都参与其中。这是合作式学习的一个很好的例子。因为每个人都需要思考，即使他们已经知道答案，他们也得努力思考怎样引导其他人找到答案。"

伟福："你怎样把 TOC 引进那些从未教过 TOC 的学校呢？"

苏尔肯："我们通常一开始时就把 TOC 作为一个具有普遍性的概念来教，然后再看看怎样把它融入特定的课程中。开始时，由学校的训导环节入手比较容易，即应用于学生行为的改变，这看来是最明显的途径了。"

伟福："辅导员是怎样运用 TOC 的？"

苏尔肯："比如说，一个孩子因为行为问题被送到训导处，受过 TOC 培训的辅导员就会用正负面分支等工具帮助他。辅导员往往会问学生：'发生了什么事情？为什么你被送到这里来了？'然后，他们就会一起分析他的行为的因果关系，如何给他带来负面的影响等。学生会说：'如果我这样做，我就制造了麻烦，我会被抓住，送到这里来，我的父母就会被叫来。'这是问题的一条分支，毫无疑问。然后辅导员就问：'好，如果你不这样做，又会发生什么事呢？'学生就会写下另一分支——正面分支，然后辅导员问：'好，你选择哪一条呢？你

自己决定。’

第一批在加利福尼亚州的课堂中运用 TOC 的教师中，有一位是负责处理问题学生的。学生在学业及行为上都出现问题，她就教这个流程，作为一种技巧来传授，她要学生做因果关系的分支，一个男孩子写道：‘我去偷车，飙车寻开心。’她说：‘问题在哪里？’孩子答：‘这是我第一次在事前考虑问题。’最后，他去找教驾驶的老师咨询，才完成这一分支，这很棒。他现在知道了如果他被抓，后果会怎样，而之前他根本就没有想过。你怎样计算这样的成果呢？”

伟福：“从那时起，你就开发了 TOC 的其他应用范围，对吧？”

苏尔肯：“是的，而它们是相互关联的。因为行为会改变态度。或者我可以说，态度影响行为。如果一个学生能够做出较负责任的决定，而得到正面的成果，那么，他对老师和在学校的行为的态度都会随之改变，这肯定也对他的学习产生影响。另外，在过去两年中，我们努力通过本科课程的内容来传达 TOC 的学习程序。或者，可以反过来说，探讨怎样利用 TOC 这个工具来教本科课程，因为老师们不想打断课程来讲生活技巧，他们得教本科课程。”

伟福：“我知道，你已经把 TOC 介绍给了监狱中的年轻人。”

苏尔肯：“‘5 年前，我去了加利福尼亚州的一所青少年监狱，和一些青少年罪犯谈了谈，那是他们在狱中的第一天，他们以前都是帮会成员。后来，邀请我来的老师跟我说，他很担心，因为我是女性，而他们中的大多数人都曾被妈妈虐待过，我害怕他们会把我逼到墙角，对我无礼。当时，我站在那里，穿着一条产自佛罗里达州奈斯维尔的带圆点裙子，看来就有点像把他们送进监狱的人。他们不会对我有好感，这点我敢肯定，但我试图让他们告诉我，他们希望从生命中得到什么，他们只说：‘老太太，我们只是想离开这里。’我说：‘你认为仅仅离开这里就可以了吗？’

最后，一个男孩子说：‘我只想我的孩子过上更好的生活。’这些都是 16～19 岁的黑人或西班牙裔男孩子，我看着他，说：‘对不起，我不明白，你说的是什么意思？你有孩子吗？’他说：‘是的，我有一个两岁的孩子和一个婴儿。’

我把这个目标写到摇摇晃晃的旧黑板上：‘更好的生活。’我说：‘好，什么东

西阻挡着你，让你不能更好地生活？’他们答：‘嫉妒的人。’我转过身来，说：‘对不起，我不知道你们所说的嫉妒是什么意思。’因为我暗想，不是开玩笑的暗想：‘他们都在监狱中，谁会嫉妒他们呢？’这时他们说了：‘噢，但如果你回去，想脱离帮会，他们就会嫉妒，他们不想你离开帮会，你不能跑掉。’

他们还提到，偏见是一大障碍，在写这清单的时候，我在想：‘我遇到难题了。’我不知道什么方法可以克服这些孩子面对的障碍，但我不担心，因为他们自己有了答案。他们在清单上加进更多障碍。如 ‘我的过去’、‘批评’ 等，中途，他们给了我闪亮的一句：‘我，我自己，我必须改变自己，马上。’

后来，这群孩子当中的一些人给我写信，其中一个说：‘在那次谈话之前，在我看到的前景中，能够熬到 21 岁已是很难想象的事了，但是你给了我希望。’现在，让我问你：是我给了他希望吗？不是！希望来自他自己！但是，他写道：‘你给了我希望，让我知道，只要按照这些步骤来做，我就能够成功。’最后这句话很重要，这不是一厢情愿，它给了人们一个他们可以运用的程序。这样，当鼓励他们的人不在的时候，他们也会继续下去，会知其所以然，而不仅仅是知其然。”

伟福：“对于那些没有严重问题要克服的孩子来说，TOC 是否同样有用？”

苏尔肯：“当然有用，TOC 可帮助人们思考事物的意义。很多时候，甚至在富裕阶层中，学生学习的动机都是由于父母希望他们达成这样那样的目标，学习对他们来说变得没有意义，他们学习只是因为他们有上佳的环境因素。如果我们教育孩子的方式是让他们自己找答案，而不只是给他们答案，并让他们记住，那么从这些孩子身上能够释放出什么来呢？是人的潜能！作为一个老师，我常常觉得. 成绩好的学生和成绩差的学生同样会捣蛋——因为成绩好的学生觉得很沉闷！TOC 用一个学习程序就达到学习的目的，并把你的潜能带出来。”

伟福：“你为‘TOC 与教育’机构定下了怎样的目标？”

苏尔肯：“我看到有能量的学习者，看到终身不断开拓和探索所带来的快乐。我们企求的都已实现了，人们互相之间也更和善了，我认为这是真正的文明语言。有一次，我给一群老师讲 TOC，我的学生演了一个话剧，后来学生说：‘苏尔肯

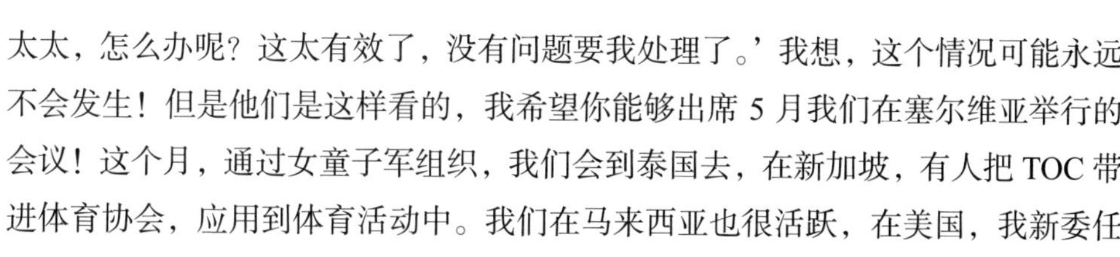

太太，怎么办呢？这太有效了，没有问题要我处理了。’我想，这个情况可能永远不会发生！但是他们是这样看的，我希望你能够出席 5 月我们在塞尔维亚举行的会议！这个月，通过女童子军组织，我们会到泰国去，在新加坡，有人把 TOC 带进体育协会，应用到体育活动中。我们在马来西亚也很活跃，在美国，我新委任的主管将在明年底开办一家私立学校，他正在编写教材，全部基于 TOC。真的，我们现在触到的，只是冰山一角。”

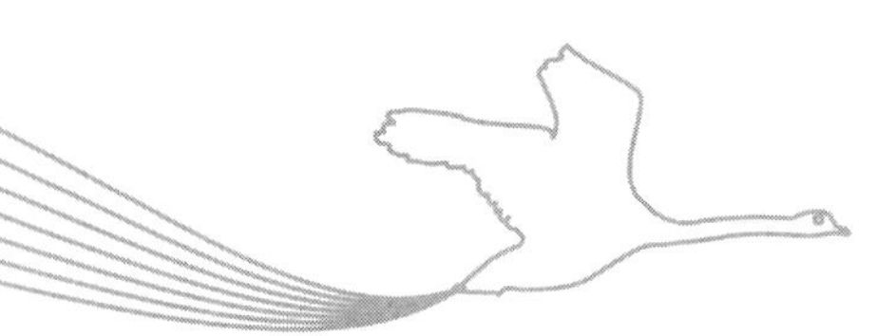

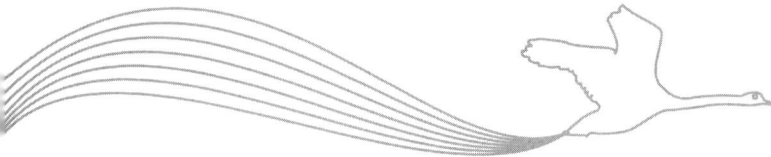

站在巨人的肩膀上

Standing on the Shoulders of Giants

作者　高德拉特

译者　高德拉特机构　区域总裁　罗镇坤

序言

要了解为什么精益生产被广被采纳，人们很自然地就会联想到丰田汽车的那段成功史，丰田汽车的成功是毋庸置疑的，今天，丰田汽车的产量与传统的领先者通用汽车（General Motors）并驾齐驱，而且有可观的利润，过去五年，丰田汽车的平均销售净利比业界高七成，而通用汽车在同一时间却在赔钱。丰田汽车的成功全归功于丰田汽车生产系统（Toyota Production System，TPS），这起码是丰田汽车管理层的看法，他们明确指出，丰田汽车的头号挑战，就是要确保 TPS 能传给下一代，一如人体的基因。

［注：TPS 在全球也常被称为“精益生产”及 JIT（Just-In-Time，“及时生产”系统）；而丰田汽车则称，由于实施及表达上的一些扭曲，精益生产还不算百分之百抓到了 TPS 的精神。］

丰田汽车已被视为日本工业界的旗舰，人们自然会猜想精益生产必定在日本大行其道，但令人惊讶的是，情况并非如此，只有不到两成日本制造商实行过或正在实行精益生产，为什么呢？

原因不在他们没有尝试实施精益生产，很多日本企业曾全力实施它，却失败了。其中一家这样的公司是日立工具工程公司（Hitachi Tool Engineering Ltd，以下简称日立），日立无法成功实行精益生产，不是由于它没有全力以赴，它曾不断尝试实行，但生产绩效不升反跌，最后不得不放弃。

同样地，大多数日本企业没有实施精益生产，不能归咎于它们对精益生产了解不多，丰田汽车非常慷慨地分享它们的知识，将所有 TPS 知识公之于众，甚至邀请它们的竞争对手到工厂来参观。日立就像很多其他的公司那样，学习所需知识，并毫不犹豫地聘请了顶尖的精益生产专家来助阵。

这些企业实施精益生产，最后铩羽而归，是有原因的。你客观地观察一家像日立这样的公司，就会明白，失败是由于不同企业的生产环境之间存在着根本性差异。当年大野耐一（Taiichi Ohno）开发 TPS，他并非为了搞一些抽象的概念，他是为他的雇主丰田汽车而开发的，大野开发出来的运作方式在其他截然不同的生产环境不适用，那就一点都不奇怪了，但这不代表大野的成果对其他环境没有价值。当你了解到，他起初面对的情况跟这个是如此相似，你就会惊叹他的确是一位天才。那时候，制造业最具革命性的生产系统，是亨利·福特（Henry Ford）所开发的流水线（flow line）模式，福特的模式不仅用于几乎所有汽车装配作业，还用于很不同的产业，如饮品制造及弹药生产，同时，大家也明白，流水线模式必须（也只能）用于特定的生产环境——产品的需求量极高，值得为一个产品专设一条生产线。如果产品需求量不高，没有人会考虑实行流水线模式的，没有人，除了大野。

大野明白，福特系统背后的概念是有其普遍性的，他知道福特的模式只能用于某些环境，但概念本身是放诸四海而皆准的，大野有清晰视野，确定要从基本概念重新开始，他也有天赋才华来设计一个新的生产模式，以针对丰田汽车的环境，在该环境下，为生产一种零件而安装一套专设的设备是不可行的；他也有不屈不挠的毅力，来克服实施他的模式过程中的巨大障碍，最后得出的成果就是TPS。

我们不应回避接纳正确的概念，更不应强行要一个明显迥异的环境采纳一个模式，让我们一同来追寻大野的足迹吧。

在本文中，我将陈述：

✓ 供应链的基本概念，即精益生产所依据的概念。

✓ 这些概念所引申出来的一个更具普遍性的、可用于更广泛环境的运作模式。

✓ 日立采取了这个更广泛的运作模式后所达到的成果。

历史背景

全球的制造业，受两位伟大的思想家的影响极大：亨利·福特和大野耐一。福特令大批量生产革命化，他推出的是流水线，大野用了福特的点子，并在他的TPS中将它推高至另一层次，TPS系统迫使整个工业界改变对库存的看法，从视之为资产，变为视之为负债。

福特模式的基点是，有效的生产，全靠聚焦于加快产品在车间的流动（flow），他取得的成绩是那么卓越，以致自1926年开始，由开采铁矿到将一辆由5 000多个零件组成的车子放到火车上准备运走，所需的只是81小时而已，之后的80年内，全世界没有一家汽车制造商能做到或接近这样的成绩。

流动是指库存在生产线上的移动，当库存不动，库存就会累积，累积的库存会占用空间。因此，要加快流动，直觉上就必须限制容许库存累积的空间，福特限制了每两个工作站（work centers）之间可容纳在制品（work-in-process）的空间，这是流水线模式的精髓，尽管最早期的流水线连输送带等可以协助将库存从一个工作站转移到下一个工作站的机械设备也没有。

福特的方法非常果敢，当你了解到限制上述空间所带来的直接后果，你就会明白。一旦这空间满了，生产产品进入这空间的工人就必须停下来，因此，为了加快流动，福特必须废止局部效率的追求，换言之，流水线是违背传统智慧的，人们一直认为，要有效运作，每个工人、每个工作站都必须用百分百的时间在工作。

你可能认为不让资源不停地工作会降低有效产出（through- put）。如果福特的行动仅在于限制生产线上的空间，这负面效应可能真的会发生。但防止库存累积也产生了另一效应：阻碍流动的问题会被凸显出来，马上发觉——当一个工作站停下来一会儿，很快地整条生产线也会停下来，福特利用这个特点来更好地平衡流动，方法是尽快解决及排除明显地引起停顿的原因。大力平衡流动，不讲局部效率，结果是有效产出的大幅提升。如果以每位员工的有效产出来衡量一家公司，福特是当时整个行业之冠。

总的来说，福特的流水线模式是基于以下四概念的：

1. 加快流动（或缩短生产所需时间）是工厂的主要目标。

2. 这项主要目标应该转化成一套具体的机制，以决定何时不应生产（以防止过度生产）。

3. 局部效率必须废止。

4. 一套聚焦于平衡流动的程序必须就位。

跟福特一样，大野的主要目标也是加快流动——缩短生产所需时间，这点从他如何描述丰田汽车在干什么就看得出来，他说：“我们所做的一切，就是紧盯从客户给我们订单，直至我们收到钱的时间，我们就是要缩短这时间。”

当大野要实行上述第二个概念时，他碰到一个几乎无法跨越的障碍。一如福特所言，当某产品的需求量很高时，为该产品专设一条生产线是值得的。可是在当时的日本，市场需求的汽车款式多但每款的数量少，因此，大野不能在丰田汽车搞专用生产线。正如前述，所有面对这种情况的其他企业，都会干脆放弃考虑流水线模式算了，但大野仍在琢磨一个想法——如何在每个工作站都生产多种零件（设备不为某产品专设）的情况下，仍然可以用流水线？难处在于，用福特限制空间的做法会导致生产线大拥塞——当空间已满，上游工人就必须停工，装配所需的某些零件就会拿不到，装配就无法进行。

大野记述，当他后来听到超级市场这个概念时，就醒悟到他已找到了解决方案（这远早于他在 1956 年访美时真的看到一家超市时）。他了解到，为了进行装配，丰田汽车的每条零件生产线都需要应付大量不同的产品，超市也需要应付大量不同的产品。在超市，产品并没有塞在走道上，而是放在店后的小仓库中。在店中，每种产品只获分配有限的货架空间，只有当一件产品被顾客拿走，从小仓库补货的动作才启动，以填补该产品所造成的货架空间。大野希望找到一个机制，能够告诉丰田汽车的工人何时不应生产，他不倚赖限制工作站之间的空间来限制在制品的生产，但他必须限制每种零件允许累积的数量，根据这个思路，大野设计出看板（Kanban）系统。

看板系统在许多文章和书籍都有描述，在本文中，我只陈述系统的要义，以检视大野有否紧跟以上四概念。他在生产线上放置“容器”，在每两个工作站之间，以及每个零件，库存的累积受既定的容器数目及每个容器可容纳的零件件数所限制。这些容器，就像所有用容器的行业那样，也盛载相关文件，但当中的一张纸牌的作用非比寻常，它就是看板，只标示零件名称及容器容量（多少件零件）。当下游的工作站拿走一个容器的零件进行处理时，纸牌不跟随容器一起被拿走，而是被交到上游工作站，这就等同一项通知，让该工作站知道一个容器已被拿走，即既定的库存量下降了，只有在这种情况下，上游工作站才会被允许进行生产（产量是纸牌上标明的容器容量）。看板系统就成为一个实际的机制，告诉员工何时不生产（防止过度生产）。大野成功地将福特的概念扩展了，将机制的基础由空间改为库存。

要依从流动概念，局部效率必须放弃，大野在他的书中一再谈及这点，并强调，如果短期内产品没有需求，硬要工人生产是没有意思的。这项强调，大概是丰田汽车外的人们称 TPS 为及时生产（Just-In-Time production）的原因。

看板系统指挥何时不生产，一旦在车间实施了，有效产出就会马上下跌，必须大力平衡流动。相对于福特所面对的挑战，大野面对的挑战起码大一倍，要了解挑战有多大，只要点出多项因素之一就够了。跟专用生产线的情况不同，大野要求工作站频繁地进行转换，从生产一种零件转到另一种，对大多数工作站而言，每次转换花的时间不少。由于容器一般都不大，只盛载小量零件，因此生产批量（batch），相对于所需的转换时间，是荒谬地小，起初很多工作站花在转换的时间比生产还多，令有效产出明显地下降，难怪大野面对极大阻力，以致他说，20世纪40年代后期至60年代初期，他的系统被称为“讨厌的大野系统”（Abominable Ohno System）。无可置疑，大野（与他的上级主管）确有非凡的决断力与远见，坚持继续实施这个系统，人们却从一个局部的角度看，认为这系统实在匪夷所思，生产线上大部分工人也是这样看的。

大野必须想办法对付转换的障碍，一直以来，处理转换的一般做法就是加大批量，“经济批量”（Economical Batch Quantity）是数以千计论文的热门题目。大野不理会所有这类说法，因为搞“经济批量”，等同宣判他缩短订单所需时间的努力死刑，相反，他坚决地认为所需的转换并不是铁板一块的，并说工序是可以调整的，令所需转换时间大幅缩短。他统领一系列行动来开发及实施将转换时间缩短的技术，最终令丰田汽车所有转换都能在几分钟内完成，难怪人们现在将精益生产和小批量及缩短转换时间的技术牢牢地挂上了钩。

可是，要平衡流动，仅靠克服转换这个障碍还是不足够的，大多数工作站并非专用于一种零件，那就几乎不可能用肉眼察觉出阻碍流动的真正问题。大野十分明白，生产线上有太多事情是需要改善的，如果没有一个好方法来将改善的力气聚焦，要平衡流动是极为费时、费力不讨好的。

看板系统其实也给了他这个方法，精益生产的石头与水位的比喻，有助了解这是如何办到的。水位代表库存量，而石头就是阻碍流动的麻烦事件，河床上有很多石头，移除它们得花时间和力气，问题是，哪些才是值得移除的关键石头？答案是，将水位下降，露出在水面上的石头就应该被移除。在看板系统开始实施时，为了达到合理的有效产出，大野必须一开始就用很多容器，每个装着相当大量的某一零件，逐渐地，大野减少容器的数目，然后又减少每个容器所装的零件量。如果流动还没有明显地受到阻碍，就继续减少容器数目与每个所装的零件量。一旦流动受到阻碍，就用“五个为什么”这个方法来找出根源“因”（root cause），该问题必须先解决，容器数目与每个所装的零件量才可以继续减少，这过程得花时间，但最后结果是生产力的大幅提高。

大家应该注意到，过去 20 年，虽然所有其他汽车公司都实施过某种版本的丰田汽车系统，并取得成绩，丰田汽车的生产力仍然是其他汽车公司望尘莫及的，这个事实彰显了找一个好方法将局部改善聚焦的重要性。遗憾的是，其他公司的改善工作往往被误导，只专注于节省成本，而不是全部聚焦于加快流动。

大野花了那么多力气缩短转换时间，不是为了节省一些成本。如果节省成本是他的目标，他就肯定不会进一步缩小批量，因为这样做会大大增加转换的次数，令省回来的时间又白白浪费掉。大野不是为了省钱才大力减少不良零件的数量，而是为了排除不良零件可能带给流动的重大冲击。大野甚至没有试图从丰田汽车的供应商那里挤压出更好的价格，或者减轻丰田汽车在员工薪资上的支出（这两项都是主要成本），而是将他的全部精力用于加快流动。

很多人都没有看清的是，聚焦于流动，以及不强调局部的成本考虑，反而令成本下降，员工的效率也大大提升了。这看来很奇怪，就是因为管理人员尚未真正理解——引导员工聚焦于提高有效产出与聚焦于降低成本有何概念上的区别。聚焦于降低成本，会令几乎所有促进持续改善的举措很快就出现效果下滑现象，最终令举措变为空谈。这是一个既广泛又重要的大课题，让我在其他场合另做陈述吧。

概括而论，福特和大野都遵循以下四个概念（在下面，让我们称为供应链概念）：

1. 加快流动（或缩短生产所需时间）是工厂的主要目标。
2. 这个主要目标应该转化成一套具体的机制，以决定何时不应生产（以防止过度生产）。福特利用空间，大野利用库存。
3. 局部效率必须废止。
4. 一套聚焦于平衡流动的程序必须就位。福特用的方法是直接观察，大野靠逐渐减少容器数量，然后逐渐减少容器中的零件数。

TPS 的适用范围

大野发明的精益生产，在应用方面，给我们带来了一个重要信息：应用（application）和该项应用所依据的基本概念，是两回事，基本概念具有普遍性，而应用是基本概念在一个特定环境的演绎。正如我们已经看到的，应用不是琐事一宗，它往往需要多个解决方案要素一同出击。我们必须记得的是，应用会对所处环境做出假设（有时候是隐藏的假设），如果那些假设对一个环境是无效的，我们就不应期望在该环境下的应用会有效运作。只要我们愿意明确地道出并正视这些假设，就能避免挫折及浪费大量精力。

TPS 对生产环境所做的最严格假设是，该环境是稳定的，它要求在三方面得到稳定。

第一方面，实施精益生产，需要不少时间，即使所选的环境是很理想的，而且实施是由最好的专家来主导的，也是如此。不少知名专家的文献指出，要实施精益生产，每条生产线需要起码 6 ~ 9 个月，这并不奇怪，如果你了解到任何生产环境几乎都会遇上的流动上的阻碍是多么多样化，也了解到一旦开始达到低库存效果，看板系统就会变得多么敏感的话。由于看板系统实施需时，因此相关的假设就是，生产环境是相对稳定的，换言之，在一段相当长的时间内，工序及产品不发生重大变化。

丰田汽车是处于一个相对稳定的生产环境，汽车产业一年只容许一次改变（车款的年度改变），而通常从一年到下一年绝大部分零件仍然是一样的，在许多其他行业，情况就不是这样的。以大部分电子产业为例，大多数产品的生命周期短于六个月。在一定程度上，产品及工序的不稳定性存在于绝大多数行业，例如，日立生产切削工具，产品类别本身是相当稳定的，但激烈的竞争仍然迫使这家公司每六个月就要推出新科技切削工具，在这样的环境中实施精益生产，是徒劳无功的。

第二方面，TPS 要求每种产品在一段时间内的市场需求相当稳定。假设生产某产品需时两星期，但该产品的需求是零散的，平均每季只有一张订单，该产品在生产线上成为在制品只是每季两星期，其他时间它根本不会在生产线上出现。可是，在精益生产的模式下，情况不是如此，精益生产要求在每两个工作站之间永久放置每种产品的容器和零件。

日立生产超过两万种不同的 SKU，而大多数 SKU 的需求是零散的。在每两个工作站之间，每个 SKU 需要永久持有库存的规定就会导致——在日立而言——持有比现在还要多很多的在制品库存，显然这种环境并不适宜用大野的模式。

第三方面，最严格，TPS 要求各订单带给各种资源的总工作量负荷是稳定的。

假设，像大多数公司那样，订单量是波动的，这个星期某工作站的负荷可能比它的产能低，而下星期，负荷却比产能高，在这种很常见的情况中，看板系统将导致下星期出现迟交货情况，原因是精益生产不容许提前生产。丰田汽车的订单量相当稳定，丰田汽车仍然必须建立一个程序来接订单及对交货期做出承诺，以严格控制产品组合从这个月到下个月的变化。大多数公司就没有能力强制客户们如此厚待它们。

请注意，所需的稳定性是生产部无法以一己之力提高的，这点很重要。上述关乎稳定的三个方面，都跟公司如何设计及销售它的产品有关，而跟如何生产它们无关。遗憾的是，大多数公司都在起码一个方面受到不稳定之苦，如果不是全部三个方面的话。

上面所述，并不意味着如果精益生产的假设并不适用于你，你就连精益生产的任何部分也不可以用上［例如，U 型生产单元（U-cell）对许多环境就很有用，而缩短转换时间的技巧在几乎所有环境都适用］。但这确实意味着，在这些环境中，你不能期望取得像丰田所取得的那么高效的成果，即那些提升丰田汽车至现今地位的成果。用了某些精益生产技巧，并对某些节省成本的成果感到满意，并不等同实施了精益生产。

在相对不稳定的环境中，流动的重要性在哪里？

福特与大野扩展了我们的视线，让我们领悟一个现实——快速流动（缩短生产所需时间）会令生产更有效。他们已在稳定的环境中证明这个了，但在相对不稳定的环境中，加快流动的影响又如何？

不稳定性的第一方面，是由于短的产品生命周期造成的不稳定性。产品生命周期很短的话，过度生产就会引发不少过时报废（Obsolescence）。另外，产品生命周期短，再加上长的生产时间，就会导致市场需求没法获得满足，例如，假设某产品的生命周期是约六个月，而它的生产所需时间是两个月，这么长的生产时间会导致营业额损失，这不是由于没有需求，而是由于生产需时甚久，导致补货不够快。

不稳定性的第二方面，是每个产品的市场需求在一段时间内的不稳定性。当企业有很多需求甚零散的 SKU，惯常做法是由库存应付需求，以减少生产上的麻烦。这个做法的缺点是成品库存很高，周转极慢及缺货频密。生产系统如果能够有效组织车间，令流动大大加快，会为这些环境带来非常重大的裨益。

不稳定性的第三方面，是整体负荷的不稳定性。受这不稳定性之苦的环境，可从流动加快中得到最大的好处。各种资源间歇性地负荷过重，通常导致这些企业的准时交货率差（低于 90%），结果是，它们倾向于增加产能。经验显示，当这些公司成功大大加快流动，不仅它们的准时交货率会大幅跳升，高达 50%的剩余产能也会浮现出来。

大野证明了，福特鼓吹的概念并不局限于大量生产的单一产品。尽管将这些概念用于较没限制的环境时，所遇到的障碍看来是极难克服的，大野以他的天赋才华与毅力向我们证实了这是可行的，他还告诉我们如何办到。

我们现在领悟到：

- TPS 只适用于相对稳定的环境。
- 大多数环境都受不稳定性之苦。
- 相对不稳定的环境可从加快流动中得到的裨益，甚至比稳定的环境更高。

以上我们现在都明白了，我们是否应该随着大野耐一的足迹，继续探索？我们回到供应链概念，试找一个适用于相对不稳定的环境的有效方法，好吗？

以时间为基础的供应链概念应用方式

要限制过度生产，最直观的机制基础，不是空间或库存，而是时间——要防止过早生产，就不应过早发放物料。以时间作为基础，不仅更接近直觉——因此更容易被车间工人接受——还有一大好处，这个基础更适合不稳定的环境——尽管流动遇到阻碍，在以时间为基础的机制下，流动所受的冲击却会低得多。

以时间为基础的机制较扎实，原因是，它直接控制系统中的整体工作量，而不是借限制每两个工作站之间的工作量来办到。在流水线或以看板为基础的系统，两个工作站之间的库存被限制在仅仅最低的量（通常远比一个小时的工作量少）。因此，当一个工作站停下来，下游的工作站几乎马上“挨饿”，而上游的工作站也因空间出现“拥塞”而必须停下来，当任何工作站在挨饿及拥塞上所耗的时间超过该工作站的剩余产能，公司的有效产出就会受到损害。流水线及以看板为基础的系统这么敏感是由于，当一个工作站遇到阻碍，也会消耗其上下游工作站的

产能。这现象在以时间为基础的系统中，却几乎不存在，因为物料一旦投入车间开始流动，就不被人为地限制。

要实行一个以时间为基础的系统，难处在于，我们需要在每张订单的承诺交货期之前的一个恰当时间发放相关物料，但是，怎样计算这个时间才恰当呢？当计算机在 20 世纪 60 年代初出现，似乎我们终于有了合适的工具来处理很大量的计算及数据细节，以得出发放订单上每种物料的恰当时间。10 年内，全世界许多公司开发了计算机程序，就是为了计算这个。但遗憾的是，大家期望的快速流动及低在制品库存并没有实现。

问题在于，将物料转化为成品所需的时间，受排队的影响极大，远高于接触时间（touch time）的影响（这里所说的排队，是指等待一个正忙于另一订单的资源，或者等待另一零件到来进行装配）。众所周知，在几乎所有工业生产运作中（除了特殊加工线或使用看板系统的），一个批次的零件的加工时间只约为全部时间的 10%。因此，何时发放物料的决定，也决定了排队长龙有多长及在哪里出现，这也继而决定了完成订单需要多少时间，这因此决定了何时发料，你看，我们正面对着一个鸡生蛋与蛋生鸡的问题。在 20 世纪 70 年代，有人建议解决这问题的方法是重复执行计算机操作程序（闭环物料需求计划），来核查所得出的各资源的计划负荷（排队的长龙有多长），负荷过重的话，就调整交货期，以消除负荷过重现象，这个程序一直重复下去，直至所有负荷过重现象都被消除。这个建议没被采用多久，因为经验证明，这个程序无法聚合，不管重复运算多少次，结果都是，负荷过重的情况只是从一种资源转移至另一种资源而已。

结果，20 世纪 70 年代这些计算机系统，就已经不是主要用来计算发放物料到生产线的确切时间，而是局限于提供较佳的采购资料——何时向供应商发订单及买多少，连这些系统的正式名也只局限于它们的最主要用途——物料需求计划（Material Requirements Planning，MRP）。

如此庞大的一番努力，并没有得出一个实用的以时间为基础的机制来指导生产线何时不要生产，但这个事实不应被视作一个证据，来证明为一些较不稳定的环境开发这机制是不可能的，它甚至不应阻止我们尝试以时间作为一个实用机制的基础，但它应被视为一项警告，告诉我们不要继续以处理大量数据细节及计算来得出这个机制，真正需要的是一种接近鸟瞰的方式。

让我们回到最基本的概念，跟随着供应链的原理，我们的目的是加快流动，缩短生产所需时间。以时间（而不是以空间或库存）作为机制的基础，来指引生产线何时不要生产，这就意味着我们应致力在订单的承诺交货期之前的一个恰当的短时间及时（Just-In-Time，JIT）发放相关物料，但这里所说的及时，是指什么呢？虽然 JIT 这个词是精益生产的主要概念，它的含义只是比喻性的，而不是量化的。就精益生产而言，及时生产肯定不表示刚刚完成处理的零件必须已准备好在下一秒、下一分钟或下一个小时送走，其实，即使在最佳的看板系统，最有可能发生的是，这件零件不会马上被下游工作站加工，证据是，满载的容器经常在工作站之间等待。那么，什么时间才算及时呢？更明确地说：如果我们想以限制发放物料来限制过度生产，我们应在订单承诺交货期之前多久发放物料呢？

要得出合理答案的一个方法是，看看所选时间的长度会否导致管理人员需要花大量精力来确保所有订单准时完成，假设我们选择的发料时间是承诺交货期减去订单的真正加工时间，这个选择就意味着管理人员必须非常紧密地监察生产线运作，因为当中任何工序出现延误，甚至在工作站之间的物料移动出现一点延误，都会导致交货期丢失。还有，由于任何排队长龙都会令排队中的零件延误，必须有精确的排程以确保排队长龙不会出现。这样的选择明显地不是一个可行的选择，即使管理人员投入无限量的注意力，也不能令所有订单准时交货。我们必须选择长一点的、包含安全时间的时间，来对付延误。由于包含了安全时间，从物料发放至承诺交货期这段时间就有理由被称为“时间缓冲”（time buffer）。

选择较长的时间缓冲，会拉长生产所需时间，并增加在制品库存，但由于较长的时间缓冲意味着较多的安全时间，我们就可以预期所需的管理人员注意力会较少、较多订单能准时或提前交货，对相对短的时间缓冲来说，这个推论是对的。但当时间缓冲是相当长时，另一个麻烦就开始浮现。必须记得，选择的时间缓冲越长，物料越早发放，就意味着更多订单同时在车间出现，当太多订单在车间出现，堵车开始发生，堵车发生越多，就需要管理人员越多的注意力来排解优先顺序的纷争。所需的管理人员注意力，相对于所选时间缓冲的大小，其关系如图 8 所示。

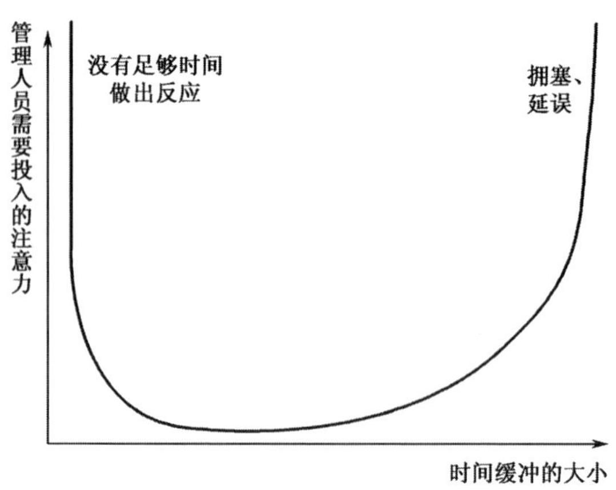

图 8

成功实施福特或大野的系统的企业，正享受着比实际接触时间只长几倍的生产所需时间，管理人员几乎不用投入任何注意力去引导车间员工应该马上为哪些零件进行加工，他们肯定落在图 8 平原的左边，但绝大多数的、仍用一般方式的企业，会落在图中什么位置呢?

正如上述，在一般工厂，零件批次只需 10%的时间进行加工，大约 90%的时间，批次要么是在排队等待一个资源，要么就是在等待另一零件的到来，以完成装配。我们从福特，更多的是从大野那里，学到我们不应视批量为铁板一块而必须接受，经济批量并不经济，相反，我们应致力于（并且能够）达到一件流（one-piece Flow）。有了这个信念，你就很容易了解，当一个批次正进行加工（除了那些像混合或固化处理的工序），实际上只有一件零件正在被加工，而批次的其他零件都在等待。这意味着，在以 10 件以上作为批量的一般工厂（绝大多数生产环境都是如此），接触时间其实只是生产所需时间的 1%还不到。这类工厂的另一典型现象是，不管正式的优先顺序系统是什么（如果正式的优先顺序系统确实存在的话），真正运行的优先顺序系统是：“急!”、“非常急!!”、“停止一切，先做这个!!!”。这些公司显然是在图 8 右方的斜坡上。

身处右方的斜坡上，这意味着双输的局面，不管管理人员投入多少注意力，生产所需时间（相对于接触时间）还是很长，而在许多情况下，公司受着准时交货率差（90%以下）之苦。请注意，如果公司选了一个较短的时间缓冲（图 8 中平原的位置），情况就会好得多了，那么，为什么有这么多以一般方式运作的公司处于双输的境地呢？

答案来自福特与大野，通过他们的身体力行，他们决定性地证明了，跟一般信念相反，致力令所有资源不停开动，并非达到有效运作的法门，反而，恰恰相反的做法才是对的，要有效运作，局部效率必须废止。然而，一般公司却尝试令资源不停开动，如果生产线上游资源不是瓶颈（绝大多数环境是这样的），有时候它们会没有工作，为防止这情况出现，他们就发放物料——那些较远期订单所需的物料（甚至纯是基于销售预估的生产单的物料）。这样，无法避免的后果是，更长的排队长龙，长龙令一些订单延误，这接着被诠释成：我们应更早发料！同时也被诠释成：我们没有足够的产能！不难想象，这几股力量是如何将公司推上图 8 上的斜坡的。

要加快流动，一个好的起始行动是选择现今的生产所需时间的一半作为时间缓冲，这个选择能确保公司处于图中平原位置，浪费时间去寻找或计算一个最优缓冲是没有意义的。可得的裨益太重要了，马上用这样大小的时间缓冲吧，而接下来的平衡流动的努力会令图 8 中平原上的位置一再改变。

将物料的发放限制于订单的承诺交货期减时间缓冲（现今生产所需时间的一半），将大幅改善准时交货表现、缩短生产所需时间至现今的一半、渐渐减少生产线上的在制品库存至低于目前水平的一半。

然而，我们不能期望仅以这项改变就能将准时交货率推至极高。车间尚有许多订单，资源前面尚有排队的长龙，不理顺工作的次序，仍然会令不少订单延误，因此，需要建立一个优先顺序系统。建立优先顺序系统的需要，不应为复杂精致的厘定优先顺序的计算法打开闸门。简单地说，进来的订单数量不断在变，每张订单的工作内容都不一样，排队长龙的长度也不断在变，不要忘记，阻碍仍在发生，这是个有高度变动性的环境。舒华特（Shewhart）从物理学带给制造业一个教训，而戴明（Deming）使之闻名全球，那就是，试图做到比噪讯（noise）更精确，（就我们而言，试图在一个高度变动性的环境中，使用复杂精致的计算法来处理每个可能的因素），并不会改善什么，反而令情况更糟，结果肯定不是改善，而是令准时交货表现倒退。

当我们认识到，时间缓冲（现今生产所需时间的一半）还是比接触时间长很多，而因为它大大减少堵车，在不需要任何干预下，很多订单将可以在时间缓冲的首个 1/3 内完成，而绝大多数订单可在时间缓冲的第二个 1/3 内完成，一个直截了当的优先顺序系统就冒出来了。根据这样的理解，优先顺序可由“缓冲管理”（buffer management）来定，每个批次由发放至今的时间都有记录，如果已用了的时间未达时间缓冲的 1/3，其优先顺序就是绿；如果已用了的时间超过 1/3 但未达 2/3，优先顺序颜色就是黄；如果超过 2/3，颜色就是红；如果已过承诺交货期，颜色就是黑，黑色的优先顺序比红色高，以此类推。如果两个批次颜色相同，争论哪个应该先做，就是试图做到比噪讯更精确的最佳例子。

在车间设置这样的系统是相对容易的，第一步，并不需要进行任何实物性改变，只是抑制物料发放至承诺交货期减现今生产所需时间的一半，并指导车间遵循颜色优先顺序系统。相对于所花力气，效应会是可观的。想知道第一步所带来的影响，以及耗时多少来达到改善，请看图 9，它显示一家有 2 000 人的厨具厂延误订单所占的百分比。

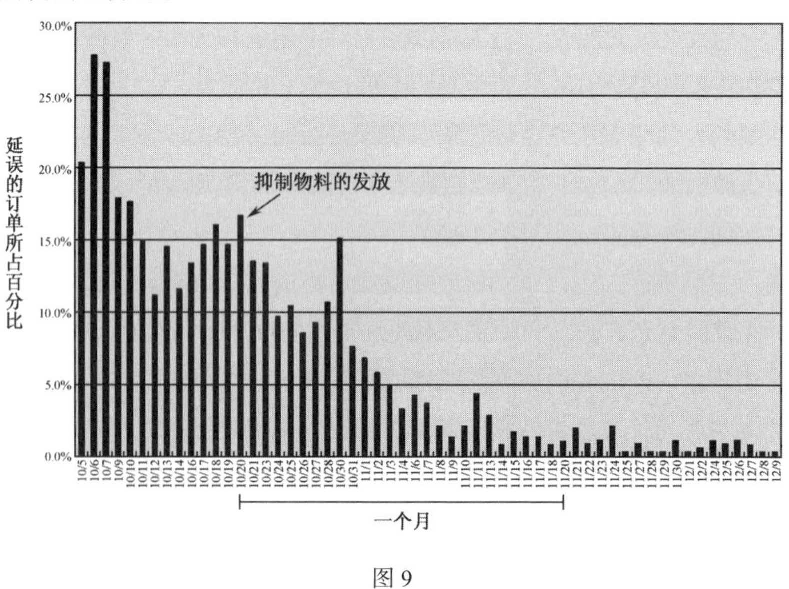

图 9

当然，局部效率必须废止，否则过早发料的压力将会持续存在。经验显示，车间的每位员工了解这做法的好处，会令这项变革的阻力几乎变为零。

但是，大多数环境仍然有订单延误、仍有极大改进空间需要尽量利用，供应链概念四必须上位——一套聚焦于平衡流动的程序必须就位。

要平衡流动，第一个步骤相当容易，抑制物料的发放，就可以暴露出大量剩余产能，但很可能有些工作站的剩余产能比其他工作站少，这些工作站很容易显露出来，因为它们面前有排队的在制品长龙。由于局部效率已被废止，这有助于找出一些简单的方法来增加它们的产能，例如，确保“产能制约资源”在午饭、小休及班次交接时间不停下来，或者将工作分流给效率较低但有不少剩余产能的工作站来做等。

由于上述行动为导致排队长龙的工作站增加有效产能，长龙会变得短了，较少订单跑进缓冲的红区了，这意味着时间缓冲变得不必要长了。想调整时间缓冲而又不冒准时交货表现下滑的风险，一条有效法则是，当红单的数量少于已动工订单总数的 5%，就缩小时间缓冲；当红单的数量超过 10%，就加大时间缓冲。

遵循上述做法的机构，会在几个月内达到非常高的准时交货率、生产所需时间大幅缩短并有了足够剩余产能。就在这时，真正的挑战来了，以往，对暴露出来的剩余产能，管理层的反应往往是“精简”（Right Size）它，以赚取节省成本的好处，这是大错特错，这“剩余产能”通常是员工，员工刚在协助公司改善中立下汗马功劳，而直接后果（“奖赏”）却是，他们或他们的工友失去职位。在所有曾出现过这种行为的机构中，不可避免的反作用是，工厂的表现迅速退化至比开始前更糟。我期望管理层这种行为已远去，永不再发生。

处理暴露出来的剩余产能，较理智的做法是尽量利用它：鼓励销售团队利用已大大提升的运作表现去抓取更多订单，而销售的增加会很容易令生产线出现真正的瓶颈，向客户提出新单的承诺交货期时，不理会瓶颈的有限产能，会导致准时交货表现倒退、客户不满及销售受挫。加强销售与生产之间的联系因此极为重要，这是真正的挑战，一套系统必须就位，以确保每个交货期承诺，都是依据瓶颈尚未动用的产能来做出的。

瓶颈为所有订单提供运作“节奏”，犹如鼓之于“鼓声”（drum beat），瓶颈就是“鼓”（drum）。时间缓冲（buffer）将承诺交货期转化为物料发放日期，而抑制物料的发放，这行动就是一根绳子（rope），将订单和发料绑起来。因此，这个以时间为基础的 TOC 应用专题被称为鼓–缓冲–绳子（Drum-Buffer-Rope，DBR）系统。

企业也应实行一个记录及定期分析红单因由的程序，并采取实际行动清理或

剔除导致红单出现的因素，最终令运作表现更进一步提升。

日立的例子

日立工具工程公司是一家资金达 240 亿日元的公司，设计与制造超过两万种不同的切削工具，大多数产品的需求是零散的，而行业的习惯令它们必须每六个月就推出新产品系列，当新产品系列推出时，旧系列就过时报废，难怪它们在精益生产上的努力并不成功。

2000 年，日立开始在日本的四家工厂之一实施 DBR，准时交货率由 40%跳升至 85%，在制品库存及生产所需时间减半，并能够以不变的员工人数多出 20%产品，这鼓励了它们将实施规模扩大，到了 2003 年，四家工厂全都实施了 DBR。

由于生产所需时间大幅缩短，以及对市场需求的反应能力大大加强，这令供应链（分销商）的库存可以由 8 个月大幅减少至 2.4 个月，库存降低令分销商的投资回报大大提升了，也释放出不少现金，加强了他们同日立的关系。难怪分销商在销售产品的种类中，扩大了日立产品所占的份额，这导致日立的销售在一个稳定的市场增加了 20%。

当我们评价这家公司的盈利表现，并考虑到在 2002 年至 2007 年，原料（金属）价格上涨的幅度比切削工具售价的涨幅大得多，DBR 对绩效所造成的真正影响就浮现出来了。在这种恶劣条件下，公司利润本应全泡汤了，相反，日立工具工程公司的税前净利由 11 亿日元（2002 年 3 月为止的财政年度）跳升至 53 亿日元（2007 年 3 月为止的财政年度），即 5 年内净利变为 5 倍。2002 年至 2007 年，日立工具工程公司的利润率由 7.2%增加至 21.9%，这在该行业是前所未有的。

DBR 的适用范围

正如前面所述，应用（application）会对所处环境做出假设（有时候是隐藏的假设），如果那些假设对一个环境是无效的，我们就不应期望在该环境下的应用会有效运作。DBR 所做的假设是很明显的，DBR 假设接触时间——相对于现今的生产所需时间——是很短的（低于 10%）。这个假设对几乎所有典型的生产环境都适用。但 DBR 的确不适用于另一大类运作环境——项目环境。

在项目环境中，接触时间比较长，由于客户渴望项目顺利完成，这迫使企业承诺很短的完工时间，只比接触时间长两倍（或者，较罕有地，三倍）。难怪在项目环境中，表现通常是那么差劲，以致没有人敢奢望项目会准时完成、不超支、交货内容会一如承诺，苦果唯有无可奈何地照吞。但是，这个事实不应让我们忘却一个结论——由于 DBR 的假设不适用于项目环境，TOC 应用专题 DBR 是不宜在项目环境中实施的，另一个（针对较长的接触时间的）TOC 应用专题——关键链项目管理——需要用上了。

《目标》角色关系表

罗哥	优尼公司的一家工厂厂长
唐纳凡	工厂生产主管
刘梧	工厂财务主管
史黛西	工厂物料主管
芙露兰	罗哥的秘书
雷夫	计算机中心主管

格兰毕	优尼公司总裁
皮区	事业部主管、罗哥的上司
美姬	皮区的秘书
萨尔温	皮区的幕僚
史麦斯	事业部生产力经理
费鲁士	事业部财务总监
郭维兹	事业部助理财务总监
强斯	营销经理

丹普西	班次督导员
吕伊	领班
东尼	机械师傅
蓝斯顿	品管经理
史宾沙	热处理部门督导员
海利	热处理部门领班
狄孟迪	NCX-10 机组督导员
佛瑞德	催货员
彼得	零件组合部门员工

杜林	人事部经理
芭芭拉	雇员沟通组主管
奥当奴	工会领导人
马天赐	工会干事

茱莉	罗哥的太太
莎朗	罗哥的女儿
大卫	罗哥的儿子
保罗	罗哥的叔叔
丹尼尔	罗哥的哥哥

朗尼	童子军
安迪	童子军
班恩	童子军
查克	童子军
伊凡	童子军
贺比	童子军

柏恩赛	优尼公司最大客户的总裁

钟纳	大学教授

持续学习

亲爱的读者：

看完这本书，您可能有兴趣更深入地了解这本书背后的TOC制约法（Theory Of Constraints），我乐意与您分享这方面的知识，让您继续追寻TOC的奥秘。

两步骤：

步骤（1）请先扫一扫右边这个二维码，立即跟我在微信上建立联系，交个朋友，方便您随时找我提问此书的事及您对TOC的任何疑难，并且知悉TOC课程等活动的消息。

微信号wlaw1947

然后，步骤（2），请扫一扫下面这个二维码，进入我为大家组建的“TOC知识宝库”，详细看看它不断更新的丰富内容，包括：视频、电脑模拟器、多媒体学习材料、高德拉特大师的中英文版本TOC著作等，加强您对TOC的认识。

https://bit.ly/2Kjb6Bj

通过以上两步骤，TOC的大门将为您打得更开。

谢谢。

本书的中文版获授权制作人、 高德拉特学会 总裁
罗镇坤 谨上

读书笔记

读书笔记

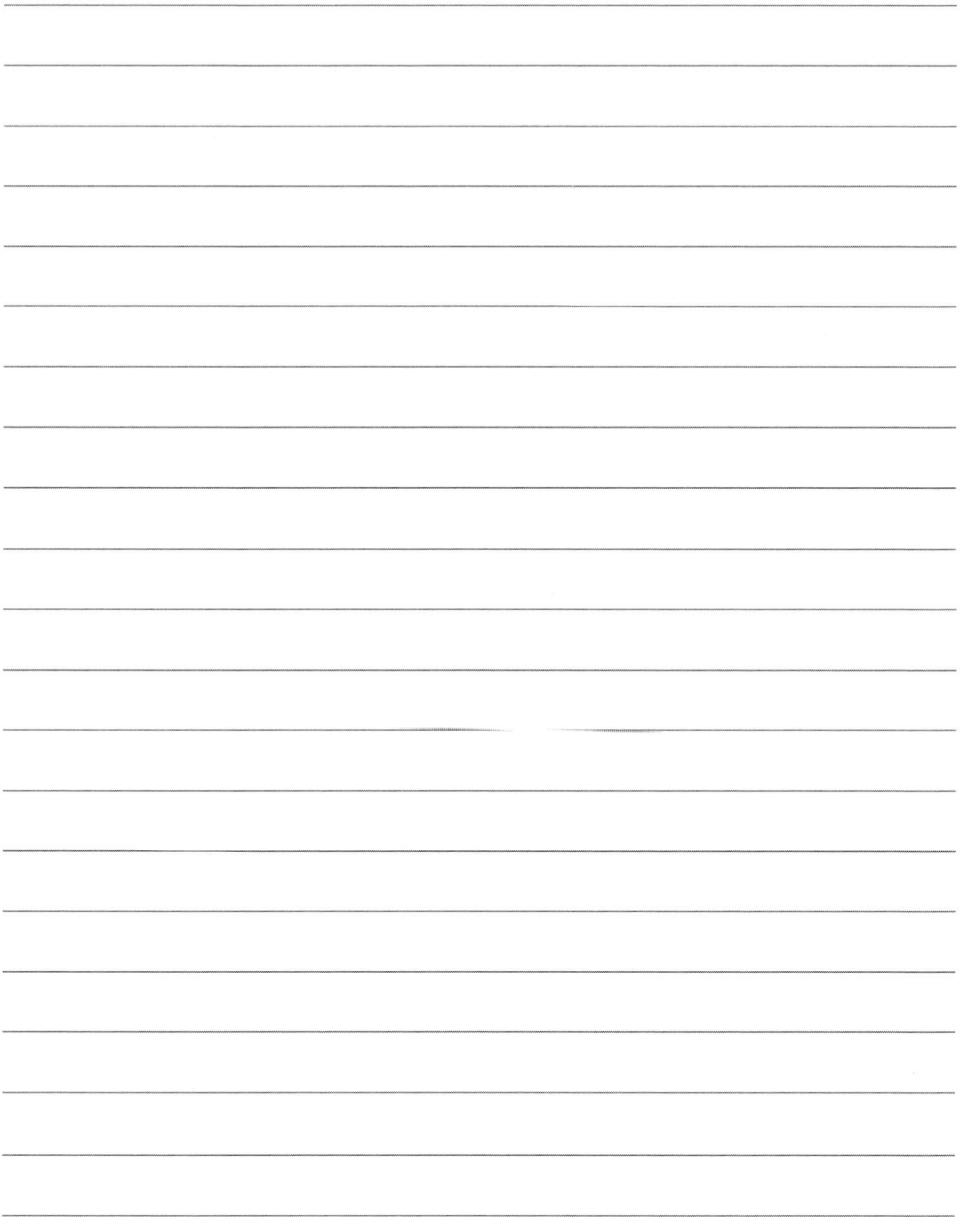

反侵权盗版声明